DROEMER

Über die Autorin:
Henrike Scriverius (*1972 in Düsseldorf) ist Landschaftsarchitektin und arbeitet seit 1997 in einem Planungsbüro an der Duisburger Wedau. Unter ihrer Federführung entstanden zahlreiche Parks und Gartenanlagen in Köln, Düsseldorf und Aachen. Sie lebt mit ihrem Mann am linken Niederrhein, auf einem ehemaligen Hof mit großem Garten, der niemals fertig wird. Seit ihrem Studium bereist sie die großen Gärten Europas, in Südengland, den Niederlanden und auf den spanischen Inseln. Während einer dieser Reisen entdeckte sie die kleine Insel vor der Nordspitze Lanzarotes, die in ihrer Geschichte Monte Spina heißt und die es tatsächlich gibt, wenn auch ohne Haus und Garten. Dort entstand die Idee für »Die Gärten von Monte Spina«, ihren Debütroman.

HENRIKE
SCRIVERIUS

Die Gärten von Monte Spina

ROMAN

DROEMER

Besuchen Sie uns im Internet:
www.droemer.de

Aus Verantwortung für die Umwelt hat sich die Verlagsgruppe Droemer Knaur zu einer nachhaltigen Buchproduktion verpflichtet. Der bewusste Umgang mit unseren Ressourcen, der Schutz unseres Klimas und der Natur gehören zu unseren obersten Unternehmenszielen. Gemeinsam mit unseren Partnern und Lieferanten setzen wir uns für eine klimaneutrale Buchproduktion ein, die den Erwerb von Klimazertifikaten zur Kompensation des CO_2-Ausstoßes einschließt. Weitere Informationen finden Sie unter: www.klimaneutralerverlag.de

MIX
Papier aus verantwortungsvollen Quellen
FSC® C083411

Vollständige Taschenbuchausgabe Februar 2021
Droemer Taschenbuch

Ein Imprint der Verlagsgruppe
Droemer Knaur GmbH & Co. KG, München

Redaktion: Silvia Kuttny-Walser
Covergestaltung: Carolin Liepins
Coverabbildung: Carolin Liepins unter Verwendung von Motiven von Shutterstock
Abbildungen im Innenteil: NataliaKo/Shutterstock.com
Satz: Adobe InDesign im Verlag
Druck und Bindung: CPI books GmbH, Leck
ISBN 978-3-426-30759-5

2 4 5 3 1

Für J.

TONI

Wenn man sich nicht mehr spürt, ist alles grau. Und irgendwie wattig. Als würde man in einer Blase leben und mit der Welt da draußen nichts mehr zu tun haben.

So oder so ähnlich habe ich es zu beschreiben versucht, als sie mich fragten, wie es mir geht. Hat aber nicht funktioniert. Stattdessen haben sie nur komisch geguckt und mich mit ein paar Bogen Papier wieder nach Hause geschickt. Das wird Ihnen helfen, haben sie gesagt: sich einfach mal hinsetzen und alles aufschreiben. Wer Sie sind und was Sie so ausmacht. Damit Sie sich wieder spüren.

Ich spüre mich nicht mehr, habe ich ihnen gesagt, ich funktioniere nur noch. Ich stehe morgens auf und ziehe mich an und laufe los und komme abends wieder und gehe ins Bett und schlafe. Wenn ich Glück habe. Wenn nicht, dann liege ich wach, manchmal die ganze Nacht. Das ist das Schlimmste. Tagsüber sind da Geräusche und Dinge, die getan werden müssen und mein Hirn beschäftigen. Aber nachts ist es ganz still. Nur nicht in meinem Kopf. Dann sind sie wieder da, diese ganzen blinkenden Knöpfe, und das Piepsen und Schnaufen von irgendwelchen Geräten, die Hoffnung machen sollen, dass alles vielleicht doch wieder gut wird. Doch dann kommt dieser Arzt ins Zimmer, und er ist noch so jung, und man sieht ihm die Angst an. Er sollte doch eigentlich keine Angst haben, er soll Leon doch wieder gesund machen, nicht wahr? Aber er schaut mich nur an, so müde und erschöpft. Er hat die ganze Nacht gekämpft, ich weiß das doch, er muss es mir nicht sagen. Ich habe ihn gesehen, als ich in die Notaufnahme kam und Leon auf dieser Trage lag, und um ihn herum die vielen Menschen in ihren weißen und grünen Kitteln. Der Arzt hat was zu ihm gesagt, ich habe Leons Augen gesehen, sie waren ganz groß und dunkel, und ich habe noch gedacht, er spricht. Alles wird gut.

Aber als sie mich schließlich zu ihm gelassen haben, zu Leon mit all den Drähten und Schläuchen, und seine Haare noch orange vom Jod, da hat er nicht mehr gesprochen. Er hatte die Augen geschlossen und war ganz bleich. Und – so klein. Der große Leon. Als hätte er schon begonnen, sich aufzulösen.

Ich heiße Toni Andersen. Ich bin zweiunddreißig Jahre alt und habe meinen Mann verloren. Ich kam eines Abends nach Hause, er nicht. Am nächsten Morgen war er tot.

Ich soll nicht von dem Unfall schreiben, haben sie gesagt. Was wann passiert ist und warum. Ich soll über die Zeit davor schreiben. Als noch alles in Ordnung war. Als ich mich noch gespürt habe.

Irgendwie war ich schon immer anders als die anderen. So richtig dazugehört habe ich wohl nie. Auf dem Schulhof stand ich oft abseits und habe mich gewundert über dieses ganze Tuscheln und Kichern und diese Aufregung um Zigaretten und irgendwelche pickligen Jungs. Das war nicht schlimm, ich wurde nicht gehänselt oder so. Na ja, manchmal haben sie mir was hinterhergerufen wegen meiner Haare. Ich habe Locken. Nicht diese großen, schönen, die man sich immerzu um den Finger wickeln möchte, sondern diese wilde Wolle, die aus Prinzip schon nicht macht, was sie soll. Einmal, ich glaube, ich war schon im Abitur, da hatte ich die Nase voll davon und habe sie mir abgeschnitten, ganz kurz und schief. Es war das einzige Mal, dass mein Vater so richtig sauer wurde. Wann wirst du endlich erwachsen?, hat er geschimpft und die Hände gerungen. Weiß ich nicht, habe ich geantwortet. Weiß ich bis heute nicht.

Aber mit zweiunddreißig sollte man so langsam erwachsen werden, nicht wahr? Und seinen Platz in der Welt kennen oder zumindest zielstrebig danach suchen. Man sollte sich eine Liste gemacht haben, was man in seinem Leben alles erreichen möchte, ob man Kinder haben will und, wenn ja, wie viele, wie der Traummann auszusehen hat und welche Farbe die Einbauküche haben soll. Man sollte auch mittlerweile wissen, welche Frisur einem am besten steht, in welcher Jeans der Po am besten zur Geltung kommt und welche Absatzhöhe gerade angesagt ist. Und man sollte vor allem wissen, wann man die Klappe halten soll. Einfach mal den Mund halten, vor allem wenn man keine Ahnung hat. Doch genau hier fangen meine Probleme an.

Raushalten ist nicht mein Ding. Und damit meine ich jetzt nicht das stundenlange Verteilen von Flugblättern in der Fußgängerzone. Ich bin nicht so politisch. Eigentlich gar nicht. Es kommt mir immer sinnlos vor, wenn ich diese Menschen an den Rednerpulten stehen sehe, und wie sie wild gestikulierend was verändern wollen. Mit irgendwelchen Quoten oder neuen Regeln und Gesetzen, an die sich dann doch keiner hält. Die wollen die Welt verbessern? Pfff. Ich, ich kann die Welt verbessern, und zwar mit meinen eigenen Händen. Weil ich Gärtnerin bin.

Ich weiß, was jetzt kommt: Ach Gott, so ein grüner Trampel, der mit dem Laubbläser durch den Park läuft und den Taubenschiss durch die Gegend pustet. Aber ich bin kein grüner Trampel. Zumindest glaube ich es nicht. Aber ich hab auch ehrlich gesagt kein klares Bild von mir. Ich weiß nicht, was mir steht und welche Farbe zu mir passt. Wenn ich mir was Schickes zum Anziehen kaufen muss, macht mir das Angst. Ich bin nicht so gut in so was. Ich stehe dann immer vor den Spiegeln der Umkleidekabinen und sehe Hände mit kurzen Fingernägeln und Beine, die viel zu verschrammt sind, um sie herzeigen zu können. Dann schaue ich verlegen nach rechts und links zu den Mädchen, die genau zu wissen scheinen, dass Pink zu Rot ein richtiger Knaller ist, Pink zu Orange aber nicht, es sei denn, irgendein Blogger trägt das, dann muss das so sein. Und ich? Keine Ahnung. Kann man nicht auch in Jeans zur Hochzeit gehen?

Ich heiße Toni Andersen, das kommt von Antonia, aber keiner nennt mich so. Mein Vater hat mich manchmal so gerufen, wenn er sauer auf mich war, aber das ist lange her. Meine Eltern waren schon alt, sie haben mich erst spät bekommen, als meine Mutter schon dachte, jetzt geht es nicht mehr. Deshalb habe ich auch keine Geschwister. Meine Eltern und ich, das war was ganz Großes. Wir hatten nicht viel Geld, aber wir wohnten in einem riesigen alten Haus, das mein Vater von seinem Vater geerbt hatte, mit bröckelndem Stuck und Türen, bei denen man höllisch aufpassen musste, sonst hatte man die Klinke in der Hand und bekam die Tür nicht mehr auf. Mit einer Bibliothek, die randvoll war mit Büchern, meine Eltern liebten Bücher, es wurde ständig gelesen bei uns. Mit einem Park und uralten Bäumen, in denen die Fledermäuse wohnten und nachts die Käuzchen riefen. Und mit einer Kinderecke, in der ich mein erstes eigenes Beet anlegen durfte. Bücher und Gärten, das war die Welt meiner Eltern. Und nun ist es meine.

Meine Eltern sind gestorben, als ich Anfang zwanzig war und wusste, was kommen würde. Sie waren schon länger krank, uns war allen klar, was passierte, weil wir viel darüber gesprochen haben. Als es dann so weit war, da war es zwar schlimm. Aber wir haben uns verabschieden können und uns gesagt, wie lieb wir uns haben. Und außerdem gab es da in meinem Leben schon Leon.

Die anderen Mädchen haben ihre Freunde in der Disco kennengelernt oder auf Feten oder beim Sport. Ich habe mein Herz beim Rasenmähen verloren. Ich hatte gerade meine Ausbildung beendet und angefangen zu studieren. Willst du dein Leben lang in fremden Gärten buddeln?, hatte mein Vater gefragt. Ich war mir nicht sicher, schließlich liebte ich das, was ich tat. Wir hatten viele große Gärten in Pflege, und wenn die Besitzer morgens in ihre Autos stiegen, durfte ich den Laubrechen rausholen und bekam auch noch Geld dafür. Einer hat mal zu mir gesagt: »Mädchen, in meinem nächsten Leben werde ich auch so was wie du. Du erschaffst etwas mit deinen eigenen Händen, während ich nur heiße Luft verkaufe.« Er machte was mit Werbung, glaube ich.

Ich dachte damals, ich wäre allein auf dem Grundstück. Es waren Semesterferien, und ich arbeitete wieder für meinen alten Chef, um Geld zu verdienen, ich wollte nach England zu den schönsten Gärten der Welt. Die Besitzer waren in Spanien, ihre zwei Jungs aus dem Haus, hatte man mir gesagt, als man mich morgens vor dem Tor absetzte. Ich hatte einen Schlüssel bekommen, um auf die Toilette gehen zu können, und als es dann so weit war – da konnte ich es mal wieder nicht sein lassen. Wie gesagt, ich dachte, ich wäre allein. Ich weiß, man macht so was nicht. Man schleicht nicht durch ein fremdes Haus, man öffnet keine Türen, die verschlossen sind. Man klaut sich keinen Apfel aus dem Kühlschrank und zieht keine Bücher aus dem Regal. Und knipst auch nicht die Stereoanlage an. Auch nicht, wenn es Mozart ist.

Leon, der Älteste, hatte Semesterferien wie ich und wollte die Ruhe im Haus zum Lernen nutzen. »Mir fallen gleich zehn Paragrafen ein, für die ich dich verklagen könnte«, waren seine ersten Worte an mich. Er studierte Jura. Die Musik war aus, die Töne hingen in der plötzlichen Stille wie abgeschnittene Seile, und ich wäre vor Schreck beinahe umgefallen.

»Bitte sehr«, habe ich getönt, mit einer ganz fremden Stimme, weil mir das Herz bis zum Hals schlug. »Dann musst du Papis Rasen eben selber mähen. Ist gar nicht schwer, ich zeig es dir gern.«

Nicht sehr originell, das gebe ich zu, aber er war so groß und ernst und hatte die Hände so lässig in den Jeanstaschen. Ich glaube, es war genau dieser Moment, in dem ich mich unsterblich in ihn verliebt habe.

»Dein Knie blutet«, war seine Reaktion nach einer Weile.

»Ich weiß«, habe ich gesagt. Ich hatte eine Stufe verfehlt und war auf dem nassen Laub ausgerutscht. Passiert mir schon mal.

»Vorschlag: Ich vergesse, dass du hier rumgeschnüffelt hast, und du fragst mich meine Paragrafen ab. Sonst krieg ich die nie in die Birne.«

»Pfff. Ich denk ja gar nicht dran. Ich werde hier fürs Rasenmähen bezahlt, und nicht, um den kleinen Jungs die Vokabeln abzufragen.« Er war zwei Köpfe größer als ich.

»Aha. Na schön, also … neuer Vorschlag: Du hilfst mir beim Lernen, und ich helfe dir später mit dem Rasen. Einverstanden?«

Er hat dann abends bei mir im Betrieb angerufen, der Garten sei so vergammelt, und er hätte mit seinen Eltern telefoniert, die Gärtnerin solle doch unbedingt die ganze nächste Woche kommen. Er hat drinnen gelernt, und ich habe draußen gearbeitet, und mittags bin ich rein und habe mit ihm gepaukt, und danach ist er mit raus in den Garten und hat mir geholfen. Nach einer Woche waren wir ein Paar, und nach den Semesterferien sind wir zusammengezogen, und als er nach zwei Jahren fertig war mit dem Studium, haben wir geheiratet. Auch wenn seine Eltern wenig begeistert waren. Der große Leon. So klug und stolz. Und dann die kleine Gärtnerin. Na ja. Es wurde besser, als sie meinen Vater kennenlernten, diesen schlohweißen Bücherwurm mit dem dicken Bäuchlein. Aber letztlich bin ich für Leons Familie immer der versponnene Gartenzwerg geblieben. Nicht ganz ernst zu nehmen. Bis heute nicht.

Dabei bin ich gar nicht so klein. Ich bin vielleicht nicht gerade groß oder auffallend oder gar schön. Aber man sollte nie den Fehler machen, mich zu unterschätzen. Nur weil meine Haare wild sind und die Schürfwunden auf meinen Schienbeinen meist frisch. Seien Sie auf der Hut, unter diesen Locken geht viel vor, hat mein Vater mal zu einem Lehrer gesagt, als ich für vorlautes

Geschwätz gerügt worden war. Natürlich muss sie noch viel lernen. Den Mund zu halten im rechten Moment. Ihre Nase nicht in fremde Angelegenheiten zu stecken. Sich aus Dingen rauszuhalten, die sie nicht ändern kann. Aber es ist kein leeres Geplapper, was das Kind von sich gibt, es beobachtet scharf. Es sieht viel, und es merkt sich auch viel. Seien Sie wachsam, denn sie ist es auch …

Ich heiße Toni Andersen, und ich soll aufschreiben, wovon ich geträumt habe. Damals, als meine Welt noch nicht in Scherben lag und meine größte Sorge der Mehltau auf dem Rittersporn war. Erinnern Sie sich, was Ihre Ziele waren, hat man mir gesagt. Wofür Sie gelebt haben, was Sie morgens aus dem Bett getrieben hat.

Ich wollte mit Leon alt werden. Ich wollte mit ihm im Garten sitzen und auf die Fledermäuse warten. Ich wollte mit ihm zusammen sein. Andere Ziele hatte ich nicht. Es war mir egal, ob ich Kinder bekommen würde oder nicht. Es war mir herzlich gleichgültig, wie viel Geld ich verdienen würde, welche Wohnung ich mir leisten könnte, ob ich weite Reisen machen würde und, wenn ja, wohin. Ich wollte Leon. Ich bin immer viel allein gewesen, mit meinen Büchern und meinen Gärten, das war in Ordnung. Solange immer jemand irgendwo auf mich wartete. Meine Mutter in der Küche. Mein Vater im Ohrensessel. Leon an seinem Schreibtisch oder mit einem Glas Wein unter dem Birnbaum. Aber jetzt?

Jetzt wartet niemand mehr.

1

Schattental

Irgendwas stimmte nicht. Ich wachte auf, ganz langsam. Und ausgesprochen widerwillig, denn im Zimmer war es eiskalt. Seltsam, ich musste wohl nachts das Fenster geöffnet haben. Leon mochte das eigentlich nicht, warm und finster wollte er es haben, sonst würde er zwischendurch mal zu mir rüberkommen müssen, um sich aufzuwärmen. Keine sonderlich abschreckende Drohung, wie ich fand, ich lächelte mit geschlossenen Augen und lauschte in die Dunkelheit.

Doch dann traf sie mich, die Erkenntnis. Dass da tatsächlich etwas nicht richtig war. Dass da mit Sicherheit etwas nicht stimmen konnte, und zwar ganz und gar nicht. Denn das Zimmer, in dem ich lag, war nicht nur viel zu kalt. Es war auch zu still.

Weil da nämlich keiner mehr war.

Keiner, der neben mir lag und atmete. Keiner, der im Schlaf manchmal murmelte oder seine Füße zwischen meine schob. Kein Leon. Nie wieder.

Ich wusste, was jetzt kam. Irgendwie fing jeder Morgen so an. Und das Einzige, was dagegen half, war atmen. Wie eine Maschine, einatmen, kurz Luft anhalten, ausatmen und wieder von vorn. Ich fand's gut, eine Maschine zu sein. Weil Maschinen nicht denken können. Sie fühlen nichts und frieren nicht, sie kennen keine Angst und keine Tränen und kein verheultes Gesicht in der Gemeinschaftsküche. Und kein Mitleid von fremden Menschen, die sich Mühe geben und nett sein wollen, aber nun mal leider überhaupt keine Ahnung haben, von Kälte und Einsamkeit und –

Der Wecker piepste.

Es geht nicht, dachte ich und zog die Beine hoch zum Bauch. Ich kann nicht aufstehen. Nicht jetzt. Nicht heute.

Natürlich wirst du aufstehen. Leon hockte im Dunkeln und runzelte die Stirn. Na los, mach schon. Hoch mit dir.

Ich mag aber nicht … Ich vergrub mich unter den Laken. Was soll ich denn da draußen? Geh zurück auf deine Wolke und lass mich in Ruhe.

Aber du wolltest doch diesen Job unbedingt. Noch mal ganz von vorn anfangen, zwei Koffer packen und ab nach England.

Funktioniert aber nicht, du siehst es doch: Jetzt bin ich schon fast ein Jahr hier, und nichts ist besser geworden.

Aber im Bettchen liegen und jammern, das hilft? Toni. Komm schon, gib doch nicht auf.

Ich ächzte und stemmte mich hoch. Ist ja gut, dachte ich und schob die Beine aus dem Bett. Aber nur, damit du Ruhe gibst, klar?

Müde schlurfte ich durch die kleine Mansarde. Eigentlich hatte das Zimmerchen im Dachgeschoss des Herrenhauses nur eine Übergangslösung sein sollen. Aber bis heute hatte ich es noch nicht mal geschafft, mir irgendetwas anderes überhaupt anzusehen. Nicht dass es mir hier oben so gut gefiel. Die möblierten Unterkünfte waren für die Volunteers und Aushilfsstudenten gedacht. Bett, Schrank, Waschbecken, Gemeinschaftsdusche. Von den Festangestellten wohnte nur der Head Gardener auf dem Anwesen, drüben in der alten Orangerie, alle anderen Mitarbeiter hatten ihre Wohnungen im Dorf oder in Paignton, eine halbe Stunde von hier. Letztlich waren wohl alle davon ausgegangen, dass auch ich mir dort über kurz oder lang etwas Eigenes suchen würde. Aber handfestes Zupacken war zurzeit eben nicht so mein Ding.

Nach dem Duschen ließ ich frische Luft ins Bad und sah zu, wie in dem angelaufenen Spiegel nach und nach mein Gesicht sichtbar wurde. Ich stützte mich am Beckenrand ab. Es sind diese Augen gewesen, hast du immer gesagt. So groß und still und dunkel. Und diese Locken, die sich niemals zähmen lassen würden.

Und heute? Mutlos und stumpf. Die Haut dazu noch winterbleich und mit ersten Falten. Ach, Leon … Ich schluckte hart und kämpfte gegen die Tränen.

Hätte ich dich besser nie getroffen? Um dich jetzt nicht so schrecklich zu vermissen?

Leon lehnte im Hintergrund an der Wand und rollte mit den Augen.

Was ist, was hast du?

Sein Blick wanderte Richtung Ablage. Ich runzelte die Stirn – und erschrak. Herrje, die Uhr …

Hastig schlüpfte ich in meine Arbeitskleidung, dann huschte ich in den Flur hinaus, die verwaiste Haupttreppe hinunter in die Halle und weiter in die Gemeinschaftsküche. Leere Stühle, benutztes Geschirr, die Kaffeekanne stand ausgespült auf dem Kopf. Mist, dachte ich. Frühstück fällt mal wieder aus.

Der Wind schlug mir eisig ins Gesicht, als ich hinaus ins Freie lief. Eine glutrote Wintersonne ging über dem Waldrand auf und tauchte den Wirtschaftshof in einen kalten Glanz. Es musste gefroren haben in der Nacht, ich schauderte und schlug mir den Kragen hoch, während ich hinüber zu den Stallgebäuden eilte. Im Gerätehaus raffte ich mein Werkzeug in die letzte einsame Karre, dann rumpelte ich über das Kopfsteinpflaster, an den Anzuchthäusern vorbei und hinaus durch den steinernen Torbogen. Unter der gewaltigen Atlaszeder blieb ich wie jeden Morgen kurz stehen und ließ einen Moment lang den Blick schweifen.

Vor mir lagen im kalten englischen Morgenlicht die prachtvollen Gärten von Beaulieu House. Die eisig blaue Seenlandschaft, in der sich uralte Baumriesen spiegelten. Die berühmte Sandsteinbrücke, tausendfach fotografiert. Das Inselchen mit dem Gedenkstein für den namenlosen Dichter, heute Morgen Rastplatz Dutzender Wildgänse, wie dunkle Kugeln in dem bereiften Gras. So viel Schönheit, dachte ich. So viel Schönheit, und ich mittendrin. Weißt du noch, Leon? Wie ich mit Mrs. Heligan an meinem ersten Morgen durch den Park gelaufen bin? Beaulieu House ist ein Anwesen mit einem Namen, hatte die Alte getönt und ihr Kinn in den Wind gereckt. Es ist eine Auszeichnung, hier arbeiten zu dürfen, enttäuschen Sie mich nicht! Ich habe Sie wegen Ihrer Zeugnisse eingestellt, nicht wegen Ihrer traurigen Augen, verstanden? Bei uns erwarten Sie englisches Wetter und harte Arbeit, das hat noch jeden wieder auf die Beine gebracht. Ich mochte die Heligan. Irgendwie hatte ich bei ihr immer das Gefühl, sie schon eine Ewigkeit zu kennen. Was natürlich Quatsch war. Es hatte vielmehr mit der Herzdame eines ältlichen Prinzen zu tun, deren Foto in ihrem Büro an der Wand hing und mit der sie eine fatale Ähnlichkeit hatte. Aber hinter der altbackenen Frisur und der blasierten Nase steckte eine warmherzige Frau. Mit einer guten Menschenkenntnis. Die sie in meinem Fall allerdings kräftig im Stich gelassen hatte. Nicht wahr, Leon?

Doch Leon war nicht da.

Natürlich nicht, dachte ich und schluckte. Weiß schon. Lassen Sie diese Stimmen in Ihrem Kopf nicht zu groß werden, wurde mir gesagt. Sonst hängen Sie fest wie in einer Schleife und finden nicht heraus. Ich sah drei Kolleginnen am anderen Ufer Richtung Rosengärten ziehen, ein gärtnergrüner Gänsemarsch hinter morgenleeren Arbeitskarren. Kurz stoppten die Mädchen und winkten mir zu, es versetzte mir einen kleinen Stich in der Brust, als ich ihr Gelächter hörte. Doch dann winkte ich nur stumm zurück und lief weiter, bis ich zu dem steinernen Harfenspieler kam. Noch ein Blick zurück. Dann verließ ich den Hauptweg und tauchte ab in den Eichenhain.

Schon nach wenigen Metern wurde die Luft milder, und das Laub roch angenehm modrig. Eine knarzende Stille empfing mich, ein Hallen wie beim Betreten eines Kirchenschiffs. Als hätte sich in meinem Rücken eine Tür geschlossen und die Welt hinter mir ausgesperrt. Nur ein Specht klopfte hoch oben über meinem Kopf, als ich tiefer und tiefer in die feuchte Niederung fuhr. Rhododendronriesen rechts und links des Weges streiften meine Schultern, als würden sie mich in ihrer Mitte begrüßen wie einen alten Freund. Mein Schattental, dachte ich. Mein kühles, dunkles Reich. Wir beide, wir passen richtig gut zusammen, stimmt's? So tief und still und einsam. Irgendwie geht es mir immer ein bisschen besser hier unten. Weil hier niemand ist, der Leon aus meinem Kopf vertreiben will.

Als ich nach gut einer Stunde Stimmen im Hang hörte, unterbrach ich meine Arbeit und richtete mich auf. Hastig zerrte ich mir die Kleidung zurecht. Daphne Heligan war im Anmarsch.

Ich stehe ja nicht so auf Wagner, Ed Sheeran und Katie Melua sind mir drei Dutzend Mal lieber. Aber so in der Art musste man sich Siegfrieds Walküre wohl vorstellen: groß, stolz, die üppige Figur nur mühsam gebändigt von ihrer Gärtnerjacke. Und dabei so donnernd schnell, dass die spindeldürre Fremde in ihrem Rücken kaum mithalten konnte. Ich versenkte das Kinn im Kragen. Ich selbst war schon oft von der ondulierten Schrulle durch den Park gescheucht worden und kannte diese Treibjagden nur zu gut. Selbst die Eichen am Wegesrand schienen strammzustehen.

Wer wohl die junge Frau in ihrer Begleitung war? Selbst ein so berühmter Garten wie Beaulieu House hatte um diese Jahreszeit nur sehr wenige Besucher. Erst mit der Narzissenblüte würden dann die Reisegruppen in Scharen durch die Westwiesen pilgern und anschließend das Teehaus stürmen. Aber jetzt, so früh im Jahr, kamen nur wenige Liebhaber englischer Gartenkunst zu Daphne Heligan.

Und wie eine Azaleenzüchterin sah das Mädchen auch nicht aus. Ich reckte den Hals ein wenig. Raspelkurzes Haar, knapper Mini, quietschbunte Overknees. Und – Pumps? Herrje, dachte ich und verkniff mir ein Kopfschütteln. Was mag in Menschen vorgehen, die in so was Anfang Februar einen Park betreten …

»Kindchen! Du lieber Himmel, wie sehen Sie aus.« Die Heligan hatte sich ein wenig kurzatmig vor mir aufgebaut. »Wo ist Ihr Schal? Und wo sind Ihre Handschuhe?«

»Mir ist nicht kalt, Mrs. Heligan.«

»Nein, natürlich nicht. Sie haben Tinte getrunken, nur deshalb sind Ihre Lippen so blau.« Sie begann meine Finger zu reiben, bis sie brannten. »Ein Kleinkind! Ich habe eine Fünfjährige eingestellt. Wie soll ich den Laden hier wirtschaftlich führen, wenn Ihr Mädchen andauernd krank werdet. – Und da, die Karre! Das rostige Ding ist was für die Volunteers, nichts für einen gestandenen Gärtner. Mal wieder die Letzte gewesen heute Morgen, was?«

Oha, ich schluckte insgeheim. Doch die Heligan hatte mich bereits stehen lassen und lief die Beete rechts und links ab. »Sie denken an den Dünger, Miss Andersen?«

»Klar, Mrs. Heligan.«

»Da hinten sehe ich noch vertrocknete Knospen vom Vorjahr.«

»Sind gleich weg, Mrs. Heligan.«

»Und dieser Rhododendron da …« Die Heligan hielt inne und runzelte die Stirn. »Ist ja fast kahl. Und krumm und verwachsen ist er auch.«

Ich ahnte, was kommen würde.

»Reißen Sie ihn heraus. Die ganze Ecke hier, weg damit. Nehmen Sie Ilex und Rodgersien, vielleicht ein paar Frühlingsblüher dazu, denken Sie sich was aus. Machen Sie eine Skizze, dann setzen wir uns zusammen und entscheiden.«

»Aber Mrs. Heligan …«

»Was?«

»Dieser Rhododendron steht da doch schon so lange. Wenn ich ihn zurückschneide und ordentlich dünge … Vielleicht wird er ja wieder.«

Toni, wie alt bist du …

»Miss Andersen, wie alt sind Sie? Ein guter Gärtner kann nicht um jede Seele kämpfen, wir sind ein Garten und kein Krankenhaus. Manchmal muss man etwas herausreißen. Sonst wächst nichts Neues.«

Dann sah sie meine Miene. »Ach, Kindchen.« Die Züge um ihren Mund wurden weicher. »Schon wieder nichts gegessen, hm?«

Wie auf Kommando knurrte mein Magen.

»Und schlecht geschlafen haben Sie auch.«

Ich wollte etwas sagen, doch vergeblich.

»Wissen Sie, ich glaube, diese Wangen müssen mal ans Licht. Sonst kommt auch keine Sonne ins Herz. Immer so allein, hier unten in dem feuchten Tal, das ist wohl keine so gute Idee gewesen.« Die Fältchen um ihre Augen vertieften sich, als sie mir ans Kinn griff. »Sie müssen kämpfen, Mädchen. Sie haben es sich viel zu gemütlich gemacht hier unten in Ihrem Grau. Ich hatte ja gedacht, frische Luft und ein kräftiger Muskelkater würden schon ausreichen. Aber um Sie auf Trab zu bringen, braucht es wohl ein ganz anderes Kaliber.« Sie schaute zufrieden.

Dann machte sie auf dem Absatz kehrt. »Nanu?« Ihr Lächeln erstarb. »Wo ist sie denn hin, diese Miss Thorn? Dünn wie ein Grashalm, aber die Nase hoch im Wind. Sie wird doch nicht verloren gegangen sein?«

Doch dann sahen wir die fremde Frau durch das Dickicht leuchten. Mit geschürzten Lippen hatte sie sich ein Deckchen aus Papiertaschentüchern gebastelt und sich damit auf eine Parkbank gehockt.

Die Heligan runzelte die Stirn. »Viel zu mager. Und diese Haare. Und dieser Ring in ihrer Nase! Dass er so was überhaupt einstellt … Na. Irgendwann kommt wohl jeder herunter von seinem hohen Ross.« Sie rümpfte die Nase. »Dieser bunte Vogel da ist heute Morgen mit einem Stellenangebot bei mir aufgetaucht. Hören Sie sich das mal an, Miss Andersen, ich hielte das für eine Möglichkeit. Eine Pflanze am falschen Standort entwickelt sich nicht. Und ohne Blüten bleibt das Leben grau.« Sie fröstelte und zog sich die Barbourjacke enger um ihre Mitte. »Verdammt kalt heute … Bringen Sie das Mädchen zurück in mein Büro, wenn Sie mit ihr fertig sind. Nicht dass sie sich noch verläuft und den Head Gardener erschreckt. – Und!«

Meine Hände glitten zur Hosennaht.

»Sie denken an den Dünger, Fräulein! Verstanden?«

Ein Windstoß fegte durch das Tal und brachte die Eichen zum Rauschen, ich sah kurz hoch. Als ich den Blick wieder senkte, war die Heligan verschwunden.

Die Fremde schaute säuerlich, als sie meine Schritte hörte. »Verfluchte Scheiße, was für ein Drachen. Wie halten Sie das nur aus jeden Tag?« Sie blickte an sich hinunter. »Sehen Sie sich das mal an. Das sind Carolina Herreras! Die Schuhe krieg ich doch nie wieder sauber.«

Erdbeerpumps. In einem Landschaftsgarten. Ich schob die Hände in die Taschen. »Mrs. Heligan sagt, Sie kommen mit einem Angebot, und ich soll mir das mal anhören.«

»Da haben Sie was missverstanden. Sie sollen sich nichts anhören. Sie sollen mit mir mitkommen.« Die Frau rutschte tiefer und schlug die Beine übereinander. »Ich bin Louise Thorn. Und ich brauche einen Gärtner.«

Nun war es tatsächlich nicht unüblich, Personal aus Beaulieu House abzuwerben, für Menschen mit sehr viel Geld gehörte zu einem sehr großen Haus nun mal auch ein sehr großer Park. Und da sich lackierte Fingernägel nicht gut vertrugen mit Schuffel und Heckenschere, hing am Schwarzen Brett fast jede Woche ein neuer Aushang.

Aber genauso üblich war es, solche Angebote abzulehnen. »Ich habe aber nicht vor zu wechseln, ich bin ja kaum ein Jahr hier. Sie sind bei mir falsch, tut mir leid.«

»Warten Sie doch erst mal ab, was ich zu bieten habe.«

»Wozu?«

»Mrs. Heligan sagt, wenn überhaupt jemand infrage kommt, dann die Andersen.«

»Die Andersen sagt: nein, danke.«

»Na, hören Sie mal.« Miss Thorn schaute beleidigt. »Ich bin Hunderte von Kilometern gefahren. Ich lasse mich nicht so ohne Weiteres abwimmeln, klar?«

Die Sache wurde anstrengend. Besten Dank auch, Mrs. Heligan. »Also schön, wo liegt denn Ihr Garten? Hier an der Südküste?«

»Ich suche den Gärtner nicht für mich. Ich komme im Auftrag von Maximilian Bror.«

Sie machte eine erwartungsvolle Pause. Doch wenn sie dachte, der Name würde mir etwas sagen, dann irrte sie sich. Miss Thorn bemerkte es und ließ die Schultern hängen. »Mr. Bror ist alt und reich und besitzt jede Menge Häuser auf der ganzen Welt. Und für eines davon sucht er einen Gärtner. Es geht um sein Anwesen auf Monte Spina, einer kleinen Insel vor Lanzarote. Das Haus liegt etwas … tja, wie sagt man: abgeschieden, nicht jeder mag das. Der letzte Gärtner blieb gerade mal sechs Monate dort. Mr. Bror hat mich nach Beaulieu House geschickt, um einen robusten Nachfolger zu finden, dem die Lage der Insel nichts ausmacht.«

Fast hätte ich laut losgelacht. »Robust?« Ausgerechnet …

»Mrs. Heligan hat schon gesagt, dass Sie erst mal skeptisch reagieren würden.« Miss Thorn betrachtete mich neugierig. »Ich soll Ihnen von Monte Spina erzählen, hat sie mir empfohlen. Von diesem Lavaklumpen, ganz allein in der rauen See. Wie eine Festung, meilenweit entfernt vom Rest der Welt. Ein Ort, um mal loszulassen. Für einen Neuanfang, Sie wissen schon.«

Wie bitte? Ich starrte sie an.

»Mr. Bror kaufte die Insel vor genau zehn Jahren für unanständig viel Geld. Haben Sie denn nichts darüber gelesen? Das Geschrei war riesig damals, die Insel und ihre Umgebung sind als Naturschutzgebiet ausgewiesen. Brutplätze für Sturmtaucher und Fischadler und so was. Max Bror hat drauf gepfiffen und im Krater des Vulkans gebaut, ein … wie soll ich es nennen: ein Ferienhaus. Eine Art Hideaway zu seiner Entspannung.« Sie schürzte die Lippen. »Es wird Ihnen dort gefallen, Toni Andersen. Es ist einsam. Es ist still. Kein Mensch weit und breit, der Sie stört. Nichts, das Sie ablenkt von was-auch-immer.«

Mein Blick streifte den Königsfarn, über dem im Sommer die

Libellen tanzen würden. »Ich habe eine Ewigkeit von so einem Job wie dem hier geträumt. Das werde ich ja wohl jetzt nicht einfach so hinschmeißen.«

»Verdammt, die Alte ist wirklich gut … Genau das hat sie kommen sehen.« Miss Thorn setzte sich bequemer. »Ich soll Ihnen von dem Garten erzählen, hat Mrs. Heligan gesagt. Ein kleines Paradies, ein Meisterwerk. Den toten Steinen abgetrotzt mit einem Haufen Geld und Wasser. Ich könnte Ihnen jetzt was vorschwärmen von der Poollagune, dem Palmenhain, dem kleinen Sandstrand unten am Wasser. Aber ich weiß was viel Besseres: Schließen Sie die Augen und stellen Sie sich den schönsten Garten im Atlantik vor.« Sie räkelte sich. »Haben Sie's? Pah! Sie liegen immer noch meilenweit daneben. Na schön, mittlerweile ist vielleicht alles ein wenig vergammelt. Schon traurig. Wenn das so weitergeht, wird der Park wohl bald nicht mehr zu retten sein. Aber was soll man machen, wenn die Gärtner immer wieder aufgeben? Was richtig Gutes wäre zur Abwechslung toll.«

Hörte ich da nicht – ein Rauschen? Wie von Palmen in einer leichten Brise? Den Schrei einer Möwe hinter Winterwolken? Ich suchte Halt am Spaten. »Wo … würde er denn dort wohnen? Ihr Gärtner.«

»Es gibt einen kleinen Wirtschaftshof oben am Westkamm. Nichts Dolles, aber soweit in Ordnung. Manchmal fällt der Strom aus, und heißes Wasser ist auch Glückssache. Aber dafür hat man dort seine Ruhe. Nur Meeresrauschen, klappernde Fensterläden und jede Menge Vogelschiss. Halt, wichtige Frage: Haben Sie eine Sonnenallergie? Dann sollten wir das Ganze hier abbrechen.«

Die Härchen an meinen Unterarmen richteten sich auf, als ich die Wärme zu spüren meinte. Wie von einer Atlantiksonne, die durch die Wolken bricht. Meine Finger waren so kalt, dass sie anschwellen würden diese Nacht. »Ich kann doch nicht jetzt schon wieder hier weg. Mrs. Heligan hat Dutzenden Bewerbern meinetwegen abgesagt, was soll die denn von mir denken?«

»Hat die Alte mich nicht extra zu Ihnen geführt?«

»Vielleicht … hat sie sich geirrt? So jung ist sie ja nicht mehr.«

»Die frisst Sie mit Haut und Haaren, wenn sie das hört.«

»Oder es ist ein Test? Ob sie sich auf mich verlassen kann.«

»Macht sie denn oft solche Tests?«

»Nein.« Ich schluckte. »Das braucht sie nicht, sie kennt sich gut aus mit den Menschen.«

»Aha. Na denn. Mir ist kalt, Toni Andersen, beeilen Sie sich. Ihre Antwort bitte.«

Du hast doch schon mal alles verloren, Toni. Es war doch schon mal von einem Tag auf den anderen alles weg. Willst du denn jetzt schon wieder alles aufs Spiel setzen?

»Ich bin zufrieden hier, ich hab hier alles, was ich brauche.« Ich reckte mich ein wenig. »Wie ich schon sagte: Es tut mir leid.«

»Sie sind ja wirklich ein harter Brocken …« Miss Thorn ließ die Schultern sinken. »Also alles umsonst. Verdammter Mist. Mr. Bror wird stinksauer auf mich sein.« Sie erhob sich ein wenig umständlich. »Wissen Sie, er hat mich den ganzen weiten Weg nach Beaulieu House geschickt. Gehen Sie zu Daphne Heligan, hat er gesagt, wenn irgendjemand den Richtigen weiß für Monte Spina, dann sie.« Sie strich sich den Minirock glatt. »Aber das Fräulein Andersen sitzt halt tief unten in ihrem Schattental und traut sich nicht raus. Tja. So ein Pech …« Sie begann, den Weg hinaufzustöckeln.

»Warten Sie.« Ich fuhr mir durch die Haare, sodass sie nach allen Seiten abstanden. »Und – wenn der Garten nun zu groß für mich ist?«

»Mrs. Heligan sagt Nein.« Miss Thorn war stehen geblieben.

»Und wenn ich mit der Insel nicht klarkomme? Wenn das Ganze zu einsam für mich ist?«

»Tja. So ist es, das Leben, nicht wahr? Immer diese gemeinen Risiken.«

»Und –« Ich rieb mir die Hände an der Hose. »Wenn sich Ihr

Mr. Bror nun was ganz anderes vorstellt? Wenn er enttäuscht ist von mir?«

Ein breites Grinsen entblößte Zähne wie aus einer Zahnpastareklame. »Ach, da machen Sie sich mal keine Sorgen. Das ist er ganz bestimmt. Mr. Bror wird Sie genauso scheiße finden wie alle anderen auch.«

Ich zögerte. Dann holte ich tief Luft. »Wann müsste ich denn anfangen?«

Der Ring im Nasenflügel fing die Wintersonne und blitzte kurz auf. »Das kommt ganz darauf an. Wie lange brauchen Sie denn zum Packen?«

2

Monte Spina

Fliegen war sowieso nicht mein Ding. Gar nicht mal wegen dieser Enge oder dem langen Sitzen, oder wegen der Angst, Teil einer traurigen Schlagzeile zu werden. Es war mehr diese Nähe. Zu Menschen, die mir in den allermeisten Fällen nicht ganz geheuer waren. Und da mir Leon beim Start irgendwie verloren gegangen war, hockte ich nun einsam und stumm in dem voll besetzten Ferienflieger und starrte den Wolken nach.

Der Abschied von Beaulieu House war mir schwergefallen. Weniger wegen der Kollegen, denn in den paar Monaten oben im Dachgeschoss hatte ich von den meisten kaum mehr erfahren als ihre Vornamen. Aber um die Heligan tat es mir leid. Als ich damals in ihrem Büro gestanden hatte, mit meinen hastig übersetzten Zeugnissen und einem Herzschlag wie ein Presslufthammer, hatte sie nur meine Hände genommen. Eine ganze Weile hatte sie sie betrachtet, die Fingernägel, die Handinnenflächen, die blutigen Striemen am Unterarm, wo sich die Damaszener-Rosen letzte Woche erfolgreich gegen den Rückschnitt gewehrt hatten. »Verwitwet?«, hatte sie irgendwann gefragt und aufgeschaut, als mein Hals wie zugeschnürt war und ich kein Wort herausbrachte. »Sie werden wenig Zeit haben in den nächsten Wochen. Unser Schattental besitzt eine der größten Sammlungen lichtmeidender Gehölze und ist in einem erbärmlichen Zustand. Junge Menschen mit Liebe zu dem, was wir hier tun, sind selten geworden, selbst bei uns in England.« Sie gab meine Hände wieder frei. »Sie wissen, wie man arbeitet. Das sieht man.«

Von diesem Moment an war irgendwas zwischen uns gewesen, irgendwas Seltsames. Ich war mir sicher, dass sie jedes Mal mitbekommen hatte, wenn ich nach einer schlaflosen Nacht zu spät zur Arbeit erschien, oder wie ich mich vor diesen Grillabenden gedrückt hatte, die für die jungen Mitarbeiter meist knutschend im Heckenlabyrinth endeten. Aber sie hatte nie etwas gesagt. Dass es da draußen jemanden gab, der wie ich in lauen Sommernächten mit Schere und Taschenlampe auf Schneckenjagd ging, hatte mir geholfen, wenn es mal wieder schlimm wurde. Hätte ich sie doch nur hier und jetzt an meiner Seite gehabt … Und als wir dann das spanische Festland hinter uns ließen und über den Atlantik hinausflogen – da meinte ich auf einmal irgendwo von den hinteren Sitzreihen ganz klar und deutlich ihre Stimme zu hören.

»Das ist kein Tee, Kindchen, das ist eine Zumutung! Nehmen Sie das ganz schnell wieder weg.«

Ich seufzte erleichtert. Dann ließ ich mich tiefer in den Sitz sinken und versuchte zu schlafen.

Bei meiner Ankunft auf Lanzarote war ich dann heilfroh, dass auch Leon wieder aufgetaucht war und zunehmend besorgt neben mir auf den Koffern hockte. Während sich die Flughafenhalle zügig leerte, schauten wir den Reisebussen nach und überlegten schon, ob man das »Sie werden abgeholt« wohl irgendwie missverstanden haben könnte. Bis plötzlich wie aus dem Nichts ein kleiner dicker Mann vor mir stand. Mit wilden Gesten wies er abwechselnd nach draußen und auf die Uhr, tat schließlich einen Satz nach vorn und schnappte sich meine Koffer.

»Monte Spina?«, fragte ich erschrocken.

»Sí, sí! Monte Spina!«

Ich war mir nicht sicher, was ich erwartet hatte, vielleicht nicht unbedingt einen Chauffeur in Livree. Aber mit einem windschiefen Kerlchen voller Ketchupflecken hatte ich nicht gerechnet. Hastig lief ich ihm nach, hinaus aus dem Terminal, mitten hinein in eine Wand aus Hitze und Kerosin und hinüber zum Parkplatz, auf dem ein staubbedeckter Geländewagen in der Sonne glühte. Ich sah mein Hab und Gut im Kofferraum verschwinden, erklomm den Beifahrersitz und musste Halt am Türgriff suchen, als wir mit quietschenden Reifen das Flughafengelände verließen. Wir nahmen drei Taxis die Vorfahrt, dann drehte der Mann das Autoradio auf und deutete glücklich plappernd mal rechts, mal links in die Landschaft. Ich verstand nicht ein Wort. Am Anfang versuchte ich es noch mit ratloser Miene und Kopfschütteln, doch irgendwann gab ich auf. Schweigend betrachtete ich die trostlosen Geröllwüsten vor den Fenstern und begann, mich möglichst weit fortzuwünschen.

Was für ein Irrsinn, Beaulieu House schon wieder zu verlassen … Da war der Abschied aus Deutschland damals ganz anders gewesen, stimmt's? Erleichtert, beinahe glücklich. Sie müssen was machen, hatten sie gesagt, sonst gehen Sie vor die Hunde, wenn Sie sich weiterhin in sich selbst verkriechen. Und als ich dann dieses Stellenangebot im Internet gelesen hatte – *Beaulieu House sucht einen Gärtner.* Nicht irgendein Garten, nein, Beaulieu House, ausgerechnet! Legende und Vorbild und flammend rote Nymphenbäume im Sonnenuntergang –, da hatte ich gedacht: ja. Vielleicht. Einen Versuch ist es wert. Ab da war alles ganz schnell gegangen: Anruf, Flug, Vorstellungsgespräch und schließlich an einem Frühlingsmorgen der DHL-Bote mit meinem Vertrag. Und du an meiner Seite, Leon, mit diesem unbeschreiblichen Lächeln und sichtbar stolz: meine Toni. Gut gemacht. Wie egal auf einmal alles gewesen war, das Befremden deines Vaters, der noch nie verstanden hatte, worum es mir ging, und das Gesicht deiner Mutter, die mir niemals verzeihen würde, dass sie meinetwegen auf Rang zwei abgerutscht war. Du bist immer das Band zwischen deiner Familie und mir gewesen, als du weg warst, blieb mir nichts. Ob ich irgendwann mal einen von ihnen wiedersehen würde? Schwer zu sagen. Ich wüsste nicht, wo.

Wir hatten den Hafen erreicht. Mein schwungvoller Fahrer ignorierte Verbotsschild und Schranke, warf den bewaffneten Beamten einen Gruß zu und fuhr mit dem Wagen direkt auf den

Kai. Und wie das immer so ist: Hatte ich eben noch das Ende der Fahrt herbeigesehnt, wünschte ich mir nun auf einmal, sie würde noch dauern. Betroffen musterte ich die protzige Jacht, vor der wir gehalten hatten: *Jayden*. Blitzender Chrom, Peitschenantennen, ganz in Schwarz. Und ich? Ich spürte jede einzelne Knitterfalte. Unbeholfen rutschte ich vom Sitz und horchte auf die plötzliche Stille, als ich hinüber zur Gangway schlich. Weiß schon, dachte ich und zerrte an meiner Jeans. Passt nicht.

Zu dem kleinen Mann übrigens auch nicht, den das im Gegensatz zu mir jedoch überhaupt nicht zu stören schien. Lachend sprang er um mich herum, schleppte mein Gepäck an Bord und löste schließlich die Leinen. Letzte Chance zur Flucht, dachte ich, als der Dieselmotor ansprang. Möwen erhoben sich mit lautem Kreischen. Dann glitt die Jacht von der Hafenmauer. Düster und voll böser Vorahnungen sah ich den rasch schrumpfenden Häusern nach, während die *Jayden* ihren Bug zum Horizont drehte und Fahrt aufnahm.

Draußen auf offener See wurde der Wellengang stärker, doch wir beschleunigten ungerührt. Der kalte Fahrtwind blies mir die Haare ins Gesicht, dass ich fast das Gleichgewicht verlor und Halt an der Reling suchen musste. Rasch entfernten wir uns vom Hafen und nahmen Kurs auf die kleine Vulkaninsel, die uns schweigend den Rücken zukehrte.

So ganz unvorbereitet war ich natürlich nicht in mein Abenteuer gestolpert. Ich hatte Luftbilder von Monte Spina gegoogelt, die einen erloschenen Krater zeigten, zum offenen Meer hin eingestürzt und dort von Wind und Wellen zu einem Strand zermahlen. Ein Stück verpixeltes Grün musste das Grundstück sein, ansonsten schien die Insel unbewohnt. Nur braune Ödnis. Kahl, unbewachsen. Menschenleer. Kein Link, kein Foto, noch nicht mal der Schnappschuss eines Hobbyskippers war im Netz zu finden. Als gäbe es diesen Ort gar nicht. Und tatsächlich spürte ich gerade so etwas wie eine kalte Hand im Nacken, als die sturmumtosten Klippen wesentlich schneller näher rückten, als mir lieb war. Während sich die Kraterwände zwischen mich und die Sonne schoben, schlang ich beide Arme um mich und verkroch mich in meiner Jacke.

Was war nur schiefgelaufen auf Beaulieu House? Jetzt mit etwas Abstand dachte ich, es könnte wohl diese Unbekümmertheit gewesen sein, mit der ich nicht klargekommen war. Zu Hause hatten mich die anderen ins Abseits geschoben, mit ihrer Betroffenheit und dem beklommenen Schweigen, wenn ich einen Raum betrat. In England hatte ich das selbst geschafft. Die meisten meiner Kollegen arbeiteten schon seit Jahren für die Heligan. Viele hatten ihre Ausbildung bei ihr gemacht oder sich gleich nach dem College bei ihr beworben, wie der Head Gardener, den sie Ryan Gosling nannten und in den alle ein bisschen verknallt waren. Gärtner zu sein war etwas Besonderes in England. Man trug die Nase hoch und die dreckige Hose mit Stolz und wurde vorgelassen an der Supermarktkasse im Austausch für einen Tipp beim Buchsbaumschneiden. Noch vor wenigen Monaten hätte ich was darum gegeben, Teil dieser Familie sein zu dürfen, mit den Fachsimpeleien am Abendbrottisch und der Pflanzenkenntnis, die schon die Schülerpraktikanten mitbekamen. Alle schienen mittig und angekommen und glücklich geborgen an dem Ort ihrer Wahl.

Nur ich nicht. Ich war allein.

Am Anfang habe ich es noch versucht. Ein paar Mal bin ich mitgegangen ins Kino oder zu Partys, habe mich in das Dorfpub mitschleppen lassen oder im Sommer zum Strand, und einmal schickten sie mir einen deutschen Studenten ins Schattental, der ein paar Tage um die Pontica-Hybriden herumstrich und dann schließlich wieder seiner Wege ging. Dass ihre guten Absichten so durchschaubar gewesen waren, hatte es nicht besser gemacht: Ich verkroch mich immer tiefer in mein Schneckenhaus. Eines Abends stellte ich fest, dass ich vom Aufwachen bis zum Löschen der Nachttischlampe mit keiner Menschenseele ein Wort gesprochen hatte. Und es hatte mich noch nicht mal gestört. Während um mich herum das Leben weiterging, verkroch ich mich mit meinen Büchern in der Mansarde und las. Wie würde es wohl auf dieser Insel mit mir weitergehen?

Ich hatte angenommen, dass wir Monte Spina über den Strand anfahren würden, doch schon bald musste ich feststellen, dass ich mich geirrt hatte. Die *Jayden* nahm Kurs auf einen Bojen-Korridor, knallrot und mit leuchtenden Buchstaben versehen: *Privado! Watch out for video control!* Eine Grotte tauchte in der Felswand auf, eine düstere Öffnung auf Meeresspiegelhöhe. Da werden wir ja wohl nicht reinfahren … Ich starrte in das finstere Loch. Etwas fing das Sonnenlicht ein und blitzte kurz auf, ich legte den Kopf in den Nacken: ein Fensterband, hoch oben im Felsen. Wie ein Sehschlitz schien es das kleine Schiff zu seinen Füßen misstrauisch zu beäugen. Der kleine Mann hatte den Motor gedrosselt, nun rauschten wir beinahe lautlos in den Bauch der Insel hinein. Für einen Moment war ich wie blind und taub. Nach der glitzernden Helligkeit draußen auf See brauchten meine Augen kurz, um sich auf die Dunkelheit einzustellen. Umrisse begannen sich abzuzeichnen, nackte Klippen, rohes Gestein. Eine weitläufige Höhlenlandschaft, nur spärlich beleuchtet von ein paar Scheinwerfern. Feuchtes Glucksen, fischiger Geruch, und vorn auf dem Anleger mehrere Gestalten, die mich zu erwarten schienen. Während die *Jayden* langsam näher glitt, spürte ich Blicke auf meinem Gesicht, spitz und tastend wie Finger auf der Suche nach Fehlern. Der Drang, mich einfach in Luft aufzulösen, war so groß, dass ich nicht anders konnte: Ich schlug die Augen nieder. Erst als wir mit dumpfem Beben gegen die Tender trieben, holte ich tief Luft und sah auf.

Drei Frauen. Unterschiedlich groß, unterschiedlich alt und auch sonst so verschieden, wie Menschen nur sein können.

Als Erste eine weißblonde Dame, klein, zierlich und elegant.

Dezenter Schmuck, schlichtes Kostüm, ähnlich perfekt wie ihre Haltung.

An ihrer Seite das genaue Gegenteil: eine pummelige Gemütlichkeit, die Haare kurz und das Gesicht gerötet, wie direkt aus der Küche gekommen.

Und dahinter, mit einigem Abstand und lässig an das Geländer gelehnt, als würde sie nicht so recht dazugehören wollen: Louise Thorn. Tatsächlich, kein Zweifel. Zwar ohne Pumps und Overknees, aber mit deutlich zu tief dekolletiertem Top und zitronengelben Hotpants, die in der Dämmerung leuchteten wie Neon. Und obwohl mir das Mädchen neulich im Schattental wenig sympathisch gewesen war – hier, am Ende der Welt und mit einem Unbehagen größer als die Wüste Gobi, wäre ich dem einzigen mir bekannten Menschen am liebsten um den Hals gefallen.

»Willkommen auf Monte Spina.«

Die elegante Dame reichte mir die Hand, nachdem der Bootsmann mir von Bord geholfen hatte.

»Ich hoffe, Ihre Anreise war nicht allzu beschwerlich. Mein Name ist Helen. Ich bin die Hausdame von Monte Spina und verantwortlich für die Insel, wenn Mr. Bror nicht hier ist. Bitte wenden Sie sich mit Ihren Fragen als Erstes immer an mich.«

Was für eine schöne Frau, dachte ich kurz und spürte ihre Hand in meiner. Die elfenhaften Schultern, das silbrige Haar und vor allem dieser Blick, gradeheraus und ohne jeden Filter. Die Männer mussten ihr zu Füßen gelegen haben, als sie ein junges Mädchen war.

»Das hier ist unsere Sophia. Sophia hält Haupthaus und Gästezimmer in Ordnung und kocht für Mr. Bror, wenn er auf der Insel ist. Stellen Sie sich gut mit ihr, niemand kann am Herd so zaubern wie sie.«

Die dickliche Frau schüttelte den Kopf und lachte.

»An unsere Amerikanerin werden Sie sich vermutlich noch

erinnern.« Die Stirnfalte wurde schärfer. »Miss Thorn kam vor einem Jahr zu uns und übernimmt seitdem die geschäftlichen Aufgaben. Wenn Mr. Bror hier ist, unterstützt sie ihn im Büro. Ignorieren Sie bitte ihre Vorliebe für unvorteilhafte Garderobe. Machen Sie es wie ich und sehen Sie das Gute darin: Zumindest wird sie in diesen Hosen niemals verloren gehen.«

»Tja, was wäre die Insel ohne mich …« Miss Thorn räkelte sich. »Da hören Sie's, Unterstützung herzlich willkommen. Lauter eingeschlafene Füße hier.«

Die Hausdame ließ die Mundwinkel fallen. Dann wandte sie sich zur *Jayden,* auf der mein Fahrer das Gepäck zum Ausladen stapelte. »Sicher hat sich Ihnen unser Carlos schon selbst vorgestellt.«

Oje, und jetzt? Ich versuchte ein Lächeln. »Keine Ahnung, er … hat ja immerzu erzählt, eigentlich die ganze Zeit. Aber verstanden habe ehrlich gesagt kein Wort.«

»Nun, das ist schade.« Ein frostiger Blick. »Aber zu ändern, nicht wahr? Es ist immer ein Gewinn, die Sprache der Menschen zu lernen, bei denen man zu Gast ist. Auch wenn es nur für kurze Zeit sein sollte.«

Mein Lächeln erstarb.

»Kommen Sie. Ich zeige Ihnen rasch die wichtigsten Teile der Insel und führe Sie dann zum Gärtnerhaus. Sie werden müde von der langen Reise sein und sicherlich erst einmal ankommen wollen.«

Am Ende des Anlegers wand sich eine Rampe in steilen Kurven die Felswand empor. Die Hausdame ging voran, das Gesicht erhoben und der Helligkeit zugewandt, die von oben in die Höhle flutete. Als würde sie ein Heiligtum betreten, dachte ich verwundert und schloss zu ihr auf. Oben angekommen, hielt Helen kurz inne. Dann wandte sie sich zur Seite und trat hinaus ins Freie.

Noch bevor sich meine Augen an das Sonnenlicht gewöhnt hatten, roch ich den Duft: fremd, üppig, eine wilde Mischung aus

Zedernholz, Thymian und sonnenwarmem Gestein. Darüber ein feiner, sinnlicher Hauch, vielleicht Oleander oder Jasmin. Dann hörte ich die Vögel. Es mochten Tausende sein, die in dem Dickicht lärmten, das sich zum Meer hinab ergoss. Ich sah unzählige Palmen, einen ganzen Wald, in deren glänzenden Wedeln der Seewind rauschte. Dazwischen bestritt wüstes Gestrüpp einen erbitterten Kampf gegen Hitze und Trockenheit und wucherte bis an den Rand der Terrasse, auf die wir hinausgetreten waren. Nach dem Fahrtwind und der nasskalten Felsengrotte schauderte ich in der plötzlichen Wärme, für einen Moment wie gelähmt von so viel Licht und Farbe. Rechts und links wuchsen die Felswände nahezu senkrecht in den Himmel. Dazwischen lag die offene See. Tiefblau und glitzernd, war sie bis hier herauf zu hören, ein Rauschen und Donnern von Wellen an einer Küste aus Stein.

Eine ganze Weile stand ich einfach nur da und schaute.

Bis mir jemand über die Schulter sah. »Na? Wie gefällt Ihnen unser Dschungel? Erzählen Sie ihr die kleine Geschichte, Helen. Von dem bärtigen Gärtner, der auf dem Absatz wieder kehrtmachte und nie mehr gesehen wurde.«

»Miss Thorn, erwähnte ich schon den Anruf aus Madrid? Mr. Bror lässt Ihnen ausrichten, dass er Ihre Abrechnung noch heute erwartet. Wir wollen Sie also nicht aufhalten.«

Das Grinsen erlosch wie ausgeknipst. Miss Thorn brummelte etwas. Dann stopfte sie sich die Hände in die Taschen und ließ uns beide stehen.

»Dies hier ist das Haupthaus von Monte Spina.« Die Hausdame wies auf ein schneeweißes Gebäude in unserem Rücken, das dem weiten Schwung des Innenkraters folgte. Klare Kanten, viel Glas, doch alle Scheiben mit Sonnenschutz oder Vorhängen verdunkelt.

»Im Obergeschoss befinden sich Mr. Brors Privaträume, seine Bibliothek und die Dachterrasse. Darunter liegen die Büros und ein Sitzungssaal für Videokonferenzen. Im linken Flügel sind Küche, Bügelzimmer, Wirtschaftsräume untergebracht, rechts im Pavillon ein Fitnessstudio mit Sauna und ein kleines Kino.« Sie wies auf ein zweites Gebäude, das sich ein wenig abseits ins Grün duckte. »Das Gästehaus verfügt über mehrere Appartements, falls Mr. Bror in Begleitung anreist.«

Erwartete sie eine Reaktion? Vermutlich. Aber von so viel Sonne, Palmen, Hitze und Glas war mein Kopf gerade leer. Mensch, Toni. Sag doch mal was. »Bringt er denn oft Besuch mit auf die Insel?«

»Nein. Nur sehr selten.« Die Hausdame betrachtete mich von der Seite. »Miss Andersen, ich denke, es ist eine Selbstverständlichkeit, und dennoch möchte ich es Ihnen in aller Deutlichkeit sagen: Das Obergeschoss des Haupthauses ist tabu für Sie. Mr. Bror ist recht eigen und wird schnell ungehalten, wenn etwas nicht seinen Vorstellungen entspricht. Betreten Sie diese Räumlichkeiten also nur, wenn Sie dazu aufgefordert werden.«

Ich machte große Augen, Helen bemerkte es und schürzte die Lippen. »Ich erinnere mich noch gut an eines der Zimmermädchen, es muss irgendwann im ersten Jahr gewesen sein. Mr. Bror erwischte sie in seinem Schlafzimmer, die Kleine war neugierig und schnüffelte in seinen Sachen. Sie musste die Nacht im Flughafen schlafen, weil sie so schnell kein Ticket nach Hause bekam.«

Ich blinzelte.

»Kommen Sie. Es gibt noch viel, das ich Ihnen zeigen muss.«

Betroffen sah ich der Hausdame nach. Herrje, Toni … Verbotenes Stöbern in fremden Schränken? Eine Bewegung im Rücken, ein großer Schatten in der Tür? Könnte dir das nicht genauso gut passiert sein?

Doch Helen war bereits weitergegangen, über eine Freitreppe hinunter auf die Poolterrasse, auf der ein lagunengroßes Becken in der Sonne staubte.

»Wir mussten das Wasser ablassen, weil wir in den letzten

Wochen niemanden hatten, der sich um die Reinigung kümmern konnte. Es tut mir in der Seele weh, diesen schönen Ort so zu sehen. Ich wäre Ihnen dankbar, wenn Sie sich der Sache möglichst rasch annehmen.«

Weiter ging es, eine nächste Treppe hinunter in den Palmenhain. Ein verschlungener Pfad führte scheinbar ziellos durch das Dickicht und endete schließlich in einer kleinen Bucht zwischen den Klippen. Glasklares Wasser spülte in hauchdünnen Schlieren über den Sand und färbte ihn goldgelb. Doch auch hier gab es hässliche Flecken: Treibgut, Seegras und Berge von Plastikmüll türmten sich am Spülsaum. Dazwischen verrotteten die Reste eines ausgesprochen toten Vogels.

»Der Strand ist Mr. Bror sehr wichtig. Wenn seine Zeit es ihm erlaubt, geht er jeden Morgen noch vor dem Frühstück im Meer schwimmen. Schenken Sie der Bucht bei Ihrer Arbeit also besondere Aufmerksamkeit.«

»Sieht ja ganz schön wüst aus hier.« Immerhin, jetzt war ich wach. »Und das findet Mr. Bror gut so mit dem Müll?«

»Mr. Bror verbrachte im Januar einige Tage auf der Insel. Dann trennte er sich von Ihrem Vorgänger und verließ uns wieder.«

»Er ist gar nicht hier?« Ich stutzte. »Wann kommt er denn wieder?«

»Wir erwarten ihn im August, wenn er der Sommerhitze von London oder Madrid entflieht.«

»Aber – das sind ja noch fast sechs Monate.«

»Vollkommen richtig.«

»Warum ist er denn so selten hier?« Er baut sich sein Paradies und betritt es dann fast nie?

»Mr. Bror ist ein viel beschäftigter Mann. Er besitzt Unternehmen und Beteiligungen in der ganzen Welt. Mit einer solchen Verantwortung fällt es ihm schwer, Zeit für Monte Spina zu finden.«

Nanu, was hörte ich denn da heraus? Enttäuschung? Du hättest ihn gern öfter hier, stimmt's?

»Wissen Sie, wir alle freuen uns auf die wenigen Tage, die Mr. Bror mit uns teilt. Sein Alltag ist rau und laut, und er leistet sich Monte Spina für bitter benötigte Auszeiten. Ich wäre Ihnen also dankbar, wenn Sie ihm seinen Aufenthalt hier so angenehm wie möglich machten.«

Aber ist das denn nicht selbstverständlich?

»Kommen Sie. Es ist nicht mehr weit bis zum Gärtnerhaus.«

Seitlich wand sich eine Treppe den nackten Felsen empor. Die Hausdame ging vor mir, erstaunlich frisch angesichts der flirrenden Hitze, während ich mich zunehmend schwerfällig hinter ihr herschleppte.

»Auf dem Ostkamm finden Sie die Angestelltenhäuser für Carlos, für die beiden Frauen und mich. Der Gärtnerhof liegt etwas abseits, hier auf dem Westkamm.«

Nach ein paar Kurven erreichten wir einen schattigen Platz. Umgeben von Schuppen und Remisen lag ein gedrungenes Häuschen, doch ich schaute kaum hin. Nach gefühlt hundert Stunden auf den Beinen interessierte mich mittlerweile nur noch eins: mein Bett, und wo um Himmels willen ich hier noch was zu essen bekäme.

Die Hausdame hatte aufgeschlossen und ließ mich eintreten. Staubige Dämmerung empfing mich. Jemand hatte die schweren Vorhänge an den Fenstern zugezogen, um die Hitze abzuhalten.

»Sie werden feststellen, dass sich die Personalwohnungen vom Niveau des Haupthauses unterscheiden. Dennoch werden Sie vorfinden, was Sie zum täglichen Leben brauchen: Wohnzimmer, Bad, hier links die Küche.« Sie öffnete eine Tür. »Wir haben Ihnen einen kleinen Lebensmittelvorrat bereitgestellt, Wasser, Brot, ein wenig Aufschnitt. Ab morgen sorgen Sie bitte selbst für Ihren Unterhalt, Carlos wird Sie an Ihren freien Tagen nach Arrecife mitnehmen. – Hier hinten dann das Schlafzimmer.« Ein schmales Bett, ein Stuhl, ein dunkler spanischer Schrank. Es roch streng, nach Putzmitteln und abgestandener Luft.

»Ich hatte Sophia gebeten, das Haus gründlich zu säubern. Sicherlich werden Sie an der einen oder anderen Stelle noch nacharbeiten müssen. Das Personal ist für den Zustand seiner Wohnungen selbst verantwortlich. Ihr Vorgänger mag in dieser Hinsicht etwas nachlässig gewesen sein.« Helen wandte sich zu einer Terrassentür hinter den Vorhängen. »Der Ausblick wird Ihnen vermutlich gefallen.« Mit zwei schroffen Bewegungen zog sie die Stoffbahnen nach rechts und links und stieß die beiden Flügel auf.

Sonnenlicht flutete den Raum und blendete mich kurz. Ein Windstoß fuhr in die Stores und ließ sie flattern wie weiße Segel. Die Hausdame trat zur Seite und gab mir den Weg frei auf eine Veranda, die sich über die gesamte Rückseite des Hauses erstreckte. Eine Bougainvillea in voller Blüte streifte mein Haar, als ich an die Brüstung trat. Und als ich meine Hände auf das Geländer legte, über mir der Himmel, unter mir das Meer und vor mir bis zum Horizont nichts weiter als Blau mit weißen Sprenkeln – da fühlte ich mich so müde und ausgelaugt und gleichzeitig so überwältigt und sprachlos, dass ich einfach zu lachen begann. Ich lachte und schaute und beugte mich vor, doch unter mir war nichts. Das Gebäude stand so nah am Klippenrand, dass von der Insel selbst nichts zu sehen war. Keine Felsen, kein Baum, noch nicht mal ein Schatten. Nichts, was den Blick verstellte. Nur freie Sicht.

Helen war neben mich an das Geländer getreten. »Gut?«

Ich brauchte einen Moment. Ein Kloß hatte sich in meinem Hals gebildet, ich schluckte hart und hatte zu kämpfen, was mir ein bisschen peinlich war. »Mrs. Heligan hat etwas zu mir gesagt.« Meine Stimme klang fremd, ich musste mich räuspern. »Sie hat gesagt, Monte Spina sei ein Ort für den Neuanfang. Wie eine Festung, meilenweit weg vom Rest der Welt. Wissen Sie, wie sie das gemeint haben könnte?«

Als keine Antwort kam, schaute ich hoch.

Und erschrak, als ich den Gesichtsausdruck der Hausdame sah.

»So. Sagte sie das.« Ein Zucken in den Augenwinkeln, das nicht zu ihr passte. »Nun, die alte Daphne wird wohl langsam ein wenig wunderlich. Schade. Schwer zu beurteilen, wie sie das meinte. Soweit ich weiß, war sie nie hier.« Sie blickte zur Seite. »Das Haus gefällt Ihnen also. Das freut mich. Ein guter Anfang, würde ich sagen.« Mit einer raschen Bewegung wandte sie sich ab. »Ich überlasse Sie nun sich selbst. Richten Sie sich ein und beginnen Sie möglichst bald mit Ihrer Arbeit. Wenn Sie Fragen haben, können Sie sich jederzeit an mich wenden.« Lautlos durchquerte sie den Raum und zog die Tür hinter sich zu.

Ich hatte Helen mit runden Augen nachgesehen. Nun stützte ich mich wieder auf das Geländer. Ein Segler war am Horizont aufgetaucht. Eine ganze Weile blickte ich ihm nach, bis er hinter den Wolken verschwunden war.

3

Vernarbte Herzen

Als ich am nächsten Morgen aufwachte, fasste ich mir in den Nacken und verzog das Gesicht. Ich hatte von einem Fußboden geträumt. Von einem harten, kalten in einer Flughafenhalle, im kurzen schwarzen Rock mit Schürze wie ein Zimmermädchen. Das Schicksal der kleinen Missetäterin aus Mr. Brors Schlafzimmer hatte mich ganz offensichtlich beeindruckt. Ich stöhnte und zog mir die Decke über den Kopf.

Doch dann spürte ich die Brandung. Ein fernes, immer gleiches Grollen wie der Atem eines sehr großen Tieres. Ich hatte über Nacht den Geruch meines Vorgängers vertreiben wollen und die Terrassentür geöffnet, nun wehte der Wind ins Zimmer und raschelte in den Vorhängen. Einen Moment lang blieb ich mit geschlossenen Augen liegen und lauschte. Dann schwang ich die Beine aus dem Bett und huschte barfuß und im Hemdchen auf die Veranda hinaus. Die Sonne ging gerade auf und tauchte die Welt zu meinen Füßen in Rosa und Silber und Blau. Ich trat ganz nahe an die Brüstung und lehnte mich hinaus, weit, noch weiter, bis ich tief unten den Felsenstrand erkennen konnte. Möwen glitten mit ausgebreiteten Flügeln unter mir vorbei, wachsam und hungrig. Eine von ihnen bemerkte mich in meinem Ausguck und ließ sich vom Wind zu mir hochtragen. Ich spürte ihren Blick aus kalten gelben Augen …

Was ist? Jemand legte mir den Arm um die Schultern und gähnte.

Leon, ich fühle mich einsam. Ich hab Angst, dass das hier ein großer Fehler war und ich besser im Schattental geblieben wäre.

Das klang aber gestern noch ganz anders. Da konntest du es

gar nicht erwarten und hast gleich nach dem Auspacken eine Runde durch den Park gedreht.

Genau darum, ja … Hier stimmt doch was nicht. Das alles ist doch erst vor wenigen Jahren aus dem Boden gestampft worden. Irgendwer hat hier einen Riesenaufwand betrieben, hat Hänge terrassieren lassen, Bewässerungsanlagen gebaut, große Bäume gepflanzt. Und er hat Leute eingestellt, die ihm das Ganze in Schuss halten, hat moderne Maschinen gekauft, die ganzen Remisen sind voll davon. Aber dann … Irgendwas muss passiert sein. Nimm nur den großen Hibiskus am Swimmingpool. Der war bestimmt mal traumhaft schön und richtig teuer, allein ihn hierherzuschaffen muss ein Vermögen gekostet haben. Und heute? Brutal zurückgeschnitten. Bis tief ins alte Holz, er wird Jahre brauchen, um sich davon zu erholen. Wenn er es überhaupt schafft. Wer macht denn so was?

Vielleicht hatte der Gärtner ja keine Ahnung?

Nein, Leon, das hat jemand mit Absicht getan. Als hätte er seine ganze Wut an ihm ausgelassen und später im Abseits gestanden und gelacht … Ich fröstelte und schlang die Arme um mich.

Und wenn es hier draußen nun so jemanden gibt? Dem es Spaß macht, zu zerstören und kaputtzumachen? Vor dem man am liebsten davonlaufen würde, aber weil ringsherum Wasser ist, kann man nicht fort.

Ach, Toni. So kenne ich dich ja gar nicht. Du hast doch wohl keine Angst? Komm schon, ab unter die Dusche. Wer oder was dich da draußen auch immer erwartet: Mit Kaffee und frisch gewaschenen Haaren sieht die Welt gleich anders aus.

Der Morgen war noch kühl, als ich begleitet von ein paar Spatzen das Tor zum Gerätehaus aufschob. Und obwohl ich das Ganze gestern Abend schon in Augenschein genommen hatte: Im Licht der Morgensonne war der Anblick leider kein bisschen besser. Herrje, dachte ich und ließ die Schultern hängen. Was ist hier nur passiert …

Ich kann Ihnen sagen, was hier passiert ist. Die Heligan drängelte sich an mir vorbei. Hier hat es jemand sehr eilig gehabt. Sehen Sie sich das an. Er hat sogar die Scheren offen gelassen. Die Scheren! Kein anständiger Gärtner lässt doch seine Scheren offen! Dieser Mann war entweder ein Stümper oder auf der Flucht.

Und dennoch hatte das Ganze mal seine Ordnung … Vorsichtig turnte ich durch das rostige Chaos. Sehen Sie nur: Hier sind Haken an den Wänden für das Werkzeug, versehen mit kleinen Schildern, wo etwas hinzuhängen war. Die Gabeln sind verbogen, und an der Schuffel fehlt der Griff, aber das alles ist von guter Qualität. Hier hat sich jemand mal richtig Mühe gegeben, dachte ich und betrachtete den Natursteinboden. Ich bleibe dabei, etwas muss passiert sein. Und das war ganz sicher nichts Gutes.

Wie auch immer. Die Heligan hatte den Aufsitzmäher entdeckt und schaute kritisch. Herumstehen bringt uns hier nicht weiter. Sie werden Tage brauchen, allein um Ihr Arbeitsgerät in einen würdigen Zustand zu versetzen. Also los, an die frische Luft mit Ihnen! Ausruhen können Sie, wenn die Sonne untergegangen ist.

Was ich zu diesem Zeitpunkt nicht wusste, war, dass gerade etwas begonnen hatte. Während ich mit meiner Karre hinunter in die Bucht fuhr und voller Skepsis und kaum verhohlener Angst das Dickicht um mich herum musterte, setzte sich etwas in Bewegung, wenn auch nur langsam und ohne dass ich davon irgendwas merkte.

Es begann mit harter Arbeit. Mein erster Eindruck hatte mich nicht getäuscht: Der Garten sah grauenvoll aus. Und das, obwohl er mit viel Fingerspitzengefühl angelegt worden war. Weich geschwungene Wege führten vom Haupthaus hinunter in die Bucht und wurden nur an wenigen Stellen gebrochen durch spektakuläre Achsen. Neben der Poolterrasse mit ihrer atemberaubenden

Aussicht gab es schattige Pergolen und Wandelgänge, und die Liegewiesen mit Palmen und Prachtstauden hätten so manches Luxushotel neidisch werden lassen.

Und trotzdem wirkte der Park verkommen. Viele Pflanzen waren eingegangen, andere kränkelten sichtbar oder waren von einer unbarmherzigen Hand rüde gestutzt worden. Nur wenige Arten hatten sich durchgesetzt und gleich ganze Flächen unter sich begraben, meist wildes, filziges Gestrüpp, in dem Plastiktüten hingen und Vögel rauften. Überhaupt war die Insel fürchterlich vermüllt. Obwohl weit abseits der Touristenströme gelegen, hatten Wind und Wellen nicht nur am Strand traurige Spuren hinterlassen, leere Flaschen, Benzinkanister, sogar Schuhe hingen in den Zweigen oder klebten an den Klippen wie hässliche Pocken.

Um es kurz zu machen: Ich war beschäftigt. Noch vor Sonnenaufgang sprang ich aus dem Bett und rannte in den Park hinunter. Bis zum Mittag blieb es angenehm warm, sodass ich das trockene Unterholz zurückschneiden, die abgestorbenen Stauden roden, Müll und Unrat wegräumen konnte. Dann wurde die Sonne erbarmungslos, und ich musste mir Arbeit im Schatten suchen. Erst am späten Nachmittag traute ich mich auf die offenen Flächen zurück und arbeitete durch bis zum Sonnenuntergang. Ich schuftete ohne Rücksicht auf Pflichtstunden oder Ruhezeiten. Wenn ich müde wurde, setzte ich mich unter einen Baum und kartierte. Ging es mir wieder besser, arbeitete ich weiter, solange das Tageslicht ausreichte.

Und das mit Monte Spina und mir begann zu funktionieren. Obwohl ich es definitiv mit etwas Kompliziertem zu tun bekommen hatte. Auf den ersten Blick wirkte die Insel unfruchtbar, doch tatsächlich war ihre Lava feinkörnig und nährstoffreich. Dank teurer Entsalzungsanlagen gab es Wasser in Hülle und Fülle, aber trotz aller Technik blieb es eine Spur salzig, sodass die meisten Klassiker vergilbten und ihr Wachstum einstellten. Nur wenige Pflanzen zeigten sich gesund und blühten, meist solche, die in der Fachliteratur kaum Erwähnung fanden. Lange Stunden verbrachte ich nach Sonnenuntergang auf meiner Veranda und durchsuchte das Internet nach Alternativen, Sorten, Möglichkeiten. Von der Kanarensonne verbrannt und beflügelt vom Rotwein, schrieb ich an botanische Gärten in der ganzen Welt, bestellte Bücher und Samentüten für das Anzuchthaus, träumte von grünen Hängen und wogenden Blütenteppichen, wenn ich tagsüber durch das Geröll streifte.

Meine neuen Nachbarn ließen mich dabei komplett in Ruhe. Weder die Hausdame noch Louise Thorn tauchten auf, um mir Anweisungen zu geben oder um meine Arbeit zu kontrollieren. Hin und wieder blieb die Köchin am Wegesrand stehen und wechselte mit mir ein paar Worte, aber außer Belanglosigkeiten über Wind und Wetter kam wenig dabei heraus. Nur der kleine Carlos nervte mit seinem Geplapper, und irgendwann hockte morgens ein dicker Kater vor meiner Tür und folgte mir seitdem wie ein mürrischer Schatten.

Doch letztlich störte mich das kaum. Denn wen ich von Tag zu Tag mehr in mein Herz zu schließen begann – das war die kleine Insel selbst. Monte Spina. Dieser harte, schweigsame Felsen, der unter meinen Händen den Mund zukniff wie ein störrisches Kind und sich nur mit viel Geduld und Mühe erweichen ließ. Und der mir dennoch mit jedem Tag mehr das Gefühl gab, es richtig zu machen. Jeder vertrocknete Stock, der auf einmal wieder Blätter zeigte, kam mir vor wie ein Schulterklopfen, und jede neue Blüte, die mir morgens entgegenleuchtete, fühlte sich an wie ein Lob. Zwar schlief ich nach wie vor schlecht und wälzte mich in den Laken herum. Doch statt quietschender Reifen waren da immer häufiger Meeresrauschen, das Geschrei von Lachmöwen und Kormoranen, und Palmen, in denen der Seewind raschelte. Irgendwas verändert sich gerade, dachte ich, wenn ich morgens meine Beine aus dem Bett schwang. Herrje …

Ich hatte ja keine Ahnung.

Tatsächlich hatte das Ganze noch nicht mal richtig angefangen.

Eines Abends schleppte ich mich mit meiner randvollen Karre hoch zum Westkamm, als ein Farbklecks auf dem Rasen mich innehalten ließ: Louise Thorn lümmelte auf einer Liege. Ihr himbeerroter Bikini entblößte Beine wie Wiener Würstchen, endlos lang und braun, und sang ein schrilles Duett mit dem Türkis ihres Handtuchs.

»Schon wieder so fleißig?« Sie blätterte in ihrer Zeitschrift. »Und ich hab gedacht, ich hol mal was Lustiges auf die Insel. So ein Mist.«

Nun war mir tatsächlich nicht gerade zum Lachen zumute, ich hatte die Lorbeerhecken am Südhang geschnitten und Rückenschmerzen wie ein lausiger Anfänger. Mehr als ein Stirnrunzeln bekam ich gerade nicht zustande.

Louise schien das nicht zu passen. »Weißt du, ich frag mich eben die ganze Zeit, was dir das bringt. Immer dieses Kriechen durch die Rabatten. Wird das nicht furchtbar langweilig auf die Dauer?«

«Ich liege eben nicht so gern herum. Ich beschäftige mich lieber.«

»Na, aber ich doch auch.« Louise fischte nach ihrem Nagellack. »Ich steh auf harte Arbeit. Vor allem an mir selbst.«

Was soll das, was willst du von mir … »Und was sagt Mr. Bror dazu?«

»Wer?« Louise schaute ratlos. »Ach, halt, ich erinnere mich: Du meinst den Hausherrn. Der ist nicht da.«

»Und wenn er wiederkommt? Wird der nicht sauer, wenn er erfährt, was du hier die ganze Zeit machst?«

»Schätzchen, Mr. Bror ist immer sauer. Wenn er ankommt, wenn er hier ist, und wenn er wieder abfährt. Gib dir mal keine Mühe.« Louise schob die Sonnenbrille zurecht. »Der steht nicht auf Bienchen.«

Aber auf flaschengrüne Fingernägel, ja? Ich sparte mir die Antwort und lief weiter.

»Oh, eine Mimose. Sind wir jetzt beleidigt?«

»Bin ich später, in Ordnung?«

»Jetzt sei doch nicht so verkniffen. Weißt du, diese ganze Plackerei hier, die lohnt sich nicht.«

»Hier lohnt sich ja wohl jeder Handgriff, so gammelig, wie das hier aussieht …«

»Nanu?« Louise hob die Augenbrauen. »Hab ich was verpasst? Ist das jetzt dein Garten oder was?«

»Nein. Na und? Du kümmerst dich wohl immer nur um deinen eigenen Kram.«

»Ganz genau. Und zwar alleine, absolut und ausschließlich.«

Ich schüttelte den Kopf und zog weiter.

»Ich geh jedenfalls nicht auf die Knie für andere Leute!« Louise hatte sich vorgebeugt und schaute mir nach. »Den Arsch in der Luft, die Hände im Dreck, das fehlte mir noch!«

»Sag mal, kannst du dich nicht woanders langweilen?« Es war so weit, ich platzte. »Es gibt eben Leute, die was verändern wollen! Die nicht einfach nur rumliegen und an sich runtergucken und krampfhaft überlegen, wie sie die Zeit bis zum Essen am besten totschlagen. Es sind Leute wie du, weswegen die Insel so heruntergekommen ist!«

»Ha.« Louise schluckte sichtbar. »Die Insel, Schätzchen. Die Insel ist so heruntergekommen, weil nun mal jeder kriegt, was er verdient. Jetzt lad deinen Frust mal nicht bei mir ab, ja? Was kann ich denn dafür, wenn bei dir keiner mehr hinguckt. Kleine Witwe!«

Jetzt war ich es, die schlucken musste. »Pass bloß auf, du … Bei dir ist doch auch gehörig was schiefgelaufen!«

»Ach ja? Wer wühlt denn hier im Dreck, du oder ich?«

»Du mit deinen lackierten Krallen und den bunten Haaren und dem ganzen Mist! Glaubst du etwa, ich kapier nicht, was mit dir los ist? Irgendwas müllst du doch zu damit, du …« Ich brach ab.

Auch Louise hielt inne.

Ein Schatten hatte sich aus dem Grün gelöst. Mit Haaren wie Silber und Augen wie Eis.

Louise und ich erstarrten.

Die Hausdame ließ sich Zeit. Eine ganze Weile glitt ihr Blick über die Szene, die verbeulte Karre, mein fleckiges Gesicht. Das Schnittgut, das sich selbstständig gemacht hatte und über das Pflaster wehte.

»Sie sind laut. Man hört Sie bis oben im Haus.«

Sie musterte Louises Zeitschrift, den knappen Bikini. Ihr Blick blieb an benutzten Wattepads hängen.

»Sie beide scheinen es noch nicht begriffen zu haben: Sie sind hier im Paradies gelandet. An einem Ort voller Stille und Poesie, der Ihnen mehr Schönheit und Würde schenkt als kaum ein anderer Platz auf der Welt. Und Sie, sind Sie dankbar? Bemühen Sie sich, der Insel etwas zurückzugeben für das, was Sie Ihnen schenkt? Nein, Sie streiten. Sie schnattern und keifen und verschwenden die wenige Zeit, die Ihnen bleibt, mit verletzenden Worten und Eitelkeit.«

Sie betrachtete Louises Fußnägel. »Bei Ihnen, Miss Thorn, erstaunt mich diese Haltung kaum. Dass Ihnen die Begriffe Demut und Dankbarkeit fremd sind, haben auf dieser Insel mittlerweile alle verstanden. Aber über Sie, Miss Andersen, muss ich mich doch wundern. Schade. Ich hatte unter der nachlässigen Kleidung etwas mehr Format erwartet. Aber so kann man sich täuschen.«

Wenn sie eine Reaktion erwartete, wurde sie enttäuscht. Louise und mir stand der Mund offen.

»Ich werde Mr. Bror berichten von Ihrer heutigen Leistung. Soll er sich sein eigenes Urteil bilden. Schließlich ist er es, der entscheidet, wen er auf seiner Insel behält und wen nicht. Und bis August ist es ja nicht mehr lange, nicht wahr?« Wortlos drehte sich Helen um und verschwand.

Einen Moment lang sahen wir beide der Hausdame nach.

»Ganz großer Mist ...« Louise fischte nach ihrem T-Shirt.

»Ob er uns rausschmeißt?«

»Quatsch. Doch nicht wegen so was.« Aber so recht überzeugt klang Louise nicht.

»Was machen wir denn jetzt?«

»Pah. Soll die mich doch anschwärzen bei dem Alten, was ändert das schon. Erst mal pöbeln, der Rest ergibt sich, so läuft das bei dem.« Sie stemmte sich von der Liege.

»Warte doch mal.« Ich zögerte. »Wollen … wir nicht noch mal von vorn anfangen?« Ein wenig unsicher hielt ich ihr die Hand hin. »Also, ich heiße Toni. Eigentlich Antonia, aber so nennt mich keiner.«

Louise zog die Stirn kraus. »Antonia … Na, herzliches Beileid. Was für ein bescheuerter Name.« Sichtlich skeptisch schlug sie ein. »Ich bin Louise. Für manche Lou. Aber nicht auf Monte Spina.«

»Was heißt das?«

»Das heißt, dass mich nur ganz wenige Leute so nennen dürfen.«

»Und welche?«

»Denen ich traue. Und das sind nicht gerade viele. Und auf dieser Insel schon gar keiner.«

»Wieso, was ist denn passiert?«

»Das könnte dir so passen …« Louise entwand mir die Hand. »Kümmer dich um deinen eigenen Kram, ja? Lauf zurück zu deinen Blümchen und lass mich in Ruhe.« Hastig raffte sie ihre Sachen zusammen, dann nahm sie die ersten Stufen hoch zum Ostkamm.

Doch plötzlich blieb sie stehen. Schweigend rieb sie sich die Handgelenke und schaute zum Horizont.

Schließlich räusperte sie sich. »Toller Sonnenuntergang heute Abend …«

Irgendwie wirkte sie blasser als vorhin, beinahe kleinlaut. Ich zögerte. »Stimmt. Viel zu schön, um noch zu arbeiten.«

»Pah. Hatte ich auch nicht vor.« Und dann: »Ja. Viel zu schön. Finde ich auch.«

»Man … könnte ja auch was anderes machen.«

»Ach ja? Und was zum Beispiel?«

Ich schob mir die Hände in die Taschen. »Na, Feierabend.«

»Feierabend?«

»Ja, weißt du: So nennt man es, wenn man aufhört zu arbeiten. Wenn man unter die Dusche steigt und den Wein öffnet.«

»Wein?« Louise hob die Augenbrauen. »Red weiter.«

»Man setzt sich auf die Veranda. Auf so eine mit Abendsonne vielleicht. Wie auf dem Westkamm.«

»Und wie viele Gläser stehen da, auf dem Westkamm?«

»Na ja, eigentlich … immer nur eins. Es kommt ja nie einer.«

»Warum auch? Ist ja nie einer da. Die Gärtnerin arbeitet doch immer.«

Ich lehnte mich an das Geländer. »Und wenn nun heute ein zweites Glas dort stünde?«

»Würde denn heute jemand die Tür aufmachen?«

»Wenn du nichts Besseres vorhast.«

»Tja, wer weiß … Vielleicht ein Date?«

»Hier? Mit wem? Mit einem Spulwurm?«

»Alles eine Frage von Länge und Durchmesser.« Louise begann zu grinsen. »Na schön. Du hast ein unverschämtes Glück, Gärtnerin, ich bin am Verdursten, und Hunger hab ich auch. Dann lass mal sehen, was du so draufhast.« Sie lief an mir vorbei die Treppe hinunter. »Also los. Auf zum Gärtnerhaus!«

Louise schaute versonnen, als sie auf meine Veranda hinaustrat. »Nett hier.« Sie hängte sich über die Brüstung. »Ich seh schon, ich hätte besser aufpassen sollen bei der Zimmerwahl.«

»Der Ostkamm ist ja wohl genauso schön.«

»Du hast das Abendrot.«

»Du hast die Morgensonne, also hör auf zu maulen.«

»Aber du bist hier ganz für dich.« Louise spuckte in die Tiefe. »Keiner weit und breit, der dich nervt.«

»Wieso, wer nervt dich denn? Carlos?«

»Pah, der kleine Pummel …«

»Also wer?«

Doch Louise schaute nur düster und schwieg. Ich wartete einen Moment. Dann öffnete ich die Flasche Wein und füllte zwei Gläser. »Was ist eigentlich mit Carlos? War der schon immer so komisch?«

»Was interessiert mich denn der Wicht!« Louise schnappte sich ihr Glas. »Vielleicht ist er mal über Bord gegangen oder zu heiß gebadet worden, was weiß ich. Er quatscht dich zu ohne Punkt und Komma, und alles ist kompletter Mist. Und wehe, du hörst ihm auch nur eine Sekunde lang zu, dann klebt er für den Rest des Tages an dir wie Pattex.«

Ich musste lachen. »Ich weiß. Komisch, so einen stellt doch keiner ein. Wer ihm wohl diesen Job hier verschafft hat?«

»Oh, da kann ich helfen.« Louise ließ sich in einen Stuhl fallen. »Das war unsere Durchlaucht persönlich.«

»Die Hausdame hat Carlos auf die Insel geholt?«

»Helen richtete die Insel für Max Bror her und suchte einen Bootsführer. Ihr Wagen ist liegen geblieben, drüben im Hafen, und Carlos hat ihr geholfen, sein Bruder hat die kleine Bar unten am Kai. Die Hausdame war entzückt und hat ihm die *Jayden* anvertraut.«

»Aber –« Ich stutzte. »Das war doch ganz groß von ihr. Schau, wie glücklich Carlos ist.«

»Oh ja, das war wirklich ganz groß von ihr. Vor allem für sie selbst, nicht wahr? So hatte sie ein weiteres Hündchen, das an ihren Lippen hängt.«

»Du magst sie nicht.«

»Nein, ich mag sie nicht. Wir haben eine scharfsinnige Gärtnerin. Hurra.«

»Warum?« Ich zog meinen Stuhl näher. »Weil sie an deinen Klamotten herummäkelt?«

»Weil sie an allem herummäkelt! Seit ich auf diese Insel gekommen bin. Ich schaue nach links: schon falsch. Ich schaue nach rechts: schon wieder falsch. Ich hab die Musik zu laut, den Rock zu kurz und meine Fenster zu dreckig. Ich hatte den Fuß noch nicht auf der Insel, und schon begann die Nörgelei.«

Sieh mal einer an … Da war jemand doch nicht so abgebrüht, wie er immer tat. »Irgendwas stimmt nicht mit Helen, findest du nicht? Immer so sauber und frisch gebadet. Die perfekte Hausdame, wie aus dem Bilderbuch.«

»Dass ich nicht lache.« Louise streifte die Flipflops ab. »So sauber ist die auch nicht, unsere Eisprinzessin. Dieses ganze Wispern und Tuscheln und Küsschen hier und Küsschen da, wenn Max Bror auf die Insel kommt. Nur weil die sich von früher kennen? Das kann mir doch keiner erzählen. Irgendwas geht da vor sich, und das ist nichts Gutes.«

Tusch! Wir haben etwas gemeinsam. »Helen hatte mal was mit Mr. Bror? Ach.«

»Quatsch, doch nicht unser Porzellanpüppchen. Um Himmels willen, könnte ja Flecken geben auf der Bluse. Nein, *er* leckt an ihr rum, sobald er von der *Jayden* geklettert ist. Macht regelrechte Kniefälle vor ihr, Helen hier, Helen da, es ist richtig peinlich.«

Ich grinste. »Eifersüchtig?«

»Auf Mr. Riesenarsch? Ach Gottchen.«

»Riesenarsch?«

»Wart's nur ab.«

»Erzähl mal von ihm.« Ich setzte mich bequemer. »Er ist Däne, stimmt's? Warum ist er nur so selten hier? Und warum ist er so unsichtbar, wo er doch furchtbar viel Geld haben muss?«

»Frag ihn doch selbst. Bis August wirst du ja wohl noch durchhalten.«

Ich schaute enttäuscht. »Ich will aber deine Meinung.«

»Meine Meinung …« Louise schnaubte. »Wer will die schon. Die hat schon lange keiner mehr hören wollen.«

»Ach, komm.«

»Was? Hier meckert doch jeder an mir rum.«

»Carlos?«

»Der zählt nicht. Der ist 'ne Wurst.«

»Sophia?«

»Die kann man doch nicht ernst nehmen.«

»Wieso, was ist mit Sophia?«

»Pah, Sophia … dicker Hintern, großes Herz.« Louise hielt mir das Glas unter die Nase. »Leer, Gärtnerin. Mach voll, sonst erfährst du gar nichts.«

Ich freute mich heimlich und schenkte ihr nach.

»Bei unserer Rumkugel kannst du nur punkten mit Kinderwagen und Babyfotos. Das ist das Einzige, was sie interessiert. Doch leider, leider: Für die eigene Brut hat's nicht gereicht. Sie hat die Kinder von irgendeinem Autoreifenfabrikanten großgezogen, sie war da Köchin und Kinderfrau und hat ihm den Haushalt geschmissen. Hat ihm jeden Wunsch von den Lippen abgelesen und nachts in die Kissen geseufzt. Aber auf einmal waren die Kinder groß, und er fing an herumzuvögeln, da war kein Platz mehr für Sophia. Ausgemustert mit einem faden ›Danke schön‹ und einer Topfpflanze. Das war's. Herzlichen Glückwunsch.«

Ich konnte es kaum glauben. »Sie hat ihr ganzes Leben dort verbracht?«

»So sieht's aus.«

»Und dann hat er sie einfach so weggeschickt?«

»Einfach so.«

»So ein Mistkerl.«

»Auch nicht anders als der Rest.«

»Aber –« Ich sah Sophia vor mir mit ihren geröteten Händen und stellte fest, dass ich sie mochte. »Das ist ganz schön schlimm für sie, oder?«

»Was weiß ich.« Louise zuckte mit den Schultern. »Sie kümmert sich um Carlos und schmeißt ihn zu mit Liebe und Nudelauflauf. Sonderlich zu leiden scheint sie nicht.«

»Stimmt. Da hast du recht.« Ich schwieg einen Moment. »So richtig zu leiden scheint niemand auf Monte Spina.«

Louise schaute fragend.

»Na, sieh dich doch mal um. Lauter geprügelte Menschen. Der eine ein bisschen blöde. Die andere ausgenutzt und weggeschmissen. Eine traurige kleine Witwe. Und mit Helen stimmt auch irgendwas nicht.«

»Möglich.«

»Aber sie alle haben was gemeinsam. Sie hocken auf diesem Lavaklumpen, meilenweit abseits der Welt. Und jeder Tag hier macht sie stärker und schöner.«

»Vielleicht. Sieht so aus.«

»Und – du?« Ich nippte an meinem Wein.

»Ich? Wieso? Mir geht's super.«

Ich drehte mein Glas ein wenig.

»Was jetzt? Willst du mir was andichten? Wegen gerade eben? Ich hab meine Tage, okay?«

»Es … hat was damit zu tun, stimmt's?« Behutsam griff ich über den Tisch und strich ihr über die Handgelenke. Louise zuckte zurück und riss die Hände in den Schoß, doch nicht schnell genug. Die feinen weißen Narben über den Pulsadern waren deutlich zu sehen gewesen. »Du siehst zu viel, Gärtnerin! Pass bloß auf, was du jetzt sagst!«

Ich lächelte traurig. »Was ist passiert? Erzählst du's mir?«

»Denk nicht mal dran!«

»Du musst nicht, wenn du nicht willst.«

»Sehr großzügig, vielen Dank. Nein, ich will nicht!«

»Aber manchmal hilft es, wenn man's mal loswird, weißt du? Man spuckt es aus und kann es begucken von allen Seiten. Na ja …« Ich schluckte und dachte an meine eigenen Versuche. »Weiß schon. Hilft auch nicht immer.«

»Ich hab's jemandem erzählt, okay? Frag den Kater. Der kann den Text schon auswendig.«

Ich schwieg einen Moment. »Komisch, ich hab so was nie versucht. Vielleicht hab ich mal daran gedacht, als eine von vielen Möglichkeiten. Aber dann bekam ich immer Angst. Dass da einer steht auf der anderen Seite und sauer auf mich ist, weil ich etwas kaputtgemacht hab, was eigentlich ihm gehört.« Ich schaute nachdenklich. »Hattest du keine Angst?«

»Angst …« Louise langte über den Tisch und griff nach der Flasche. »Ich seh schon. Bei dir muss man selbst Hand anlegen, sonst verdurstet man.« Sie goss ihr Glas randvoll. »Nein, ich hatte keine Angst. Ich war betrunken und hatte die Schnauze dermaßen voll, dass ich nicht lang gefackelt hab. Badewanne voll, und zack, so war das.«

»Was kann nur so schlimm sein? Kapier ich nicht.«

Louise tat einen Stoßseufzer. »Also gut, du gibst ja doch keine Ruhe. Es war ein Kerl. Zufrieden?« Sie rutschte tiefer und legte die Füße auf die Brüstung. »Er war groß. Tätowiert. Kahl wie ein Ei. Er machte Fotos für Magazine und Werbung und so was. Er war –« Sie schluckte hart. »Er war – ein richtig toller Mann …« Einen Moment lang starrte sie in die Sonne und schwieg.

»Wir haben uns auf irgendeiner Party getroffen. Ich meine, ich hatte schon 'ne Menge Kerle, ja? Letztlich ist das doch wie Essen und Trinken, wir brauchen es zum Leben, sonst verschrumpeln wir, aber oft … na ja. Oft gibt's eben nur Chicken Wings und Cola light. Macht trotzdem satt. Aber er …« Sie legte die Hände in den Schoß. »Er war ein Zehn-Gänge-Menü. Nach jedem Teller glaubst du, mehr geht nicht, doch dann geht es weiter und weiter. Jeder Tag war Sonne und Pink und Zuckerwatte, Hauptsache, er stand abends vor meiner Tür und wollte mit rauf.« Sie lächelte und schüttelte den Kopf. »Dieser verdammte Arsch.«

»Was ist passiert?«

»Es ging ein paar Wochen gut, dann tauchte seine Frau auf. Er hatte begonnen, mich überallhin mitzunehmen, und ich hab noch gesagt, sei vorsichtig. Aber er hat nur gelacht, ihm wäre alles egal. Hauptsache, sein Mund würde morgens nach mir schmecken, dann könnte die Welt untergehen. Genauso hat er das gesagt …« Sie drehte ihr Glas ein wenig.

»Sie hat ihm ein Ultimatum gestellt. Er hat sich eine Nacht lang mit Johnnie Walker eingeschlossen und gerechnet. Als die

Sonne aufging, war ihm das Ganze zu teuer, und er entschied sich für sie. Zack. Versteh mich doch, da ist das Atelier und die Autos, und du bist jung und hast noch alle Möglichkeiten. Hier sind deine Schlüssel, mach's gut, ruf mich nicht an. Das war's.«

»Und deswegen hast du …?«

»Pah.« Louise lachte bitter. »Es dauerte keine acht Wochen, da war sie schwanger. Ein Liebesbeweis, hat sie geschrieben, als sie mir das Ultraschallbild ins Büro geschickt hat. Und dass sie ihre Ehe erst durch mich ganz neu erfunden haben, von wegen Hörner abstoßen und so, und dass jetzt alles ganz super ist, und vielen Dank auch, und dass er sie so toll fickt und mit ihr lacht über meine kleinen …« Sie schloss die Augen. »Und ich? Ich spürte seine Zunge in meinem Mund und seinen Schwanz zwischen meinen Beinen, als ich allein in meiner düsteren Bude hockte. Alles roch nach ihm, mein Bett, meine Klamotten, es war der pure Irrsinn. Na ja …« Sie rieb sich die Handgelenke. »Letztlich … war es vermutlich der Rotwein. Rotwein hat mich schon immer traurig gemacht.«

»Er hat dir das Herz gebrochen.« Irgendwas in mir war warm und dunkel geworden.

»Pah.« Louise wischte sich über die Wangen. »Obwohl …« Sie räusperte sich. »Möglicherweise … trifft es das. Irgendwie.«

»Und heute? Würdest du noch mal …?«

»Keine Ahnung.« Louise wandte sich ab. »Andererseits …« Ihr Blick streifte den brennenden Horizont. »Weißt du, irgendwie hast du recht. Diese Insel macht was mit einem. Ich weiß nicht, wie, aber sie macht dich irgendwie … härter, knochiger. Morgens tritt sie dich in den Arsch, dass du aus dem Bett fliegst, und abends hält sie dich im Arm wie ein Baby. Nein …« Sie befingerte ihre Narben. »Nein, ich glaube, ich würde nicht noch mal …«

Ich lächelte. »Ich glaube, das hört sie gern. Monte Spina. Und weißt du was? Sie hat mir gerade ins Ohr geflüstert, wie ich dir helfen kann.«

»Ach ja?« Louise schaute misstrauisch, als ich mich aufrappelte und nach den Gläsern griff.

»Rotwein macht dich traurig, hast du gesagt? Ha!« Ich holte aus und warf die beiden Gläser in hohem Bogen über die Brüstung.

»Spinnst du?« Louise prustete.

»Ab heute herrscht hier Rotweinverbot!«

»Na toll …«

»Man kann ja auch was anderes trinken.« Ich lief ins Haus und kehrte zurück mit einer eiskalten Flasche. »Was ist hiermit?«

»Champagner?« Louise verrieb sich die Wimperntusche bis zum Ohrläppchen. »Wo hast du den denn her?«

»Ist doch egal. Macht glücklich, sagt man, oder?«

»Macht frivol, meinst du wohl, du komisches Huhn.«

»Echt? Oh.« Ich schaute betreten. »Mhm … Egal. Genau das Richtige für heute Abend.« Ich pulte an dem Verschluss, dann knallte der Korken aus der Flasche, dass ein verschlafener Vogel im Busch einen Aufschrei tat. »Auf die gebrochenen Herzen!«

Louise lachte und weinte gleichzeitig. »Auf die gebrochenen Herzen …«

»Ihr werdet schon sehen, was ihr davon habt, ihr ganzen tollen Männer da draußen! Mit euren warmen Händen und schmalen Hüften und süßen Lippen! Irgendwann scheuchen wir euch auf aus euren Gräbern und Ehebettchen und wo ihr es euch sonst so gemütlich gemacht habt! Und dann! Dann werden wir uns grausam rächen für das ganze Leid, das ihr uns angetan habt!«

Louise schüttelte den Kopf, als die Gläser klirrten. »Ach, Toni.«

»Was!«

»Du bist betrunken.«

»Was? Na ja … Stimmt.«

»Toni?«

»Ja?«

»Werden wir hier noch mehr Champagner trinken?«

»Ich hab nur die eine Flasche.«

»Ach, Scheiße. Das müssen wir ändern.« Louise schwieg einen Moment. »Toni?«

»Hier, Louise. An deiner Seite.«

Louise lächelte. Dann langte sie über den Tisch und griff nach meiner Hand mit den nicht ganz sauberen Fingernägeln. »Ich bin Lou. Und ich bin echt froh, dass du hier bist.«

4

Bror

Es war Anfang August, als ich die Hausdame durch den Palmenhain kommen sah und mich aufrichtete.

»Ich erhielt gerade einen Anruf aus London. Wir erwarten Mr. Bror übermorgen. Denken Sie an die Bucht, und denken Sie an den Swimmingpool. Vermeiden Sie lautstarke Arbeiten, vor allem während der Mittagszeit, und unterlassen Sie alles, was unangenehm riechen könnte. Und –« Ihr Blick wanderte an mir herunter. »Saubere Kleidung könnte nicht schaden.«

Ach du Scheiße, murmelte Leon und sah der Hausdame nach. Dann verschwand er im Unterholz und ließ mich mit meinem Schrecken allein.

Die Nachricht scheuchte mich auf. Max Bror war in den vergangenen Wochen dermaßen unsichtbar gewesen, dass ich schon beschlossen hatte, es gäbe ihn gar nicht. Ein Phantom, ein Schatten. Ein dunkles Gerücht, um die Menschen auf der Insel brav und gefügig zu halten. Mein Stöbern im Internet hatte nur wenige Treffer gebracht, meist Randnotizen auf langweiligen Finanzseiten. Und ein Foto. Ein pixeliges Schwarz-Weiß-Bild, das in großer Runde eine gesichtslose Gestalt zeigte, ganz in Schwarz gekleidet und halb aus dem Bild gedreht. Ich hatte ihn näher herangezoomt und die Augen zusammengekniffen, aber außer einem unbehaglichen Gefühl war nichts dabei herausgekommen. Vielleicht ist er ja krank oder hängt an irgendwelchen Geräten, hatte ich gedacht und den Rechner heruntergefahren.

Doch nun war es also so weit. Alles Schönreden half nichts mehr, Max Bror lebte, war gesund und definitiv im Anmarsch. Er würde mich ins Visier nehmen, meine Arbeit bewerten und sein Urteil fällen, mit welchem Ergebnis auch immer. Wie lange war der letzte Gärtner geblieben?, versuchte ich mich zu erinnern, als ich abends in mein Bett schlüpfte. Sechs Monate. Exakt die Zeit zwischen meinem ersten Tag auf der Insel und meiner baldigen Begegnung mit dem Hausherrn. Na wunderbar, dachte ich und löschte das Licht. Das kann ja heiter werden.

Am Morgen seiner Ankunft war alles wie immer. Der Himmel war blau und wolkenlos, es würde ein heißer Tag werden, nichts Ungewöhnliches also. Die Vögel sangen, der Wind wehte durch die Palmen, und die Gärten dufteten wie sonst auch.

Und doch war alles anders. Schon in den Morgenstunden kam mir die Sonne greller vor als sonst, beinahe stechend, als ich in den Park hinunterlief. Die Vögel waren seltsam nervös und schossen in Schwärmen über den Rasen, dass ich kurz stehen blieb und ihnen nachsah. Der Kater war nicht da, auch das war eigenartig, sonst lag er als schlecht gelaunte Kugel im Schatten und wartete auf mich.

Aber heute schien die Insel irgendwie seitenverkehrt. Als hätte sie sich umgedreht und würde auf etwas am Horizont starren – etwas, das rasch näher kam. Ich sah den kleinen Carlos zum Haupthaus bummeln und wenig später zurückrennen, um schließlich ganz in Weiß und mit betretener Miene in die Hafengrotte einzubiegen. Ich sah die *Jayden* auslaufen und nach einer Weile auf der glitzernden See zurückkehren. Stand da nicht etwas Dunkles auf dem Oberdeck? Ich beschirmte die Augen gegen die Sonne, nein, das war wohl Einbildung und auf die Entfernung sowieso nicht zu erkennen. Aber mein ungutes Gefühl blieb. Wie würde die erste Begegnung wohl vor sich gehen? Würde er mich auf dem Handy in sein Büro rufen? Ich griff in die Tasche und überprüfte den Akku. Oder würde er in den Park hinunterkommen und sich meine Arbeit der letzten Wochen zeigen lassen? Ich zog mir die Kleidung glatt, dann lief ich zurück zu meinem Beet und versuchte, mich in die Arbeit zu versenken. Immer wieder schreckte ich hoch, wenn es raschelte auf dem Weg oder ein Vogel einen Warnruf tat, und einmal hörte ich

Schritte die Treppe herunterkommen und ließ fast die Harke fallen. Aber es war nur Lou, die mit saurer Miene Richtung Ostkamm zog.

»Und?«, fragte ich.

»Hör bloß auf …«

»Wieso, was ist denn?«

»Ich muss hoch und mir etwas anderes anziehen. Dieses Riesenarschloch …« Sie verschwand hinter einer Wegbiegung.

Ich schluckte. Dann ging ich wieder auf die Knie, hellwach und mit geweiteten Augen. Als schließlich die Sonne hinter dem Kraterrand unterging, war ich ganz zermürbt von der angespannten Warterei. Mit steifem Kreuz und schmerzendem Nacken packte ich mein Werkzeug zusammen und zog schweigend hoch zum Gärtnerhof.

Den ganzen Tag lang war niemand gekommen. Niemand, der sich für mich oder meine Arbeit interessiert hatte.

Ich sah ihn zum ersten Mal am nächsten Morgen, als ich mich gerade in einem der Beete unten in der Bucht einrichtete. Und Schritte auf der Treppe hörte. Harte, schnelle Schritte, eindeutig fremd und anders als die, die sonst über die Insel gingen. Lou klackerte auf meist hohen Absätzen, Helen schritt, Carlos schlurfte, und Sophias Singen hörte man schon von Weitem. Doch dies hier war der rasche Gang eines großen Menschen, entschlossen und selbstsicher. Ich überlegte nicht lange und tauchte ab ins Unterholz. Machen wir uns doch erst mal ein Bild von dem Ganzen, dachte ich und ärgerte mich über mein Herzklopfen, als ich hörte, wie der Mensch an mir vorbeilief und die Stufen hinunter zum Strand nahm. Dann ging ich in die Hocke und öffnete den grünen Vorhang ein wenig, um den Mann besser erkennen zu können, der gerade sein Handtuch in den Sand geworfen hatte.

Groß. Das war das Erste, was mir auffiel. Schlank, trainiert, nicht schlecht – ich machte einen langen Hals. Nicht mehr ganz jung, seine Haare waren grau, aber sein Gang aufrecht und lässig wie der eines Sportlers. Seine Haut war blass und sah nach langen Stunden in geschlossenen Räumen aus, ich erschrak, als er sich das Hemd auszog. Herrje, er wird doch wohl nicht …? Doch dann atmete ich auf, als er die Badehose anbehielt und hinunter zum Wasser lief. Kurz hielt er inne und kehrte zurück zu seinem Kleiderhaufen, streifte die Armbanduhr ab und legte sie obenauf. Dann drehte er sich um und lief in die Brandung.

Eine ganze Weile hockte ich im Dickicht und starrte ihm nach. Ich spürte mein Herz schlagen, die Hände feucht werden und den Kloß in meinem Hals qualvoll anschwellen. Dieses Gesicht … Irgendwas stimmte damit nicht. Ich hatte es nur kurz gesehen, die schmale Nase, die hohen Wangenknochen. Die Falten, die die Stirn durchzogen und die Mundwinkel nachzeichneten. Ein schönes Gesicht, kantig, nahezu auffallend. Ein schönes Gesicht auf einem eleganten Körper, gesund und männlich. Und dennoch spürte ich nur eins: Angst. Eine heftige, dunkle Angst, mehr Instinkt als Gefühl, die sich in mir ausbreitete wie eine schwarze Flüssigkeit. Diese Augen – waren kalt, was für ein grauenvolles Gefühl musste es wohl sein, vor ihnen bestehen zu müssen. Diese Lippen – er hatte sie zusammengepresst, hier, an diesem Morgen, an diesem Strand, dem Paradies näher als die meisten anderen Orte auf der Welt. Wie sollte über solche Lippen jemals etwas Freundliches kommen, etwas Tröstendes oder gar Lob?

Hastig rappelte ich mich auf und warf einen letzten Blick auf den Schwimmer, der in die offene See hinauskraulte. Dann raffte ich mein Werkzeug zusammen und machte, dass ich aus der Bucht kam.

Toni! Max Bror ist nie hier? Und wenn, dann schert er sich um nichts, nicht um dich und um deine Arbeit? Menschenskind, sei froh. Dieser Mann – niemals kann so ein Mann etwas Gutes bringen.

Natürlich half das Versteckspiel nicht lange. Eine Weile hatte ich mich hinter das Gästehaus verzogen und unsichtbar gemacht. Der Kater war verschwunden geblieben, kein Locken hatte ihn zum Vorschein gebracht. Lou hatte ich mittags zum Ostkamm hochwanken sehen, ganz grau und gebeugt, und einmal hörte ich Sophia jammern, als es sich nicht vermeiden ließ und ich auf leisen Sohlen am Haupthaus vorbeischlich. Mit jeder Stunde wurden meine Knie zittriger und meine Hände feuchter – und so schrumpelte mein Herz wie eine Rosine, als es schließlich so weit war und die harten Schritte in meinem Rücken innehielten.

»Was zum Teufel machen Sie da.«

Er stand vor mir wie ein Schatten, staubtrocken und seltsam farblos. Er musterte mich, meine Haare, mein Gesicht, sein Blick kroch in meinen Ausschnitt, vermaß meine Beine, verfinsterte sich beim Anblick der frischen Schürfwunde auf meinem Knie. »Wo ist die andere.«

Ich starrte ihn an. »Wie bitte?«

»Spreche ich undeutlich? Wo ist die andere?«

»Welche … andere?«

»Na, diese Gärtnerin. Die mir die Heligan geschickt hat. Die aus Beaulieu House.«

Ah, ein Witz … Ich probierte ein Lächeln. »Das bin ich.« Die Stimme vielleicht ein bisschen dünn und zu piepsig, was soll's, kann passieren.

Bror sah das offensichtlich anders. »Das kann nicht sein. Das ist unmöglich, denken Sie nach. Nie im Leben schickt mir die Alte so etwas Halbgares.«

Mein Lächeln verrutschte. Hastig suchte ich nach einer Antwort, aber wie das immer so ist: Mir fiel nichts ein.

»Schlagfertig sind Sie ja nicht gerade.« Bror senkte den Blick und schmunzelte. »Na, macht nichts. Angesichts Ihrer sonstigen Talente, nicht wahr? Wie sagte die Heligan: fleißig, anspruchslos, sauber. Deutsch, na ja, was will man machen.« Er schüttelte den Kopf. »Erstaunlich. Bei so viel Unvermögen.«

Mein Mund klappte auf. »Unvermögen? Was soll das heißen?«

»Die Hausdame sagt, Sie sind schon sechs Monate hier.«

Ich nickte stumm.

»Das ist eine lange Zeit, nicht wahr?«

Ich schaute unsicher.

»Und wann genau haben Sie mal einen Blick auf die Dachterrasse geworfen, hm?«

Ehrlich gesagt wusste ich gar nichts mehr.

»Ich weiß, ich bin selten hier, ein dummer Fehler, aber was soll ich machen. Sicherlich normal, dass die Leute da morgens ein bisschen länger liegen bleiben und abends ein bisschen früher zusammenpacken, die Hausdame kann ihre Augen schließlich nicht überall haben. Aber was Sie mir hier abliefern, überrascht mich dann doch. Da steige ich von der *Jayden*, zugegebenermaßen erwartungsvoll, schließlich hat die Heligan ihren Preis, nicht wahr? Und was finde ich vor? Verwilderte Kübel. Trockenes Gestrüpp und eine Gärtnerin, die in erster Linie durch Abwesenheit glänzt. Haben Sie allen Ernstes geglaubt, mit so was kommt man bei mir durch?«

Ich brauchte einen Moment und suchte nach Worten. »Aber … Helen hat doch gesagt, das Obergeschoss ist tabu für mich!«

»Ach, jetzt ist die Hausdame schuld.«

»Was? Nein, ich meine –«

»Sie meinen, dann kümmern Sie sich gleich mal darum? Na sicher. Wozu auch Mühe und Schweiß investieren, nicht wahr? Wenn man doch im Ernstfall immer noch schnell nachbessern kann.«

»Aber ich dachte doch nur –«

»Sie dachten?« Bror verzog das Gesicht. »Oha. Jetzt sage ich Ihnen mal, was *ich* dachte, als ich gestern auf die Insel kam. Das riecht nach Reinfall, dachte ich. Diese Frau hat das ja überhaupt nicht im Griff. Na schön, sie ist neu, sie ist jung, vielleicht braucht sie noch etwas. Aber dann mache ich mir die Mühe und weise sie hin auf die eine oder andere Schwachstelle, und was tut sie? Sie windet sich und redet sich heraus. Wunderbar. So was wie Sie hat mir hier gerade noch gefehlt.« Er wandte sich zum Gehen. »Ich gebe Ihnen genau eine Stunde. Dann befindet sich die Dachterrasse in einem Zustand, dass ich sie betreten kann, ohne mich zu ärgern. Und wenn ich mich dabei durch irgendwas gestört fühlen sollte, kann sich die Heligan ihren Missgriff hier gleich wieder abholen.« Er zögerte und warf noch einen Blick zurück. »Und seien Sie so lieb und machen Sie was mit diesen Haaren, ja? Die sind ja wirklich grauenvoll.«

Stumm und mit offenem Mund sah ich ihm nach, wie er die Treppen hoch zum Haupthaus nahm. Ich schluckte. Dann schlug ich die Augen nieder. Langsam drehte ich mich um, ging über die Poolterrasse, nahm den seitlichen Bogenweg hinauf zum Westkamm, erklomm die Stufen, überquerte den Hof und öffnete das Gerätehaus.

Wie siehst du denn aus? Leon saß im Halbdunkel und schaute mich mit großen Augen an.

Ich habe die Dachterrasse vergessen. Seit Wochen krieche ich hier durch jeden Winkel, aber da oben war ich tatsächlich nicht ein einziges Mal.

Na und? Die Anweisungen der Hausdame waren eindeutig.

Ich hätte ja auch mal fragen können …

Aber du hast hart gearbeitet. Und du hast es gut gemacht, sieh dich doch mal um. Sein Urteil war eine Frechheit und sein Ton verletzend und gemein.

Ich packte mein Werkzeug in einen Korb.

Und jetzt?

Ich angelte nach einem Handfeger.

Jetzt rutschst du da oben auf den Knien, während er dir zusieht und die Nase rümpft?

Ich schulterte den Korb und schlich Richtung Ausgang.

Du solltest dich wehren, Toni. Lass das nicht so stehen. Sag ihm, dass er falschliegt und ungerecht war und mal lieber genauer hinschauen sollte.

Der setzt mich doch vor die Tür, wenn ich dem so komme …

Das glaube ich nicht. Und selbst wenn: Dann hast du dich zumindest gewehrt. Du hast ihm die Meinung gesagt und dich nicht in den Staub drücken lassen wie alle anderen auch.

Ich zögerte. Und … wenn ich es wieder so mache wie früher? Wenn ich einfach versuche, nicht mehr zu denken und zu fühlen, und darauf warte, dass es von selbst wieder besser wird?

Leon drehte sich um und ließ mich stehen.

Ist ja gut. Ich schniefte leise. Du hast ja recht. Ich geh schon.

Mein Herz schlug hell und laut, als ich die Stufen hinauf ins Obergeschoss nahm. Vor dem Durchgang zur Dachterrasse blieb ich kurz stehen. Dann holte ich tief Luft und trat hinaus ins Freie.

Bror saß wie ein dunkler Fleck im Schatten eines Sonnensegels und las in einer Unterschriftenmappe. Die Nachmittagssonne flutete edle Stoffe und Hölzer, umrahmt von üppigen Kübelpflanzen, die nicht halb so verwahrlost aussahen, wie ich befürchtet hatte. Ich stellte den Korb ab und löste die Schere.

Bror sah kurz hoch und gleich wieder weg.

Ich überprüfte die Bewässerungsschläuche, entfernte Unkraut, schnitt einen trockenen Ast heraus und legte ihn auf den Boden.

Bror runzelte die Stirn.

Ich knipste verwelkte Blüten ab, zog ein altes Nest aus einem Olivenbaum, beraubte eine Spinne ihrer Heimat und ließ sie über die Brüstung fallen. »Ich fand es nicht gut, was Sie vorhin gesagt haben.«

Bror schaute auf.

»Dass ich meine Arbeit hier nicht im Griff habe. Dass ich morgens länger liegen bleibe und abends früher zusammenpacke. Sie müssen doch gesehen haben, was alles besser geworden ist.«

Er neigte den Kopf ein wenig.

»Ich habe hier hart gearbeitet, die ganzen letzten Wochen. Ich habe die Wandelgänge neu bepflanzt, im Palmenhain ausgelichtet und die Liegewiesen hochgebracht. Die Teakholzmöbel sind frisch geölt, die Lorbeerhecken wurden schon zweimal geschnitten, und der Strand sieht aus wie Puderzucker. Da werde ich wohl auch mal etwas vergessen dürfen.« Ich zögerte und nahm Anlauf. »Und meine Haare gehen Sie überhaupt nichts an.«

Bror betrachtete mich und schwieg.

Schließlich seufzte er. »Sie hat Ihnen von diesem Zimmermädchen erzählt.«

Wieder das Gleiche, ich begriff nicht sofort. »Wie bitte?«

»Helen meint, sie tut mir etwas Gutes damit, aber letztlich regt es nur die Fantasie an, nicht wahr?« Er nahm seinen Kaffee und lehnte sich zurück.

»Ich weiß, was Sie da vorhaben. Das funktioniert aber nicht. Wissen Sie, die Kleine hat mich verklagt damals. Sie hat mich verklagt und tatsächlich gewonnen, dieses geldgierige Luder. Aber glauben Sie mir, ich lerne meine Lektionen gut.« Er setzte sich bequemer.

»Wenn Sie jetzt denken, Sie schlafen eine Nacht im Flughafen und kassieren dafür eine hübsche kleine Abfindung, dann haben Sie sich getäuscht. Ich kündige nur noch selten. Eigentlich gar nicht mehr, ist mir zu teuer geworden. Ich mache das anders, ich drehe das so, dass die Leute von selbst gehen, wenn ich das möchte. Ist auch viel amüsanter. Man lernt eine Menge dabei, wissen Sie?« Er versenkte sich wieder in seine Unterschriftenmappe. »Gehen Sie. Scheren Sie sich in den Park. Sorgen Sie dafür, dass ich die paar Tage hier überstehe, ohne mich pausenlos über Sie zu ärgern. Und wenn Sie mich das nächste Mal irgendwo antreffen, wo Sie gerade zu arbeiten gedenken, dann senken Sie den Blick und warten, bis ich aufgestanden bin.«

Ich starrte ihn an. »Aber – was ist denn mit der Dachterrasse? Ich sollte doch aufräumen hier oben!«

Er blätterte durch die Seiten.

»Und was ist mit dem Garten? Sie müssen sich doch mal ansehen, was ich hier die ganze Zeit gearbeitet habe!«

Er zückte einen Stift und markierte eine Zahl.

»Warum kommen Sie nicht mal mit hinunter und lassen sich etwas von mir zeigen? Es ist gut geworden, wirklich, Sie werden schon sehen.«

»Sie sind ja immer noch da.« Er schaute hoch. »Was muss ich machen, um Sie loszuwerden – rohe Gewalt anwenden? Ersparen Sie mir Ihre Anwesenheit und verschwinden Sie.«

Ich merkte, wie etwas in mir zusammenfiel.

»Ach, eine Bitte noch. Wenn Sie schon unbedingt mit dieser Frisur herumlaufen müssen, dann ziehen Sie sich doch wenigstens mal ein sauberes Hemd an. Da, wo Sie herkommen, mag man diese zweifelhafte Natürlichkeit charmant nennen. Ich habe dafür andere Ausdrücke. Und die wollen Sie nicht hören.«

Ich öffnete den Mund und suchte erneut nach einer Antwort. Hastig wandte ich mich ab, damit er mein Gesicht nicht sah. Dann nahm ich meine Sachen und ging.

Es war sehr still in mir, als ich die Treppe hinunterschlich. Was nun?, dachte ich. Was soll nun werden? Ich blieb stehen und sah meiner Hoffnung nach, die in kleinen Flöckchen davonwehte.

Natürlich hatte ich mit so was gerechnet. Dass sich abgesehen von Helen niemand wirklich auf den Hausherrn gefreut hatte, war schwer zu übersehen gewesen. Erst recht nicht nach Lous Andeutungen. Und natürlich hatte auch ich in meinen vergangenen Berufsjahren schon für alle möglichen Leute arbeiten müssen: arrogante Mistkerle, eingebildete Pinsel. Menschen, die meinten, sich für ihr Geld auch Unterwürfigkeit kaufen zu können. Aber das hier war etwas ganz anderes. So viel Gemeinheit und Menschenverachtung kannte ich nicht. Und er war schön. Irgendwie hätte ich es leichter gefunden, wenn Bror fett gewesen wäre oder zu klein, oder wenn er keine Haare gehabt hätte oder dicke Brillengläser – Fischauge hätten sie ihn in der Schule gerufen, vielleicht wird man dann so. Aber Bror? Irgendwie schien er alles mitbekommen zu haben, er war reich, schön, redegewandt. Wie unverwundbar. Und eiskalt. Der große Hibiskus am Swimmingpool fiel mir ein, der noch immer ums Überleben kämpfte. Jetzt verstand ich, warum man ihn so zugerichtet hatte.

Und jetzt?

Hierbleiben? Den Stolz über Bord werfen und sich klein und hart machen, bis er wieder abreist? Und dann? Wie soll denn das alles noch Freude bringen? Wenn man jeden Morgen aufwacht und weiß, dass er ganz sicher irgendwann wiederkommen wird.

Oder aufgeben. Monte Spina abhaken wie einen Fehler. Die Insel verlassen und nach Hause zurückkehren. Aber – wo war das denn, dieses Zuhause? War es nicht eher so, dass es so was da draußen überhaupt nicht mehr gab? Dass da niemand war und niemand mehr wartete, dass ich allein war und diese ganzen Stimmen um mich nichts weiter waren als ein riesengroßer Selbstbeschiss? Ich merkte, wie meine Augen überliefen, und schluckte Tränen.

Und schrak zusammen, als mich eine kalte Hand am Arm packte.

»Was denken Sie sich nur?« Die Hausdame warf einen Blick zurück und zog mich um die Ecke. »Sie ringen Max Bror in die Knie wie ein kleines Mädchen? Mit derben Schuhen und fleckigem Gesicht? Sie einfältiges, dummes Ding.« Sie ließ mich los und musterte mich von Kopf bis Fuß. »Hören Sie auf zu weinen. Merken Sie sich eins: Ungeschickter hätten Sie sich gar nicht anstellen können. Wenn Sie Max Bror angehen wie in der höheren Töchterschule, streift er Sie ab, als wären Sie Luft. Jetzt sitzt er da oben und lacht. Wenn er Sie nicht ohnehin schon längst vergessen hat.« Sie klaubte mir ein Blatt aus dem Haar. »Sie laufen jetzt hoch zum Westkamm und waschen sich das Gesicht. Ziehen Sie sich saubere Kleidung an, und dann suchen Sie sich Arbeit, wo die Insel am schönsten ist, sagen wir … unten in der Bucht.« Sie drehte sich um und nahm die Treppe zurück ins Obergeschoss.

»Mr. Bror wird zu Ihnen herunterkommen in zwanzig Minuten. Er wird großspurig tun, aber tatsächlich wird er zerknirscht sein. Und das werden Sie nutzen. Zeigen Sie ihm, was Sie hier alles vorzuweisen haben. Zeigen Sie ihm seinen Garten.«

Zwanzig Minuten können sehr kurz sein. Vor allem, wenn im Kopf so viele Stimmen rauschen, dass man über seine eigenen Beine stolpert. Warum hat Helen das getan?, rätselte ich, als ich in mein Schlafzimmer stürzte. Das ist doch nun wirklich vollkommen gleichgültig!, schimpfte die Heligan und schaute böse. Überlegen Sie lieber, was Sie ihm gleich alles zeigen wollen. Und wehe, Sie sind wieder so piepsig! Sie sind doch ein Gärtner! Scharfe Klingen, wetterfester Stolz und Hände, die mal locker aus dem Stand einen Hals umdrehen können! Der soll ja aufpassen, mit wem er sich anlegt!

Und so hatte ich gerade Stellung in der Bucht bezogen, das Werkzeug malerisch verteilt und einmal tief Luft geholt – als ein Vogel durch das Grün warnte. Max Bror kam zum Strand herunter.

Da hat der Lack aber gelitten … Verstohlen betrachtete ich den großen Mann, der auf die Stiege hinausgetreten war und seine Hand auf das Geländer legte. Waren seine Haare ein wenig wirr? Sein Gesicht etwas scheckig, wie bei einem Kind, getadelt in großer Runde? Ich versenkte mich in mein Beet, während die Schritte in meinem Rücken näher kamen und schließlich innehielten.

»Die Hausdame sagt, ich soll mir hier was ansehen. Also. Ich höre.«

Er hatte sich die Hände in die Taschen gestopft und sah auf mich herab wie auf eine Fliege. Pfff, dachte ich. Das kann ich auch.

»Dann sagen Sie der Hausdame, sie hat sich geirrt. Ich habe nichts zum Herzeigen.«

Damit schien er nicht gerechnet zu haben. Er brauchte einen Moment. »Wunderbar. Sie wühlen hier seit einem halben Jahr in der Erde und haben nichts vorzuweisen? Sie sind ja ein richtiger Glücksgriff.«

»Ich habe hier jede Menge vorzuweisen. Aber was soll ich einem Menschen zeigen, der sowieso nichts sieht?«

Bror neigte den Kopf ein wenig. »Wie bitte?«

»Sie haben doch schon Ihre Meinung gefasst. Ich bin dumm, faul und mein Geld nicht wert. Und der Garten ist wild und verwahrlost. Laufen Sie wieder hoch und beschäftigen Sie sich mit etwas anderem. Das hier ist Zeitverschwendung, für Sie und für mich.«

Kurz starrte Bror mich an. Dann runzelte er die Stirn. Ein wenig umständlich kramte er ein zerknautschtes Päckchen hervor und schob sich eine Zigarette in den Mund. »Ich kann noch nicht hoch.« Sein Feuerzeug schnippte. »Helen patrouilliert über die Poolterrasse. Ich soll Ihnen eine halbe Stunde geben, hat sie gesagt. Eine halbe Stunde, in der ich mir hier irgendwas ansehen soll. Also.«

Ich zerrte an einem Stück Wurzel. »Einem Blinden kann man nichts zeigen.«

»Sie sind sehr frech. Seien Sie vorsichtig.«

Wozu, ich denke, du kündigst nicht mehr … »Sie sind doch gerade hier heruntergelaufen! Am Pool vorbei, durch den Palmenhain, und jetzt stehen Sie hier unten in der Bucht.«

»Na und?«

»Na und? Fällt Ihnen denn nichts auf?«

»Was soll mir auffallen? Es ist Grün. Wie immer.«

Ich schnaubte. »Na bitte. Sie sind blind, jede Mühe ist sinnlos. Warum besitzen Sie überhaupt so einen Garten?«

»Sieh mal einer an …« Bror schlenderte zu einem Felsen und stemmte sich hinauf. »Das ist tatsächlich der erste vernünftige Satz, den ich von Ihnen höre. Warum nur. Warum leiste ich mir so einen Irrsinn. Wollen Sie wissen, was mich die Insel kostet jeden Tag? Aber nein, wozu auch. Die Summe liegt ohnehin weit jenseits Ihrer Vorstellungskraft.«

»Also warum?«

»Tja, warum …« Er blies seinen Qualm in die Luft. »Lassen Sie mich das vorsichtig formulieren: Das geht Sie einen Scheißdreck an.«

Ich schnaubte wieder. Dann nahm ich meine Schere und versenkte mich in die Stauden. Eine Zeit lang herrschte Stille in der Bucht.

Schließlich warf Bror seine Kippe in den Sand. »Na los. Noch neunzehn Minuten. Machen Sie schon, unterhalten Sie mich.« Er musterte mich, wie ich vor ihm auf den Knien lag. »Das ist vielleicht ein Anblick. Kennen Sie keine glücklichere Haltung? Miss Kurze Hose?«

»Dann schauen Sie einfach weg. Das können Sie doch sonst so gut, nur das zu sehen, was Sie wollen. Und wenn Sie bei Gelegenheit mal wieder in Ihrem Büro sind: Ich habe einen Namen, ja?«

»Na und, was soll ich damit? Es gibt Dinge, die lohnen sich nicht. Namen für kurze Hosen zum Beispiel.«

»Aha, besten Dank.« Ich warf einen Stein in den Korb. »Wie lange noch?«

»Wie bitte?«

»Die Uhr! Wie lange sitzen Sie hier noch herum und qualmen mir die Bucht voll?«

Bror schaute nach. »Siebzehn Minuten. Siebzehn lange Minuten, in denen ich mich mit Ihnen herumlangweilen muss. Haben Sie denn so gar nichts Anregendes zu bieten?« Er schob sich eine neue Zigarette in den Mund. »Die Hausdame sagt, Ihr Mann ist gestorben.«

Mein Herz setzte aus.

»Sein Wagen ist von der Straße abgekommen, hat sie gesagt. Und gegen einen Baum geprallt. Ausgerechnet.«

Ich merkte, wie ich blass wurde.

»Zu schnell gefahren, was?«

Mein Hals war trocken, ich musste mich räuspern.

»Kommen Sie schon, das interessiert mich. Ich soll netter zu den Leuten sein, hat die Hausdame gesagt.«

Gott, Helen, aber doch nicht so …

»So schweigsam auf einmal?« Bror rauchte versonnen. »Hm.

Nicht dass der Gute am Ende nicht ganz nüchtern war. Sie mit Ihren ganzen Blümchen und Bäumchen und Ihren schmutzigen kurzen Hosen. Vielleicht brauchte er Jack Daniel's, um sein Leid zu ertragen.«

Warum sagt er so was, das darf er doch nicht …

»Oder vielleicht war er ja durch irgendwas abgelenkt. Hatte den Kopf voll mit – was weiß ich. Der krachenden Niederlage, dem biestigen Chef. Der neuen heißen Blondine in seinem Büro.«

Das ist nicht gut, da läuft gerade was schief …

»Oder vielleicht hatten Sie sich ja gerade gestritten.«

Mein Magen sackte durch und kam gleich wieder hoch.

»Da schau her …« Bror spitzte die Lippen. »Haben wir's doch schon. Er war mit seinen Gedanken woanders. Ging beim Tacho auf Anschlag, um mal so richtig Dampf abzulassen.«

»Hören Sie auf damit …«

»Sie spricht ja wieder! Worum ging's, herumliegende Socken? Das viele Tennis, andere Mädchen? Hatten Sie herausgefunden, dass er Sie betrügt?«

»Sie sollen damit aufhören!«

»Hat man sein Handy in seinem Schoß gefunden?«

Mein Herz stolperte. »Nein.«

»Doch, ich glaube schon … Hatten Sie gerade mit ihm telefoniert?«

»Nein!«

»Sie hatten mit ihm telefoniert! Hatten Sie ihn gerade beschimpft? Hatten Sie ihn beleidigt? Hören Sie noch immer den Aufprall, wenn Sie nachts aufwachen und ganz allein sind?«

Ich schnappte nach Luft und fuhr hoch. Nicht!, rief Leon und riss den Mund auf, doch ich hörte nicht, hörte nur quietschende Reifen und Bremsen und das Splittern von Glas, du bist schuld, du musstest ja streiten, warum konntest du nicht warten, bis er wieder zu Hause war, eine Wurzel stand vor, ich blieb daran hängen und stolperte, taumelte Bror entgegen, fleckig und bleich und in den Händen die Schere, mit der ich gerade geschnitten hatte. »Ha!« Bror musste ausweichen und fing mich ab. »Was wird das!?« Er verdrehte mir den Arm, ich schrie auf, die Schere fiel in den Sand. »Passen Sie ja auf, Fräulein! Jedes Spiel hat seine Grenzen!« Er versetzte mir einen Schubs, dass ich das Gleichgewicht verlor und um ein Haar auf dem Boden gelandet wäre. »Mit einer Schere. Gott steh mir bei ...«

Einen Moment lang rangen wir beide um Fassung und atmeten schwer, ich kalkweiß und halb auf den Knien, Bror ein Stück weiter weg und sichtbar aus der Spur.

Schließlich trat er vor und packte mich am Arm. »Na los. Stehen Sie auf, Sie kleine Gans.« Ein wenig unbeholfen zog er mich auf die Beine. »Regel Nummer eins: Legen Sie sich niemals mit Gegnern an, denen Sie nicht gewachsen sind.« Er bückte sich, fischte meine Schere aus dem Sand und drückte sie mir in die Hand zurück. »Regel Nummer zwei: Ihr wunder Punkt! Wachen Sie über ihn wie über Ihren Augapfel. Er ist Ihre Schwachstelle, Ihr Lindenblatt. Ich habe genau zwei Minuten gebraucht, um ihn zu finden und Sie an den Klippenrand zu treiben. Das ist schlecht. In der Welt da draußen würde man Sie jetzt ausspucken und liegen lassen.« Er schüttelte den Kopf.

Dann sah er auf die Uhr. »Na immerhin. Haben wir das auch geschafft. Nicht ganz unamüsant, muss ich zugeben. Ich stelle einen gewissen Unterhaltungswert bei Ihnen fest. Das ist doch mal was.« Er wandte sich zum Gehen.

»Mein – wunder Punkt?« Ein Spiel?! Das soll ein Spiel gewesen sein? Du pulst in den Menschen herum und suchst nach den Schwachstellen, und wenn du eine gefunden hast, dann legst du los und siehst zu, was passiert? Nur weil dir langweilig ist?

»Mein wunder Punkt, ja?« Ich schnaubte heftig und rieb mir den Arm. »Dass ich nicht lache! Und was ist mit Ihnen?«

Bror sah zurück. »Wie bitte?«

»Sie tönen hier groß rum, aber was ist mit Ihnen? Sie kaufen sich eine einsame Insel und sind dann nie da! Sie pumpen hier jede Menge Geld rein, aber was daraus wird, ist Ihnen egal!« Das Herz schlug mir bis zum Hals. »Was ist los mit Helen?«

Er blinzelte. »Wie … bitte?«

»Glauben Sie, ich bin blind? Ein Wort von der Hausdame, und Sie hocken hier unten und trauen sich nicht hoch! Was hätte sie schon groß machen können mit Ihnen?«

Seine Lippen öffneten sich.

»Kommen Sie schon. Unterhalten Sie mich! Was hätte Helen gemacht mit Ihnen? Was wär so schlimm gewesen, dass Sie sich lieber mit der kleinen Gans hier unten herumlangweilen?«

Bror schluckte so hart, dass sein Adamsapfel tanzte. »Also, eins interessiert mich nun wirklich: Wie oft Sie sich in Ihrem Leben schon um Kopf und Kragen gequatscht haben …«

Und da, genau in diesem Moment, als Bror sich wegdrehte und mit einer Mischung aus Wut und Verunsicherung die grünen Hänge in seinem Rücken mustert – da fiel es mir zum ersten Mal auf: Bror hatte ein Problem. Seine Wangen konnten flammend rot anlaufen, von einem Moment auf den anderen, wenn er sich bei etwas ertappt fühlte. Alle Selbstbeherrschung und Coolness, alle gezwirbelten Sätze und Wortklaubereien konnten nicht hinwegtäuschen über diese feurigen Male auf seinem Gesicht. Und obwohl ich gerade eben noch vor ihm auf den Knien gelegen hatte, hatte ich das seltsame Gefühl, dass sein Spiel in letzter Minute mit einem ganz klaren Unentschieden geendet hatte.

Ich sah Bror nach, wie er die Stufen in den Park hochlief und schließlich im Palmenhain verschwand. Eine ganze Weile noch huschte sein Schatten durch das Grün und scheuchte die Vögel auf, die mit lautem Gezeter eine Runde durch die Bucht flogen. Dann beruhigte sich die Insel wieder.

5

Alte Wunden, frisches Blut

Nun war es also heraus. Mein kleines Geheimnis, der Stachel, der monatelang in meinem Fleisch gesteckt hatte. Ans Licht gezerrt, der Dunkelheit entrissen aus purer Boshaftigkeit. Lösen Sie sich von Ihren Schuldgefühlen, hatten sie gesagt, lernen Sie weiterzuleben mit Erinnerungen, die sich nicht ändern lassen. Aber wie bitte soll das gehen? Wie soll man weitermachen, wenn man dem Lieblingsmenschen zum Abschied irgendwelche Gemeinheiten an den Kopf geworfen hat? Wegen nichts, Kinderkram eigentlich, weil Leon beim Frühstück irgendwas gesagt hatte, worüber es sich nicht gelohnt hätte zu streiten. Könnte ich doch nur die Zeit zurückdrehen. Hätte ich doch nur irgendwas anderes gemacht an diesem Abend, Fenster geputzt oder Sport getrieben oder was man eben so tut, wenn man sich den ganzen Tag geärgert hat. Aber nein, ich musste ja zum Hörer greifen. Kaum dass ich durch die Tür war, und obwohl ich gewusst hatte, dass Leon noch im Auto saß. Eine Verkettung unglücklicher Umstände, hatten sie gesagt, Ihr Mann war schließlich alt genug und hätte nicht ans Handy gehen müssen während der Fahrt auf regennasser Straße. Aber ich bin es, die zurückgeblieben ist. Mit diesen Bildern und diesen Geräuschen und mit diesen Stimmen in meinem Kopf, die immer lauter und lauter wurden, sobald ich nachts das Licht ausmachte.

Natürlich geht es irgendwann weiter. Ab einem gewissen Punkt setzt der Überlebenswille ein, und dann schmiert man sich die Wunden zu, Baumwachs drauf und fertig, so kann zumindest keine Fäulnis entstehen. Aber dann taucht da auf einmal jemand auf, wortgewaltig und schlau und auf der widerwärtigen Suche nach Schwachstellen – machen Sie schon, unterhalten Sie mich. Ob es Bror leidtat, was er da aufgestöbert hatte? Wohl kaum. So schnell, wie der sein Ziel erreicht hatte, bedeutete das häufiges Training und viel Freude dabei. Aber zumindest schien ihm das Ganze ein wenig unangenehm zu sein. Denn erstens hatte er offensichtlich niemandem von unserer Begegnung erzählt, und zweitens ging er mir aus dem Weg, und zwar mehr als deutlich. Brors Anwesenheit auf der Insel bedeutete für mich in erster Linie, dass ich seine Kippen aus dem Sand aufsammelte, ansonsten verkroch er sich oben im Haus und ließ mich in Ruhe. Und so hatte ich mich in den letzten Tagen durch meine Stauden gearbeitet und so getan, als gäbe es ihn gar nicht. Bis mir dieser Baum auffiel.

Keine Ahnung, was mich geritten hatte. Ich sollte ja keinen Lärm machen, wenn Bror auf der Insel ist. Und obwohl mein grandioser Auftritt in der Bucht ohne weitere Folgen geblieben war, hatte ich nicht die geringste Lust auf eine Wiederholung. Bror liebte hässliche Spielchen, und ich hatte mich gewehrt, so sah ich das. Punkt. Mit ein bisschen Glück würde ich den Hausherrn ignorieren können wie einen verpilzten Strauch, vor dem man sich in Acht nehmen muss. Einfach einen großen Bogen darum machen.

Doch nun war da eben dieser Baum. Ein trompetenblumiger Palisander, ein Jacarandabaum. Normalerweise prachtvolle Einzelstücke, mit ihren gefiederten Blättern und lavendelblauen Blüten von zauberhafter Schönheit. Nur der neben dem Gästehaus – der war ein Trauerspiel. Windschief und kahl, bis auf ein paar verlauste Blätter an den Spitzen. Ein Dorn im Auge, ein Schandfleck, und erst recht an einem so jämmerlichen Morgen wie diesem. Ich begann um ihn herumzuschleichen, trat einen Schritt zurück, legte den Kopf in den Nacken, machte die Augen schmal. Und traf schließlich eine Entscheidung. Mit hartem Schritt und steifen Locken stapfte ich zurück zum Gärtnerhof, öffnete das Gerätehaus und griff nach der Kettensäge.

Was wird das denn? Die Heligan schaute um die Ecke.

Ich befolge Ihren Rat: Ein Garten ist kein Krankenhaus.

So ein großes Exemplar, können Sie das denn?

Lächerlich.

Soll Ihnen denn keiner helfen? Der Bootsmann vielleicht?

Lieber nicht. Bis der aufgehört hat zu reden, ist die Sonne untergegangen.

Und wenn Sie damit warten bis nach Brors Abreise?

Ich lass mir doch von dem nicht den Arbeitsalltag diktieren.

Fällt man Bäume nicht immer zu zweit?

Aber Mrs. Heligan, nichts anderes hatte ich vor! Ich warf die Tür ins Schloss, dass es schepperte. Na dann, königliche Hoheit. Dann lassen Sie uns mal loslegen.

Und so nahm das Unheil seinen Lauf. Nichts passte, von Anfang an nicht. Es hätte Zugseile und starke Helfer gebraucht, ich merkte es sehr wohl, doch ich war zu ungeduldig. Die Kette schien stumpf, aber jetzt erst wieder zurücklaufen, den ganzen weiten Weg durch den Park? Und als dann die Maschine ansprang und ich mir Bror hinter seinem Schreibtisch vorstellte, wie er den Kopf hob und lauschte – da wurde ich nervös und hektisch und setzte den Fällschnitt falsch, und der Stamm verdrehte sich, und die Rinde zerfetzte, und der Kater quietschte und spritzte davon, und das Letzte, woran ich mich erinnern konnte, war das Splittern von Holz und ein dumpfer Schlag von links.

Dann wurde es schwarz.

Das Nächste, was ich sah, war Sophia. Eine sehr blasse Sophia, die mir besorgt ins Gesicht spähte. »Sie kommt wieder.« Sie klopfte mir auf die Wange. »Da. Sie schlägt die Augen auf.«

»Sie sieht aus wie Ziegenkäse.« Ein Nasenring kam ins Bild.

»Reden Sie kein dummes Zeug.« Die Hausdame schob die beiden beiseite. »Miss Andersen? Können Sie mich hören? Haben Sie Schmerzen?«

Ich rührte mich ein wenig und stöhnte.

»Vielleicht hat sie einen Schädelbruch, und ihr Kopf läuft gerade voll.«

»Miss Thorn, bitte.«

»Oder sie hat sich den Halswirbel gebrochen und wird für immer im Rollstuhl sitzen.«

Ich versuchte mich aufzurichten.

»Jetzt wird sie ganz grün.«

»Miss Thorn, es wäre eine wirklich große Hilfe, wenn Sie einfach mal den Mund hielten.«

»Wir müssen ihr hochhelfen! Damit sie wieder in Schwung kommt.« Sophia packte mich und zog, so fest sie konnte, doch ich hing an ihr wie ein nasser Sack.

»Lass gut sein, Sophia, das geht so nicht. Wir brauchen einen starken Arm. Carlos, laufen Sie hoch und holen Sie Mr. Bror.«

»Was?! Nein!« Drei Paar Hände packten mich und zogen mich auf die Beine, ich schwankte und merkte, wie meine Knie zitterten. Doch dann wurden meine Wangen warm. »Geht schon …«

»Na bitte. Sag ich doch.« Zufrieden klopfte mir Lou Blätter und Staub vom T-Shirt, dann trat sie hinter mich und zischte leise. »Shhh. Autsch …«

Die Hausdame sah nach. »Sie bluten. Und zwar sehr heftig. Das ist nicht gut.«

»Du bist auf den Stein da gefallen und hast dir die Schulter aufgeschlagen!«

»Das Shirt kannst du vergessen …«

»Halten Sie still, ich ziehe den Stoff aus der Wunde.«

»Da steckt noch was drin …«

»Finger weg.«

»Irgendwie Dreck oder so …«

»Sie sollen die Finger wegnehmen!«

»Sie blutet wie angestochen.«

»Miss Thorn!« Auf den Wangen der Hausdame erschienen rote Flecken. »Sie laufen jetzt hoch zum Ostkamm und bringen mir ein sauberes Handtuch. Am besten gleich zwei. Carlos, hören Sie auf zu weinen, machen Sie die *Jayden* fertig zum Auslaufen. Sophia, geh zurück in die Küche, Mr. Bror wird auf sein Essen nicht warten wollen. Und wir beide …«, sie packte mich fester, »wir reißen uns jetzt zusammen und laufen hinunter zum Anleger. Sie müssen ins Krankenhaus. Carlos wird Sie übersetzen und nach Arrecife fahren.« Sie hakte mich unter und zog mich mit sich. »Mit einer Kettensäge! Hat man Worte … Und das von einem Mädchen.«

Der Rest des Tages rauschte an mir vorbei wie im Nebel. Benommen von dem Schrecken und der Beule an meinem Kopf, hockte ich auf der *Jayden* und starrte den Wellen nach. Im Geländewagen begann meine Schulter zu brennen, bissig und heiß, und mir wurde so schlecht, dass Carlos anhalten und mich zum Straßengraben führen musste. Den Tränen näher als ich selbst, hupte sich der kleine Mann durch den Hauptstadtstau, nahm mit quietschenden Reifen die Auffahrt zum Krankenhaus und stürzte sich auf den ersten Weißkittel, der uns vor die Füße lief. Eine gefühlte Ewigkeit hockte ich auf irgendwelchen Gängen, bekam Fragen gestellt, die ich kaum verstand, und gab Antworten, die mir selbst wirr vorkamen. Schließlich, die Wunde war genäht und frisch verbunden, drückte man mir einen dicken Brief und eine Packung Tabletten in die Hand, tätschelte meine Wange und schob mich zurück in die Arme des Bootsmanns. Im Auto versuchte ich mich durch den Beipackzettel zu kämpfen, was nicht klug war, denn durch das Lesen während der Fahrt wurde mir wieder schlecht, und Carlos musste erneut am Straßenrand halten. Und als ich dann endlich, endlich von der *Jayden* kletterte, da waren mir alle Parks und Gärten dieser Welt von Herzen gleichgültig, und ich lief schnurstracks hoch zum Westkamm, rollte mich in den Laken zusammen und fiel in einen traumlosen Schlaf.

Der nächste Morgen war nicht gut. Es war nachts sehr warm gewesen in meiner Wohnung, das hatte die Wunde zum Glühen gebracht. Ich wachte irgendwann auf und angelte nach den Tabletten, schluckte eine, dann noch eine, lag wach und hoffte auf Linderung, doch vergeblich. Als die Sonne aufging, blieb ich noch eine Weile liegen und starrte an die Decke. Dann schob ich die Beine aus dem Bett, stieg in meine Arbeitshose und trat in den Hof hinaus.

Hast du sie noch alle? Leon saß in der Morgensonne und riss die Augen auf.

Ich … mag nicht im Bett liegen. Ich kann nicht schlafen, weil die Wunde so brennt. Ich kann nicht lesen, weil ich so müde bin. Noch nicht mal an was Schönes denken kann ich. Ich muss mich ablenken, irgendwie. Es wird schon gehen.

Und so hatte ich gerade meine Karre abgestellt und mich ins Beet gekniet, als ich harte Schritte auf dem Weg kommen hörte. Nein, dachte ich und schloss die Augen. Nicht jetzt. Nicht heute.

»Was kauern Sie denn da im Busch.« Bror hatte sein Handtuch über der Schulter und schaute böse. »Fällt Ihnen denn nichts Besseres ein, als sich hier unten herumzudrücken? Wissen Sie, was Sie mich kosten jeden Tag?«

Ich atmete stumm.

»Laufen Sie mal lieber nach oben. Auf der Dachterrasse hängt das Sonnensegel schon seit Tagen in Fetzen. Wie lange muss ich wohl warten, bis das mal jemandem auffällt.«

»Mache ich gleich …« Geh weiter.

»Ganz reizend. Und wenn es denn Ihre kostbare Zeit erlaubt: Im Laubengang liegt der Dreck knöchelhoch. Die Vögel bauen schon ihre Nester darin.«

»Mache ich, kein Problem.«

»Aha.« Bror schaute misstrauisch. »Und der Pool war gestern Abend so kalt, dass mir die Beine abgestorben sind. Ich kenne raffiniertere Versuche, mich loszuwerden.«

»Ich kümmere mich darum.«

»Sagen Sie mal.« Er kniff die Augen zusammen. »Mit Ihnen stimmt doch was nicht.«

Ich vergrub mich ins Grün.

»Schauen Sie mich mal an.«

»Hm?«

»Spreche ich undeutlich? Sie sollen mich anschauen!«

Ich blickte kurz hoch und gleich wieder weg.

»Wie sehen Sie denn aus?«

»Wieso, wie sehe ich denn aus …«

»Wie – vergorene Milch, würde ich sagen. Haben Sie getrunken letzte Nacht?«

Ich ächzte leise. »Ich habe nicht getrunken. Ich habe … mir wehgetan.«

»Wie bitte?«

»Ich habe mich gestoßen, und jetzt tut mir die Schulter weh.«

»Ach du liebe Güte.« Bror griff sein Handtuch fester. »Und jetzt bewegen Sie sich noch langsamer als ohnehin schon, ja?« Kopfschüttelnd lief er weiter. »Ich wusste es doch. Sie sind so ein richtiger Glücksgriff.«

Meine Hoffnung, die Sache wäre damit ausgestanden, erlosch nur wenig später, als mein Handy klingelte. Lauter als sonst, schrill und irgendwie giftig.

»Gestoßen, was? Sagen Sie mal, wollen Sie mich veralbern?«

»Wieso?«

»*Wieso?* Hier liegt eine Krankenhausrechnung, die mich an meinem Verstand hat zweifeln lassen.«

Der dicke Brief. Ich hatte ihn auf der *Jayden* liegen lassen. Mist.

»Was fällt Ihnen ein, mir so unverfroren ins Gesicht zu lügen!«

»Ich … habe nicht gelogen. Ich habe mir wehgetan. Habe ich doch gesagt, laut und deutlich.«

»Ihr patziger Ton wird Ihnen gleich vergehen. Sie kommen auf der Stelle nach oben.«

Alles, nur das nicht.

»Hallo?«

Ich schluckte. »Muss das sein?«

»Wie bitte?«

»Ich … muss arbeiten. Mein Chef wird sonst sauer.«

»Wie bitte?!«

»Schon gut.« Ich schloss die Augen. »Ist ja gut. Ich komme ja schon.«

Er warf mir mehrere bedruckte Seiten hin, als ich vor seinen Schreibtisch getreten war. »Ich lese Arbeitsunfall. Ich lese Röntgenbilder. Ich lese was von Nähten und Verbänden und schmerzstillenden Medikamenten. Was zum Teufel soll das?«

Na klar, dachte ich. Du öffnest Briefe, pfeifst auf Intimsphäre und Datenschutz, und jetzt willst du Details, um vielleicht noch was daraus machen zu können. Vergiss es. »Ich bin hingefallen. Auf die Schulter. Ich habe geblutet und wurde genäht, das war alles.«

Bror schaute misstrauisch. »Warum röntgt man Sie am Kopf, wenn Sie auf die Schulter fallen?«

»Weil ich mich gestoßen habe. Am Kopf. Ich hab mir den Kopf gestoßen und bin hingefallen.«

»Und warum steht hier Arbeitsunfall?«

»Weil das passiert ist, als ich einen Baum gefällt habe. Den kahlen Jacarandabaum drüben am Gästehaus. Er ist mir weggerutscht und hat mich am Kopf erwischt.«

Bror schürzte die Lippen. »Sie haben sich einen Baum auf den Kopf fallen lassen?«

Mist, das war zu viel.

»Sie haben sich von einem Baum k. o. schlagen lassen?«

Das ist jetzt natürlich was für dich …

»Liegen Ihnen nicht, die großen Dinger am Straßenrand, was?« Bror freute sich und hatte Spaß. »Alle Achtung. Nicht schlecht. Respekt, das gelingt vermutlich nicht vielen. Haben Sie Schmerzen?«

Ich schüttelte den Kopf.

»Schade, hätten Sie sich verdient. Können Sie arbeiten?«

Ich zögerte. Dann nickte ich.

»Das will ich Ihnen auch geraten haben. Ich dachte schon, Sie besitzen die Frechheit und melden sich krank.« Bror ließ die Schultern sinken. »Immerhin. Ich beginne zu begreifen, warum Beaulieu House Sie hierhergeschickt hat. Man wollte Sie loswerden. Und ich falle darauf herein. Ich bin ein Trottel.« Er seufzte. Dann wandte er sich wieder zu seinen Bildschirmen. »Na los, verschwinden Sie. Wenn's geht, ohne wieder über Ihre eigenen Beine zu stolpern.«

Ich schaute erleichtert.

»Die Kosten für die Überfahrt stelle ich Ihnen selbstverständlich in Rechnung.«

»Was?«

»Na, habe ich etwa Anweisung für diesen Unsinn gegeben? Sie haben sich eigenmächtig und ohne mich zu fragen an meinem Eigentum vergriffen. Seien Sie froh, wenn ich den Wert dieses Baumes unter den Tisch fallen lasse.«

Ich starrte ihn an. Doch dann fröstelte ich. Wortlos wickelte ich mich in meine Arme und ging zur Tür.

»Halt. Moment mal.«

Ich hielt inne, die Klinke in der Hand.

»Was … ist das da?«

Ich drehte mich um.

»Nicht umdrehen. Da. Auf Ihrem Rücken.«

»Meinem Rücken?«

Er kniff die Augen zusammen. »Sie bluten. Ihr T-Shirt ist rot.«

Ich fasste mir in den Rücken und erschrak, als ich die Nässe spürte.

»Kommen Sie mal her.« Bror schob seinen Stuhl zurück. »Na los, Arme hoch.« Er zerrte mir den Stoff aus der Hose, ich japste und sträubte mich, doch es half nichts, er zog mir das T-Shirt bis hoch zu den Schultern.

»Lassen Sie mein Hemd los!«

»Donnerwetter.« Bror stockte. »Alle Achtung. Was Sie machen, das machen Sie richtig, nicht wahr?« Sichtlich beeindruckt musterte er meinen Rücken. »Wollen Sie hören, was ich hier sehe? Sie sind komplett blau von hier«, er tippte mir auf den Halswirbel, »bis hier.« Der Ellbogen. »Ihre Schulter ist geschwollen und heiß.« Ich spürte seine Hand auf meiner Haut, groß und kühl, ich zuckte zusammen. »Sie haben Hautabschürfungen am Hals und am Oberarm, und einen Verband. Einen verrutschten, durchgebluteten Verband mit schmuddeligen Klebestreifen, der in etwa dreißig Sekunden abfallen wird.«

Ich blinzelte.

»Und jetzt?«

Ich betastete meinen Rücken.

»Was jetzt?«

Ich berührte die Mullbinden und verzog das Gesicht.

»Merken Sie sich dieses Gefühl. Es ist die gerechte Strafe für Dummheit und Tölpelei.«

Arschloch, dachte ich.

»Na schön …« Bror tat einen Stoßseufzer. »Es gibt sie, diese Tage, nicht wahr? An denen einem auch wirklich nichts erspart bleibt.« Ein wenig steifhüftig ging er zur Tür und hielt sie mir auf. »Also dann. Dann wollen wir mal.«

Ich begriff nicht gleich. »Wohin?«

»Nach oben.«

»Nach … oben?«

»Es wird Sie überraschen, aber ich verwahre die Heftpflaster nicht neben der Software. Der Medizinschrank befindet sich oben. In meinem Schlafzimmer.«

»Ich … soll mit Ihnen da hoch?« In dein Schlafzimmer? Wie dieses Zimmermädchen? Ganz allein?!

»Was denn, schon vorbei mit der Courage? Das ging aber schnell.«

Ich zerrte an meinem Shirt.

»Ach Gott. Angst vor Begehrlichkeiten?«

Pfff … »Nein.«

»Sicher?«

»Nein!«

»Kompliment. Eine realistische Einschätzung Ihrer Wirkung. Sie kennen Ihre Reize.«

»Ha.« Na warte … »Viel besser. Ich kenne Ihre Hausdame! Ob Helen wohl sauer wird, wenn sie erfährt, dass Sie noch immer nicht nett genug zu Ihren Leuten waren? Nicht dass Sie sich wieder mit irgendjemandem herumdrücken müssen.« Ich stolzierte an ihm vorbei in den Flur hinaus. »Na los, beeilen Sie sich. Wissen Sie, was ich Sie koste jeden Tag?«

Der Boden vibrierte, als Bror die Tür hinter mir ins Schloss warf. »Sie fassen hier oben etwas an. Irgendetwas, nur eine winzige Kleinigkeit. Und ich schneide Ihnen die Finger ab.«

»Was soll ich denn hier anfassen? Hier ist ja nichts.« Ich stopfte die Hände in die Taschen, dann folgte ich ihm durch ein unmöbliertes Entree, an dessen Decke ein gewaltiges Kunstwerk hing. Ein Mobile, eine schrecklich schöne Konstruktion aus Stahl. Feinste Verästelungen mit Spitzen und Nadeln stießen sich an und drehten sich nach uns, mit leisem Klingeln und Wispern. Ich warf einen misstrauischen Blick hinauf – und zuckte, als die Wunde biss.

Geschieht dir ganz recht, dachte ich. Wie oft hast du dir ausgemalt, wie es wohl hier oben aussieht. Welche Möbel er hat. Was er liest. Ob er Musik hört und, wenn ja, welche. Wie es wohl riecht in Räumen, deren Wände nur ihn kennen. Und nun ist sie da, die Gelegenheit. Und du?

Du hast die Hosen voll.

Nicht wahr, so ist es doch, sei ehrlich. Gleich stehst du mit ihm in seiner Wohnung, in deinem uralten BH, dem einzigen, der heute Morgen locker genug saß auf deiner geschwollenen Haut. Was, wenn er dir wehtut? Wenn er irgendwas macht mit dir?

Wenn er dir die Fäden löst, wenn er es absichtlich schlecht macht und dir irgendwas durchreißt oder eindrückt oder aufsticht, oder wenn er vielleicht was ganz anderes mit dir macht, woran du lieber gar nicht erst denken möchtest. Was dann?

Was machst du dann?!

»Besteht vielleicht irgendwie die Möglichkeit, dass Sie sich ein wenig schneller bewegen? Ich habe nun wirklich schon genug Zeit mit Ihnen vertan.«

Bror war stocksauer, ich sah die harten Falten, die ihm die Stirn teilten bis zum Haaransatz. Ich schauderte. Hastig folgte ich ihm, an einer bodentiefen Glasfront vorbei mit weitem Blick über den Außenkrater, doch ich schaute kaum hin. Wir durchquerten eine Bibliothek, chaotisch, wüst und durcheinander. Die Wände waren bis zur Decke überzogen mit vollgestopften Regalen, in der Mitte stand ein Sofa, sichtbar bequem und ausgebeult. Wie der Boden war es nahezu vollständig bedeckt mit aufgeschlagenen Büchern und Zeitschriften.

Das anschließende Schlafzimmer dagegen war makellos. Ich schaute nur flüchtig, das Kinn gesenkt und meiner Neugier seltsam beraubt. Ein kühles, helles Hotelzimmer, schön, glatt und seelenlos. Scharfe Falten in der Wäsche verrieten, dass das Bett frisch bezogen war. Die Luft roch sauber und kalt, mit einem Hauch Desinfektionsmittel.

»Na los. Runter mit dem T-Shirt.«

Bror wühlte sich durch einen Schrank, nahm mehrere Packungen heraus und warf sie auf sein Bett.

»Mehr ins Licht. Gesicht zum Spiegel. Machen Sie schon.«

Ich schluckte und gehorchte.

»Was für eine widerliche Schweinerei ...« Bror knibbelte an den Klebebändern, fand eine Ecke und pulte sie herunter. »Gott im Himmel ...« Er kämpfte mit der Mullbinde, die irgendwo kleben blieb, an getrocknetem Blut oder an einem Faden, mir brach kalter Schweiß aus. »Pfui Teufel.« Der Verband landete auf dem Nachttisch, ich sah mein Blut, teilweise frisch, es gab einen kleinen Spritzer auf dem Holz. Mir wurde kalt. Ich spürte den Luftzug an der Wunde, stellte mir mein offenes Fleisch vor, sah sein Gesicht im Spiegel – war da nicht auf einmal Glanz in seinen Augen? Spitzte er nicht gerade die Lippen, malte er sich aus, was er gleich mit mir anstellen würde? Ich sah mein eigenes Gesicht, schweißglänzend und bleich, fühlte den zähen, warmen Tropfen, der mir den Rücken hinunterlief – und ein Rauschen in den Ohren.

Nein. Toni, du wirst doch jetzt nicht … Ich holte tief Luft und ballte die Hände zu Fäusten, doch es half nichts, das Rauschen wurde lauter, der Nebel dichter. Nicht! Kipp doch jetzt nicht um! Nicht hier, nicht jetzt, das ist doch genau das, was er will! Dann hat er dich, dann bist du wehrlos und ganz allein …

»Ich müsste mich mal setzen.«

»Wie bitte? Sie bleiben, wo Sie sind.«

»Ich glaube, mir wird schlecht …«

»Das fehlte noch. Reißen Sie sich zusammen.«

»Bitte, ich …« Doch es war zu spät, mein Kopf wurde wattig, die Knie weich wie Butter, ich sah den Boden auf mich zukommen, fand sein Hemd, klammerte mich fest. Bror packte zu, versuchte mich festzuhalten, streifte die Wunde, zuckte zusammen, heftiger noch als ich selbst – und hielt mitten im Schwung inne. »Sagen Sie …« Er machte die Augen schmal. »Kann es sein, dass Sie Fieber haben?« Ich erschrak, als er mir ins Gesicht langte, doch Bror fasste nach und befühlte meine Wangen. »Herr im Himmel …« Seine Augen wurden groß. »Sie glühen ja wie eine Herdplatte.« Sichtlich erschrocken strich er mir über die Stirn, die Schläfen hinunter bis zum Kinn und wieder zurück. »Mädchen, Sie sind sehr krank. Und da stolpern Sie über die Insel, haben Sie den Verstand verloren? Sie gehören ins Bett, und das wissen Sie auch.«

Ich begann mit den Zähnen zu klappern.

»Na schön.« Ein wenig ratlos wich er einen Schritt zurück. »Also gut. Eins nach dem anderen, würde ich sagen.« Hastig sprang er zum Bett und holte sich die Packungen, dann führte er mich zu einem Stuhl und begann, mir die Wunde zu reinigen. Einmal gefror mir das Blut in den Adern, als ich seine Hand an meinem Gesicht spürte. Doch er zog mir nur das Fieberthermometer aus dem Mund und brummte leise.

Schließlich richtete er sich auf. »So. Das hätten wir schon mal.« Rasch verschwand er im Nebenzimmer und kehrte zurück mit einem Glas Wasser. »Da. Runter damit.« Er drückte mir eine Tablette in die Hand.

»Was ist das?«

»Egal. Runter damit.«

»Ich will wissen, was das ist!«

»Herr im Himmel …« Bror holte tief Luft. »Das ist ein Schmerzmittel. Ein sehr starkes. Ihr Kopf muss sich dringend mal leeren, würde ich sagen. Jede Menge Unsinn drin da oben.«

Ich schaute ängstlich. Doch dann nahm ich die Tablette und trank.

»Na bitte.« Bror atmete auf. »Dem Himmel sei Dank. Ab jetzt wird das hier alles einfacher mit uns beiden, versprochen.«

»Was?! Aber … was heißt das denn …« Ich merkte, wie meine Füße warm und schwer wurden.

»Na los, aufstehen.« Er zog mich hoch und stützte mich, dann führte er mich aus dem Schlafzimmer und hinüber in die Bibliothek. »Stehen bleiben. Wehe, Sie fallen mir um.«

Der Schmerz war weg, von einer Minute auf die andere, und auch sonst spürte ich immer weniger. Bror fegte Bücher und Zeitschriften von der Couch, dann schob er mich in die Polster. »Hinsetzen. Füße hoch.«

Ich schaffte es kaum, mein Kopf wurde weich, ganz süß und warm. Ein wenig verwundert betrachtete ich meine Schuhe, die er neben mich auf den Boden stellte. »Beine auf die Couch. Na los, ab in die Kissen.«

Ich drehte mich auf die Seite und versank in den Polstern. »Was sind das für Tabletten …«

»Das wollen Sie nicht wissen.«

»Warum haben Sie so was …«

»Sie würden sich doch nicht an die Antwort erinnern.«

»Aber ich kann doch hier nicht schlafen …«

»Natürlich können Sie das. Warum sollten Sie nicht.« Bror legte mir die Hand über die Augen, sie war groß und schwer. Es wurde dunkel in mir.

»Wissen Sie, dieser Raum hier war mal gedacht als eine Art Zuflucht. Ein Ort, zu dem Sorgen keinen Zutritt haben. Sie liegen hier inmitten von Büchern. Wissen Sie, was das bedeutet?« Er strich mir eine Locke aus dem Gesicht, ich spürte es kaum. Ich war schon unterwegs in andere Welten.

»Sie sind hier nicht allein. Sie haben hier Krieger an Ihrer Seite und Helden und Könige aus längst vergangenen Zeiten, als die Welt noch eine bessere war. Die über Sie wachen und nichts durchlassen durch ihre Reihen, keine Ängste und Sorgen und Streitigkeiten. Nichts von dem, was Sie quält und treibt.« Bror schwieg einen Moment. »So zumindest war die Theorie.«

Ich rührte mich ein wenig und murmelte.

»Sie sind ja immer noch wach«, hörte ich ihn noch sagen. »Na los, ab mit Ihnen. Ich nehme diese Hand hier erst weg, wenn Sie eingeschlafen sind …«

Als ich aufwachte, hatte ich jede Orientierung verloren. Ich lag da mit geschlossenen Augen, spürte die Polster, roch die Bücher, ich bin zu Hause, dachte ich. Es ist April, die Luft ist noch kühl, aber die Decke ist warm, und gleich kommt Leon mit einem Glas Wein, und alles ist gut. Ich seufzte glücklich. Dann schlug ich die Augen auf. Und merkte, wie mir der Mund offen blieb.

Vor mir lag die Welt.

Durch die bodentiefen Fenster glitt mein Blick über den Rücken Monte Spinas, glutrot und golden im Licht der untergehenden Sonne. An der Wetterseite brausten meterhohe Wellen wie in Zeitlupe gegen die Steilküste und zerbarsten lautlos in feinste

Gischt. Hunderte von Seevögeln standen in der Luft über dem Klippenrand, wachsam, furchtlos, einer unbekannten Ordnung folgend. Wie eine Kulisse schob sich die unbewohnte Nachbarinsel ins Bild, dahinter glitzerten in weiter Ferne die ersten Lichter von Lanzarote. Dazwischen lag die offene See, bis sie sich am Horizont mit dem Abendhimmel vereinte. Wolkengebirge, von der tief stehenden Sonne in namenlose Farben getaucht, zogen lautlos vorbei zu anderen Ufern.

Eine ganze Weile lag ich da, einfach so, und schaute. Als hätte ich Angst, durch eine unbedachte Bewegung den Zauber dieses Moments zu zerstören.

Schließlich setzte ich mich auf und wischte mir übers Gesicht. Warm. Nicht heiß, nicht verschwitzt, einfach nur warm. Ich horchte in mich hinein, in meine Schulter, die ein wenig brannte und zog, aber deutlich weniger als noch vor einigen Stunden. Dann erst sah ich das Glas Wasser auf dem Boden, daneben einen Teller mit Zwieback und zwei Bananen. Herrje, dachte ich und schlug die Decke zurück. Wie lange liege ich denn schon hier?

Ich hatte gerade meine Füße abgestellt, als ich eine Tür schlagen hörte.

»Sie ist wach. Na endlich.«

Bror war in den Türrahmen getreten, gefolgt von Sophia, die unverhohlen besorgt an ihm vorbeispähte. »Sie verschlafen hier den ganzen Tag. Wir haben unzählige Male nach Ihnen gesehen. Wir dachten schon, Sie seien tot.«

Sophia schob ihn beiseite. »Kind, was machst du nur.« Sie zog mich von der Couch und nahm meine Schuhe. »Lass mich dir helfen. Und dann komm. Komm mit mir.«

»Sophia wird Sie hinüber zum Westkamm bringen, dort steht auch etwas zu essen für Sie. Sie werden sich ins Bett legen und nicht eher aufstehen, bis ich es sage. Die Hausdame wird regelmäßig nach Ihnen sehen, auf Sie selbst ist ja kein Verlass, nicht wahr? Sie würden ja vermutlich in einer Stunde schon wieder in der Erde wühlen.«

Sophia nahm mich fester und hakte sich unter, dann zogen wir beide Richtung Tür.

»Augenblick. Eins noch, Miss Andersen.« Bror hielt seinen Arm in den Rahmen und versperrte uns den Weg.

»Bitte betrachten Sie Ihre kleine Schlummerei hier oben als das, was es war: eine Warnung. Und zwar meine erste und einzige. Sollten Sie uns hier mit Ihrer Art noch ein einziges Mal Ärger bereiten. Sollten Sie noch ein einziges Mal sich selbst und andere in Gefahr bringen für nichts. Sollten Sie noch ein einziges Mal wie ein unreifes, dummes Kind über die Insel stolpern. Dann werden Sie Monte Spina sofort verlassen. Haben Sie mich verstanden?«

Mir wurde kalt.

»Was ich hier draußen brauche, ist Vernunft. Robuste Menschen, die erwachsen und souverän handeln und sich vor allen Dingen selbst im Griff haben. Für kleine Mädchen und hysterische Weiber ist auf dieser Insel kein Platz.«

Ich merkte, wie sich meine Augen füllten. Sophia drückte meine Hand, dann zog sie mich mit sich. Bror gab uns den Weg frei, und so gingen wir hinaus in den Sonnenuntergang, blass und Seite an Seite.

6

Sturmnacht

Ein Sturmtief über dem Atlantik ist eine unerfreuliche Angelegenheit. Meist kommen sie von Irland und bringen dem Nordwesten Europas heftige Niederschläge. Einige ziehen weiter, suchen sich ihren Weg über den Ozean und treffen spätestens vor den Azoren auf ein Hoch. Luftdruckunterschiede sorgen für Starkwinde, Temperaturstürze und sintflutartige Regenfälle. Für die meisten von ihnen ist hier Endstation, und sie lösen sich auf in feuchte Nebel. Beschließt ein Sturmtief jedoch, Kurs zu nehmen auf Inseln, an deren Küsten Städte gebaut und Strände angelegt wurden, bedeutet das Alarmstufe Orange. Der spanische Wetterdienst schaltet sich ein und beginnt zu warnen – vor Orkanböen und Riesenwellen, vor herabfallenden Bauteilen, umstürzenden Bäumen und Erdrutschen.

Ich klappte meinen Laptop zu. »Da zieht ganz schön was auf da draußen.«

»Hm?« Lou war nicht bei der Sache. Gedankenverloren schob sie sich einen ihrer fünf obligatorischen Löffel Magerquark in den Mund und betrachtete die Push-up-BHs in ihrer Zeitschrift »Rattenscharf …« Sie angelte nach ihrem Kaffeebecher.

»Hattet ihr schon mal eine Sturmwarnung auf Monte Spina?«

Lou runzelte die Stirn. »Doch, klar. Ein- oder zweimal, glaube ich. Ist schon 'ne Weile her.« Sie versenkte sich wieder in die Seiten.

»Und? Wie war das so?«

»Wie soll es schon gewesen sein? Ein Sturm eben. Es hat geschüttet wie aus Eimern, und der Strom war mal wieder weg. Mein Föhn ging nicht, ich sah aus wie ein Frettchen.«

»Und der Garten?«

»Der Garten?«

»Na, hat es Schäden gegeben? Ist was kaputtgegangen durch den Wind?«

Lou schaute ratlos. »Es war ziemlich chaotisch hinterher. Überall Äste und Laub. Einmal ist ein Baum in den Pool gefallen, das Becken konnte wochenlang nicht benutzt werden. Der Alte hat gespuckt vor Wut.«

Ich schwieg einen Moment. »Was hat denn der Gärtner gemacht damals? Hat er den Garten irgendwie auf den Sturm vorbereitet?«

»Also Toni, ganz im Ernst: Was weiß denn ich.« Lou blätterte um und spitzte die Lippen. »Ich kann dir sagen, womit du garantiert die nächste Herrenrunde aufmischen wirst. Aber beim Thema Garten bin ich raus.«

Herabfallende Bauteile, dachte ich und sah hoch zur Pergola, an der die Bougainvillea im Seewind schaukelte.

Riesenwellen, dachte ich, als ich zurück zu meiner Arbeit ging und die Mauern aus Lavagestein musterte, die kunstvoll, aber mörtellos den Strand einfassten. Umstürzende Bäume. Mein Blick wanderte über den Palmenhain. Die Heligan hätte jetzt sicher Rat gewusst. Aber seit der Sache mit dem Jacarandabaum und Brors nicht ganz unberechtigtem Anpfiff war mir ihre Stimme irgendwie verloren gegangen. Ein paar Mal hatte ich sie noch herbeizureden versucht, doch dann war mir das Ganze zu kindisch vorgekommen, und ich hatte es gelassen.

Überhaupt hatten die paar Tage oben in meiner Wohnung etwas bei mir bewirkt. Während ich leidend und zum Nichtstun verurteilt vor mich hin geschwitzt hatte, hatte ich die Geschichte noch mal so richtig sacken lassen können. In erster Linie natürlich die Blamage mit dem Knock-out. Kein guter Gärtner stellt sich so dämlich an. Aber auch diese Toni-typische Art, die Dinge erst mal mit sich selbst regeln zu wollen. Natürlich hatte Bror recht gehabt: Anstatt die Hilfe der anderen zu suchen oder mich zumindest ins Bett zu legen, war ich über die Insel gestolpert wie ein kleines Kind. Bockig und dumm. Und ob ich es nun wollte oder nicht: Letztlich kam ich nicht drum herum, mein Bild von Max Bror ein wenig zu korrigieren. Zwar hatte er es sich tatsächlich nicht nehmen lassen und mir vom letzten Gehalt eine Pauschale für die Fahrt zum Krankenhaus abgezogen. Aber als ich ihm hilflos ausgeliefert gewesen war, hatte er sich um mich gekümmert, und das gar nicht mal schlecht. *Sie liegen hier inmitten von Büchern. Wissen Sie, was das bedeutet?* Bror mochte ganz sicher ein Arschloch sein. Aber ein Monster war er nicht.

Doch im Moment beschäftigten mich ganz andere Dinge. In den nächsten Stunden rannte ich durch den Park, verstaute die Gartenmöbel in den Remisen, senkte den Wasserstand des Pools. Ich schnürte die Kübelpflanzen zusammen und fuhr sie unter die schützenden Vordächer, zog die Schrauben an den Pergolen nach, säuberte Rinnen und Abläufe. Alles, was eventuell wegfliegen könnte, schleppte ich hoch zum Westkamm, überprüfte die klapprigen Tore, holte schließlich einen Hammer und nagelte sie zu. Doch mein ungutes Gefühl blieb. Stunde um Stunde wurde mein Blick ängstlicher, wenn er hoch zum Himmel ging. Und als sich schließlich am Horizont die ersten Wolkengebirge aufzutürmen begannen, legte ich die Schere beiseite. Eins noch. Eins kann ich noch versuchen. Und so stopfte ich mir das T-Shirt zurecht, band meine Haare zusammen und nahm die Treppen hoch zum Haupthaus. Mein Herz schlug schnell und laut, als ich die Büroetage entlanglief und schließlich vor dem Zimmer der Hausdame stehen blieb.

»Miss Andersen?« Helen legte den Stift beiseite.

»Ich … mache mir Sorgen.«

»Noch immer die Wunde?«

»Ach nein … Die juckt nur furchtbar, jetzt, wo die Fäden raus sind.«

»Was also macht Ihnen Sorgen?«

»Es wird überall gewarnt. In den Zeitungen und im Radio und im Internet. Sie sperren die Strände und vernageln die Buden. Man soll Wasser und haltbare Milch kaufen, und der Flughafen wird seinen Betrieb einstellen.«

»Wir haben genug Wasser und Milch. Und ein Flugzeug braucht hier in den nächsten Tagen wohl niemand.«

Ich holte tief Luft. »Aber was ist mit dem Garten? Ich weiß nicht, was ich noch machen kann. Wie ich ihn schützen soll.«

»Ich sehe Sie seit Stunden durch den Park laufen. Nichts ist mehr an seinem Platz. Ich dachte schon, Sie binden die Palmschöpfe zusammen.«

»Ginge das denn?« Meine Augen wurden groß.

»Miss Andersen.« Die Hausdame seufzte. »Ich denke, was Sie getan haben, ist genug. Ab jetzt entscheidet jemand anderer. Wie so oft.«

»Aber – wenn es nun nicht ausreicht? Wenn es mir die Arbeit der ganzen letzten Wochen zerschlägt? Wenn ich wieder von vorn anfangen muss?«

»Von vorn …« Helen schwieg einen Moment. »Wie viele von uns würden sich wohl wünschen, noch mal von vorne anfangen zu dürfen. Doch allzu oft wird die Zeit dafür zu knapp.« Sie betrachtete die Papiere vor sich auf dem Schreibtisch. »Mag sein, dass Ihnen der Sturm den Garten zerstören wird, Miss Andersen. Und wenn schon. Sie werden noch so oft in Ihrem Leben von vorn anfangen müssen. Nehmen Sie es jedes Mal als das, was es ist: ein Geschenk.« Sie vertiefte sich wieder in ihre Unterlagen. »Erst wenn Sie merken, dass Ihre Zeit nicht mehr ausreicht. Dass Sie zu Ende bringen müssen, was Sie angefangen haben. Dann sollten Sie sich Sorgen machen.«

Gegen Abend erreichte das Sturmtief die einsamen Inseln im Norden. Gewaltige Böen fuhren in den Krater, fegten das trockene Laub aus den Bäumen, wirbelten den Sand auf und bliesen ihn gegen den Felsen. Mit einem Schlag verstummten die

Vögel und verkrochen sich hastig in Ritzen und Spalten. Wellengebirge donnerten gegen die Steilküsten, immer höher und mächtiger, und ließen die Insel erzittern in ihren Grundfesten. Dann setzte der Regen ein, mit großen schweren Tropfen, der bald so stark wurde, dass kaum zehn Meter Sicht blieben, und den der heulende Wind gegen die Scheiben schlug. Der Himmel hatte sich in ein schmutziges Braun verwandelt, das Übles ahnen ließ.

Ich hatte mir mein quietschgelbes Regencape übergeworfen und patrouillierte ein letztes Mal durch den Park. Der Wind schlug mir die Haare ins Gesicht und peitschte mir die Wangen rot, doch das war mir egal. Mich interessierte ganz anderes.

Die Westseite würde wohl durchkommen. Der Sturm fegte über den Kraterrand hinweg, weite Teile des Palmenhains duckten sich in den Schatten des Berges. Auch oben im Gärtnerhof war es vorhin ruhig gewesen, der Fels hielt die stärksten Böen ab, und die Veranda war aus dem Wind gedreht.

Aber der Ostkamm! Der Ostkamm hatte ein Problem. Als hätte sich der Sturm eine Zielscheibe gesucht, knallte er frontal gegen die Häuschen, die sich hoch oben am Klippenrand aufreihten. Ich machte die Augen schmal, um besser durch den Regen starren zu können. Ganz vorne hing Sophias Balkon wie schockstarr über dem Abgrund. Alle Fensterläden waren geschlossen, als würde das Haus die Augen zukneifen, und die sturmgepeitschten Palmen wirkten wie fliegende Haare. Ich schluckte. Ruhig bleiben.

Ich zog mir die Kapuze straff, dann lief ich hinunter in die Bucht. Wellen zerplatzten an den Felsen und ließen das Wasser kochen, schneeweiß vor Schaum und Gischt. Vom Sandstrand selbst war nichts mehr zu sehen, die Flut brandete bis an die Sockelmauern und leckte an dem Gestein. Ich kletterte die Holzstiege hinunter und musste mich an das Geländer klammern, als mir das Wasser um die Gummistiefel schoss. War da nicht ein Spalt im Felsen? Da, unterhalb des Ostkamms! War er neu? Oder war er schon immer so tief gewesen? Ich folgte ihm mit den Augen, bis er sich in den Regenschwaden verlor. Hoch oben lugte Helens Veranda über die Kante. Genau über dem Spalt. Mein Herz stolperte, als die nächste Welle heranbrauste. Und wenn der Spalt nun tiefer wird? Wenn er hochwächst bis in die Spitze? Wenn ein Stück Klippe abbricht? Genau unter dem Haus!

Unsinn, sei nicht kindisch. Die Gebäude stehen da oben schon so lange. Und der Ostkamm wird in seinem steinernen Leben schon ganz anderen Stürmen getrotzt haben. Hör auf mit deiner Hysterie.

Die nächste Welle riss mich beinahe von den Füßen, in letzter Sekunde erwischte ich den Handlauf und rettete mich hinauf. Mit gesenktem Kinn kämpfte ich mich die Treppe hoch zu den Angestelltenhäusern. Die Agapanthuslilien rechts und links hingen schon jetzt in triefenden Fetzen. Gar nicht erst hinsehen.

Oben am Treppenkopf bog ich um die Ecke – und musste erneut Halt am Geländer suchen. Der Wind pfiff zwischen den Häusern hindurch wie durch Düsen und brachte die Bäume ins Rudern, die in der Mitte des Hofes standen. Mein Herz zog sich zusammen: Der große Eukalyptus war schon fast kahl. Der Sturm hatte ihn aller Blätter beraubt, wie in Panik wirbelten sie durch die Luft und klatschten gegen die Scheiben. Die nächste Böe peitschte den Baum, ein Dachziegel zerplatzte auf dem Pflaster, ein zweiter, ein dritter, ein kleiner Jasminstrauch löste sich aus dem Boden und trudelte an mir vorbei. Ich starrte auf die Häuschen am Abgrund. Auf die Palmen, die sich verbissen in den Felsen klammerten. Auf den wogenden Park zu meinen Füßen, dunkel und sturmgeplagt. Etwas fing meinen Blick, ich schaute genauer. Licht flackerte durch das Grün, im Haupthaus waren die Lampen an. Oben im Laubengang.

Weil dort jemand zu Hause war.

Jemand, dem das alles hier gehörte. Der die Verantwortung

trug für Hab und Gut. Und der sich schon seit Tagen nicht hatte blicken lassen.

Die nächste Böe brauste heran und schleuderte einen Ast gegen Carlos' Tür, ein Blumenkübel kippte um und zerbrach in Scherben. Ich holte tief Luft. Es reichte, ich hatte genug gesehen. Entschlossen machte ich auf dem Absatz kehrt, ließ die Treppe links liegen und bog mit großen Schritten in den Oleanderweg – die direkte Verbindung zum Haupthaus.

Der Sturm stand frontal auf den Außentreppen. Zerfetzte Blätter und Zweige wirbelten umher, ganze Pelargonien samt Wurzelballen wehten die Stufen herunter wie Steppenhexen. Ich hatte mir die Kapuze tief ins Gesicht geknotet und kämpfte mich durch den Regen, bis ich zu der geschlossenen Eingangstür kam.

Jetzt mach schon. Nicht nachdenken.

Ich klopfte.

Und merkte im selben Moment, wie sinnlos das war. Selbst durch den Sturm und die nasse Kapuze konnte ich die Musik hören, dunkle Klänge, ein großes Orchester, wild klagend und brüllend laut. Niemals würde Bror mich hören, selbst wenn er von innen an der Tür lehnte.

Und jetzt?

Handy.

Na klar, warum hatte ich nicht gleich daran gedacht! Hastig fischte ich das Telefon aus der Tasche und zückte den Finger.

Kein Netz.

Ich ließ die Schultern fallen. Dieser verdammte Sturm … Ich starrte auf das Display, dann auf die Tür, in die gepeitschte Nacht hinaus und wieder zur Tür. Schließlich holte ich tief Luft. Dann drückte ich die Klinke herunter.

Der Wind schlug mir um ein Haar den Griff aus der Hand, ungeschickt stolperte ich in das Entree. Dutzende lose Blätter wirbelten an mir vorbei ins Trockene, das Mobile über meinem

Kopf begann hektisch zu kreiseln. Ich warf mich von innen gegen den Flügel und presste die Tür ins Schloss. Dann zog ich mir die Kapuze vom Kopf und sah mich um.

Das Entree war leer. Nur die grotesk laute Musik donnerte durch den Raum, Streicher, Bläser und ein hundertstimmiger Chor. Das Mobile beruhigte sich langsam und pendelte sich ein, als würde es mich ins Visier nehmen.

Und jetzt? Rufen?

Hier hört dich keiner.

Einfach durchgehen und ihn suchen? Ich schob mir die Hände in die Taschen. Aus der Bibliothek fiel gedämpftes Licht. Vorsichtig spähte ich um die Ecke.

Er saß auf dem Sofa und bemerkte mich nicht. Regungslos hockte Bror inmitten des klagenden Chors und starrte in ein Buch auf dem Couchtisch. Ein Bildband im Großformat, ich sah ihn schimmern im Licht der Leseleuchte. Zwischen Brors Fingern klemmte eine Zigarette, offenbar schon sehr lange. Asche rieselte auf die Seiten, doch es kümmerte ihn nicht.

Er sah schlecht aus. Obwohl ich ihn nur im Profil sah, erkannte ich die scharfen Falten um seine Mundwinkel und die schlecht rasierte Haut. Sein Haar wirkte ungewaschen, und die Augen waren geschwollen, vielleicht von dem Qualm. Die Luft in der Bibliothek roch so aschig, als hätte man seit Tagen nicht gelüftet. Die Musik brüllte so laut, dass mir die Ohren brannten.

Irgendwann rührte sich Bror. Gierig sog er der Zigarette den letzten Rest Leben aus, dann zerdrückte er sie im Ascher und griff nach der nächsten. Kurz schaute er hoch. Und sah mich in der Tür stehen. Er erstarrte.

Ich spürte, wie sich mir die Nackenhaare sträubten. Stumm blickte ich in sein Gesicht, das elegant und beinahe schön wirkte trotz des Elends. Und doch so hässlich in seiner Abscheu war, dass ich am liebsten auf dem Absatz wieder kehrtgemacht hätte. Ich rieb die Hände an der Hose, trat von einem Bein aufs andere.

Bror saß einfach nur da und starrte mich an.

Schließlich hielt ich es nicht mehr aus. Hastig lief ich zu der Musikanlage, suchte und drückte dann einen Knopf. Die plötzliche Stille dröhnte in meinen Ohren.

»Ich habe geklopft.« Mein Herz schlug wie ein Presslufthammer. »Ich habe geklopft, aber Sie haben mich nicht gehört. Ich wollte anrufen, aber wir haben kein Netz mehr.«

Keine Reaktion.

»Ich muss mit Ihnen sprechen. Bitte. Es ist wirklich sehr dringend.«

Er rührte sich nicht.

»Bitte!« Ich wand mich voll Unbehagen. »Sie sperren sich weg und schließen sich hier oben ein. Was hätte ich denn machen sollen?«

Bror runzelte die Stirn. Kurz betrachtete er die kalte Zigarette in seiner Hand. Dann beugte er sich vor und griff nach dem Feuerzeug. »Der Vulkan wird ausbrechen. Monte Spina raucht schon.«

»Was?« Ich riss die Augen auf.

»In der Bucht liegt ein Kriegsschiff mit offenem Mündungsrohr.«

Verdammt, er hat was genommen. Ich schluckte.

»Meine Ex-Frau steht drüben im Hafen und schreit nach der *Jayden*. Das sind die drei einzigen Gründe, die Ihr Eindringen hier oben rechtfertigen würden. Ansonsten sind Sie tot.«

Herr im Himmel … »Mr. Bror! Ich mache mir Sorgen!«

»Eine realistische Einschätzung Ihrer Lage. Kompliment.«

»Nein … ich … Mr. Bror! Es zieht ein Sturm auf da draußen!«

Eine Böe schlug gegen die Scheiben, das Licht flackerte kurz. »Nicht möglich.«

»Hören Sie.« Ich schloss die Augen. »Ich laufe seit Stunden durch den Park. Weil ich mir Sorgen mache. Weil ich nicht weiß, was ich sonst noch tun kann, und weil sich ja sonst keiner schert um den Garten. Also laufe ich herum. Und ich sehe Risse. Im Felsen. Unten am Strand, wo der Ostkamm so weit überhängt.

Und ich sehe, wie sich das Pflaster hebt. Oben im Hof. Wie sich der Eukalyptus immer stärker neigt und das Stammholz zu reißen beginnt. Und ich sehe, wohin er fallen wird. Und wer dort wohnt! Unter den Dächern, die dann einstürzen, und hinter den Scheiben, die dann zu Bruch gehen! Mr. Bror!« Meine Stimme kippte. »Sie müssen den Ostkamm räumen lassen!«

Bror neigte den Kopf ein wenig.

»Sie müssen den Ostkamm räumen lassen! Der Sturm steht direkt auf der Klippe und schlägt alles kurz und klein. Oder die Wellen brechen ein Stück Fels ab, und die Kante rutscht ins Meer. Bitte! Noch ist Zeit genug.«

»Ich soll bitte *was?*«

»Sie sollen die Leute da wegschaffen! Die müssen raus da oben, am besten sofort.«

»Ich soll den Ostkamm räumen lassen?«

»Ja!«

»Sagen Sie mal, so ganz unter uns: Was rauchen Sie da oben?«

Nicht zu fassen, ich starrte ihn an.

»Sie glauben doch wohl nicht, dass ich hier anfange, die Leute umzusiedeln. Wegen drei Regentropfen. Haben Sie den Verstand verloren?«

»Drei?! Regentropfen?!«

»Mein Gott, es regnet und stürmt ein wenig, na und? Hier ist ja wohl keiner aus Zucker.«

»Wann waren Sie denn das letzte Mal vor der Tür, vor einer Woche? Da draußen geht gleich die Welt unter!«

»Nein, das wird sie ganz sicher nicht. Welch ein Jammer. Ich hätte nichts dagegen.«

»Mr. Bror!«

»Na schön.« Er setzte sich bequemer. »Denken wir mal weiter, nur so zum Spaß. Wohin denn dann bitte mit all den Leuten, hm? Hier auf mein Sofa vielleicht?«

»Was ist denn mit dem Gästehaus? Das ist doch perfekt. Sicher, sauber und leer.«

»Wie bitte?« Bror hob die Augenbrauen. »Das Gästehaus, Miss Andersen, heißt Gästehaus. Nicht Sammelunterkunft für Obdachlose. Wissen Sie, was mich die Bäder gekostet haben?«

»Es geht doch nur um eine einzige Nacht!«

»Auch die kann sehr lang sein, da kenne ich mich aus.«

Ich schloss die Augen. »Hören Sie –«

»Nein, jetzt hören Sie mal, und zwar ganz genau. Sie platzen hier in meinen Abend, ungefragt und ungebeten, und dann auch noch pudelnass und in diesem … Ding da.« Er wies auf mein tropfendes Regencape. »Sie vergreifen sich an meiner Musikanlage, Sie bewerfen mich mit grammatikalisch höchst fragwürdigen Satzstrukturen und nötigen mich, mein mühsam erworbenes Gut mit wildfremden Menschen zu teilen. Lassen Sie uns das Ganze hier abkürzen, ja? Die Antwort lautet nein.« Er griff nach seinem Glas. »Und jetzt verschwinden Sie.«

»Aber Sie können doch nicht einfach so tun, als ob nichts wäre!«

Bror angelte nach seiner Zeitung.

»Da draußen geht gleich die Welt unter, und Sie sitzen hier auf dem Sofa?«

Er rutschte tiefer und schlug die Beine übereinander.

Schwer atmend starrte ich ihn an. Dann schob ich das Kinn vor. Mit zwei raschen Bewegungen schlug ich das gelbe Regencape zusammen wie eine nasse Fledermaus und hockte mich zu ihm auf das Sofa.

»Was soll das denn jetzt? Nehmen Sie Ihr Plastik von meiner Couch!«

»Ich stehe hier erst wieder auf, wenn Sie mitkommen.«

»Wie bitte?«

»Ich will, dass Sie mich begleiten. Sofort.«

»Sie schaffen auf der Stelle Ihren Hintern hier raus!«

»Nein.« Ich lehnte mich zurück und verschränkte die Arme. »Rohe Gewalt oder Mitkommen. So läuft das hier.«

»Also, das ist doch …« Einen Moment lang starrte Bror mich

an. Dann knallte es, als er sein Glas auf den Tisch hieb und sich aus den Polstern stemmte. Die Zeitung rauschte zu Boden, achtlos trat er sie in Falten und stapfte aus dem Zimmer. Ich hörte lautes Klappern und Türenschlagen und schaute bang. Verdammt, gleich dreht er mir das Licht ab. Und dann? Dann hocke ich hier im Dunkeln und mache ein dummes Gesicht.

Doch schließlich tauchte Bror wieder auf, die Füße in Gummistiefeln, in den Händen eine Regenjacke und eine Stablampe.

»Wenn diese Risse da unten nicht mindestens so groß sind, dass kleine Kinder darin spielen könnten! Dann knüpfe ich Sie in Ihrem Zitronenfalter an die höchste Palme! Also los. Abmarsch!«

Ich lief ihm voran durch die Regenschwaden, über die Terrassen, die Freitreppe hinunter und am Pool vorbei, dessen Wasser vor lauter Blättern schon nicht mehr zu sehen war. Einmal hielt ich kurz inne und schaute über die Schulter, ob er auch nachkam. Bror hatte sich die Kapuze so eng geknotet, dass nur ein winziger Sehschlitz blieb. Ich sah seine Augen – sie funkelten vor Wut. Hastig drehte ich mich um und lief weiter.

Ich führte ihn zuerst in die Bucht. Gespräche waren unmöglich, der Orkan brüllte ohrenbetäubend, also nahm ich ihm die Taschenlampe ab und leuchtete ihm. Zuerst lenkte ich den Lichtstrahl auf die herandonnernden Wellen, dann zum Ostkamm, verharrte auf dem Spalt, folgte ihm hinauf bis zu Helens Veranda, kaum sichtbar in der Nacht. Ich sah Bror hochstarren. Hastig kletterte er die Stiege hinunter, den Blick immer noch scharf nach oben gerichtet. Die nächste Welle brauste heran und schwappte ihm in die Stiefel, fluchend suchte er Halt und patschte zurück zu mir.

Ich leuchtete ihm auf der Treppe hoch zu den Angestelltenhäusern. Bror stockte der Atem beim Anblick des Hofes. Mit geweiteten Augen folgte er meinem Lichtstrahl über den großen Baum, der ohne jeden Zweifel nur noch am seidenen Faden hing. Zu den Dächern, auf die er fallen würde. Auf das Pflaster am

Stammfuß, das sich hob und senkte, als würde der Berg atmen. »Mr. Bror!«, schrie ich gegen den Sturm. »Das ist doch Wahnsinn hier oben!«

Bror zögerte. Schließlich zerrte er sich die Kapuze vom Kopf. »Aber Sie kommen mit!«

Es krachte, als er die Tür gegen die Wand warf und ohne zu klopfen in den ersten Wohnraum stolperte. Ich hörte einen spitzen Schrei, dann das Splittern von Glas. Bror stoppte abrupt, ich merkte es zu spät und lief ihm ungebremst in den Rücken. Erschrocken fuhr ich zurück und starrte ihm über die Schulter.

Lou stand mit offenem Mund mitten im Zimmer. Wäscheleinen mit Slips und Tangas kreuzten den Raum wie bunte Wimpel, Zeitschriften, Nagellackfläschchen, benutzte Wattebäusche flogen herum, in der Mitte thronte eine Flasche Martini. Zu ihren Füßen lagen nasse Glasscherben und eine Olive. Sie selbst war nackt bis auf einen String und einen BH in Form von zwei Marienkäfern. Zwei sehr kleinen Marienkäfern. Bror schnappte nach Luft. Dann machte er auf dem Absatz kehrt. »Das machen Sie. Ich erledige den Rest.«

Hastig verschwand er im Regen.

»Was zum Henker soll der Scheiß!« Lou starrte ihm nach, dann zu mir, dann auf die Scherben zu ihren Füßen und wieder hoch.

»Bror räumt den Ostkamm.« Ich schälte mich aus der Kapuze. »Du musst ein paar Sachen packen, ihr zieht um ins Gästehaus. Mach schon. Zahnbürste, Hausschuhe, Schlafanzug.«

»Was?«

»Es ist zu gefährlich hier oben, der Sturm steht direkt auf der Klippe. Jetzt mach!«

»Ins Gästehaus?«

Hurra, der Groschen fiel.

»Krieg ich ein eigenes Zimmer?«

»Nein.«

»Wieso nicht?«

»Drei Appartements, vier Leute. Sieht schlecht aus.«

»Teilen wir uns eine Bude?«

»Ich komm nicht mit. Der Westkamm ist sicher.«

Lou schlüpfte in T-Shirt und Minirock. »Für eine Nacht, sagst du?«

»Na, wenn der Ostkamm abrutscht, dann wohl für länger. Es gibt einen Spalt unter Helens Veranda. Kann sein, dass die Klippe runterkommt, dann landen die Häuser im Meer.«

»Was?!« Lou wechselte die Farbe. »Meine … meine Schuhe!« Ihre Augen wurden groß. »Meine Klamotten!« Sie drehte sich um die eigene Achse. »Mein Nagellack, mein Shampoo, mein Chanel!« Sie rannte ins Bad. »Ich brauche Tüten.« Hastig lief sie in die Küche, zerrte eine Rolle Müllsäcke hervor und verschwand wieder. »Augenblick noch.« Ich hörte Plastik knistern und Schranktüren knallen, dann tauchte Lou wieder auf. »Kann losgehen.«

»Das ist alles?« Betreten musterte ich die zwei randvollen Tüten, die sie hinter sich herschleifte.

»Eins rechts, eins links. Wo ist das Problem?«

Ich schüttelte den Kopf. »Na, dann los.«

Die anderen liefen schon an uns vorbei, als wir aus der Haustür traten. Sophia trug eine kleine Reisetasche und einen Regenmantel, ordentlich durchgeknöpft bis auf die Knöchel. Carlos stolperte ihr nach, die Haare wirr, der Jogginganzug fleckig, und in der Hand eine blaue Kinderzahnbürste. Lou schulterte ihre Säcke und wankte in den Regen hinaus. An der Treppe formierte sich der kleine Tross. Dann verschwanden die drei in den Park hinunter.

»So. Das war einfach.« Bror hatte sich zu mir unter das Vordach geflüchtet. »Ab jetzt wird es kompliziert.« Er spähte zur Tür der Hausdame.

»Das wollen Sie sicher selbst …«

»Was? Wehe! Sie lassen mich jetzt nicht allein!« Mit großen

Schritten rannte er über den Hof, ich blieb ihm hart auf den Fersen. Vor der Haustür hielt er kurz inne und trat auf der Stelle, wie ein Springpferd vor der Hürde. Dann holte er tief Luft und klopfte.

Es dauerte, bis Helen öffnete. »Max!« Ihr Gesicht hellte sich auf. Dann sah sie mich hinter seinem Rücken. »Ist was passiert?«

»Helen, ich … wir, also …« Bror wand sich sichtlich. »Bitte lass uns kurz rein.«

Die Hausdame sah von Bror zu mir und wieder zurück. Dann gab sie den Weg frei.

»Helen.« Wir standen in einem warmen und behaglichen Wohnzimmer. Große Kerzen brannten auf dem Kaminsims, ein aufgeschlagenes Buch und eine Wolldecke lagen in einem Ohrensessel, aus dem uns der Kater säuerlich anstarrte.

»Helen, wir evakuieren den Ostkamm. Es ist zu gefährlich hier oben, der Sturm bläst euch vom Klippenrand. Bitte pack ein paar Sachen für eine Übernachtung im Gästehaus.«

»Wie bitte?« Helen zog sich die Pyjamajacke enger.

»Ich weiß, das kommt sehr spät, aber ich hab mir das nicht leicht gemacht.«

»Ich … soll hier weg?«

»Nur für eine Nacht.«

»Ich soll hier weg? Max!«

»Helen.« Bror fuhr sich durch die Haare, dass sie nach allen Seiten abstanden. Dann sah er zu mir. »Herrgott, stehen Sie nicht so rum. Sagen Sie doch auch mal was.«

Ich schreckte hoch. »Mr. Bror hat recht. Es ist zu gefährlich hier oben. Es könnte was aufs Dach fallen, oder die Klippe rutscht ins Meer. Im Gästehaus sind Sie sicher.«

»Die Klippe?«

»Das ist natürlich Unsinn!« Brors Blick ließ mir das Blut gefrieren. »Die Gärtnerin hat zu viel ferngesehen.«

»Die Klippe? Max, was soll das heißen?«

»Nichts, gar nichts. Eine reine Vorsichtsmaßnahme, mehr nicht. Morgen früh kannst du wieder zurück.«

»Und wenn nicht?«

»Dem Haus passiert nichts.«

»Aber – Max!« Ihr Blick irrte zu einem deckenhohen Regal. »Die Bücher!«

»Helen, bitte!« Bror rang die Hände. »Da haben Sie's!«, fuhr er mich an. »Sie schon wieder mit Ihrem Gequatsche!«

Ich sah bestürzt zu, wie Helen zu der Bücherwand lief, bleich und mit aufgerissenen Augen. »Max ...«

Bror wankte ein wenig. »Raus. Gehen Sie vor die Tür. Warten Sie da, bis ich wieder rauskomme. Wehe, Sie rühren sich vom Fleck.«

Ich schluckte und trat den Rückzug an. Mit der Klinke in der Hand warf ich noch einen Blick zurück. Bror hatte die Hausdame in seine Arme gezogen. Die zierliche Frau verschwand fast in ihnen. Ich sah, wie er sie fester drückte, die Augen schloss und sie auf die Stirn küsste. So sanft und liebevoll, dass mir der Mund offen blieb. Ich hörte Helen an seiner Brust murmeln und sah ihre Hände, die sich um seine Hüften schlangen. Dann riss ich mich los und schlüpfte in den Regen hinaus.

Es dauerte, bis sich die Tür wieder öffnete. »Na los. Sie können helfen.« Ungeduldig winkte mich Bror hinein. »Sie nehmen die Tasche da und verpacken die Fotos. Aber vorsichtig, klar? Wehe, es zerbricht etwas.«

Er ließ mich stehen und eilte zur Hausdame, die auf einer Leiter balancierte und zwischen den Buchrücken suchte. »Helen, bitte nicht so hoch. Lass mich das machen.«

»Aber du weißt doch gar nicht, welches die richtigen sind.« Die Hausdame schien wie ausgewechselt. Was auch immer in den letzten Minuten geschehen war, auf einmal wirkte sie wie ein junges Mädchen. Ihre Wangen leuchteten, und in ihren Augen glänzte der Kerzenschein, während sie hier und da ein Buch aus den Fächern zog.

»Das hier hat er gelesen, als William geboren wurde. Er wirkte den ganzen Tag so still und besorgt, und weißt du, warum? Er beneidete meinen Bruder um seinen Sohn. Und hatte solche Angst, mir damit wehzutun. – Das hier hat ihm das Leben gerettet, hat er mal gesagt. Er hatte sich den Oberschenkel gebrochen, weißt du noch? Als er mich bei dir abholen wollte und stattdessen im Straßengraben landete. Er wäre gestorben vor Langeweile ohne dieses Buch, hat er damals gelacht. – Und das hier hatten wir mit in Italien. Mein Gott, ein halbes Leben ist das her. Wir saßen unten am Hafen und haben Pizza gegessen, einfach so aus dem Karton. Es schmeckte köstlich, und die Oliven bekam alle ich.« Helen schlug das Buch auf. »Ob es noch riecht? Nach geschmolzenem Käse und Sonnencreme?« Sie schnupperte. »Nein. Wie schade.«

Eine gewaltige Böe traf das Haus, die Mauern knackten, und das Licht flackerte kurz. »Helen, bitte beeile dich. Der Sturm wird immer stärker, ich kann die Wellen bis hier oben spüren.«

»Nur noch ein paar mehr.«

»Helen, das sind zu viele! Die kann kein Mensch tragen.«

Doch Helen lachte nur und kletterte eine Sprosse höher. Ich hörte Bror ächzen, als er in die Leiter griff. Dann nahm ich die Reisetasche und ging zu der Kommode, auf der eng an eng ein gutes Dutzend Bilderrahmen stand. Vorsichtig klappte ich sie zusammen und stapelte sie in der Tasche, während die Fotos an mir vorbeiglitten.

Die Bilder schienen chronologisch geordnet und zeigten immer denselben Mann. Einen sportlichen Kerl mit energischem Kinn und dunklen Augen. Ich sah ihn als jungen Mann, braun gebrannt und strotzend vor Jugend und Kraft. Dann wurden die Lachfalten tiefer, die Haare weniger und die Schläfen grau. Aber das Feuer in seinen Augen blieb. Ich sah ihn allein vor einem Gipfelkreuz und vor der Golden Gate Bridge. Inmitten anderer Männer, im Ruderachter, im Fußballtrikot und mit einem winzigen Pokal in der Hand. Und immer wieder mit derselben Frau im Arm. Einer zarten Elfe, auffallend schön und mit Haaren wie Seide. Auch sie wurde älter, die Miene ernster, das Haar silbrig.

Aber immer war da dieser Blick zwischen den beiden. Das letzte Bild zeigte sie zu zweit in einem Garten. Sie hielt eine dunkelblaue Iris in der Hand und erklärte ihm etwas, während er sie einfach nur anschaute. Die Frau sah aus wie Helen. Nur zehn Jahre jünger. Dann brach die Serie ab.

»Ach bitte, Max, nur noch das eine.«

Die Hausdame balancierte auf den Zehenspitzen, während Bror sie mit sichtbar gesträubtem Haar an den Knöcheln festhielt. »Helen, du kommst da jetzt runter! Wir können sie nicht alle mitnehmen, es ist doch nur für eine Nacht.«

Helen seufzte. »Du hast ja recht. Es sind zu viele.« Den Arm voller Bücher turnte sie herunter zu ihm. »Also dann.« Vorsichtig legte sie die Bände zu den anderen. »Wenn es denn sein muss: Ich denke, wir können.«

»Dem Himmel sei Dank.« Bror holte tief Luft. »Dann fehlt uns ja jetzt nur noch der Lastwagen.« Er starrte auf die beiden randvollen Büchertaschen zu seinen Füßen.

»Komm schon, Max. All die Jahre an den Gewichten – wofür? Für die Mädchen?« Helen gab ihm einen Klaps auf den Po. »Das trägst du doch mit links, mein Held.« Sie lief zur Garderobe und warf sich eine Jacke über. »Also los. Auf ins Gästehaus.« Vergnügt sprang sie in den Regen hinaus.

Bror ließ den Kopf hängen. »Gott, Helen ...« Kurz sah er zu mir. »Sie löschen die Kerzen und werfen den Kater raus. Dann nehmen Sie die Bilder und kommen nach. Kriegen Sie das hin, oder kippen Sie wieder um zwischendurch?«

»Pfff ...«

»Also schön.« Er nahm die beiden schweren Taschen. »Wenn Sie gleich irgendwo zwei Arme finden, lassen Sie sie einfach liegen. Es sind nur meine.« Schwankend stolperte er in den Sturm hinaus.

Als ich am Gästehaus eintraf, war ich nass bis auf die Knochen. Irgendwo zwischen Poolterrasse und Palmenhain hatte mir der Sturm die Kapuze vom Kopf gerissen, nun lief mir der kalte Regen den Nacken hinunter. Ich schauderte. Dann hörte ich Lou in der Dunkelheit quietschen und beeilte mich.

In den Zimmern herrschte eine Stimmung wie auf einem Klassenausflug. Lou hatte den Whirlpool entdeckt und saß bis zum Hals im Badeschaum, während Sophia ein Handtuch auf dem Bett ausgebreitet hatte und eine Salami anschnitt. Im Nachbarzimmer stand Carlos mit scharlachrotem Kopf vor dem Großbildschirm und sah einer Dame auf einem fragwürdigen Bezahlsender zu. Im letzten Zimmer platzierte Helen ihre Bücher auf der Anrichte, während sich Bror an ihrer Seite die Handgelenke rieb. Kurz schaute er hoch und sah mich im Türrahmen stehen. »Geben Sie her.«

Er nahm mir die Tasche ab, dann packte er mich am Arm und zog mich in den Flur. »Hören Sie.« Er warf einen gehetzten Blick über die Schulter. »Sie laufen jetzt hoch zum Westkamm und holen Ihren eigenen Kram. Soll Ihnen jemand helfen? Nehmen Sie den Bootsmann. Der könnte eine kalte Dusche gut vertragen.«

»Wieso? Was soll ich denn hier?«

»Fangen Sie jetzt auch noch an? Na los, Abmarsch. Wenn Sie in zehn Minuten nicht zurück sind, bekomme ich einen Anfall.«

»Aber der Westkamm ist sicher! Der Sturm kommt von Norden, im Gärtnerhof bewegt sich kein Blatt!«

»Miss Andersen!« Bror holte tief Luft. Dann senkte er die Stimme. »Wenn ich jetzt irgendwas überhaupt nicht vertragen kann, dann ist das eine weitere Diskussion, wer wann und warum heute Nacht wo schläft. Sie bewegen jetzt Ihren Hintern zum Westkamm. Dann packen Sie Ihre Zahnspange und Ihre Bettsöckchen und was Sie sonst noch brauchen, um glücklich zu sein, und machen, dass sie wieder hier herunterkommen, verstanden?«

»Aber wo soll ich denn hin? Hier ist doch alles voll!«

»Der Bootsmann wird Ihnen schon nichts weggucken.«

»Carlos schnarcht.«

»Dann schlafen Sie eben bei den Frauen auf dem Boden oder in der Badewanne, was weiß ich.«

»In der Badewanne?«

»Stellen Sie sich nicht so an.«

Wir hörten einen unterdrückten Schrei, dann das Splittern von Glas.

»Jetzt machen Sie schon. Zehn Minuten, ich schaue auf die Uhr.« Hastig ließ Bror mich stehen und warf die Tür hinter sich zu.

So ein Quatsch … Mit hochgezogenen Schultern stapfte ich den Weg hinauf zum Westkamm. Bei mir da oben ist alles ruhig, aber ich soll umziehen. Ich lockerte die Kapuze. Der Regen fiel hier im Windschatten des Berges nahezu senkrecht, während auf der gegenüberliegenden Seite das Chaos tobte.

Vor meiner Tür wartete Leon mit dem Kater auf dem Schoß. Wo bleibst du denn!

Ich muss wieder los. Ich soll meine Sachen packen und ins Gästehaus. Ich öffnete die Tür und schaute unglücklich.

Warum denn das?

Was weiß ich. Bror will es so. Es ist bescheuert und dämlich, aber was soll ich machen.

Na, hierbleiben …

Pfff. Und wenn er das merkt? Der platzt doch, wenn man nicht macht, was er will.

Als würde es Bror kümmern, wo du heute Nacht schläfst. Der packt jetzt mit Helen die Bücher aus, und dann verkriecht er sich wieder in der Bibliothek. Der ist doch froh, wenn er seine Ruhe hat.

Meinst du? Ich schaute unschlüssig. Der Regen prasselte auf die Veranda, der Wind heulte um die Mauern, in der Ferne donnerte die Brandung. Sonst war es still. Ich sah zu den Holzscheiten, einladend gestapelt für ein gemütliches Kaminfeuer. Zu meinem Buch, aufgeschlagen an der spannendsten Stelle. Zum Kühlschrank, in dem eine Flasche Wein wartete.

Du hast ja recht.

Erleichtert stieg ich aus den nasskalten Kleidern, dann kletterte ich unter die Dusche und ließ das Wasser laufen, lange und ausgiebig, bis ich mich rundherum wohlig und glatt fühlte. Ich cremte mich von Kopf bis Fuß ein und föhnte mir die Haare, schlüpfte in mein Nachthemd und rollte mich auf dem Sofa zusammen. Ich seufzte glücklich. Der Kamin knisterte leise, der Kater gähnte auf meinem Bauch, und der Wein flutete meinen Kopf mit Wärme und Geborgenheit. Die Lider wurden mir schwer.

Bis der Kater in meinem Schoß zusammenfuhr.

Was … Ich schlug die Augen auf.

Der Kater rappelte sich hoch und verschwand unter dem Sofa.

Was! Ich verhedderte mich in meiner Decke.

Und da hörte ich es auch. Schritte im Hof. Harte, wütende Schritte, die rasch näher kamen. Mein Herz krampfte sich zusammen. Dann flog die Tür auf.

»Das glaube ich jetzt nicht! Sagen Sie mir, dass ich krank bin oder halluziniere oder zu viel geraucht und getrunken habe!« Die Tür knallte gegen die Wand und schlug gleich wieder zu. »Ich sage, Sie holen Ihre Sachen! Ich sage, zehn Minuten! Und dann stehe ich da unten und warte! Zehn Minuten! Eine halbe Stunde! Und was passiert? Nichts! Und dann laufe ich durch den Regen, weil ich denke, sie ist gestolpert oder ausgerutscht oder hat sich wieder irgendwas auf den Kopf fallen lassen, diese dämliche Gans! Und dann schaue ich hoch zum Westkamm, und was sehe ich? Rauch! Aus dem Kamin! Und ich denke: Nein, offenes Feuer bei Sturm, so dumm kann doch keiner sein! Und dann laufe ich hoch und rutsche halb aus und lande im Dreck auf dieser gottverdammten Treppe, und dann stehe ich hier, und was sehe ich? Sie liegt hier! Im Hängerchen! Ich platze gleich! Ich falle tot um! Ich packe Sie bei den Haaren und dann schüttle ich Sie, bis er Ihnen abfällt, dieser Dickkopf und dieser Trotz und dieser gottverdammte dümmliche Starrsinn!«

Bror hat sich ja Sorgen gemacht. Ich staunte.

»Und hören Sie auf, mich so unverschämt anzustarren!«

Ich schaute neugierig. Dann ging ich ins Schlafzimmer, griff in meinen Schrank und kehrte zurück zu ihm. »Sie tropfen.« Ich hielt ihm ein Handtuch hin. »Warum regen Sie sich denn nur so auf? Sie brüllen mir hier den Kitt aus den Fenstern – für was? Weil ich nicht im Gästehaus bin? Hier ist doch alles ruhig, ich könnte die Fenster öffnen, wenn ich wollte.«

Bror holte tief Luft, doch ich war schneller und ließ ihn nicht zu Wort kommen.

»Es ist Ihnen peinlich, stimmt's? Weil ich Sie in Ihrer Bibliothek erst aufscheuchen musste. Weil Sie nicht von selbst darauf gekommen sind und mal nachgesehen haben, ob's den anderen gut geht oder nicht. Haben Sie Angst, Helen könnte erfahren, dass Sie sie über Ihrem Buch da oben ein bisschen vergessen hatten?« Ich schüttelte den Kopf. »Mr. Bror, das ist doch Quatsch.«

Bror starrte mich an. Dann wankte er sichtlich. Wortlos pflückte er mir das Handtuch vom Arm und sank auf das Sofa. Eine Weile schaute ich ihm unschlüssig zu, wie er sich durch Gesicht und Haare wischte. »Mr. Bror …«

»Nein!« Er tauchte auf, die Augen klein und gerötet. »Bitte. Sie erleben mich in einem Moment tiefster Erschöpfung. Ich will keine Decke und keinen Kaffee und kein Glas Wasser und auch keinen Alkohol. Ich will einfach nur mal einen Moment hier sitzen. Eine bescheidene Bitte, nicht wahr? Also tun Sie mir den Gefallen und hocken Sie sich irgendwo hin. Nehmen Sie sich ein Stühlchen, hier drinnen oder draußen oder wo immer Sie wollen. Aber halten Sie einfach mal für ein paar Minuten den Mund.«

Ich schaute beleidigt. Dann nahm ich mein Buch und verzog mich damit in den Sessel. Minuten vergingen, in denen sich Bror das Gesicht trocknete und ich vorgab zu lesen. Schließlich lehnte er sich zurück. Die Holzscheite knackten, der Wind rappelte leise an den Fensterläden, und der Kater schob sich unter dem Sofa hervor und verschwand in der Küche.

Eine seltsame Stille breitete sich aus.

»Ich … bin müde.«

Er hatte sich nicht bewegt. Ich ließ das Buch sinken.

»Ich bin müde, einfach nur müde. Können Sie sich vorstellen, wie es sich anfühlt, wenn man seit Jahren keine einzige Nacht mehr vernünftig schläft?«

Ich traute meinen Ohren nicht und lauschte.

»Ich weiß nicht, was es ist, es sind … Schatten. Fetzen von irgendetwas, Menschen, Gesichter. Manche schauen mich an. Andere laufen mir nach oder haben sich zu mir umgedreht, als würden sie auf mich warten. Und es hört nicht auf. Egal, was ich auch versuche. Sobald ich einschlafe, beginnt es wieder von vorne.«

Er saß da, ein wenig eingefallen. Und so erloschen und grau, dass sich die Frage, ob seine Worte ehrlich gemeint waren, von selbst beantwortete. Ich zögerte.

»Ich … kenne das. Bei mir sind es Stimmen. Warum hast du das gesagt. Warum konntest du nicht warten. So etwas eben. Und wenn ich dann aufwache, bin ich ganz allein.«

Bror schwieg eine Weile und betrachtete seine Hände. »Haben Sie mal was dagegen versucht?«

Ich schluckte hart.

»Ich meine, hat Ihnen mal etwas geholfen dagegen?«

»Ja.« Mein Herz schlug wie ein Presslufthammer. »Jemand hat mal ein kleines Spiel damit gespielt. Unten am Strand, ist noch gar nicht so lange her. Nur weil ihm langweilig war und weil er unbedingt wissen wollte, was anschließend passiert. Danach wurde es besser.«

Was war es gewesen – Schwäche, Müdigkeit? Der goldene Schein eines Kaminfeuers in einer stürmischen Nacht? Jedenfalls war der Moment vorbei, und Bror schnaubte leise. »Stimmen …« Er begann an sich herumzutasten. »Da sehen Sie mal. Und als Dank dafür gehen Sie mit der Schere auf mich los.«

Ich runzelte die Stirn. »Müssen Sie hier unbedingt rauchen?«

»Mal überlegen.« Bror schob sich eine Zigarette in den Mund.

»Hm. Eigenartig. Irgendetwas stört mich an der Frage.« Sein Feuerzeug klickte. »Ah, jetzt weiß ich's. Das ›Hier‹ gehört Ihnen ja gar nicht, sondern – Augenblick, wie hieß der Kerl doch gleich?« Er stemmte sich hoch und öffnete die Jacke. »So sehen sie also aus, Ihre Abende …« Die Hände in den Taschen, begann er durch meine Wohnung zu schlendern. Neugierig musterte er die Möbel, den Kamin, blieb vor meinem Bücherregal stehen. »Haben Sie die alle gelesen?« Er legte den Kopf schief und zog eines heraus. »Wohl eher Dekoration, was? Ein Haufen kluger Titel, um Eindruck zu schinden.«

»Finger weg von meinen Büchern.« Ich sprang auf und nahm es ihm aus der Hand.

»Ach Gott, noch so eine. Konservieren Sie Ihre Erinnerungen auch zwischen bedrucktem Papier, so wie Helen? Keine Sorge, ich beschmutze nichts.« Er schlenderte weiter, warf einen Blick in mein Schlafzimmer, betrat die Küche, schreckte den Kater auf. »Schon wieder diese räudige Ratte?« Die Kühlschranktür rappelte. »Was haben wir denn da …« Leises Klirren und Plätschern, dann tauchte er wieder auf mit einem Glas Wein in der Hand.

»Können Sie nicht fragen?«

»Wozu? Hätten Sie etwa Nein gesagt?« Bror ließ sich wieder auf das Sofa fallen. »Was für ein Leben. Eine ärmliche Hütte, eine fremde Katze, ein einsames Bett. Und dafür quälen Sie sich hoch jeden Morgen?« Er trank einen Schluck und verzog das Gesicht. »Pfui Teufel. Was bringt Menschen dazu, so was zu kaufen!«

Ich verkniff mir ein Kopfschütteln.

Bror betrachtete mich über den Rand seines Glases. Ich spürte seinen Blick, der über mein Gesicht, den Hals, das Nachthemd hinunter bis zu den Beinen wanderte. »Was macht die Schulter?«

»Gut. Juckt.« Ich verschränkte die Arme.

»Zeigen Sie mal her.«

»Ha. Nein.«

»Wie bitte?«

»Ich ziehe mich nicht noch mal vor Ihnen aus.«

»Ach du liebe Güte.« Er schaute spöttisch. »Haben Sie wieder Angst, ich könnte was anfassen? Damit ich Sie hinterher wieder vom Boden aufsammeln kann? Keine Sorge, kleine Gans. Sie liegen weit abseits meiner Vorlieben.«

Pfff … »Und die wären? Folgsam, stumm und abwaschbar?«

»Nein.« Bror schürzte die Lippen. »Ein Arsch, der was aushält, lange Beine, die Brüste nicht zu klein. In genau dieser Reihenfolge.« Er beobachtete mich gespannt.

Leon lehnte im Halbdunkel und rollte mit den Augen. »Aha.« Ich holte tief Luft. »Mr. Bror, ich denke, wir haben für heute Nacht den entscheidenden Punkt geklärt. Sie wollen, dass ich ins Gästehaus ziehe. Ich nicht. Also bleibe ich hier. Schönen Abend noch.«

Bror grinste. »Sie schmeißen mich raus?«

»Mir wird die Luft zu schlecht.«

Er blieb sitzen und rauchte versonnen.

»Was.«

»Ich überlege. Was Sie wohl machen, wenn ich Nein sage. Wenn ich hier sitzen bleibe und Ihnen zusehe bei was auch immer. Ein bisschen rumschreien? Ein bisschen petzen bei der Hausdame? Ich sehe viel, keusches Löckchen. In Ihrem dünnen Hemdchen im Gegenlicht. Werden Sie rot?«

»Raus.« Ich spürte meine Wangen explodieren.

Bror lachte und räkelte sich. »Wissen Sie was? Mir geht's schon viel besser. Ich glaube, ich werde richtig gut schlafen diese Nacht.« Schwungvoll stemmte er sich hoch. »Bitte sehr. Bleiben Sie also hier. Eine Gans weniger, die mir das Gästehaus ruiniert. Aber ich will hinterher kein Jammern hören, verstanden? Wissen Sie eigentlich, dass sich hier draußen der Wind gerne mal dreht? Wenn Sie also morgen früh aufwachen und auf dem Weg zu den Kapverden sind, dann ist das nicht meine Schuld. Und trinken Sie nicht so viel.« Er warf seine Zigarette in mein Glas. »Ich werde das Gefühl nicht los, dass das hier noch längst nicht alles war. Aber dann kommen Sie nicht zu mir. Ich schließe heute Nacht ab. Nicht dass Sie noch an meiner Bettkante auftauchen.« Belustigt verschwand er in der Dunkelheit.

Ich starrte ihm nach. Bis ich merkte, dass mir der Mund offen stand. Dann holte ich tief Luft und knallte die Tür ins Schloss. So laut, dass er es bestimmt gehört haben musste.

Bror lag falsch. Der Sturm wurde nicht schlimmer, und er drehte auch nicht. Die ganze Nacht lang warf ich mich herum und horchte, bereit zur schnellen Flucht. Doch der Kater schnarchte friedlich an meinem Fußende. Und als ich am nächsten Morgen den Kopf aus der Tür steckte, goss es zwar noch in Strömen, aber der Wind hatte nachgelassen, und weit draußen über dem Meer schien es aufzuklaren. Gegen Mittag wurde der Regen weniger, und als er schließlich ganz aufhörte, trafen sich die Angestellten der Insel unter dem Vordach des Gästehauses.

»Wir sollten uns bei ihm bedanken.« Sophia hatte sichtlich gut geschlafen. »Es war sehr nett von ihm, uns hier unterzubringen. Er hätte sich die Mühe nicht machen müssen.«

Ich betrachtete meine Schuhspitzen.

»Was ist denn jetzt?« Lou trat von einem Fuß auf den anderen. »Geht's denn nun zurück oder nicht? Ich bräuchte mal meinen Föhn.«

»Dem Ostkamm ist nichts passiert. Da oben sieht es total chaotisch aus, aber die Häuser sind heil geblieben.« Ich schaute unglücklich. »Der große Eukalyptus hat es nicht geschafft. Er ist in drei Teile zerbrochen und liegt quer im Hof. Ich muss die Kettensäge holen, sonst kommt ihr nicht zu den Türen.«

»Um Himmels willen, Miss Andersen, lassen Sie die Finger von dieser Maschine.« Helen wandte sich zum Gehen. »Aber es ist eine gute Idee, sich bei Mr. Bror zu bedanken. Er hat entschlossen und fürsorglich gehandelt, und es wird ihn freuen zu hören, dass wir das auch zu würdigen wissen. Ich gehe ihn holen. Wir müssen ohnehin besprechen, wie es jetzt weitergeht.«

Als die Hausdame wenig später mit Bror zurückkehrte, machte er nicht den Eindruck, als würde er sich sonderlich freuen. Mit düsterer Miene und den Händen in den Taschen nahm er den Dank für das luxuriöse Notquartier entgegen. Bei den Worten »großzügig« und »aufmerksam« irrte sein Blick zu mir, während ich ein wenig abseits an einem Mauerpfeiler lehnte. Doch ich betrachtete nur die tropfenden Kletterpflanzen und schaute mürrisch.

Zum Schluss ließ er sich über den Ostkamm führen. Mit finsterer Miene musterte er das Gerippe des Baumes, das Schlachtfeld vor den Türen, die knöchelhohe Schicht aus Astwerk, Schlamm und Blättern, durch die er sich seinen Weg bahnen musste. »Der Baum da muss weg«, war das Einzige, was er sagte.

Bei Anbruch der Dunkelheit kehrte ich nach Hause zurück, zerschlagen und schmutzig, aber seltsam zufrieden. Zwar waren die Schäden gewaltig. Mehrere große Bäume waren umgestürzt, ein gutes Dutzend Palmen abgeknickt und die Pergola am Swimmingpool zerbrochen. Der Oleanderweg war unpassierbar, und eine Schlammlawine aus den Kakteengärten hatte die Freitreppe unter sich begraben. Aber alle würden mit anfassen. Nachdem wir uns eine Schneise zu Sophia geschlagen hatten, hatten wir uns alle gemeinsam auf ihren Balkon gesetzt und beratschlagt, wer welche Aufgabe übernehmen würde. Selbst Bror hatte ein wenig abseits auf der Brüstung gehockt und in den Abendhimmel geraucht. Helen würde das Säubern des Hofs übernehmen, Sophia und Lou die Wege räumen. Mir wurde der Bootsmann an die Seite gestellt für die schwersten Arbeiten. Und selbst Bror nahm sich nicht aus. Alle machten große Augen, als er sich bereit erklärte, den Müll am Strand aufzusammeln. Er hat es noch nicht gesehen, dachte ich. Die toten Fische, die zerfetzten Möwen und, weit schlimmer noch, den Plastikmüll übelster Herkunft, den das Meer nur allzu bereitwillig ausgespuckt hatte. Na ja, dachte ich und versenkte das Kinn im Kragen. Geschieht ihm ganz recht.

Aber vielleicht liegt ja auch gerade darin der Sinn des Ganzen, überlegte ich, als ich mich nach Hause schleppte. Dass es mal zurückgeht auf Anfang. Sicherlich liegt gerade alles in Trümmern, die ganze Arbeit von Wochen und Monaten. Es wird Ewigkeiten dauern, bis alles wieder so wird, wie es war. Aber da ist auch diese Chance. Dass das Ganze noch schöner und besser werden könnte als vorher. Umgestürzte Bäume müssen ersetzt werden, und verwüstete Beete schaffen Platz für was Neues. Vielleicht hat Helen ja recht gehabt, dachte ich und schlüpfte aus meiner Kleidung. Vielleicht ist jeder Neuanfang auch immer ein Geschenk.

Ich duschte, heiß und genüsslich und so voller Hoffnung und Tatendrang, dass ich in den höchsten Tönen durch das Badezimmer jubilierte. Schließlich, schon ganz schrumpelig und halb blind in dem Dunst, drehte ich das Wasser ab, wickelte mich in mein Handtuch, tapste hinüber ins Wohnzimmer – und erstarrte.

Mitten auf dem Couchtisch stand ein Karton. Aus Pappe, stabil und hochkant und vor einer halben Stunde definitiv noch nicht da. Ich zog das Handtuch enger. Dann trat ich näher.

Auf sechs Flaschen lag ein Stück Papier mit herrischer Handschrift.

»Der Wein war grauenvoll.«

Und etwas tiefer: »Immer gut, wenn einer aufpasst.«

Mehr nicht.

Ich musste lachen. Dann nahm ich eine der Flaschen, studierte das Etikett und griff nach dem Korkenzieher.

7

Ein mieses Spiel

Der Herbst kam. Und während sich Monte Spinas große Schwestern mit Gästen auf der Suche nach Wärme und Sonne füllten, wurde es leer auf unserer Insel. Kurz nach der Sturmnacht war Max Bror abgereist, einige Tage früher als geplant angesichts der ungemütlichen Zustände. Natürlich nicht, ohne seine Erwartungen zu äußern, wie er sein Eigentum bei seiner Rückkehr im Januar vorzufinden gedachte. Und so war ich beschäftigt. Die Aufräumarbeiten gingen wesentlich langsamer voran, als ich gehofft hatte. Aber Monte Spinas Hänge waren steil, die Wege schmal und verwinkelt, und der Maschinenpark begrenzt. Irgendwann besorgte mir Lou gegen meinen Willen einen Trupp Hilfsgärtner, der mit Motorsägen und lautem Getöse über die Insel herfiel. Ich sah die Männer den Rasen zerwühlen und durch die Strelitzien trampeln und sammelte nach Feierabend Zigarettenstummel und Coladosen aus meinen geschändeten Beeten. »Ihr müsst behutsamer sein!«, schimpfte ich einmal. »Achtet auf eure Füße! Schaut doch, wo ihr hintretet!« Doch die Männer tauschten nur lange Blicke und rollten mit den Augen.

Als die Fremden schließlich abzogen, waren zwar die umgestürzten Bäume geschreddert und der gröbste Unrat entfernt. Aber die Insel schien schockstarr und steif, als hätte man ihr Böses angetan. Nur langsam verstummte das Geschrei der Vögel, und misstrauisch entknitterten sich die Stauden und drehten ihr Gesicht zur Sonne. Und so reduzierten sich meine Tage auf blutige Blasen und Rückenschmerzen, während ich die Wunden zu heilen versuchte, die Sturm und Menschen der Insel zugefügt hatten.

Im Oktober brach sich Sophia die Hüfte, als sie beim Fensterputzen von der Leiter fiel, und musste für einige Wochen ins Krankenhaus. Carlos weinte bittere Tränen, als man sie auf einer Trage in die Hafengrotte brachte. Und wie das immer so ist: War sie mir bislang mit ihrer bescheidenen Art gar nicht groß aufgefallen, fehlte sie jetzt überall. Kein Lachen mehr, kein Winken aus den Fenstern. Kein Kuchenduft über dem Ostkamm.

Und dann verließ auch Lou die Insel. Allerdings nur für zwei Wochen, um sich bei ihrer Freundin in New York eine Shoppingtour zu gönnen. »Sonst werde ich noch irre auf diesem Pickel hier«, grinste sie und küsste mich zum Abschied auf den Mund. Lange sah ich der *Jayden* nach, als sie in den Abendhimmel auslief. Wie still die Insel auf einmal ist, dachte ich und schlenderte über den halb kahlen Ostkamm. Merkwürdig, noch vor wenigen Monaten wäre ich wohl heilfroh gewesen, endlich mal wieder allein zu sein, mit meinen Büchern und meinen Gärten im goldenen Licht der Atlantiksonne. Aber heute? Heute vermisste ich Lou und Sophia so sehr, dass es mir richtig wehtat. Die eine mit ihrer Leidenschaft für hauchdünnen Strudelteig, die andere laut und bunt und am Boden zerstört, wenn ihr der Lidstrich misslang.

Und Max Bror?

Na ja, vermissen war ganz sicher nicht das richtige Wort. Es war schon erstaunlich, wie gut der Insel seine Abwesenheit zu bekommen schien. Aber die Ereignisse der Sturmnacht gingen mir nach. Was hatte ich dort gesehen, den wahren Max Bror? Einen Mann, den ähnliche Erlebnisse quälten wie mich? Auf die Idee, dass es Gründe geben könnte für seine Art, war ich bislang gar nicht gekommen. Was konnte es sein, das diesen Menschen so bösartig hatte werden lassen? War es vielleicht denkbar, an diesen Gründen zu arbeiten? So wie man einen kranken Baum von einem Pilz befreit?

Auf jeden Fall beschloss ich, den Hausherrn im Auge zu behalten, während ich lange Bahnen in die Liegewiesen mähte.

Erste Anwuchserfolge mit heimischen Sukkulenten und der blühende Natternkopf am Südhang konnten nicht darüber hinwegtäuschen, dass ich heimlich die Tage zählte. Und so hüpfte mein Herz vor Freude, als es endlich so weit war und die *Jayden* Kurs auf die Hafengrotte nahm. Und auf dem Oberdeck zwei Gestalten winkten: die eine pummelig und an Krücken, die andere noch dünner als sonst und mit Haaren in einem ganz neuen Schockrosa. Ich lachte glücklich und winkte zurück – und schaute überrascht, als ich eine Schulter an meiner spürte.

»Nicht wahr?«, lächelte die Hausdame und hob die Hand zum Gruß. »Man denkt immer nur, es ist diese Insel. Aber viel wichtiger sind die Menschen, die auf ihr wohnen.«

Ich stand im Anzuchthaus und wässerte die Jungpflanzen, als Lou mit düsterer Miene um die Ecke bog. »Ganz großer Mist …« Sie schubste einen Turm Plastikpöttchen vom Pflanztisch und stemmte sich hinauf.

»Spinnst du?« Ich sprang den Töpfen nach, die über den Boden kullerten. »Was hast du denn?«

Lou ließ den Kopf hängen. Ihr rosarotes Haar bot einen eindrucksvollen Kontrast zu den silbrigen Santolina, die auf ihren Auszug ins Freiland warteten. »Er kommt schon wieder her.«

»Wer – Bror?«

»Ich verstehe das nicht. Es ist November. Er war doch noch nie im November hier.«

»Bror kommt wieder auf die Insel?«

»Ich weiß nicht, ob ich das durchstehe …«

»Woher weißt du das?«

»Anruf.«

»Und wann wird er hier sein?«

»Übermorgen.«

»Oh.« Mist. Und nichts ist fertig.

»Es kommt noch dicker.« Lou schaute unglücklich. »Bror bringt noch jemanden mit.«

»Ach. Und wen?« Doch nicht etwa eine Mrs. Bror? Oh, bitte nein.

»Die offizielle Version ist, er hat einen Geschäftspartner auf die Insel eingeladen. Aber das Vorzimmer drüben hat gequatscht. Die beiden scheinen so was wie ziemlich beste Kumpel zu sein.«

»Klingt doch spannend.«

»Ich kann mich kaum halten.« Lou schnaubte. »Ein Arschloch pro Insel reicht mir.«

»Nur weil er sein Freund ist, muss er kein Arschloch sein.«

»Dass ich nicht lache … Bei dem Namen?«

»Wieso, wie heißt er denn?«

»London hat ihn angekündigt als Peter Falkenhayn.«

Ich runzelte die Stirn. »Kapiere ich nicht. Was ist so schlimm an dem Namen?«

»Was denkst du wohl.« Lou angelte nach einem Schippchen, »Wie oft wird es diesen Namen geben?«

»Falkenhayn?« Ich überlegte. »Keine Ahnung. Nicht so oft, denke ich.«

»Das denke ich allerdings auch.« Lou zielte. »Und damit drängt sich ja wohl ein Verdacht auf. Dass Peter Falkenhayn was zu tun haben könnte mit Helen Carter. Geborene Falkenhayn.« Das Schippchen landete in einem Eimer und schepperte. »Ich glaube, Brors bester Kumpel ist der Bruder von Helen.«

Die Richtigkeit dieser Annahme war nicht zu übersehen. Innerhalb von Stunden verjüngte sich die Hausdame um Jahre. Die strenge Hochsteckfrisur wich einem Pferdeschwanz, und ein kräftiges Rot leuchtete auf ihren Lippen, als sie mich um Blumen für das Gästehaus bat. Sie begleitete Carlos zum Flughafen, während Sophia mit leuchtenden Wangen durch die Küche humpelte.

»Kennst du den?«, fragte ich und klaute mir eine Weintraube.

»O ja.« Sophia schmunzelte. »Peter Falkenhayn war schon ein paar Mal hier.«

»Und? Wie ist der so?«

Sophia lachte leise.

»Hallo? Hörst du mich noch?« Ich staunte.

»Weißt du, Toni, als ich ein junges Mädchen war, da hatten wir eine Skala. Von eins bis zehn. Eins war der Tropf. Der verwachsene Tölpel mit Mundgeruch und hässlichen Zähnen. Wie peinlich, wenn er dich grüßte im Schulbus oder in der Klasse neben dir saß. Die Zehn war selten. Vielleicht der Fußballstar aus dem Fernsehen. Man hütete ihn wie einen Schatz und teilte ihn mit niemandem. Er hing als Poster über deinem Bett, wenn der Vater es erlaubte. Und wenn deine Brüder dich geärgert hatten, dann waren da seine Lippen, und alles andere wurde gleichgültig.« Sophia tunkte den Finger in die Sahne. »Peter Falkenhayn ist eine Zwölf.«

Sieh mal einer an, dachte ich, und trollte mich zurück in den Garten.

»Sieh mal einer an«, murmelte Lou, als sie später neben mir im Hang hockte und die beiden Männer beobachtete, die sich soeben in der Bucht einrichteten. »Das ist ja mal was.«

»Groß ...«

»Größer als Bror!«

»Super Figur.«

»Vielleicht vom Tennis. Oder vom Segeln. Auf jeden Fall was in der Sonne, guck dir die Haare an.«

»Ich liebe Blond mit Silber ...«

»Das sind Muskeln!«

»Mhm ...«

»Und dieser Hintern.«

»Lecker ...«

Wir fassten uns an den Händen und ächzten.

»Sie gehen schwimmen.«

»Ob er die Badehose anbehält?«

»Lou ...«

»Was? Kaufe niemals die Katze im Sack.«

Ich schüttelte den Kopf. »Er hat Kinder. Mindestens einen Sohn.«

»Woher weißt du das?«

»Helen hat so was erzählt in der Sturmnacht.«

Lou zuckte mit den Schultern. »Dann hat er eben Kinder. Na und?«

»Lou!«

»Was denn? Sind die Kinder etwa hier? Nein. Will ich welche von ihm? Nein. Will ich überhaupt irgendwas von ihm außer seinen Arsch? Nein. Also. Runter mit dem Höschen.«

Ich prustete. »Funktioniert aber nicht, das Höschen bleibt oben.«

»Ach, Scheiße …«

»Na komm. Die Vorstellung ist vorbei.« Ich richtete mich auf und sah den beiden Schwimmern nach, die in die offene See hinauskraulten.

»Ich hab eine Idee.« Lou klopfte sich den Staub vom Po. »Wir fangen sie ab.«

»Was?«

»Die schwimmen jetzt 'ne Runde und trocknen sich im Sand, und dann kriegen sie Hunger. Halbe Stunde, maximal. Komm schon. Wir warten auf sie oben im Palmenhain.«

»Spinnst du? Und dann?«

»Und dann? Dann schauen wir uns dieses Prachtstück mal ganz genau an.«

Lou und ihre Menschenkenntnis. Es dauerte tatsächlich exakt fünfunddreißig Minuten, bis sich die beiden Männer am Strand ausgetobt hatten und sich zu langweilen begannen. Ich senkte das Kinn und ärgerte mich über mein Herzklopfen, als Bror und sein Gast den Weg heraufblödelten. Lou dagegen warf sich in Positur und verschränkte die Arme.

Die Männer trugen ihre T-Shirts in den Händen und hatten sichtbar gute Laune. Brors Nase war schon allzu lange in der

Sonne gewesen, während dem Hünen an seiner Seite der Sand von der Brust rieselte. Kurz hielten die beiden inne, als sie Lou und mich am Wegesrand stehen sahen. Bror murmelte etwas. Der Freund lauschte gespannt. Dann schlugen die beiden die Augen nieder. Ich runzelte die Stirn, etwas passte mir nicht. Der abschätzige Blick, das feine Lachen. Die leise Spannung, die auf einmal in der Luft lag.

Dann war der Moment vorbei, und der Fremde begann zu schmunzeln. Fast schon verlegen fuhr er sich durch das zerwühlte Haar, während Bror sich zurückfallen ließ und nach seinen Zigaretten angelte. »Sie sind Louise Thorn?«

»Und Sie Peter Falkenhayn.«

»Max hat mir schon viel von Ihnen erzählt.«

Lous Lächeln erstarb.

»Coole Haare.«

»Vielen Dank.«

»Schickes Piercing.«

»Finde ich auch.«

»Ist das ein Tattoo hinter Ihrem Ohr?«

»Eine Schwarze Witwe.«

»Warum?«

»Sie vögelt die Männchen und frisst sie danach.«

Ich schnappte nach Luft, auch Peter blinzelte. Bror kämpfte mit seinem Feuerzeug.

Der Freund fing sich rasch wieder. »Erzählen Sie mir irgendwann, was jemand wie Sie auf einer so gottverlassenen Insel sucht?«

»Vielleicht Enthaltsamkeit?«

Peter blinzelte erneut. Sein Blick wanderte an Lou herunter, über ihren Ausschnitt, das bauchfreie Top. Blieb an den knappen Hotpants kleben. »Das wäre allerdings eine traurige Nachricht.«

»Schon möglich.«

»Also – hm.« Er sah zu Bror. Doch der quälte sein Feuerzeug und war keine Hilfe. »Ich bleibe zwei Wochen. Vielleicht findet sich ja ein ruhiger Moment, in dem Sie mir erklären, wie es so weit kommen konnte.«

»Natürlich.« Lou lächelte. »Gerne. Heute Abend würde mir gut passen.«

»Ach.« Peter schluckte. »Nun … Max?«

Bror hatte sein Feuerzeug niedergerungen. »Du bist hier Gast, mein Freund.« Er nahm einen erleichterten Zug. »Mach, was immer du willst.«

»Wirklich?« Peter zog die Stirn kraus. Dann nahm er ihm die Zigaretten weg. »Dann haben wir beide also eine Verabredung, Louise Thorn.«

»Sieht ganz so aus.«

Peters Blick war weitergewandert. »Und das da muss die kleine Gärtnerin sein.«

Irgendwas in mir zog sich zusammen. Ich murmelte etwas.

»Wie bitte?«

»Kann sein.« Ich stopfte mir die Hände in die Taschen.

»Kann sein?« Peter schaute neugierig. »Was heißt das – ja oder nein?«

»Ja.«

»Sie sind noch nicht lange auf der Insel, hat Max erzählt.«

»Nein.«

»Und, wie gefällt es Ihnen?«

»Gut.«

»Immer dieses fabelhafte Wetter. Den ganzen Tag Sonne, und hin und wieder mal ein leichter Wind.«

»Genau.«

»Und dann der herrliche Strand, und das blaue Meer direkt vor der Tür. Das Paradies könnte nicht schöner sein.«

»Stimmt.«

»Redet das Mädchen immer so viel, Max?«

»Oha.« Bror verschluckte sich und musste husten. »Glaub mir, das gibt sich.«

»Was mache ich falsch?«

»Sei nicht so ungeduldig. Gib ihr ein bisschen Zeit.«

»Wie lange dauert *ein bisschen?*«

»Komm jetzt.« Bror zog ihn weiter.

»Spricht nicht mit jedem, die Kleine, hm?«, hörte ich Peter noch. »Warum nicht, ist sie schüchtern?«

»Meine Zigaretten!«

»Nein. – Steht sie nicht auf Männer?«

»Was weiß denn ich … Vielleicht fehlen dir Raupen und Blattläuse. Und jetzt gib mir die Kippen wieder.«

Ich hörte auf meinen Bauch und machte mich unsichtbar. Der Aktionsradius der Männer entpuppte sich als sehr übersichtlich und beschränkte sich im Wesentlichen auf Strand, Swimmingpool und Dachterrasse. Es fiel mir daher leicht, den beiden aus dem Weg zu gehen. Hätte man mich nach dem Grund gefragt, ich hätte gar keine Antwort gewusst. Es war mehr so eine Ahnung, ein Gefühl. Die Art, wie die beiden die Köpfe zusammensteckten, wenn sie sich unbeobachtet glaubten. Wie sie in ihren Liegestühlen lümmelten und Sophia nach Whisky und Zigarren laufen ließen. Ich sah ihre Blicke durch den Garten wandern, zum Ostkamm hinauf, das wölfische Grinsen, wenn Lou an ihnen vorbei über die Poolterrasse schlenderte. Den Hüftschwung der Freundin, der weicher und geschmeidiger wurde, den Augenaufschlag, den sie dem Gast schenkte, wenn er über den Rand seines Glases sah. Ich überraschte Peter und Lou beim süßlichen Tuscheln im Oleanderweg und beobachtete die verstohlenen Treffen in der Bucht, wenn die eine gerade eben noch im Sand gesessen hatte und der andere auf einmal am Strandbett die Vorhänge schloss.

Und ertappte die beiden dann irgendwann. Als ich im Morgengrauen mit meiner Karre zum Strand hinunterfuhr und auf Lou traf, die, reichlich zerdrückt, aber rotbackig und sichtlich zufrieden aus dem Gästehaus kam.

»Was ist?« Lou grinste.

»Sag mal, hast du sie noch alle?«

»Wieso?«

»Der ist verheiratet!«

»Na und?«

»Der hat Kinder!«

»Na und?«

»Pfff.«

»Jetzt tu mal nicht so bieder, ja? Der Typ ist die reinste Sünde und in ein paar Tagen wieder weg. Wen schert's, ob ich daran herumlecke oder nicht.« Satt und prall zog Lou hinauf zum Ostkamm. »Täte dir auch mal ganz gut, du schrumpelige Olive. Er fragt nach dir. Wer du so bist, und was du so machst den ganzen Tag. Überleg's dir. Es lohnt sich.« Vergnügt warf sie noch einen Blick zu mir zurück. »Ich teile übrigens auch gern. Drei Paar Hände schaffen mehr als zwei, stimmt's? Denk mal drüber nach.«

Ich starrte Lou hinterher, wie sie leichtfüßig die Treppe hochsprang. Dann klappte ich den Mund wieder zu und begann mich unwohl zu fühlen.

In den nächsten Tagen geriet meine Arbeit immer mehr zur Flucht. War der Gast bislang an Brors Seite geblieben, schwärmte er nun zunehmend aus. Ich sah Peter durch den Park schlendern, über die Terrassen, die Liegewiesen, die Hände tief in den Taschen und gleichwohl wachsam Ausschau haltend. Hockte ich unten in der Bucht, tauchte er am Klippenrand auf und spähte hinunter zu mir. Krautete ich am Swimmingpool, warf er sein Handtuch auf die Liege und fing an, lange Bahnen zu ziehen. Schnitt ich die Stauden im Wandelgang, bog er um die Ecke mit einem Büchlein in der Hand. Doch bislang hatte ich mich noch immer ins Grün verkrümeln können.

Ich traf auf ihn schließlich eines Abends, als ich im Licht der untergehenden Sonne den Weg zum Gärtnerhof antreten wollte. Peter Falkenhayn hockte auf den untersten Stufen zum Westkamm und schaute den Wolken nach. Die Lampen im Park waren bereits angegangen, und in dem großen Drachenbaum balgte sich eine Vogelschar lautstark um die besten Schlafplätze. Unschlüssig blieb ich stehen, als ich erkannte, wer mir den Weg versperrte. Der lange Tag hatte Spuren hinterlassen, die Haare hingen mir ins Gesicht, und ein störrischer Ast hatte mir einen Kratzer auf dem Unterarm verpasst. Gerade hatte ich noch von einer heißen Dusche geträumt. Aber nun ließ sich eine Begegnung wohl nicht mehr vermeiden. Ich seufzte stumm. Na komm, Leon. Wir beide, wir schaffen das schon.

Peter hob den Kopf, als er meine Schritte hörte. »Sieh mal einer an. Die kleine Gärtnerin. Na endlich.«

Pass bloß auf, so klein ist die nicht …

»Ich sitze hier schon seit Stunden. Kennen Sie keinen Feierabend?«

»Doch. Jetzt. Lassen Sie mich bitte durch?«

»Schon wieder auf der Flucht?«

Ich probierte eine gerümpfte Nase. »Wieso Flucht?«

»Glauben Sie etwa, ich merke nicht, wie Sie sich jedes Mal in Luft auflösen, wenn ich um die Ecke biege? Was soll das, habe ich Ihnen etwas getan?«

»Nein. Kann ich jetzt endlich durch?«

»Nein.« Peter lächelte, gar nicht mal unsympathisch. »Sie setzen sich jetzt erst mal zu mir.«

Das könnte dir so passen … »Hören Sie, ich habe hier einen Job. Mr. Bror gibt mir sein Geld, damit ich in seinem Garten arbeite. Und er kann ziemlich sauer werden, wenn man nicht macht, was er sagt.«

»Zu denen gehören Sie also, ja? Zu denen, die immer machen, was Max Bror sagt?« Peters Grübchen wurden tiefer. »Hab ich anders gehört.«

Ich mochte diese Grübchen und ärgerte mich. »Na, Sie müssen's ja wissen.«

»Heraus mit der Sprache: Was habe ich Ihnen getan?«

»Wie ich gerade sagte: nichts!«

»Weil ich mit Ihrer Freundin schlafe, ist es das?«

Ich schob das Kinn vor.

»Aha. Da haben wir's doch schon. Eifersüchtig?«

Ich verzog das Gesicht.

»Also nicht. Hm. Kommen Sie schon, helfen Sie mir.«

Ich zögerte, doch dann platzte es aus mir heraus. »Also gut, wenn es Ihnen denn so gar keine Ruhe lässt: Mir passt Ihre Haltung nicht!«

»Und die wäre?«

»Das wissen Sie doch ganz genau! Sie sind verheiratet und haben Familie, und dann springen Sie hier durch fremde Betten. Was würde wohl Ihre Frau dazu sagen?«

»Sie würde wohl sagen: Warum schmeißt Max sie nicht raus, diese freche Göre.«

»Sie haben gefragt, ich habe Ihnen geantwortet. Vertragen Sie keine ehrlichen Worte?«

Peter musste lachen. »Also, Sie quatschen sich wirklich gern um Kopf und Kragen, Max hat vollkommen recht.«

Es half nichts, ich mochte auch dieses Lachen. »Sie beide scheinen sich ja eine Menge zu erzählen …«

»In der Tat, das tun wir. Er hat mir zum Beispiel erzählt, dass Sie Ihren Mann verloren haben.«

Ich gefror auf der Stelle.

»Und dass Sie damit Ihre Schwierigkeiten haben. Dass es aber besser wird, seit Sie auf der Insel sind. Dass die Schatten unter Ihren Augen blasser werden.«

Ich schnappte nach Luft. »Was versteht der denn davon! Der hat doch nun wirklich keine Ahnung von so was!«

»Jemanden zu verlieren, den man sehr lieb gehabt hat?« Peter seufzte traurig. »Da täuschen Sie sich aber, junge Frau. Damit kennt sich Max Bror verdammt gut aus.«

Wie bitte? Ich starrte ihn an.

»Sie wissen nicht viel über ihn, stimmt's? Nur das, was er so gern von sich zeigt: den aalglatten Scheißkerl mit seinen Spielchen und Sprüchen und dem vielen Geld. Oh ja, so mag er sich … Aber Max hat viele Seiten. Mehr, als Sie auch nur annähernd ahnen.« Peter schmunzelte. »Ich kenne sie alle.«

Zwei Dutzend Alarmglocken schrillten in meinem Kopf. »Was soll das? Warum erzählen Sie mir das?«

»Toni«, er setzte sich bequemer hin, »ich bin nun schon ein paar Mal hier gewesen. Auf diesem staubigen Lavaklumpen irgendwo zwischen charmefrei und wild. Aber diesmal komme ich hierher … ach was. Es begann ja schon viel früher. Mit Briefen von meiner Schwester, in denen sie mir auf einmal von dem Park vorschwärmte und von einem ganz neuen Gespür für Farbe und Licht. Und mit einem Max Bror, der mir plötzlich nicht mehr vorrechnete, was ihn das hier alles kostet, sondern etwas von Salzwasser und Sonnenuntergängen murmelte und auf die Zimmerpalme starrte. Also dachte ich mir: Hoppla! Da tut sich was, da draußen im Atlantik! Und dann komme ich hierher und steige von der *Jayden* und traue meinen Augen nicht. Wie kann sich ein Garten in so kurzer Zeit nur derart verändern? Und ich frage mich, wie macht sie das? Und wer ist das überhaupt? Dieses kleine lockige Ding mit den traurigen Augen. Denn wenn ich eins in meinem Leben gelernt habe, dann das: dass sich hinter jedem besonderen Garten auch immer ein besonderer Mensch verbirgt.«

Irgendetwas in mir war hell und warm geworden. »Sie verstehen was davon. Sie kennen sich aus mit Gärten.«

»Na, das will ich wohl meinen.«

»Woher? Wieso?«

»Weil ich mit einem aufgewachsen bin. Mit einem großen, sehr schönen sogar. Er war die Leidenschaft meiner Mutter, sie verbrachte jede freie Minute darin. Rosen schneiden am Sonntagmorgen ist für mich so untrennbar mit Mutterliebe verbunden wie Porridge mit frischen Erdbeeren. Es ist meine Idee gewesen, Daphne Heligan nach einem neuen Gärtner für Monte Spina zu fragen.« Die Fältchen in seinen Augenwinkeln kräuselten sich. »Sie schulden mir also etwas.«

Ich ließ mich neben ihm auf den Stufen nieder. »Das wusste ich nicht.«

»Deshalb erzähle ich es ja.«

»Kennen Sie sie, Daphne Heligan?«

»Sicher, meine Schwester ist mit ihr zur Schule gegangen.«

»Wirklich?« Mein Herz tat einen Satz. »Dann sehen Sie sie noch manchmal?«

»Hin und wieder. Eher selten. Ehrlich gesagt – nicht mehr so oft. Unsere Welten haben sich … na ja, ein wenig entfernt voneinander, würde ich sagen.«

»Schade …« Ich schwieg einen Moment. »Werden Sie sie von mir grüßen, wenn Sie sie das nächste Mal sehen?«

»Gern.« Peter schürzte die Lippen. »Aber nur, wenn Sie sich revanchieren.«

Wieder Alarmglocken, wenn auch nur leise.

»Ich erbitte mir von Ihnen einen Rundgang. Eine fachkundige Führung durch die Gärten von Monte Spina. Und nicht nur für zehn Minuten, ich will alles wissen. Unter einer Stunde kommen Sie mir nicht davon. Ich will wissen, wie Ihre Kameliensorten heißen, auf welcher Schnitthöhe Sie den Rasen mähen und was das für ein blaues Zeug ist, das nachts unter meinem Fenster duftet.«

Ich lachte erleichtert.

»Ich bin morgen mit Max auf Lanzarote unterwegs, er hat da was am Start, das ich mir ansehen soll. Aber abends sind wir wieder zurück. Wie wär's also? Wir beide, um fünf auf der Poolterrasse?«

Ich lachte wieder und nickte.

»Dann habe ich jetzt eine Verabredung mit der kleinen Gärtnerin?«

Ich verzog das Gesicht. »Die ist nicht so klein.«

»Dann also mit der großen kleinen Gärtnerin.« Peter stemmte sich hoch und reichte mir die Hände. »Ich bin ein Glückspilz.«

Ich nahm die Hände trotzdem gern.

»Toni?«

»Ja?«

Peter schaute verlegen. »Ich freue mich.«

Ich spürte meine Wangen brennen und wandte mich ab.

»Peter?«

»Ja?«

»Es sind Agastache. Unter Ihrem Fenster. Sie duften nur nachts. Weil sie die Falter anlocken wollen, damit sie sie bestäuben.«

»Haben Sie die extra für mich gepflanzt?« Ein Grinsen so breit wie ein Scheunentor. »Sehr fürsorglich, kleine Gärtnerin.«

Er hielt Wort. Er wollte alles wissen. Wir begannen auf der Poolterrasse, schlenderten durch den Wandelgang, durchquerten die Kakteengärten und tauchten ab in den Palmenhain. Ich war nachmittags hochgegangen und hatte mich umgezogen – Wirklich dieses Kleidchen? Das weiße, in dem dich Leon immer so gern sah? –, und nun spürte ich, wie mein Gesicht glühte, als ich mit Peter über Farbspiele und Blühzeiten plauderte. Fast ein Jahr lang war ich ganz für mich gewesen. Keiner hatte sich für meine Arbeit interessiert, keiner hatte mehr über den Garten gesagt als nur ein paar höfliche Floskeln. Und nun war da dieser Mann, groß und stattlich, mit seinem offenen Gesicht und dem sonnengebleichten Haar, der so gut roch und mir aufmerksam zuhörte. Der nachfragte nach einem botanischen Namen, der sich reckte nach einem Zweig und mir erzählte von nackten Kinderfüßen auf einem morgenkühlen Sommerrasen. Etwas öffnete sich in mir wie eine Schleuse, und so sprudelte es geradezu aus mir heraus. Ich erzählte und lachte und schwärmte, als würden alle ungesagten Worte von Wochen und Monaten sich ihren Weg nach draußen bahnen. Und als wir schließlich wieder auf die Poolterrasse hinaustraten und die Sonne hinter dem Kraterrand unterging, da dachte ich: Schade. Viel zu kurz.

»Schade«, sagte Peter und schob sich die Hände in die Taschen. »Das war sehr schön. Aber auch sehr kurz.«

»Wir waren fast zwei Stunden unterwegs.«

»Wirklich? Immerhin, das erklärt mein Magenknurren.«

Ich lächelte. »Hunger?«

»Wie ein Wolf. Kommen Sie mit? Sophia hat mir etwas ins Gästehaus gestellt.«

»Sie essen nicht mit Max Bror?«

»Himmel nein, wir waren den ganzen Tag zusammen. Keiner von uns beiden hat Lust auf einen Lagerkoller. Ich muss ohnehin aufpassen.« Er klopfte sich auf den Bauch, ein wenig verlegen. »Die Hose kneift in der letzten Zeit.«

Offen gestanden fand ich den Bauch mehr als in Ordnung. Ich zögerte. »Mr. Bror wird es nicht gut finden, wenn ich mit Ihnen esse.«

»Warum?«

Ich hob die Schulter, ein wenig lahm.

»Er ist nur Ihr Boss. Er zahlt Ihr Gehalt, sonst nichts.«

»Eben drum.« Ich schaute unschlüssig.

»Max weiß es ohnehin. Ich habe ihn gefragt, schließlich bin ich sein Gast.«

Ich schluckte. »Und? Was hat er gesagt?«

»Wollen Sie das wirklich wissen?«

»Klar.«

»Sind Sie sicher?«

»Klar!«

»Er hat gesagt, Sie sollen die Schuhe ausziehen. Wegen der Böden.«

Ich stöhnte leise.

»Kommen Sie.« Peter griff nach meiner Hand. »Ich bin schon ganz gespannt auf Ihre Söckchen.«

»Sie achten auf sich.« Ich betrachtete das viele Obst und dachte an meine eigenen Portionen.

»Sie schuften ja auch den ganzen Tag«, antwortete Peter, als könnte er Gedanken lesen. »Ich war heute faul, ich bin den ganzen Tag nur spazieren gegangen. Rot oder Weiß?« Er hielt mir zwei Flaschen hin. »Oder vielleicht … ein stilles Wasser?«

Ich lachte und wies auf den Weißwein. Dann nahm ich mein Glas und schlenderte damit durch das Appartement. Andächtig strich ich mit der Hand über die edlen Möbel, betrachtete die Kunst, lauschte meinen Schritten auf den dicken Teppichen. »Es ist wirklich sehr schön hier.«

»Nicht wahr? Max Bror hat Geschmack. Und wenn ihn etwas reizt, dann kennt er kein Limit.« Peter stellte sich zu mir ans Fenster. »Aber das Schönste ist die Aussicht. Wir sind leider ein bisschen spät dran. Wenn die Sonne untergeht, leuchten die Felsen da drüben in Farben, die Sie noch nie zuvor gesehen haben. Ich stehe dann oft hier, einfach so. Wegen mir müsste es keine Vorhänge geben, ich hatte sie noch nie geschlossen.«

Ich schwebte ein bisschen, wahrscheinlich vom Wein. »Der Park sieht so anders aus von hier oben. Wie ein Gemälde.«

»Ich habe ja ehrlich gesagt nie verstanden, warum Max seine Fenster nach außen gebaut hat. Ich hätte sie zum Garten hin ausgerichtet und würde den ganzen Tag am Fenster stehen.«

Geht mir auch so … »Aber das passt zu Max Bror, stimmt's? Er steht hoch über allem, und nichts kümmert ihn wirklich.«

»Sie mögen ihn nicht.«

»Mögen?!« Ich lachte ungläubig. »Herrje. Kann man Max Bror mögen?«

»Doch. Ja. Max hat viele Seiten.« Peter wühlte sich durch den Obstkorb. »Habe ich Ihnen gestern schon erzählt.«

Ich zögerte. »Sie deuteten gestern noch mehr an …«

»Das haben Sie sich natürlich gemerkt.«

Ich nippte an meinem Glas.

»Und jetzt wollen Sie die Geschichte hören.«

Ein falsches Wort, Toni, und ich bring dich um. »Ich will nicht, dass Sie Ärger bekommen …«

»Ärger? Oje. Ich fürchte, das trifft es nicht annähernd.«

Ich sah ihn mit großen Augen an.

»Aber ich warne Sie, Toni: Nur ein einziges Wort zu Louise oder zu Sophia oder gar zu ihm selbst – und ich finde Sie. Egal, in welchem Zustand ich mich befinde. Und dann schütte ich Ihnen Streusalz ins Gießwasser.«

Nicht schön, ich verzog das Gesicht.

»Also gut.« Peter belud sich seinen Teller und ließ sich in das Sofa fallen. Eine ganze Weile setzte er sich zurecht, nahm ein Kissen und stopfte es sich in den Rücken, bis er eine bequeme Position gefunden hatte. Schließlich lehnte er sich zurück und trank einen Schluck. »Er hat seinen Vater verloren. Sehr früh und sehr hässlich. Und um ganz ehrlich zu sein: Ich glaube nicht, dass Max jemals darüber hinwegkommen wird.«

Ich griff mein Glas fester und hielt den Atem an.

»Unsere Familien wohnten eine Zeit lang nebeneinander, in London. Max und ich gingen in dieselbe Klasse. Wir lasen die gleichen Bücher, wir spielten im selben Verein, und im Sommer zelteten wir im Garten und träumten von selbst gebauten Flößen und Huckleberry Finn. Wir waren kleine Jungs. Und das Leben lag vor uns wie ein offenes Buch.« Peter ließ sich tiefer sinken und schlug die Beine übereinander.

»Ach ja, die Brors … so viel Geld. Und hatten es so schwer miteinander. Die Eltern waren absurd gegensätzlich. Gegensätze ziehen sich an, nicht wahr? Und oft wird daraus etwas Stabiles, wenn man sich bereichert in der Andersartigkeit. Bei den Brors war es das genaue Gegenteil. Max' Eltern waren besondere Menschen. Er der ernste Denker, sie der schöne Schmetterling. Aber standen die beiden nebeneinander, dann wirkte der Schmetterling auf einmal billig und der Denker verstaubt. Max' Mutter liebte das Leben, Kunst, Musik, rauschende Partys. Vielleicht auch andere Männer, ich weiß es nicht. Ich war sieben und schwärmte für Bruce Lee.« Peter schaute wehmütig.

»Der Vater war anders. Dunkel. Schwermütig. Er grübelte zu viel, und obwohl er ein sehr stattlicher Mann war, wirkte er immer ein wenig gebeugt. Als trüge er alle Last der Welt auf seinen

Schultern. Ich habe ihn nur ganz selten lachen sehen. Aber wenn, dann hatte er immer einen Knirps auf dem Schoß, dem er mit leuchtenden Augen die Welt erklärte.« Peter lächelte. Dann wurde er wieder ernst.

»Die Ehe hielt nicht, es wurde sehr hässlich. Max hockte oft bei uns in der Küche, wenn nebenan mal wieder die Fetzen flogen. Die Mutter war Spanierin, der Vater aus Dänemark, London schien für die beiden ein guter Kompromiss. Aber dann verließ sie ihn und nahm ihm den Jungen weg. Die beiden zogen auf die andere Seite der Stadt, später zu ihrer Familie nach Madrid. Für Max wurde es die Hölle. Er hing an seinem Vater, er vermisste ihn maßlos. Er hasste alles an Madrid – die Stadt, die Sprache, die fremden Verwandten. Die anderen Jungs. Und sie hassten ihn. Er wurde schwierig, schwänzte die Schule, begann sich zu prügeln. Die Mutter hatte ihm den Kontakt zum Vater verboten, er muss sie sehr verletzt haben damals. Sie konnte unerbittlich sein, wenn man ihr wehtat. Max durfte nicht anrufen, nicht schreiben, und ihn besuchen durfte er schon gar nicht. Aber mir durfte er schreiben. Und das tat er auch. Und immer steckte etwas zwischen den Seiten, ein Foto oder ein Zettelchen, und ich war sein Bote. Ich trug es jedes Mal hinüber ins Nachbarhaus. Der Vater war in dem alten Kasten geblieben und hauste dort ganz allein. Als hoffte er immer noch, dass die beiden eines Tages zurückkehrten zu ihm. Einmal –«, Peter schluckte, »– einmal schmuggelte Max in einem Geburtstagspaket ein kleines Buch. Mit Kindergeschichten, die ihm der Vater vorgelesen hatte, als er klein war. Ich rannte sofort los und brachte es ihm. Der Mann hat furchtbar geweint. So wie nur ein Vater um seinen Sohn weinen kann. Und ich – war dumm. Ich habe es Max erzählt …« Peter betrachtete seine Hände und schwieg.

»Dann wurde der Vater sehr krank. Krebs. Max ist durchgedreht, als er davon erfuhr, er hat geschrien und getobt, die Mutter solle zu ihm zurückkehren und ihm beistehen. Na ja, er war fünfzehn. Natürlich tat sie nichts dergleichen. Irgendwann lief

Max weg, mit einem Rucksack und ein paar Peseten in den Taschen. Er ist bis zur Stadtgrenze gekommen, da haben sie ihn dann wieder eingesammelt. Sie schickten ihn anschließend zu den Großeltern aufs Land. Ans einsamste Ende der Welt. Meine Mutter war außer sich, als sie davon erfuhr. ›Was tut sie dem Jungen nur an!‹, hat sie gerufen, ich weiß es noch ganz genau. Noch am selben Abend hat sie mit Madrid telefoniert. Danach war sie ganz still. Max' Mutter muss wohl gesagt haben, der Junge drohe zu werden wie sein Vater. Und das müsse sie verhindern, und wenn es das Letzte sei, was sie für ihren Sohn tun könne. Der Vater starb kurze Zeit später sehr qualvoll, Max hat ihn nicht mehr gesehen.« Peter nahm sein Glas und leerte es mit einem Zug.

»Danach war Max kaum noch zu bändigen. Er war so voller Hass und Zorn, er prügelte sich, mit wem und wann immer er konnte. Irgendwann stellte er fest, dass es für ihn weit weniger schmerzhaft ausgeht, wenn er nicht mit der Faust, sondern mit Worten zuschlägt. Er war belesen und klug, und sehr empfindsam. Sie werden es nicht glauben, aber Max Bror ist ein überaus gefühlvoller Mensch. Er kann sich gut in andere hineindenken und weiß schnell, wie sie ticken und handeln. Und dann sucht er die Schwachstellen. Was ihnen Angst macht, wo die Wunden sind, die eitern und quälen. Und dann schlägt er zu. Kaltherzig und gemein, bis der Gegner zu Boden geht. Und wenn er dort liegt, zitternd und blutig, setzt Max nach und gibt ihm den Rest.« Peter sah aus dem Fenster. Draußen war es Nacht geworden.

»An seinem achtzehnten Geburtstag setzten sie ihn vor die Tür. Oder er ging von selbst, ich weiß es nicht. Irgendwann stand er bei uns im Vorgarten, groß und sehnig und mit harten Augen. Ich habe ihn kaum wiedererkannt. Meine Mutter hatte am Anfang fast ein bisschen Angst vor ihm. Aber dann blieb er lange. Er beendete die Schule und fing an zu studieren. Bis er genug eigenes Geld hatte, um sich ein Loft zu kaufen und die Mädchen aufzureißen. Aber wenn wir Weihnachten feierten oder einen

Geburtstag, oder wenn ein Kind geboren wurde oder jemand starb, dann war Max Bror immer dabei. Er war nie ein Bruder für mich, dazu blieb er zu fremd. Aber er gehörte immer dazu. Bis heute.«

Eine Zeit lang war es ganz still. Stumm lehnte ich an der dunklen Scheibe und wartete, bis das tiefe Mitgefühl in mir nachließ.

Schließlich rührte ich mich. »Ich weiß nicht, was ich sagen soll. Mein Herz ist randvoll, aber mein Kopf ist ganz leer.«

Peter lächelte. »Max bringt mich um. Im Grunde genommen bin ich schon tot.«

»Von mir erfährt keiner etwas, versprochen.«

»Dann habe ich also ein Geheimnis mit der kleinen Gärtnerin?«

Ich seufzte traurig. »Ich habe ihn einmal in einem Bildband blättern sehen. Er wirkte ganz verbittert und hart. Wissen Sie, was das gewesen sein könnte?«

»Natürlich.« Peter lehnte sich zurück. »Aber das ist eine andere Geschichte. Für einen anderen Abend.« Er betrachtete mich einen Moment. »Ehrlich gesagt finde ich ja, dass ich für heute genug erzählt habe. Darf ich Ihnen eine Frage stellen, Toni?«

Ich schluckte und ahnte, was kommen würde.

»Wie lange ist das her? Bei Ihnen.«

»Gut drei Jahre …«

»Das ist eine lange Zeit.«

Ich hob die Schulter.

»Sie haben Deutschland verlassen danach?«

»Es … ging nicht mehr.« Mein Hals war trocken, ich musste mich räuspern. »Ich hab's noch eine Zeit lang versucht, dieselbe Arbeit, dieselben Freunde. Hat aber nicht funktioniert. Die Ärzte sagten, ich wäre wie in einer Schleife gefangen und ich müsste etwas tun, sonst ginge ich vor die Hunde. Also packte ich zwei Koffer und fuhr nach England. Ich hatte Glück. Meine Zeugnisse waren gut, und irgendwie fand Mrs. Heligan meine Geschichte wohl rührend. Sie gab mir Arbeit im Schattental. Dann kam Lou und suchte einen Gärtner.«

Peter drehte sein Glas ein wenig. »Dann sind Sie seitdem allein?«

Ich spürte den Kloß in meinem Hals.

»Ich verstehe das nicht. Ich meine: Wie geht das? Wer nimmt Sie in den Arm? Wenn Sie müde sind oder traurig, oder wenn Ihnen etwas misslungen ist? Wer beschützt Sie nachts, wenn es dunkel wird?«

Ich sah hoch zur Zimmerdecke, doch es half nichts. Die Augen liefen mir über. »Manchmal … wenn die Sonne den ganzen Tag über der Bucht gestanden hat. Dann lege ich mich abends in den Sand. Er ist noch ganz warm, und wenn ich die Augen schließe, dann ist es fast so, als wäre da jemand.«

Peters Brust hob und senkte sich. »Ich würde Sie gerne in den Arm nehmen, Toni. Vor allem, wenn Sie so aussehen wie jetzt.«

Mein Herz stolperte. Etwas begann zu kämpfen in mir, es zog und brannte, ich war wie gelähmt. Und als Peter aufsah und mich anschaute, da konnte ich nicht anders, ich erwiderte seinen Blick aus großen Augen. Peter lächelte und erhob sich. »Komm, Toni.« Er nahm meine Hand und zog mich an sich, fasste nach und schlang beide Arme um mich, ganz fest und sicher und warm.

Und da fuhren die Wände des Zimmers herunter wie Kulissen, und auf einmal war da kein Gästehaus mehr und keine Insel, sondern ein Garten, und die Iris blühten, und eine Meise sang, und Leon hielt mich im Arm und legte seine Wange auf mein Haar. Ich schob mich an seine Brust und vergrub die Nase in seinem Hemd, es roch nach Sonne und Shampoo und Weichspüler, und Leon war wieder da, er ist ja gar nicht weg gewesen, dachte ich, nur mal kurz vor der Tür. Ich schloss die Augen und hob mein Gesicht ein wenig, und als er sich vorbeugte und sein Mund den meinen suchte, da ließ ich es zu. Und es war … süß und weich und ließ mich schweben, über den frisch gemähten

Rasen, unter den Linden hindurch in die Morgensonne. Ich öffnete meine Lippen und schmeckte ihn, Aprikose und Weißwein und Mann. Ich lächelte glücklich und schmeckte mehr, Zahnpasta, eine Spur Whisky.

Und noch etwas.

Zuerst versuchte ich es zu ignorieren.

Doch da war es wieder. Ein Missklang, wie eine falsche Note in einem Musikstück. Ich konnte nicht anders und spürte ihm nach, runzelte die Stirn und überlegte.

Und dann kam ich drauf.

Es war Gier. Heiße, hungrige Gier. Und noch etwas anderes, Feineres, es war – Triumph. Rasiermesserscharf wie ein Skalpell, schillernd und gemein. Ich blinzelte ein wenig und tauchte wieder auf. Peter hatte mich Richtung Fenster geschoben, ich konnte mein Spiegelbild sehen: Ich in den Armen des großen Mannes, der an mir entlangstrich und sich tiefer tastete. Und ich dachte:

Wer steht da draußen?

Wer steht da draußen in der Dunkelheit und sieht uns zu. Wer schaut in das hell erleuchtete Zimmer ohne Vorhänge. Wer beobachtet ihn und mich und spitzt die Lippen! Ich merkte, wie es ganz tief in mir kalt wurde.

»Bitte, ich …« Ich begann mich zu winden, doch Peter lächelte nur.

»Bitte, ich mag das nicht.« Ich versuchte seine Hände von mir abzustreifen, aber Peter griff nur noch fester zu. »Das stimmt nicht, kleine Toni …«

»Nein, ich …« Doch er hörte nicht und zog mich noch enger an sich, schob mich Richtung Scheibe. »Nicht!« Ich begann zu zappeln, mich zu winden, aber er lachte nur und hielt mich mühelos. Ich schnappte nach Luft, versuchte nach unten wegzutauchen, doch es ging nicht, ich hing fest und konnte nicht weg. »Lassen Sie mich!« Peter reckte den Arm und knipste das Licht aus, beugte sich vor und versuchte mich zu küssen, hart und roh.

Da trat ich zu. Peter zuckte zurück und knurrte, ich bekam

einen Arm frei und stieß ihn fort, entriss ihm den zweiten, und mit einer unbeholfenen Bewegung zog ich ihm die Hand einmal quer durchs Gesicht. Es knallte laut, der Kopf flog ihm zur Seite, Peter taumelte und riss die Hand zur Wange, musste nach Halt suchen, Toni, raus hier!, ich stolperte zur Tür und warf mich auf die Klinke. Dann stürzte ich in die Nacht hinaus.

Welche Reaktionen ich auch immer befürchtet hatte, sie blieben aus. Die ganze Nacht lang hatte ich mich herumgewälzt, an Flucht gedacht, an Kündigung, an eine Anzeige gegen den rohen Wüstling. Dann wieder waren mir Zweifel gekommen, ob es nicht auch charmanter gegangen wäre, weniger rabiat. Mit einem Augenzwinkern vielleicht, ein bisschen kokett wie die Mädchen im Fernsehen. Wieder und wieder ging ich den Vorfall in Gedanken durch, fühlte seine Hände, roch sein Hemd, schmeckte seine Lippen, Stunde um Stunde, bis draußen über dem Meer die Sonne aufging.

Aber als ich mich schließlich blutleer und übernächtigt in den Garten hinunterschleppte, war alles wie immer. Ich sah Bror zum Strand hinablaufen, allein, nicht ungewöhnlich, Peter war Langschläfer. Ich sah die Insel ihr Tagesgeschäft aufnehmen, zuerst Helen, die mit gesetzter Miene Richtung Haupthaus ging. Dann Sophia, ein wenig hektisch und beladen mit einem Berg leerer Taschen und Tüten. Und irgendwann Carlos, wie immer ungekämmt und zu spät. Ich sah die *Jayden* in der Morgensonne auslaufen und schließlich Lou auf hohen Hacken durch den Garten tänzeln. Sie wissen von nichts, dachte ich und versenkte mich in mein Beet. Noch nicht.

Am späten Vormittag dann war es so weit: Peter schlich aus dem Gästehaus und verkroch sich mit einem dicken Buch im Schatten. Sein Gesicht wirkte blass und ein wenig verquollen, als hätte er schlecht geschlafen. Doch dann bog Lou um die Ecke, schwirrte und schnatterte um ihn herum und schleppte ihn schließlich hinunter zum Strand. Eine ganze Weile beobachtete ich die beiden, wie Lou im seichten Wasser planschte, während Peter ein wenig abseits saß und Muster in den Sand malte. Woran denkst du gerade: Verzeih mir, Toni? Was ich versucht habe, tut mir ganz furchtbar leid? Oder lässt du in Wahrheit nur die Flügel hängen, weil du nicht bekommen hast, was immer du wolltest.

Ich sonderte mich ab in den nächsten Tagen, ohne dass es jemandem auffiel. Mit verschlossener Miene hockte ich zwischen meinen Stauden und beobachtete, wie das Leben um mich herum weiterging. Bror schienen die nächtlichen Ereignisse gefallen zu haben, jedenfalls überzog er die Insel mit einer Welle der Heiterkeit. Er hatte dem Bootsmann die Schlüssel zur *Jayden* weggenommen, nun unternahm er mit Peter ausgiebige Törns zwischen den Inseln. Oft wurden sie dabei von Helen begleitet, deren riesiger roter Sonnenhut dann auf dem Oberdeck wippte, und einmal cruisten die drei nach Las Palmas ins Spielcasino und kehrten erst am darauffolgenden Abend wieder zurück. Sophia glühte wie eine Kirsche, als Bror sie vor die versammelte Mannschaft rief und sich bei ihr bedankte für ihre lukullischen Meisterwerke. Selbst Carlos stand in Flammen für den Hausherrn. Die beiden Männer hatten einen ganzen Tag lang in seltener Eintracht an der *Jayden* herumgewerkelt, um eine Beule zu beseitigen, die Bror bei einem Anlegemanöver gelungen war. Und einmal beobachtete ich, wie er Lou die Schulter tätschelte und sie freundlich lachend zum Ostkamm zurückschickte. »Schlafen Sie sich mal aus«, hörte ich ihn scherzen. Ich fröstelte und wandte mich ab.

Mich selbst ließ man allein. Bog ich um die Ecke mit einer Pflanzkiste im Arm, brachen Gespräche ab und Gelächter verstummte. Köpfe versenkten sich in Bücher, und Liegen wurden geräumt, wenn ich in der Nähe meine Harke abstellte. Helen schaute abwesend, wenn sie über die Poolterrasse an mir vorbeiging, und einmal begegnete ich Bror im Palmenhain und erntete nur einen spöttischen Blick. Peter sah ich so gut wie gar nicht mehr. Hin und wieder schleppte er sich ein wenig waidwund durch den Garten, oder er ruhte im Schatten an Lous Seite und murmelte leise.

Irgendwann wagte ich einen Vorstoß. Was erzählt man sich hier? Wie viele Versionen existieren über die Vorgänge in jener Nacht? Und welche Erklärungen kursieren für Peters verändertes Verhalten? Also fasste ich mir ein Herz und schlich mit weichen Knien hoch zum Ostkamm.

»Du kommst mir gerade recht«, empfing mich die Freundin und hielt mir zwei Bikinihöschen unter die Nase. »Das? Oder das?«

Ich sah zwei Dreiecke mit langen Schnüren, die in ihrer Winzigkeit vollkommen gleich aussahen. »Wofür soll's denn sein? Für den Familienstrand?«

»Bror leiht mir die *Jayden.*« Lou ließ die Hüllen fallen und schlüpfte in das erste Höschen. »Nur ich und Peter und ein Eiskübel mit Champagner. Gestiftet von Bror. Hammer, was?« Sie baute sich vor mir auf, splitternackt bis auf den winzigen String. »So vielleicht?« Sie drehte sich um und wackelte mit dem Po.

Ich schaute unglücklich.

»Nicht gut? Augenblick, warte.« Eifrig schlüpfte sie in den nächsten Winzling.

»Du solltest da nicht mitfahren ...«

»Wie bitte?«

»Der Typ taugt doch nichts.«

»Das seh ich aber völlig anders.« Lou schnürte das Höschen enger. »Was ist mit dem hier?« Sie warf sich in Positur.

»Ich finde sie beide scheiße.«

»Ach, Toni.« Lou ließ die Schultern hängen. »Was hast du denn?«

»Nichts.«

»Wirklich?« Sie fasste mich am Kinn und drehte mein Gesicht ins Licht. »Ich sehe eine blasse Nase und traurige Augen, und das schon seit Tagen. Was ist denn los, hm?«

»Du solltest nicht mit dem rummachen … Der ist nichts für dich.«

Lou seufzte. Dann packte sie mich fester und zog mich in ihre Arme. »Jetzt hör mir mal zu, mein Blümchen.« Ich versank in Duftschwaden von Kokos und Patschuli. »Ich weiß, du machst dir Sorgen. Aber das brauchst du nicht. Peter ist in ein paar Tagen wieder weg, und ich werde nie wieder von ihm hören. Ich weiß das doch, ich bin doch nicht blöd. Aber hin und wieder muss eben einer ran. Sonst verzieht sich die Kiste noch und bleibt für immer schief. Und das wollen wir doch nicht, oder?« Sie küsste mich auf den Mund. »Verstehst du mich? Es geht mir gut! Peter ist zärtlich und weich und gut im Training. Verdammt gut sogar.« Lou grinste.

Dann gab sie mich frei. »Also, wirklich weitergebracht hast du mich bei meiner Garderobe ja nicht. Na, egal. Geh ich eben ganz ohne. Wozu der Ballast.« Sie löste die Schnüre und verschwand im Bad.

»Zieh nicht immer so ein Gesicht, hörst du? Peter guckt auch so komisch in der letzten Zeit. Seit er in der Dusche ausgerutscht ist. Er ist wohl auf die Seife getreten und gegen die Fliesen geknallt. Männer …«

Und so wurde es still in mir. Während um mich herum das Lachen schriller und die Nächte schwüler wurden, tat ich meine Arbeit, schweigend und düster. Nur der Kater leistete mir Gesellschaft, wenn ich im Anzuchthaus die Setzlinge goss oder abends auf meiner Veranda dem schwarzen Meer unter mir lauschte. Die Ruhe auf dem Westkamm schien eine andere, weil jetzt niemand mehr kam, um sie zu stören. Der Wein wirkte auf einmal schal, die Geschichten in den Büchern fade, und selbst der Kamin wärmte nicht mehr so wie früher. Das mit dem Alleinsein ist so eine Sache, dachte ich und warf einen Blick zu den Koffern auf meinem Schrank. Wenn irgendwo da draußen auf dich jemand wartet. Nur ein einziger Mensch, und wenn es am anderen Ende der Welt ist. Dann ist Alleinsein schön. Man kann tun, was immer man will, und weiß doch, dass sich jemand freuen würde, wenn man um die Ecke biegt. Aber wenn es so still ist wie jetzt. Weil um dich herum das Leben tobt und Gelächter und Stimmengewirr, aber du selbst gehörst nicht dazu. Weil du in dir festhängst und nicht rauskommen willst oder kannst. Dann ist Alleinsein schlimm. Denn dann ist es Einsamkeit.

An Peters letztem Urlaubstag blieb ich morgens kurz mit geschlossenen Augen liegen. Vielleicht wird ja alles wieder gut. Noch einmal aufwachen, dann ist er weg und kommt nie wieder. Und die Insel wird vielleicht wieder so wie früher. Lou wird auf meiner Veranda sitzen und Sophia über ihre Hüfte jammern. Helen wird mir zulächeln, wenn wir uns im Garten begegnen. Und von Peter Falkenhayn wird nichts weiter zurückbleiben als ein schlechter Geschmack, an dessen Herkunft man sich gar nicht mehr erinnern kann. Nur noch ein einziger Tag, dachte ich, als ich morgens im Hof meine Karre packte.

Nur noch ein paar Stunden, dachte ich, als ich mittags am Strand meinen Apfel aß.

Jetzt. Jetzt ist es vorbei, dachte ich, als ich im Licht der untergehenden Sonne zum Westkamm hochging. Jetzt duscht er gerade, dann essen die beiden und packen ihre Koffer. Und wenn ich morgen früh aufwache, sind sie vielleicht schon auf dem Weg zum Flughafen. Ich holte tief Luft, ging ein bisschen schneller, versuchte nicht daran zu denken, dass es nun keine Gelegenheit mehr gäbe für ein versöhnliches Ende – und erstarrte, als ich um die Ecke bog.

Die beiden Männer sahen aus wie zwei Totenengel. Gesichtslos und fahl im dämmrigen Zwielicht. Peter hockte auf einer Mauer unter dem Feigenbaum, während Bror ein wenig abseits stand und rauchte.

Ich atmete aus, ganz langsam. Ist schon in Ordnung, dachte ich. Das ist das Ende. Das Ende von Toni am Klippenrand. Denn was die beiden auch immer vorhaben – hier bist du ganz allein. Keiner mehr da. Keine Lou, keine Sophia, keine Helen. Keine Daphne Heligan. Und auch kein Leon. Alle fort. Ist schon in Ordnung, dachte ich wieder. Nur bitte: nicht weinen. Das gönnst du ihnen nicht, diesen letzten Triumph.

Der Hausherr bemerkte mich zuerst und richtete sich auf. Kurz sah er zu Peter. Doch der schaute nur hoch und gleich wieder weg.

Bror wurde unruhig. Einen Moment lang trat er auf der Stelle, rieb sich die Hände an der Hose, spähte zu seinem Freund.

Schließlich tat er einen Stoßseufzer. »Also gut.« Ein wenig gereizt blies er seinen Zigarettenqualm in die Luft. »Mein Gott, ja. Von mir aus: Es war meine Idee.« Er schob das Kinn vor. »Aber ich habe mich eben geärgert. Über diese aufmüpfige Art und das dauergerümpfte Näschen. Erst recht, als Peter an der Amerikanerin dran war und Sie im Dickicht mit den Augen rollten. Ich dachte, die holen wir schon runter von ihrem Sockel, so schwer das auch ist. Wir … na ja.« Er sah zu Peter. Doch der Freund rührte sich nicht. »Wir machen das oft. Ein kleines Spiel. Ich setze auf Niederlage, und er hält dagegen. Und wenn er erfolgreich war, gehen wir in den Weinkeller, und er darf sich was aussuchen. Es war … ein Spaß. Eine harmlose kleine Wette, mehr nicht.« Bror nahm einen Zug und runzelte die Stirn.

»Das war natürlich raffiniert von ihm mit dem Garten. Aber Peter brachte ja auch die besten Voraussetzungen mit, den Park seiner Mutter, Helens Freundschaft mit Daphne Heligan. Sollte das nicht reichen, durfte er kurz von meinem Alten erzählen. Sozusagen als Weichmacher. Ich wusste genau, dass das bei Ihnen zieht.« Er schnippte seine Asche ins Grün.

»Mit Ihrer Reaktion habe ich allerdings nicht gerechnet. Dass Sie es so … hitzig aufnehmen würden. Ich dachte, Peter und ich bekommen was zu lachen, und Sie sind hinterher ein bisschen kleinlauter. Ich dachte, das wird unterhaltsam. Nun ja.« Er räusperte sich. »Weit gefehlt, würde ich sagen.«

Peter hatte den Kopf gehoben und starrte ihn an.

»Was ist?«

»Mein Gott, was bist du für ein Kotzbrocken ...« Peter atmete heftig aus. Sein Gesicht wirkte bleich unter der Bräune, und seine Augen waren klein und verschwollen. »Es tut uns leid, Toni. Es tut uns von Herzen leid. Mir und auch Max Bror. Was wir versucht haben, war ... hässlich und gemein. Das Ergebnis von zu viel Whisky und Langeweile.« Seine Stimme klang rau, er musste sich räuspern. »Es hat wehgetan, wie du danach durch den Garten geschlichen bist. Erst recht, als du Lou gegenüber die Wahrheit über den Abend für dich behalten hast. Max hat es noch mit guter Laune und ›Scheiß drauf‹ versucht. Aber wenn sein Glas leer war, hat auch er geschwiegen und vor sich hin gestarrt.«

Bror betrachtete seine Schuhe.

»Wir haben vorhin beschlossen, es dir zu erzählen. Alles, die ganze Wahrheit. Dass du recht gehabt hast. Dass es ein Spiel war, dass wir's drauf angelegt haben. Dass Max testen wollte, wie weit man bei dir kommt, und du uns unmissverständlich deine Grenzen aufgezeigt hast. Aber die Vorstellung, einfach so die Insel zu verlassen, war für uns beide unerträglich.« Er sah zu Bror und wartete. »Na los.«

»Was?«

»Sag's ihr.«

Bror schob das Kinn vor.

»Mach schon. Oder soll ich?«

Bror schnaubte. »Ich soll mich bei Ihnen entschuldigen. Zufrieden? Da will man was bieten und den Herrn unterhalten und wird zum Schluss zum Kniefall gezwungen, als wäre man neun. Jetzt bin ich wieder das Arschloch, während du der heimliche Sieger bist.«

»Falsch.« Peter schrumpfte ein wenig. »Hier gibt's keine Sieger. Helen hat mit meiner Frau telefoniert wegen Louise ...«

»Oh.« Brors Augen wurden groß.

Eine ganze Weile herrschte Stille in dem düsteren Hof. Stumm betrachtete ich die beiden Männer vor mir, die mit langen Gesichtern die Köpfe hängen ließen. Für einen Moment sah ich mich wieder an Peters Seite durch den Garten schweben, spürte wieder dieses Glück, nach Monaten des Alleinseins eine Leidenschaft teilen zu dürfen. Alles verdorben. Teil einer miesen Strategie. Ergebnis einer klugen und scharfsichtigen Analyse. Ich erschrak, als ich die Tränen kommen spürte. Nein. Nicht wegen denen.

Ein kleiner Schatten löste sich aus dem Dunkel und schmiegte sich um meine Beine. Der Kater blinzelte. Dann sah er zur Haustür.

Ich holte tief Luft. »Dem … Kater geht's nicht gut. Er hat was Schlechtes gefressen, was Altes, Verdorbenes. Er hat gedacht, es wäre was Gutes, aber es war von innen ganz verfault. Jetzt will er nach Hause und schlafen und vielleicht mal kräftig kotzen in der Nacht. Aber das geht nicht, solange ihr beide hier herumsteht und den Weg versperrt.«

Die Männer sahen sich an. »Na komm.« Bror ließ seine Kippe fallen und trat sie aus. »Es ist vorbei. Ab nach Hause.« Er legte dem Freund die Hand auf die Schulter, dann schob er ihn vor sich her Richtung Treppe.

Doch als die beiden an mir vorbeikamen, blieb Peter stehen. »Könnte ich doch noch mal von vorn anfangen. Dann würde ich aufhören in dem Moment, als ich dich im Arm hielt. Du bist ein besonderer Mensch, Toni. Ein besonderer Mensch in einem besonderen Garten. Wenn es stimmt, dass irgendwann nur die schönsten Erinnerungen bleiben, dann werde ich bei Monte Spina immer an einen Park in der Abendsonne denken. Mit deinen Locken im Gegenlicht. Ich möchte, dass du das weißt.« Hastig schüttelte er Bror ab und lief an ihm vorbei die Treppe hinunter.

Bror war zurückgeblieben und schaute ihm nach. Dann sah er zu mir. Für einen kurzen Moment trafen sich unsere Blicke, wie zwei Gegner mit offenem Visier. Ich reckte das Kinn. Bror schlug die Augen nieder. Fast schien es, als wollte er noch etwas sagen. Doch dann wandte er sich nur ab und verschwand in der Dunkelheit.

Es dauerte, bis ich mich rühren konnte. Etwas Warmes, sehr Weiches rieb sich an meinem Bein und schnurrte so laut, als könnte er etwas gutmachen damit. Ich holte tief Luft. Dann ließ ich den Kater ins Haus und schloss leise die Tür.

8

Die Krähe

Es gibt schönere Städte als Arrecife. Mehrspurige Einfallstraßen mit Palmen und Flutlichtern wecken Erwartungen an Größe und Glanz. Doch folgt man ihnen neugierig, landet man unweigerlich an einer Baustelle. Hin und wieder verschieben sie sich, mal nach rechts, mal nach links, oder die Absperrbaken werden ausgetauscht gegen neue. Doch die Wirkung bleibt immer gleich: Man drückt sich durch einen Flaschenhals. Ist diese Hürde endlich genommen, braucht es eine gute Orientierung und Nervenstärke, sonst ist man verloren. Vor einem liegt ein Moloch. Verwinkelte Gassen bilden ein Labyrinth aus Einbahnstraßen, hupenden Autos und Müllcontainern. Läden mit staubigen Auslagen wechseln sich ab mit schrillbunten Einkaufscentern, auf deren Parkplätzen Hunderte Autos in der Sonne glühen. Gelangt man schließlich ans Meer, an die hoffnungsvoll ausgebaute Promenade mit künstlichem Strand und Edelstahlbänken, fühlt man nur Durst und Erschöpfung. Eisdielenbesitzer hocken auf ihren eigenen Stühlen, ein paar Touristen liegen im Sand und träumen gegen die Abgase an, und hoch über allem schwebt das Hotel Gran, einst Lanzarotes hässlichste Ruine, nun eingehüllt in Chrom und Glas und so seelenlos wie eine Fensterscheibe. Mit leeren Augen betrachtet es die Hauptstadt zu seinen Füßen, ein beige-graues Wimmelbild ohne Ordnung und Grün.

Erschlagen von der Hitze und den vielen Menschen schleppte ich mich durch die Fußgängerzone und versuchte, in den Schaufenstern einen Blick auf mich zu erhaschen. Make-up, High Heels, Bikinihöschen warben um meine Aufmerksamkeit, doch vergeblich. Ich sah nur mich selbst. Irgendwann kam eine Kreuzung und unterbrach die Auslagen. Ich tat einen Stoßseufzer. Dann stellte ich mich an die Ampel und wartete auf Grün.

In Woche acht nach Peter Falkenhayn war nur ein einziges Gefühl geblieben: Ernüchterung. Grimmiger Wut war tiefe Beschämung gefolgt, bei einem Glas Whisky ausgezogen und analysiert worden zu sein. Und das auch noch überaus erfolgreich. Die Taktik war aufgegangen, der Weichmacher hatte gewirkt. Wie unsagbar erniedrigend.

Als schließlich die Wut verraucht und die Scham verflogen war, kam die Eitelkeit. Bror hatte ja richtiggelegen. Ein paar warme Worte über den Garten, eine gut vorgetragene Geschichte über Schmerz und Verlust hatten ausgereicht, um meine Mauern einzureißen. Wie erbärmlich. Und doch so nachvollziehbar. Bei einer schrumpeligen kleinen Witwe wie mir. Irgendwann, als das Glas auf meiner Veranda leer getrunken war, hatte ich mich ausgezogen und vor den Spiegel gestellt. Und die Stirn gerunzelt bei dem, was ich sah. Sicher, die Haare waren verwildert und das Gesicht ein wenig trocken und ungeschminkt. Aber auf der tiefbraunen Haut glänzte der Kerzenschein, die Brüste waren straff und der Hintern war fest dank der täglichen Arbeit. Kurz zögerte ich und schaute verlegen. Dann drehte ich mich um und wackelte mit dem Po, so wie Lou, nur ohne String. Und zuckte zusammen, als es grunzte vom Sofa.

Na bitte, gähnte Leon und räkelte sich. Geht doch.

Und als dann der Januar kam und Helen die Rückkehr des Hausherrn ankündigte, da hatte ich Bror wieder vor mir gesehen, mit seinem spöttischen Rauchen und dem gelangweilten Blick. Und das Kinn vorgeschoben. Na warte, Freundchen … Dir werd ich's zeigen.

Die Ampel schaltete um. Ich holte tief Luft, dann packte ich die Tüten fester und bog ein auf den Parkplatz vom Mercadona. Der Geländewagen erwartete mich bereits mit laufender Klimaanlage und einem schnarchenden Carlos inmitten der Einkäufe. Vorsichtig pirschte ich mich näher – und riss die Autotür auf. »Polizei! Führerschein!«

Dem kleinen Mann fiel der Eisstiel aus dem Mund, hastig rappelte er sich auf. Dann erkannte er mich und lachte. Und erstarrte. »Dío …«

Ich krabbelte auf den Beifahrersitz.

»Toni! Du hast ja … richtige Haare.« Beinahe ehrfürchtig befühlte er meine renovierten Locken. Sein Blick glitt tiefer. »Und richtige Beine.«

Ich schaute verlegen. »Gefällt's dir?« Ich hatte in dem Geschäft lange gezögert. Doch dann hatte ein junger Mann meine Oberschenkel gemustert und einen Anpfiff seiner Begleiterin kassiert. Da hatte ich den Rock gleich anbehalten.

Carlos starrte auf den sehr kurzen Mini. »Du siehst toll aus.«

»Ehrlich?«

»Wie die Mädchen im Fernsehen.«

»Ach komm.«

»Du hast dir die Lippen angemalt.«

»Ich hab mal was ausprobiert …«

»Bist du verliebt?«

Ich schluckte. »Wie bitte?«

»Die im Fernsehen malen sich immer die Lippen an, wenn sie verliebt sind. Bist du's?«

»Ach, Carlos.« Ich musste lachen. »Na klar.«

»Nó. In wen?«

»In dich natürlich.« Ich drückte ihm einen Kuss auf die Wange. »In wen denn sonst.«

Carlos strahlte. »Hast du mich lieb?«

»Ganz doll.«

»Heiratest du mich?«

»Nein.«

»Warum nicht?«

»Ach, Carlos.« Ich schaute traurig.

»Ich mag nicht, wenn du so guckst …«

»Dann komm, lass uns fahren.«
»Lachst du dann wieder?«
»Ich lach doch immer, wenn du mich nach Hause fährst.«
»Dann fahr ich jetzt, Toni. So schnell ich kann.«

Tage später stand ich auf der hohen Leiter und ärgerte mich. Erstens hatte ich trotz aller Anstrengungen meine Locken nicht wirklich im Griff. Sie machten schon wieder, was sie wollten. Zweitens kniff die Hose. Sehr kurze, sehr enge Jeans mochten in der Stadt eine gute Figur machen, im Garten saßen sie ruck, zuck im Po. Ich zerrte an dem Stoff und gedachte meiner ausgebeulten Shorts oben im Schrank.

Und drittens ärgerte ich mich über Max Bror. Der Hausherr war seit zwei Tagen auf der Insel und benahm sich wie immer. Keine Reue, keine Entschuldigung, nichts. Ich war mir nicht sicher, was ich erwartet hatte, aber doch zumindest *irgendeine* Veränderung. Ein vorsichtiges Annähern nach seinem hässlichen Spielchen, ein leichtes Stirnrunzeln angesichts meines runderneuerten Aussehens. Selbst die Hausdame hatte die Augenbrauen gehoben.

Doch weit gefehlt. Zwei-, dreimal war Bror an mir vorbeigelaufen, hatte sich über Blattläuse im Laubengang beschwert und über den mickrigen neuen Jacarandabaum neben dem Gästehaus. Und mich dann ohne ein weiteres Wort stehen lassen. Wie immer. Wäre er nicht jeden Abend mit brav gekämmtem Haar zur Hausdame hochgetrabt, hätte man Peter Falkenhayn für pure Einbildung halten können.

Ich tat einen Stoßseufzer. Dann nahm ich die Bougainvillea vor mir ins Visier und pirschte mich an den nächsten Zweig heran – als ein Vogel einen Warnruf tat. Ich schaute mich um. Max Bror hatte die Lichtung betreten. Na bitte, dachte ich und packte die Schere fester. Jetzt wird es spannend.

»Was zum Teufel machen Sie da oben? Fällt Ihnen denn nichts Besseres ein, als in dem Gestrüpp herumzuschnippeln?«

Sinnlos, dachte ich und schloss kurz die Augen. Nichts auf der Welt wird den jemals ändern. »Ich lichte aus.« Ich kappte den Ast und versetzte ihm einen Schubs. »Es gibt altes Holz, das kann man nur wegschneiden. Mit harter Hand.«

»Aha.« Bror schaute argwöhnisch. »Kommen Sie mal runter von da oben.«

»Warum?«

»Ich muss mit Ihnen sprechen.«

»Wir sprechen doch.«

»Ihr patziger Ton wird Ihnen gleich vergehen.« Bror rüttelte an der Leiter, ich japste und klammerte mich fest. »Ohne festen Boden unter den Füßen würde ich an Ihrer Stelle den Schnabel nicht so weit aufreißen.«

Hastig kletterte ich hinunter zu ihm.

»Na los, gehen wir.«

»Wohin?«

»Das ist egal. Irgendwohin, wo Sie sich setzen können.«

»Warum?«

»Das werden Sie gleich hören.«

Misstrauisch folgte ich Bror über die Lichtung und den seitlichen Bogenweg hinunter zum Strand.

»Hinsetzen.« Er wies auf ein Mäuerchen.

»Ich stehe lieber, besten Dank.«

Bror hockte sich auf die Brüstung und angelte nach seinen Zigaretten. »Was ist mit Ihren Haaren?«

»Was soll damit sein?«

»Und was ist das für ein Höschen? Entspricht das den Vorschriften?«

»Das ist ja wohl egal!«

Er nahm einen tiefen Zug. »Der Hafenmeister hat angerufen. Drüben steht jemand und will auf die Insel.«

»Und was geht mich das an?«

»Was will dieser Mann?«

»Woher soll ich das wissen. Wie wär's mit fragen?«

»Sehr scharfsinnig. Ich sehe schon, die frische Seeluft bekommt Ihnen.« Er blies seinen Qualm in meine Richtung. »Nun ja, ich habe ihn gefragt. Aber er sagt es mir nicht.«

»Warum nicht?«

»Weil er zu Ihnen will.«

Mein Mund klappte auf. »Zu mir?«

»Erstaunlich, nicht wahr? Doch in der Tat: Das Einzige, was mir der Bursche sagen wollte, war, dass er Sie dringend sprechen müsse. Er war sehr anstrengend und lästig und will sich hier unbedingt mit Ihnen treffen. Er nannte mir noch seinen Namen. Wie war er doch gleich ...« Bror runzelte die Stirn. »Seien Sie nachsichtig, ich bin ein alter Mann, mein Gedächtnis ist nicht mehr das, was es einmal war. Irgendein ... Tier oder so etwas.« Sein Gesicht hellte sich auf. »Ah, jetzt weiß ich's wieder.« Er spitzte die Lippen. »Der Mann heißt Dohle.«

Mein Herz setzte aus.

»Martin Dohle. Dohle wie Krähe, so hat er sich vorgestellt. Ausgesprochen dümmlich, finden Sie nicht?«

Ich spürte, wie ich blass wurde.

»Interessantes Farbspiel in Ihrem Gesicht. Kennen Sie den Mann?«

Meine Knie gaben nach, ich sank auf die Brüstung.

»Setzen Sie sich doch. Was will dieser Mann von Ihnen?«

Ich starrte Bror an und rührte mich nicht.

»Sprechen Sie nicht mehr mit mir? Das trifft mich. Na, macht nichts. Wissen Sie: Ich war fleißig.« Bror zog einen Zettel hervor und entfaltete ihn umständlich. »Martin Dohle. Jurist und Notar. Testamente, Unterhalt, der ganze Kinderkram. Immerhin: Zum Partner einer Kanzlei hat es gereicht. Dann, vor vier Jahren, verliert er seine Zulassung und scheidet aus. Seitdem: nichts. Keine Anstellung, kein festes Gehalt, lebt von der Hand in den Mund. Windiger Vogel, diese Krähe, wenn Sie mich fragen.« Er steckte den Zettel weg. »Wie langweilig, habe ich mir gedacht und wollte schon den Rechner herunterfahren. Doch dann fiel mir etwas ins Auge. Und von da an wurde es interessant. Ich las den Namen dieser Kanzlei. Die anschließend ohne ihn geführt wurde.« Bror lächelte. »Sie hieß Dohle & Andersen. Leonard Andersen.«

Leon …

»Was zum Teufel will der Ex-Partner Ihres verstorbenen Mannes von Ihnen?«

Wir bleiben zusammen, Leon … Für immer und ewig.

»Hallo? Hören Sie mich noch?«

Ich holte tief Luft. »Ich … wäre jetzt gern allein.«

»Wie bitte?«

»Ich wäre jetzt gern allein.« Ich sah Bror an, ganz fest. »Bitte.«

»Kommt überhaupt nicht infrage. Sie sind hier viel zu oft allein. Also.«

»Das geht Sie nichts an.«

»Ich höre ja wohl nicht recht!«

»Das ist meine Sache, und das bleibt es auch.«

»Vollkommen falsch.« Er schlug die Beine übereinander. »Dieser Mann will zu Ihnen. Sie gehören zu Monte Spina. Monte Spina gehört mir. Also ist es auch meine Sache.«

Ich schnaubte. »Sie scheren sich doch sonst um nichts …«

»Wissen Sie, was ich so richtig gut kann?« Bror betrachtete mich seltsam ernst. »Ich kann Ärger riechen. Zur Not auch zwei Meilen gegen den Wind. Und diese Krähe stinkt, wenn Sie mich fragen.«

Ich betrachtete das Natursteinpflaster.

»Na schön. Fragen Sie eben Ihre Schuhe. Auch gut, zwei Meinungen sind besser als eine.« Bror erhob sich und klopfte sich den Staub von der Hose. »Tun Sie mir bitte nur den einen Gefallen, Miss Andersen: Besprechen Sie das mit jemandem. Ich weiß, Sie machen Dinge gern mit sich selbst aus, diese Haltung ist mir nicht fremd. Aber diesmal habe ich das Gefühl, dass Sie Beistand brauchen werden. Gehen Sie zur Hausdame, zu Sophia, von mir aus auch zu Ihrer mageren Freundin. Aber reden Sie mit jemandem darüber.« Er schob sich die Hände in die Taschen und nahm die Stufen hoch zum Haupthaus. »Ich selbst werde übrigens in der nächsten halben Stunde einen Kaffee trinken. Oben auf der Dachterrasse.«

Es dauerte keine zehn Minuten. Dann schob ich mich, die Augen dunkel, die Nase blass, auf die Dachterrasse hinaus.

»Nanu, die Gärtnerin. Welch seltene Ehre.« Bror nippte an seiner Tasse.

»Kann ich mit Ihnen sprechen?«

»Wir sprechen doch.«

Ich schaute böse, Bror grinste und wies auf einen Stuhl. »Na los. Hinsetzen.«

Ich hockte mich auf die Kante.

»Also. Ich höre.«

»Ich weiß nicht, was ich machen soll …«

»Was will dieser Kerl von Ihnen?«

»Geld.« Ich schluckte. »Martin Dohle will Geld.«

»Aha. Lag ich doch richtig. Um was für Geld geht es? Schulden Sie ihm etwas?«

Ich schüttelte den Kopf.

»Besitzen Sie etwas, das ihm gehört?«

Kopfschütteln.

»Setzt er Sie unter Druck wegen irgendetwas?«

Wieder Kopfschütteln.

»Miss Andersen. Das ist sehr anstrengend mit Ihnen.«

Ich schaute unglücklich.

»Jetzt heben Sie mal die Nase und formulieren Sie in ganzen Sätzen. Was ist passiert?«

Ich zögerte. Doch dann holte ich tief Luft und kapitulierte. »Dohle hat Mist gebaut. Er hat eine Unterschrift gefälscht, um an Geld zu kommen. Leon hat es noch vertuschen wollen, aber dann flog Dohle auf und verlor seine Zulassung. Leon hätte eigentlich ebenfalls belangt werden müssen, doch Dohle hat alles auf sich genommen, und Leon kam davon. Später hat er ihm immer mal wieder Geld zugesteckt, damit er über die Runden kam.«

»Wussten Sie davon?«

Ich nickte.

»Schlecht. Weiter.«

»Nach Leons Unfall war er eine Zeit lang verschwunden. Ich dachte schon, ihm wäre was passiert. Aber dann, nach einer Weile, tauchte er wieder auf.«

»Und wollte wieder Geld. Diesmal von Ihnen.«

Ich schluckte.

»Und? Haben Sie ihm etwas gegeben?«

Ich schwieg betreten.

»Na großartig.«

»Er hat mir leidgetan! Er hatte alles verloren, genau wie ich. Ich hatte Mitleid mit ihm.«

»Mitleid, Miss Andersen, sollten Sie sich abgewöhnen. Mitleid ist in der Welt da draußen so nützlich wie ein Klumpfuß.«

Ich schaute düster.

»Und jetzt ist er wieder da.«

»Irgendwie kommt er immer an meine Adresse. Das letzte Mal ist er auf Beaulieu House aufgetaucht, er war total abgerissen. Seine Frau hatte ihn verlassen, ich habe ihn kaum wiedererkannt.«

»Wie rührend. Und? Hatte er Erfolg mit der Nummer?«

Ich schlug die Augen nieder.

»Und jetzt?« Bror versuchte, mir ins Gesicht zu spähen. »Was jetzt, hm? Wollen Sie ihm wieder etwas zustecken? Von Ihrem sauer verdienten Geld? Damit er in ein paar Wochen erneut auf Ihrer Fußmatte herumlungert?«

Ich wich seinem Blick aus und sah zur Seite.

»Nicht? Dann treten Sie ihm endlich in den Hintern. Sagen Sie ihm, er soll sich zum Teufel scheren und Sie in Ruhe lassen. Er hat nichts gegen Sie in der Hand, nicht wahr? Schicken Sie ihn in die Wüste.«

Ich sah ihn an, kleinlaut und blass.

»Ach du liebe Güte.« Bror ließ die Schultern hängen. »Ich sehe schon: Bleiben Sie am besten in Ihren Beeten. Sie würden untergehen in der Welt da draußen.«

»Was soll ich denn jetzt machen?«

»Na, was schon: Schauen wir ihn uns mal an, Ihren komischen Vogel.« Bror zog sein Handy heraus.

»Carlos! Machen Sie das gottverdammte Autoradio aus, haben Sie den Verstand verloren?! Wo zum Teufel sind Sie? – Dann geben Sie Gas, Mann, im Hafen steht jemand und will auf die Insel. Bringen Sie ihn mit auf der *Jayden.*« Er legte auf und schaute zufrieden.

»Konnten Sie nicht vorher fragen?«

»Ich dachte, ich soll Ihnen helfen.«

»Ich wollte Ihren Rat!«

»Den haben Sie bekommen. Wir holen den Mann her. Dann sehen wir weiter.«

»Aber was soll ich denn hier mit ihm?«

»Sie beide setzen sich irgendwo hin. Am besten hier oben auf die Dachterrasse. Bieten Sie ihm Kaffee an, zeigen Sie ihm die Aussicht, plaudern Sie. Machen Sie ihn locker. Dann komme ich und sehe ihn mir an.«

Ich musterte Bror misstrauisch. »Da stimmt doch was nicht … Seit wann interessieren Sie meine Angelegenheiten?«

»Ich sorge mich eben um meine Angestellten.«

»Dass ich nicht lache! Nichts auf der Welt tun Sie weniger.«

»Vielleicht möchte ich ja Ihr Bild von mir korrigieren.«

»Welches Bild? Das Foto, das bei mir überm Klo hängt?«

Bror grinste. »Das hat Sie beschäftigt, stimmt's? Unser kleines Spiel.«

»Pfff …«

»Haben Sie meinem Freund Peter tatsächlich eine geknallt. Nicht zu fassen.«

»War ja wohl mehr als verdient!«

»Es hat ihn schwer getroffen. Sie haben dem alten Jäger das Herz verbeult.«

»Der alte Jäger kann mich mal.«

»Peter hält große Stücke auf Sie, wussten Sie das? Wir haben uns heftig gestritten auf dem Rückflug. Er hat mir mit körperlicher Misshandlung gedroht, sollte ich so was noch mal bei Ihnen versuchen.«

Ich schnaubte.

»Sie haben recht. Übertrieben, seine Haltung, finde ich auch.« Bror räkelte sich. »Aber was mich nun wirklich wurmt, ist die Tatsache, dass ich so vollkommen danebenlag. Anstatt mich bei einem guten Glas Rotwein über Details zu amüsieren, musste ich die Krankenschwester spielen. Ich möchte mich wieder ins rechte Licht rücken bei Ihnen. Meine Menschenkenntnis ist legendär. Wenn ich sage, mit der Kleinen wird's amüsant, dann wird es das auch.«

»Was sind Sie doch für ein Arschloch …«

»Wie bitte?«

»Arschloch.«

»Das ist alles? Da hat man mich aber schon ganz anders genannt.«

»Pah …«

»Sie können unmöglich glauben, dass ich mich mit so etwas Halbgarem zufriedengebe. Gerade Sie sollten mich besser kennen.« Bror beugte sich vor und musterte mich. »Die Beine: gar nicht mal schlecht. Das Höschen: überraschend, gebe ich zu. Aber obenrum: Miss Andersen, das geht so nicht, was soll ich mit der weiten Bluse? Das Shirt muss eng und dünn sein. Und lassen Sie den BH weg. Ich habe ja grundsätzlich nichts dagegen einzuwenden, wenn Sie Ihre körperlichen Vorzüge in ein neues Licht zu rücken beginnen. Aber wenn schon, dann tun Sie es richtig.«

Meine Brust hob und senkte sich. Dann stemmte ich mich hoch. »Mal ganz im Ernst: Wie lange halten es die Menschen eigentlich aus bei Ihnen?«

»Sie meinen die Frauen?« Bror überlegte. »Zwei, drei Wochen vielleicht.«

»Was? Das ist unmöglich. Niemand auf der Welt kann so leidensfähig sein.«

»Und dennoch liegen Sie schon weit über dem Durchschnitt …«

»Mr. Bror.« Ich holte tief Luft. »Das ist der Garten! Ich ertrage Sie darin stumm und geduldig wie eine Gespinstmotte.«

»Das ist Unsinn, und das wissen Sie auch.« Bror steckte sich die Zigarette in den Mund und erhob sich. »Tatsächlich bin ich das Salz in Ihrer faden Suppe hier. – Na los, Abmarsch.« Vergnügt gab er mir einen Klaps auf den Po. »Duschen, umziehen, Farbe ins Gesicht. Hören Sie auf den Meister: Ein gutes Spiel will vorbereitet sein.«

Dohle schwitzte. Es war sehr heiß auf der Dachterrasse, die Nachmittagssonne brannte seit Stunden auf Tische und Polster. Selbst unter dem Sonnensegel schmolzen die Windlichter.

Doch das allein war es nicht. Ich musterte den jungen Mann, während ich ihm Kaffee einschenkte. Es war diese seltsame Aufgeschwemmtheit, die ihn bleich und kraftlos wirken ließ. Wo ist er hin?, dachte ich. Der freche kleine Kerl, der einfach aufgestanden war, wenn sich Leons Vater über irgendetwas ereifert hatte. Ich betrachtete seine verschwitzten Haare, die rot glänzende Haut. Und verspürte wieder Mitleid ganz tief in mir. »Zucker?«

»Mein erster richtiger Kaffee seit Tagen.« Dohle nahm mir die Tasse ab und schnupperte glücklich. »Du bist ein Engel, Toni, Leon hatte recht.« Er trank einen Schluck. Dann lehnte er sich gegen das Geländer und ließ seinen Blick schweifen. »Weißt du noch, wie wir uns das erste Mal getroffen haben?«

»Klar weiß ich das noch, komm, setz dich …«

»Leon hatte sich mit mir auf ein Bier verabredet. Mir ging's nicht so gut damals, diese Caro aus dem Copyshop hatte Schluss gemacht, aber Leon sagte, jetzt lass dich nicht hängen. Mein Leon … Immer für mich da.« Er lächelte traurig. »Doch dann bog er um die Ecke mit dir im Arm. Nicht böse sein, Toni, aber am Anfang fand ich dich irgendwie … struppig? Aber ich konnte euch zusehen, wie ihr geredet habt. Wie ihr funktioniert habt zusammen, wie zwei Rädchen, die ineinandergreifen, und ab geht die Fahrt. Da sagte ich später zu ihm: Nimm die. Das ist ein tolles Mädchen, ist doch egal, was deine Alten sagen. Dann hat sie eben kein Geld und kein Auto, na und? Das Einzige, was zählt, ist dein Herz.«

»Hör doch auf mit dem alten Kram. Erzähl mir lieber von dir …«

»Was würde Leon wohl sagen, wenn er dich jetzt so sehen könnte?«

Ich runzelte die Stirn. »Wie meinst du das?«

»Na, eben noch die trauernde Witwe, und jetzt braun gebrannt in edlen Polstern.«

»Martin, ich arbeite hier, ich bin hier der Gärtner.«

»Weiß ich doch.« Dohle leckte an seinem Löffel. »Du hast dich verändert, Toni. Die Haare, das Kleid, die braunen Beine. Und irgendwie dünner geworden bist du auch.« Er schaute neugierig. »Hast ihn vergessen, unseren Leon, stimmt's?«

Wie bitte?! Ich holte tief Luft.

»Ich verstehe dich ja.« Dohle schlenderte zu einer Sitzgruppe. »Das hier hat schon was, die Insel, das Haus, der Park, der Swimmingpool. Da fällt es nicht schwer, loszulassen.«

»Martin, ich bin hier angestellt. Ich darf sonst niemanden auf die Insel holen, ich habe das unterschreiben müssen.«

»Ich sag doch gar nichts.« Er setzte sich andächtig. »Ich gönn's dir doch von Herzen, dass du raus bist aus dem Grau. In England hatte ich fast ein bisschen Mitleid mit dir.«

Hat dich aber nicht davon abgehalten, mich anzupumpen. Ich schwieg einen Moment lang. »Wie geht's dir denn jetzt?«

Dohle betrachtete seine Hände.

»Seid ihr noch zusammen?«

»Keine Ahnung. Ich schlafe im Keller neben dem Bügelbrett. Ist man da noch zusammen?«

»Warum hast du die Kinder nicht mitgebracht? Ein paar Tage Sonne und Strand würden euch doch guttun, euch allen.«

»Toni … Wovon denn? Ich konnte mir gerade mal das lausige Einzelzimmer leisten. Und überhaupt: Glaubst du denn im Ernst, die würden mit jemandem wie mir mitfahren? Was kann ich denn schon bieten?«

Ich seufzte stumm. »Wie viel brauchst du denn?«

»Ach, lass mal, ich komme schon klar.«

»Ich geb dir ja was. Aber ich hab nicht so viel.«

»Ach nein?« Dohle schürzte die Lippen. »Da sehe ich aber Möglichkeiten. Wenn ich mich hier so umschaue …«

Ich verstand, worauf er hinauswollte, und öffnete den Mund zu einer Antwort – da stockte ich. Auch Dohle ruckte hoch. Aus dem Laubengang ertönten Schritte. Harte, entschlossene Schritte, die rasch näher kamen. Ich blinzelte gegen die Sonne. Max Bror hatte die Bühne betreten.

Meine Augen wurden groß. Schwarzer Anzug, weißes Hemd, tadellos rasiert. Das Gesicht gebräunt, die Haare feucht und nach hinten gekämmt, in der Hand einige Bogen Papier. Es gab nichts daran zu rütteln: Max Bror sah unverschämt gut aus.

»Ich bin Bror.« Er reichte Dohle die Hand und lächelte freundlich.

»Dohle. Wie Krähe.« Überrascht schlug der junge Mann ein. »Wir haben telefoniert.«

»Ich … hm. Ich möchte nicht stören.« Ein wenig verlegen betrachtete Bror die halb vollen Tassen.

»Oh, kein Problem. Wir haben nur ein wenig geplaudert. Über … die alten Zeiten.«

»Habt ihr denn alles, Toni?« Bror schaute besorgt. »Kaffee, Wasser? Milch?«

Ich traute meinen Ohren kaum – Toni?! – und machte die Augen schmal.

Doch Dohle schob mich beiseite. »Alles bestens, Mr. Bror. Setzen Sie sich doch zu uns. Ich muss mich ja noch bedanken für die Überfahrt mit dem tollen Schiff.«

»Hat sie Ihnen gefallen, die *Jayden?*« Bror glitt zu mir auf das Sofa.

»Toll. Ganz großes Kino. Eine Pershing, nicht wahr?«

»Oh, Sie kennen sich aus. Respekt, das stimmt. Sie ist – na ja: ein Sondermodell. Ein kleines Spielzeug. Sie wissen schon.«

Die beiden Männer lachten.

»Uns eint eine Vorliebe für schnelle Motoren, scheint mir.« Bror nahm eine Tasse und schenkte sich ein. »Der Bootsmann erzählte mir von einem interessanten Wagen im Hafen.«

»Da haben Sie recht.« Dohles Wangen röteten sich ein wenig. »Wissen Sie, ich habe das gern so: Wenn schon Mietwagen, dann richtig. War gar nicht so leicht, an das Auto zu kommen, den Roadster gibt es auf Lanzarote nur ein einziges Mal. Aber die Mädchen an der Rezeption waren sehr hilfsbereit.«

»Aber ich dachte …« Ich verstummte. Bror hatte meine Hand berührt, nur ganz leicht.

»Da haben Sie aber Glück gehabt, Mr. Dohle, in den meisten Hotels sind die Mädchen an der Rezeption so hilfsbereit wie Mastleuchten. Wo wohnen Sie denn?«

»Na ja.« Dohle senkte das Kinn. »Diese ganzen Strandhotels sind mir zu primitiv, wissen Sie? Immer diese verfetteten Weiber in Gucci.« Er faltete die Hände. »Ich wohne im *Gran.*«

»Der Hauptstadt neuer Glanz. Kompliment. Eine gute Wahl.«

Dohle lachte verlegen.

»Und, sind Sie zufrieden?«

»Doch, ja. Die Aussicht ist schon beeindruckend. Ich meine, es ist zwar nicht New York. Und die Croissants heute Morgen schienen mir nicht ganz frisch. Aber ich will nicht meckern.«

»Sie sind anspruchsvoll. Das gefällt mir. Noch Kaffee?«

Dohle reichte ihm seine Tasse.

»Ich hoffe, Sie haben etwas Zeit mitgebracht, Mr. Dohle, die Insel wird Ihnen gefallen. Ich ticke da ähnlich wie Sie, ich gönne mir auch gerne etwas. Das Leben ist hart genug, nicht wahr? Und wenn man sich nicht selbst belohnt, tut es sonst keiner.« Bror lehnte sich zurück und trank einen Schluck. »Die Gärten sind wirklich sehr schön geworden. Es gibt da diesen Moment, am späten Nachmittag, wenn die Sonne im Palmenhain steht – einfach bezaubernd. Ich überlege, ein Poolhaus nachzurüsten, Ihre Meinung würde mich interessieren. Und Toni wohnt auch sehr hübsch.« Er strich mir über den Oberschenkel, nur ganz zart. Dohle merkte es, ich merkte es, und mein Unterleib merkte es auch. Meine Wangen explodierten.

»Oh ja.« Dohle grinste. »Das glaube ich gern.«

»Wann fliegen Sie zurück?« Bror schlug die Beine übereinander.

»Leider schon übermorgen.«

»O je. Ein Freitag, und dann auch noch Ferienende. Könnte voll werden in der Maschine.«

»Habe ich mir auch gedacht. Aber ich hatte Glück, in der Businessclass war noch etwas frei. Ich hasse diese engen Sitze.«

»Ach, so geht mir das auch. Leider nicht ganz billig auf die Dauer.«

»Na ja.« Dohle schmunzelte. »Wer hat, der hat. Stimmt's, Mr. Bror?«

»Ja, aber –« Bror runzelte die Stirn. »Sie haben ja nicht.«

Dohle blinzelte. »Wie bitte?«

»Sie haben nichts, Mr. Dohle, gar nichts.« Bror griff nach den Papierbogen auf dem Tisch. »Sie haben fünf, acht, elf Konten bei drei verschiedenen Geldinstituten, alle in höchst bedenklichem Zustand. Hin und wieder tröpfelt mal etwas herein, ein bisschen hier, ein bisschen da, sehr unregelmäßig. Und immer mit recht merkwürdigen Verwendungszwecken. ›Wie besprochen‹ – ›Mach was draus‹ – ›Das letzte Mal, du Arsch‹. Hm. Sehr eigenartig.«

»Was …?« Dohle sperrte den Mund auf.

»Aber hier, hier ist ein Konto, das sieht besser aus. Regelmäßige Einkünfte, mehr Einnahmen als Ausgaben, recht solide. Oh, halt.« Bror sah genauer hin. »Bitte verzeihen Sie, meine Augen. Das ist ja gar nicht Ihr Konto. Es ist das Konto Ihrer Frau.«

»Wie kommen Sie an meine Bankdaten?!«

»Das muss ich Ihnen doch nicht erklären, Sie sind doch vom Fach.« Bror studierte die Zahlen. »Ihre Frau scheint viel Vertrauen zu Ihnen zu haben. Sie haben Generalvollmacht. Und bedienen sich reichlich. Sie haben die komplette Reise vom Geld Ihrer Frau bezahlt.«

Ich schnappte nach Luft. »Aber ich dachte, du hast kein Geld für so was!«

»Ach, Toni.« Bror schaute säuerlich. »Das interessiert doch nun wirklich keinen.« Er schob sich eine Zigarette in den Mund. »Viel interessanter ist doch die Frage, was das für ein Gefühl ist. Hm? Mr. Dohle.« Sein Feuerzeug klickte. »Was ist das für ein Gefühl, von der eigenen Frau ausgehalten zu werden? Bitte helfen Sie mir, ich kenne mich da nicht aus. Bleiben Sie morgens noch ein bisschen liegen, wenn sie sich hochquält? Putzen Sie die Küche, bügeln Sie die Wäsche, bringen Sie den Müll raus? Kaufen Sie ihr hin und wieder ein paar Blümchen, um sie ruhigzustellen?« Er nahm einen tiefen Zug. »Kriegt man da überhaupt noch einen hoch? Wenn schon wieder Samstagabend ist und die Frau noch immer nicht schläft? Mit ihrem sauren Atem und dem schlaffen Hintern, hm? Kriegen Sie überhaupt noch einen hoch, Mr. Dohle?« Sein Blick glitt in Dohles Schoß. »Nein. Nein, ich glaube nicht.«

»Was …?« Dohle erwachte aus seiner Erstarrung. »Toni! Was ist das für ein Arsch!« Hastig rappelte er sich hoch. »Also, das reicht mir jetzt. Sie rufen mir sofort dieses Boot!«

»Wie bitte?« Brors Augen weiteten sich. »Habe ich Sie beleidigt?« Er drückte die Zigarette aus. »Das täte mir leid. Bitte verzeihen Sie, Mr. Dohle, ich bin Däne, wissen Sie? Das kleine Land mit den langen Wintern. Unser Humor ist mitunter ein wenig deftig. Die Wikinger, Sie verstehen?«

»Sie können mich mal am Arsch lecken!«

»Oh, bitte nicht. Nein, Mr. Dohle, das möchte ich nicht. Toni, was kann ich … Warten Sie. Ich habe eine Idee.« Eifrig lief Bror zu der gut bestückten Bar und verschwand hinter der Theke. Es klirrte und schepperte, dann tauchte er wieder auf, in den Händen eine Flasche und zwei Gläser.

»Ich habe Sie beleidigt. Das tut mir leid. Aber ich weiß, wie ich das wiedergutmachen kann. Sehen Sie.« Schwungvoll stellte er die kostbare Flasche auf den Tisch. Das Glas war dick und schwer, es machte einen Klack.

»Das ist ein Dalmore. Von Hand gebrannt, ganz kleine Auflage. Ich bin ein bescheidener Mann, aber beim Whisky bin ich pingelig. Die Flasche hat mich ein Vermögen gekostet. Normalerweise teile ich so etwas mit niemandem.« Er öffnete den Verschluss und schenkte ein. »Sehen Sie nur die Farbe. Flüssiges Gold. Lord Byron soll seine bewegendsten Gedichte bei einem Glas Dalmore geschrieben haben. Probieren Sie, und Sie werden wissen, warum.« Er nahm das Glas und hielt es ihm hin. »Trinken Sie.«

Dohle starrte das Glas an wie eine doppelköpfige Hündin.

»Ich bitte Sie, Mr. Dohle. Trinken Sie. Seien Sie wieder gut mit mir.«

Dohle öffnete ein wenig den Mund. Auf seiner Stirn glänzte Schweiß.

»Sehen Sie, ich reiche Ihnen die Hand. Seien Sie ein Mann. Trinken Sie.«

Dohle leckte sich die Lippen. »Ich trinke nicht.«

»Wie bitte?«

»Sind Sie taub? Ich trinke keinen Alkohol. Nehmen Sie das Glas weg.«

»Das können Sie mir nicht antun.«

»Sie sollen das Glas wegnehmen!«

»Aber das ist ein Dalmore. Kein richtiger Mann schlägt so was aus.«

»Hör zu, Arschloch. Du holst jetzt dein gottverdammtes Schiff, ja? Ich will sofort runter von dieser Insel!«

»Erst wenn Ihr Glas leer ist.«

»Das Schiff!«

»Wie wäre es mit schwimmen? Na ja. Ein bisschen weit vielleicht.«

»Das Schiff!«

»Ihre Platte hängt, merken Sie es nicht?«

»Ich warne dich, Freundchen!« Dohle stemmte sich hoch und klaubte sein Handy aus der Tasche. »Ich rufe die Polizei, wenn ich nicht sofort von dieser Insel gebracht werde!«

Es ging so schnell, dass ich leise aufschrie. Mit einer einzigen Bewegung pflückte ihm Bror das Gerät aus der Hand, warf es auf den Tisch, nahm die schwere Flasche und hieb sie auf das Display. Das Deckglas knackte laut, als es brach.

»Mein … mein Handy!« Dohle stand der Mund offen.

»Interessantes Geräusch, nicht wahr?« Bror packte Dohles Hand und knallte sie neben das Telefon. »Ob Knochen anders klingen?« Er hob die Flasche, Dohle kreischte, ich fuhr hoch, »Nicht!«, Bror ließ los, Dohle taumelte und fiel zurück in den Sessel.

»Trinken Sie!«

Hastig griff Dohle nach dem Glas und leerte es in einem Zug.

»Ach, Mr. Dohle.« Bror lachte erleichtert. »Na, sehen Sie. Das war doch gar nicht so schwer, oder?« Er nahm die Flasche und schenkte ihm nach. »Sehen Sie sich die Farbe an. Wie ich schon sagte – flüssiges Gold.«

Dohle röchelte und leerte das Glas erneut.

Bror ließ sich auf das Sofa sinken. »Komm, Toni. Setz dich wieder.« Er zog mich in die Polster. »Schau ihn dir an, unseren Gast. Schmeckt es, Mr. Dohle? Was ist das für ein Gefühl, hm? Wenn einem der Alkohol durch die Kehle rinnt. Wie lange waren Sie trocken, vier Monate, fünf? Ein halbes Jahr? Keinesfalls länger, nicht wahr? Ich erkenne doch dieses Zittern. Die aufgedunsenen Lider, diesen säuerlichen Gestank nach Abschaum und Selbstaufgabe. Trinken Sie, Mr. Dohle.« Er beugte sich vor und füllte noch einmal das Glas. »Wissen Sie was? Ich schenke Ihnen die Flasche. Das tut Ihnen gut, ich sehe das doch. Sie bekommen ja richtig Farbe.«

Dohles Wangen hatten sich gerötet. Er entspannte sich sichtlich. »Sieh mal einer an. Unsere Toni ...« Er lachte leise und kippte den Whisky in einem Zug. »Immer ein Händchen mit ihren Männern. Der eine noch nicht ganz verrottet. Und schon ist da der nächste, den sie mit ihren großen Augen unruhig macht.« Er griff nach der Flasche und schenkte sich nach. »Was ist nur dran an diesem Wuschel ... Soll ich dir mal was sagen, Toni? Ich habe dich gehasst. Ganz tief drinnen, schon als ich dich das erste Mal sah. Als sich Leon plötzlich einen Dreck um mich scherte, als ich wieder alleine war. Er hat mich für dich fallen lassen wie eine heiße Kartoffel.«

Ich holte tief Luft, doch Bror hielt mich zurück. »Lass ihn.«

»Aber das stimmt doch so nicht!«

»Sei still, Toni. Lass ihn reden.«

»Genau, Toni. Lass mich reden.« Dohle kicherte und legte die Füße auf den Tisch. »Ach ja ...« Seine Nase glühte wie eine Laterne. »Habe ich dir nie verziehen, Toni. Dass du ihn mir weggenommen hast. Dass mein Platz an seiner Seite auf einmal besetzt war, als er nur noch Augen für dich hatte. Und weißt du was?« Er beugte sich vor, ich roch seine Fahne. »Jetzt sag ich dir mal etwas. Als sie kamen, diese Männer, und zu mir sagten: Leon ist tot. Weißt du, was ich da dachte? Ich dachte: Geschieht dir recht, Toni! Alles im Leben hat seinen Preis.« Er sah mich nach Luft schnappen und grunzte zufrieden.

Dann stemmte er sich hoch. »So, Freunde. Ich muss mal wohin. Zeig mir deine Toilette, Arschloch.«

Er tat ein paar Schritte, dann schwankte er und ging in die

Knie. »Hoppla …« Unsicher versuchte er sich hochzustemmen, doch es gelang ihm nicht, er ruderte mit den Armen und rutschte weg.

Bror tat einen Stoßseufzer. »Gott sei Dank. Das ging ja schneller, als ich dachte.« Er schälte sich aus den Polstern, dann ging er neben Dohle in die Hocke und tätschelte ihm die Wangen. »Na komm, nur noch eine Minute. Bleib wach, ja? Das ist jetzt wichtig, du musst dir das merken.«

Dohle wand sich und versuchte sich aufzusetzen, vergeblich.

»Hab keine Angst. Dir passiert nichts. Wir bringen dich gleich auf die *Jayden* und legen dich auf eine Plane. Dort kannst du pinkeln, so oft und so viel du willst. Keine Bange, ich werfe dich nicht über Bord. Ich habe keine Lust, mir die Reling zu zerkratzen. Der Bootsmann schiebt dich im Hafen hinter dein Lenkrad und klemmt dich fest, dann kannst du schlafen. Du kannst schlafen und pinkeln, die ganze Nacht lang, denn das wirst du. Deine Eingeweide werden sich rächen für das, was du ihnen angetan hast. Und wenn du dann morgen früh aufwachst, beschmutzt und besudelt, dann wirst du wissen: Ab jetzt geht es aufwärts. Denn tiefer kannst du nicht mehr sinken. Hörst du mich? Hiergeblieben, Sportsfreund.« Er klopfte ihm auf die Wange, Dohle stammelte und griff nach der fremden Hand.

»Erinnern wirst du dich vermutlich an gar nichts mehr. Und das ist auch gut so. Der milde Nebel von Dalmore wird dich das alles hier vergessen lassen. Bleiben wird nur ein ungutes Gefühl beim Anblick dieser Insel. Du wirst nicht mehr so genau wissen, warum. Aber du wirst niemals zurückkehren wollen. Verstehst du mich? Du wirst dich Monte Spina niemals mehr nähern, nicht auf zehn Meilen. Wenn ich dich hier noch einmal erwische. Wenn du hier noch einmal auftauchst oder anrufst oder auch nur eine einzige Mail schickst. Wenn du Toni noch ein einziges Mal belästigst oder ansprichst oder auch nur in ihre Nähe kommst. Dann bist du tot. Egal wann, und wo immer du sein wirst. Und solltest du es tatsächlich noch einmal aus deiner Gosse schaffen, dann senkst du den Blick und wechselst die Straßenseite, wenn du das Mädchen siehst. Hast du mich verstanden?« Er wollte ihm eine Strähne aus dem Gesicht streichen, Dohle erschrak und zuckte zusammen. Dann wurde es dunkel in seinem Schritt.

»O je.« Bror rappelte sich auf. »Pfui Teufel. Musste das jetzt sein?« Angewidert musterte er den Mann zu seinen Füßen, der vor ihm wegzukriechen versuchte und schließlich liegen blieb.

Bror runzelte die Stirn und griff zu seinem Handy.

»Sophia. Hilfe. Der Freund von Miss Andersen hat sich mit meinem guten Dalmore betrunken. Unmöglich, diese Deutschen. Bringen Sie einen Eimer und einen Aufnehmer, er hat es nicht mehr auf die Toilette geschafft. Und rufen Sie Carlos, der Mann will unbedingt zurück zu seinem Auto.« Er legte auf und schaute zufrieden.

»Na? Wie hab ich das gemacht?«

Mir war, als würden nach einem überlangen Kinofilm die Lichter angehen. Ich blinzelte.

»Ich denke, das war ganz gut, Miss Andersen. Eine Sorge weniger, würde ich sagen.«

Meine Finger hatten sich in die Polster gekrallt. Die Knöchel waren steif und schmerzten ein wenig.

»Kommen Sie, einen kleinen Applaus hab ich mir verdient, finden Sie nicht?«

Ich legte die Hände in den Schoß und begann sie zu reiben.

»Na los. Ich will das jetzt hören, ich bin eitel.«

»Wer sind Sie …«

»Wie bitte?«

Ich stand auf und ging zu dem Menschen zu seinen Füßen. Dohle hatte sich eingerollt wie ein Embryo, aus seinem Mundwinkel rann ein dünner Speichelfaden. Seine Hose war dunkel und nass bis zum Bauchnabel. »So sehen sie aus, ja? Die gegen Sie antreten und verlieren.« Ich ging auf die Knie, nahm Dohles Kopf und zog ihn in meinen Schoß. »So lassen Sie sie also zurück. Zerkaut und ausgespuckt.«

»Ich höre ja wohl nicht recht. Das war doch harmlos! Alles, was Sie hier sehen, ist abwaschbar. Er hat noch nicht mal einen blauen Fleck. Na schön, die Hose ist hinüber, fürchte ich. Ach, und sein Handy …« Bror lachte leise. »Zu dumm, nicht wahr? Fällt auf sein eigenes Telefon.«

»Geben Sie mir eine Serviette.«

»Wie bitte?«

»Machen Sie schon.« Ich streckte die Hand aus, nahm ihm das Tuch ab und begann, Dohles Mundwinkel zu säubern.

»Sagen Sie mal.« Bror schob sich die Hände in die Taschen. »Ich werde den Verdacht nicht los, dass hier gerade was schiefläuft. Ich bin mir nicht sicher, ob Sie das begriffen haben: Aber dieser Jammerlappen, den Sie da so liebevoll wiegen, ist ein schmarotzender Provinzblender, der Ihnen Ihr Geld abknöpfen wollte für ein bisschen Lecken am Tellerrand. Und der Sie obendrein auch noch fast zum Weinen gebracht hat. Und jetzt küssen und herzen Sie ihn, und mich schauen Sie an wie ein dreckiges Handtuch?«

»Das macht Ihnen Spaß, ja?« Ich hielt Dohle fester. »Oh ja, ich weiß schon. Sie kennen sich gut aus mit den Menschen, Respekt, Mr. Bror. Sie kriechen in sie hinein und stöbern in ihnen herum, und wenn Sie was gefunden haben, dann reiben Sie sich die Hände und starten Ihr Spiel. Und hören erst auf, wenn auch das letzte bisschen Ehre im Dreck liegt.«

»Toni …?« Dohle schmiegte sich an mich. »Has' du mich noch lieb, Toni?«

»Ich weiß nicht, was ich von Ihnen denken soll, Mr. Bror. Soll ich Angst vor Ihnen haben oder mich ekeln, oder einfach weglaufen und Sie allein lassen? Oder soll ich mich an das dürre Hälmchen Hoffnung klammern, dass Ihnen vielleicht doch noch irgendwer auf der Welt die Bedeutung von Mitgefühl beibringt?«

»Also, das ist doch …«

Bewegung kam auf im Laubengang. Schritte klapperten und

Stimmen erklangen, dann betrat die Hausdame die Dachterrasse, gefolgt von der Köchin und dem Bootsmann.

»Du lieber Himmel!« Helen riss die Augen auf.

»Mein guter Dalmore.« Bror hielt ihr die Flasche hin.

»Was ist denn passiert?«

Dohle krampfte und würgte. Dann erbrach er sich in meinen Armen.

»Mein schöner Boden.«

Helen sah von einem zum anderen, zu Bror, zu mir, zu dem Häufchen Elend in meinem Schoß und wieder zu Bror. Sie machte die Augen schmal. »Carlos. Laufen Sie in die Küche und holen Sie Handtücher. Wir müssen den Mann säubern und windeln. Sophia, bitte bereite eines der Zimmer im Gästehaus. Mineralwasser wäre gut, und vielleicht etwas Toast, damit er nicht übersäuert. Und vielleicht findet sich ein großes Tuch, das wir über das Bettzeug legen können.«

»Was?« Bror riss die Augen auf. »Wieso denn ins Gästehaus?«

Doch ein Blick von ihr brachte ihn zum Schweigen.

Helen wartete, bis die Köchin und der Bootsmann im Laubengang verschwunden waren.

»Max?« Ihre Stimme war scharf, und ihre Augen eisig und blank. »Was ist passiert?«

»Habe ich doch gesagt. Er hat sich betrunken und bepinkelt. Was kann ich dafür?«

»Lügst du mich an? Warum liegt auf dem Tisch ein zerbrochenes Handy! Warum liegt der Mann dort in seinem Urin! Und warum ist das Mädchen so blass um die Nase! Max! Was hast du getan!«

»Also, das ist doch …« Bror schnappte nach Luft. Dann zerrte er Dohle aus meinem Schoß und versuchte ihn auf die Füße zu stellen. »Das reicht mir jetzt hier langsam mit euch Weibern! Da engagiert man sich und nimmt Anteil und opfert seine kostbare Restlebenszeit, und was ist der Dank? Entrüstung und pikierte Gesichter. Rutscht mir doch den Buckel runter, ihr beiden.«

Er griff Dohle fester, der Mann schlang beide Arme um seinen Hals und kicherte. »Bis' du der Teufel?«

»Halt's Maul.«

»Du stinks' aber so.«

»Gleich wird die Luft besser.«

»Toni …?«

»Die kann nicht. Die muss noch ihr Puppenhaus aufräumen.«

Eng umschlungen stolperten die beiden Männer die Treppe hinunter.

Einen Moment lang ließ die Hausdame ihren Blick schweifen. Über die benutzten Tassen und Gläser, die zerwühlten Polster. Die stinkende Lache an meiner Seite, wo Dohle gelegen hatte.

»Sie helfen Sophia beim Aufräumen. Die Schweinerei auf dem Boden beseitigen Sie selbst. Bringen Sie das schmutzige Geschirr in die Küche und wischen Sie sich den Lippenstift aus dem Gesicht. Und wenn man Ihnen das nächste Mal gestattet, Gäste auf die Insel zu holen, dann bewirten Sie sie im Gärtnerhaus und ohne Max Bror.«

Mit einem Ruck wandte sie sich ab und verschwand im Laubengang.

Eine ganze Weile blieb ich sitzen und sah der Hausdame nach. Dann schlug ich die Augen nieder. Die Hände in meinem Schoß waren kalt und weiß und zitterten ein wenig.

9

Verdammt dünnes Eis

Mitten in der Nacht wachte ich auf. Ich musste eingeschlafen sein in der Bibliothek, ich spürte das Sofa, roch seine Bücher, ich würde mich später wundern, warum ich hier lag. Die Vorhänge standen offen, ein fahler Mond schien herein und ließ den Boden glänzen. Eine ganze Weile lauschte ich in die Stille hinein und betrachtete die glitzernde See mit der Insel darin, dunkel und friedlich.

Irgendwann stand ich auf. Ich hatte mich ausgezogen und trug die Haare offen, ein wenig verwundert spürte ich den Luftzug an meinem Bauch. Langsam trat ich an die große Scheibe und legte die Hand an das Glas, als würde ich der Welt da draußen einen Gruß zuwerfen.

Etwas fing meinen Blick, ich wandte den Kopf: Eine offene Tür zwischen den Regalen. Dahinter ein Zimmer, vom Mond in bleiches Blau getaucht. Leise schlich ich näher und spähte um die Ecke. Ich lächelte.

Er lag auf der Seite, mit dem Rücken zu mir, und schlief. Er trug kein Shirt, ich sah Brors nackte Haut und seinen tiefen, gleichmäßigen Atem. Kurz zögerte ich und warf noch einen Blick zurück, auf das leere Sofa inmitten der Bücher, Zuflucht, Heimstatt. Sicheres Terrain. Schließlich löste ich mich und trat näher.

Eine ganze Weile betrachtete ich ihn. Sein ergrautes Haar mit den dunklen Schläfen, die verrieten, dass er einmal brünett gewesen war. Seine Schulter, die Muskeln, eine schlecht verheilte Narbe auf dem Oberarm. Ich streckte die Hand aus und berührte sie, ganz leicht und nur mit den Fingerspitzen. Bror rührte sich ein wenig.

Behutsam hob ich das Laken, das seine Hüften bedeckte, und

glitt an seine Seite. Ich spürte seine Wärme, roch seinen Duft, fremd, bitter, eine dunkle Mischung aus Zigaretten, Mann und dem Hauch eines Aftershaves. Bror murmelte leise und bewegte sich. Ich lächelte wieder.

Vorsichtig umschlang ich ihn mit beiden Armen und zog ihn an mich. Wohl wissend, dass dieser Moment ein besonderer bleiben würde. Ich legte meine Lippen auf seine Haut, schmeckte ihn, schloss die Augen. Sah einen kleinen Jungen mit zerrissenen Jeans, die Knie schmutzig, das Herz randvoll mit Piraten und Lagerfeuern, mit Tom Saywer und Becky Thatcher und den langen Ufern des Mississippi. Dunkle Augen, scheues Lachen, ich griff ihn fester und wollte ihn beschützen vor der Welt da draußen, dem Abgrund, der Finsternis, den Schatten und Schmerzen, dem falschen Glanz.

Bis seine Hand die meine packte. Brutal, zornig und hellwach. Ich schrie auf und zuckte zusammen –

So heftig, dass ich um ein Haar auf dem Boden gelandet wäre.

Benommen fuhr ich hoch aus meinem Traum und starrte in die fremde Umgebung. Auf die geschlossenen Fenster, das abgedunkelte Zimmer, den Stuhl, in dem ich eingeschlafen war. Und erinnerte mich. An das Gästehaus, in das wir Dohle gebracht hatten. An die langen Stunden an seinem Bett, an die Tücher und Lappen, mit denen ich wegzuwischen versuchte, was er nicht bei sich behalten konnte. Ich spürte mein Herz schlagen und den kalten Schweiß auf meiner Stirn. Dann stand ich auf und schlich zu dem zerwühlten Bett, in dem Dohle in seltsam verkrümmter Haltung eingeschlafen war. Sein Atem ging stolpernd und laut, aus seinem Mundwinkel quoll eine Speichelblase. Vorsichtig nahm ich den Zipfel des Tuchs, das ich unter seinen Kopf gelegt hatte, und wischte ihn sauber. Und hielt inne, als mir einfiel, wo diese Hand gerade eben im Traum noch gewesen war. Toni! Menschenskinder, hast du sie noch alle? Ein paar Ohrfeigen würden nicht schaden!

Leises Scharren in der Dunkelheit ließ mich hochschrecken.

Eine pummelige Gestalt schob sich durch die Tür. Sophia trug eine Brille und eine Taschenlampe und sah aus wie ein Nachtgespenst. »Komm«, flüsterte sie und drückte meine Hand. »Geh schlafen. Ich übernehme das hier.«

»Nein, Sophia, das sollst du nicht. Du kannst doch nichts dafür.«

»Geh, Toni. Leg dich hin. Hier macht heute Nacht ohnehin keiner ein Auge zu.«

Als der Morgen graute, nickte ich ein und verschlief. Die Sonne stand schon hoch am Himmel, als ich schweißgebadet aus den Kissen hochfuhr. Hastig warf ich mich in meine Jeans, stolperte fast, weil ich die Schuhe nicht schnell genug gebunden bekam, und rannte auf den Hof hinaus. Mit wehenden Haaren lief ich den Bogenweg hinunter, über die Poolterrasse hinüber zum Gästehaus, den Flur entlang bis zu der geöffneten Zimmertür – und erstarrte.

Das Bett war leer. Die schmutzigen Laken waren schon abgezogen und lagen zusammengeknüllt in einer Ecke. Sophia kniete auf dem Boden, neben sich einen Eimer, und bearbeitete das Parkett.

»Wo ist er denn hin?«

»Toni, er ist schon weg.« Sophia setzte sich auf und wischte sich den Schweiß von der Stirn. »Carlos hat ihn vor einer Stunde abgeholt.«

»Was?« Ich schnappte nach Luft, dann warf ich mich herum und rannte über die Terrassen, die Freitreppe hinunter zur Hafengrotte und die Rampe hinab in die Dunkelheit. Und sah es schon von Weitem: Der Kai war leer. Dennoch lief ich weiter, auf den Anleger hinaus bis ganz vorne zur Wasserkante. Als wollte ich nicht wahrhaben, dass Martin Dohle fort war. Und mit ihm die letzte Verbindung zu einer vergangenen Zeit, als Leon noch in unserer Mitte gewesen war. Schwer atmend stützte ich die Hände in die Seiten und starrte zum Felsentor. Als gäbe es Hoffnung, dass die *Jayden* Martin Dohle zu mir zurückbringen würde.

Eine ganze Weile stand ich einfach nur da und schaute.

Schließlich fröstelte ich und verschränkte die Arme. Ich brauchte mich nicht umzudrehen. Ich wusste genau, wer im Halbdunkel hinter mir stand und mich beobachtete.

»Warum ist er denn einfach so weg.«

»Er war müde.« Die Hausdame löste sich aus den Schatten und trat an meine Seite. »Er war müde und schämte sich und wollte nach Hause.«

»Hat er denn noch etwas gesagt?«

»Er hat sich bedankt für das Frühstück und die fremde Kleidung. Ich gab ihm noch die Daten unserer Versicherung, für sein Handy. Aber ich hatte nicht den Eindruck, dass er davon Gebrauch machen wird.«

»Ich hab mich noch nicht mal von ihm verabschiedet …«

Helen betrachtete mich, seltsam nachdenklich. »Mr. Dohle hat mich gebeten, Ihnen Lebewohl zu sagen. Er sei heute Nacht aufgewacht und hätte Sie im Schlaf lächeln sehen. An wen Sie dabei auch immer gedacht hätten: Es sei ein sehr schönes Bild gewesen. An das wolle er sich später erinnern.«

Ich spürte Brors Haut auf meinen Lippen und erbleichte.

»Kommen Sie. Ihnen ist kalt. Lassen Sie uns hochgehen ins Warme.«

»Was ist mit Mr. Bror?« Es rutschte mir heraus, ohne dass ich es verhindern konnte.

»Was soll mit ihm sein.«

»Was sagt er denn zu dem Ganzen? Oder verkriecht er sich wieder in seiner Bibliothek und schert sich um nichts?«

»Mr. Bror fühlte sich nicht wohl, er bleibt in den nächsten Tagen in seiner Wohnung.«

Ich schnaubte. »Na klar, was auch sonst. Was kümmert ihn schon die Welt hier unten.«

»Nun, in diesem Fall war ich es wohl, die ihn dazu aufgefordert hat.« Die Hausdame ging ein wenig aufrechter. »Ich habe ihm gestern Abend meine Verärgerung über sein Verhalten mitgeteilt, und dass ich ihn vorerst nicht sehen möchte. Er hat dort oben seine Bücher und seine Arbeit und frische Luft auf der Dachterrasse. Und viel Zeit zum Nachdenken, nehme ich an.«

Ich traute meinen Ohren nicht. »Sie … haben ihm Stubenarrest gegeben?«

»Sagen wir so: Max Bror ist nach Monte Spina gekommen zur inneren Einkehr. Blühende Gärten und Salzwasser lenken da nur ab.«

»Sie haben ihm den Park verboten?«

»Er hat schon immer Menschen gebraucht, die ihm Grenzen setzen.« Helen strich mit der Hand über das Geländer. »Sagen Sie … Was haben Sie zu ihm gesagt?«

Ich staunte noch immer und begriff nicht gleich.

»Gestern Nachmittag. Bevor wir anderen dazugekommen sind zu Ihrem kleinen … Kabinettstück. Was hatten Sie da zu Mr. Bror gesagt?«

Ich brauchte einen Moment. »Ich war sprachlos. Ich war erschrocken und hatte Angst. Ich kenne so etwas nicht.«

»Was kennen Sie nicht?«

»Diese Ungerührtheit. Dieses Fehlen von Mitgefühl. Das Nachtreten, wenn einer schon am Boden liegt, und den Spaß, den er dabei hat.«

»Und, was hat er geantwortet?«

»Er wurde sauer. Er dachte, er hätte etwas Tolles gemacht, aber stattdessen bekam er Ärger.«

»Und dann?«

»Dann kamen Sie und bliesen ins selbe Horn.«

»So etwas Ähnliches habe ich mir schon gedacht.« Die Fältchen um Helens Augen wurden tiefer. »Ich hatte gestern Abend überraschend leichtes Spiel mit ihm. Ich hatte mich schon auf Diskussionen und hitzigen Streit eingestellt. Doch tatsächlich hockte er zwischen seinen Büchern und wehrte sich kaum.« Sie lächelte verschmitzt. »Sie müssen ihn beeindruckt haben.«

»Ich? Pfff. Wohl kaum.«

»Doch, doch, ich kenne ihn besser. Er war bemerkenswert kleinlaut.«

Ich schwieg einen Moment. »Ich habe ihn gefragt, ob ihm das Spaß macht, Menschen zu demütigen.«

Helen hob die Augenbrauen.

»Und ich würde mich vor ihm ekeln, hab ich ihm gesagt. Dass ich am liebsten weglaufen und ihn alleine lassen würde.«

»Und? Wie hat er reagiert? »

»Gar nicht. Er hat tief Luft geholt, dann bogen Sie um die Ecke.«

Behutsam strich Helen einen Farn zur Seite. »Ich glaube, ich sagte ihm später: Ich wünschte mir, du würdest abreisen. Doch, ja. Ich glaube, das waren meine Worte.«

Ich klappte den Mund auf.

»Er sah mich an mit großen Augen und schluckte so hart, als hätte er Halsschmerzen. Da wusste ich: Hier war schon jemand. Dieser Acker ist bestellt.«

Ich senkte das Kinn. »Er … war kleinlaut?«

»Wie ein Schuljunge.«

»Er hat ein langes Gesicht gemacht?«

»Bis hinunter zur *Jayden*«.

Ich prustete leise. »Und jetzt hockt er da oben und traut sich nicht runter?«

»Er wollte noch feilschen um die Anzahl der Tage.« Helen trat ins Freie hinaus und blinzelte. »Aber nur kurz.«

»Ha.«

Die Hausdame schaute versonnen. Dann suchte sie meinen Arm und hakte sich ein. »Wir beide. Was meinen Sie?«

Ich bestaunte die fremde Hand auf meinem Ärmel.

»Wir beide, Schulter an Schulter. Ob wir Max Bror doch noch zähmen könnten? All dieses Gift, diese Bosheit. Diese Lust am Leid derer, die er verachtet.« Sie hielt mich fester. »Wir könnten ein unschlagbares Team werden. Sie die wilde Ungestüme, und ich die kühle Eleganz. Aus der einen platzt es ungehemmt heraus, und die andere setzt nach mit wenigen Worten. Wir könnten es schaffen. Gemeinsam könnten wir etwas erreichen.« Helen drückte meine Hand. »Würden Sie mir helfen? Nichts auf der Welt würde ich mir für ihn mehr wünschen zum Schluss.«

Die Hausdame schien magerer als sonst, und tiefe Schatten lagen unter ihren Augen. Es geht ihr nicht gut, dachte ich. Man sollte mehr achten auf sie.

»Wieso ich? Was kann ich denn schon ausrichten?«

»Eine Menge. Ich habe den Eindruck, Ihre Meinung wird ihm wichtiger. Er beginnt zu überlegen, bevor er etwas tut. Ob Sie es gutheißen würden oder nicht.«

Etwas rührte sich in mir und horchte.

»Ach, Mädchen. Es tut so gut, Sie hierzuhaben. Sie sind so meilenweit weg von der Welt da draußen. Lackierte Lippen, Geschwafel und überall nacktes Fleisch.« Helen strich mir eine Locke aus dem Gesicht. »Erde unter den Fingernägeln, Schweiß auf der Stirn, das ist es, was wir brauchen.« Sie seufzte und wandte sich zum Gehen. »Sie reizen ihn nicht, das ist der Schlüssel, denke ich. Es ist Ihr Herz, das ihn rührt. Das nicht zu nutzen? Mein Gott. Welche Verschwendung …«

Ich sah der Hausdame nach, wie sie die Poolterrasse überquerte und schließlich im Haupthaus verschwand. Dann schluckte ich. Irgendwas von dem, was Helen gesagt hatte, tat weh. Und zwar so richtig. Und ich hatte auch schon eine unheilvolle Ahnung, was es gewesen sein könnte.

Und Toni war nun mal Toni, also brütete ich darauf herum. Natürlich allein und ganz für mich. In den nächsten Tagen hockte ich in meinen Beeten und versuchte mich abzulenken. Hundert verschiedene Dinge fing ich an, schnitt die Stauden, stemmte mich hoch und griff zur Harke, stellte sie beiseite und holte den Schlauch, überlegte es mir anders und lief hoch zum Westkamm, fegte das Anzuchthaus und wälzte doch nur immer wieder die gleichen Fragen.

Es ist Ihr Herz, das ihn rührt …

Pfff. Ich hatte größte Zweifel.

Sie reizen ihn nicht …

Bittere Wahrheit, natürlich. Da nützte auch kein heißes Höschen.

Und warum nur um alles in der Welt brannte das so? Warum kein Schulterzucken, kein: Na und? Wen interessiert dieser Typ schon? Du hast ihn doch erlebt, mehrmals, in Höchstform. Reicht dir das denn nicht?

Irgendwann fiel mir Lou ein mit ihrer herzerfrischenden Verachtung des Hausherrn. Ein giftiger Abend hoch über dem Meer, mit Champagner und Kerzen und einer ordentlichen Portion Lästerei – ja, das würde helfen. Und so suchte ich mir Arbeit auf dem Ostkamm und wartete.

Doch ich hatte kein Glück.

»Was!« Lou hatte rote Flecken im Gesicht, als sie im Licht der untergehenden Sonne die Treppe hochgestapft kam.

»Wie siehst du denn aus?«

»Guck doch weg.«

»Was hast du denn?«

»Bror!«

»Wieso, was ist los?«

»Mr. Riesenarsch hat den Pips.«

»Was?«

»Herrgott! Bror ist krank oder so was. Er schleicht da oben durch die Gänge und spuckt die Wände an. Und wer kriegt die ganze Scheiße ab, hm?« Sie ließ mich stehen und lief weiter.

»Jetzt warte doch mal.«

»Nein!« Lou stieß die Haustür auf. »Ich brauche jetzt genau drei Dinge: Martini, Badewanne und *Nightmare on Elm Street!* Und wehe, mich stört einer!« Sie knallte die Tür ins Schloss, dass die Bougainvillea am Vordach einen Seufzer tat.

Ich ließ die Schultern hängen.

Im Übrigen hielt sich Max Bror an seine Verbannung. Hatte ich anfangs bezweifelt, dass er sich seinen Morgensport würde verbieten lassen, wurde ich bald eines Besseren belehrt: Bror blieb verschwunden. Auch der Swimmingpool blieb verwaist, ebenso der Garten, die Terrassen und Liegewiesen. Nicht dass der Insel dieser Zustand neu wäre. Die Anzahl der Tage, die sie mit dem Hausherrn verbringen musste, waren, auf das Jahr gesehen, schließlich gering. Und dennoch war es irgendwie anders als sonst. Ich schob mir die Hände in die Taschen und warf einen Blick hinauf, zu den auffallend stummen Schatten im Laubengang. Es half nicht, es zu leugnen: Bror fehlte.

Nach einer unruhigen Nacht schließlich blieb ich kurz liegen und starrte an die Decke. Ich hatte wieder von der Bibliothek geträumt und dem Zimmer im Mondlicht. Doch als ich an Brors Bett getreten war, waren die Laken leer gewesen, und als ich zurückkehren wollte zu dem Sofa, hatte dort eine Krähe gesessen und mit dem Schnabel nach mir gehackt. Ich ächzte und rieb mir den Schlaf aus den Augen. Ich würde etwas unternehmen müssen.

Und so öffnete ich wenig später die Schuppentür, griff nach der Werkzeugkiste und zog mit betont wichtiger Miene hoch zum Haupthaus.

Es war sehr still im Laubengang. Nur einige verschlafene Spatzen tschilpten über meinem Kopf, als ich an den Türen vorbei zur Dachterrasse lief. Vor dem Durchgang hielt ich kurz inne. Dann holte ich tief Luft und trat ins Freie.

Die Terrasse war leer. Nur das Sonnensegel bauschte sich im Morgenwind, und drei Fächerpalmen warfen lichten Schatten auf Tische und Polster.

Geräuschvoll stellte ich die Werkzeugkiste ab, rappelte an dem Segeltuch, zog ein Spannschloss nach, warf einen verstohlenen Blick durch die geöffneten Schiebetüren.

Stille.

Ich ging zu den bepflanzten Kübeln, stocherte in der Erde, überprüfte die Bewässerungsschläuche, scharrte mit einem Sessel, stieß gegen einen Tisch, spähte zurück in den morgenkühlen Salon.

Nichts.

Ich reckte den Hals. Sophia musste schon oben gewesen sein, an der langen Tafel war ein Platz gedeckt. Kaffee, Croissants, ein üppiger Obstkorb. Vorsichtig schlich ich näher. Teller und Besteck waren sauber, aber die Tasse war benutzt und eine Bananenschale quer über den Tisch geworfen. Er war also schon aufgestanden.

»Mr. Bror?«

Schweigen.

Was macht Bror vor dem Frühstück, wenn er nicht schwimmen geht? Die traurige Antwort: Ich hatte keine Ahnung. Eine weit offen stehende Tür am Ende der Zimmerflucht fing meinen Blick. Ich schürzte die Lippen. Etwas sprang an in meinem Kopf, wie feine Rädchen, eingespielt und gut geölt.

Vielleicht war ihm ja was passiert? Vielleicht hatte er sich tatsächlich nicht wohlgefühlt und lag jetzt hier irgendwo. So ganz allein in seiner stillen Wohnung. Wäre es nicht meine Fürsorgepflicht, mich hier oben umzusehen? Würde ich mir nicht für immer Vorwürfe machen müssen, wenn er meiner Hilfe bedurft hätte, und ich wäre zurückgegangen an meine Arbeit?

Auf leisen Sohlen pirschte ich mich vor, an der Tafel vorbei durch den großen Salon und weiter in das Entree. Das Mobile über meinem Kopf schlief noch und bemerkte mich nicht. Lautlos huschte ich weiter.

In der Tür zur Bibliothek blieb ich kurz stehen. Dieser Duft. Papier, Leder und der Schweiß unzähliger Helden, die sich im Kampf um Recht und Ordnung durch die Seiten schlugen. Jemand hatte versucht aufzuräumen, die Zeitungsberge waren verschwunden, nur eine einzelne lag aufgeschlagen auf dem Couchtisch, daneben ein Laptop und ein Aschenbecher. Die Magazine waren zu sauberen Türmen gestapelt, die umherfliegenden Bücher in die Regale geräumt.

»Mr. Bror?«

Beharrliches Schweigen verriet: Ich war hier allein. Mit klopfendem Herzen lief ich weiter und spähte um die Ecke. Die Morgensonne flutete sein Schlafzimmer, Kissen und Oberbett waren aufgeschlagen, auf einem Stuhl warteten frische Bezüge. Sophia war also auch schon hier gewesen. Aber wo war Max Bror?

Ich warf noch einen Blick ins Bad, doch auch hier gähnende Leere. Und so ging ich zurück in die Bibliothek, schob mir die Hände in die Taschen und ließ meinen Blick schweifen.

Bücher. Hunderte, Tausende, eins am anderen bis hoch zur Zimmerdecke. An manchen Stellen schienen sich die Regale durchbiegen zu wollen unter ihrer Last. Eine ganze Wand war der Musik gewidmet, unzählige CD-Hüllen glänzten in der Sonne, Schallplatten und Tonbänder drängten sich in den unteren Fächern. Ich schluckte. Unschlüssig rieb ich mir die Hände an der Hose, trat von einem Fuß auf den anderen, spürte meinen Puls. Mach schon, wisperten die Bücher. Na komm, schau dich um. Zieh uns heraus, schlag uns auf, schenk uns einen Blick. Was liest er? Und wie liest er? Liest er ungeduldig, frisst er den Text? Sind die Seiten zerknickt und eingerissen? Oder liest er behutsam. Andächtig. Genießt er jede Seite, jedes gut gewählte Wort? Macht er sich Notizen am Blattrand? Ich warf noch einen Blick zurück zum Entree und horchte. Doch schließlich holte ich tief Luft und gab auf.

Lautlos strich ich die Regale entlang, berührte die kostbaren Einbände, schaute genauer, las die Namen der Klassiker, Rousseau, Dante, Oscar Wilde. Aber auch moderne Titel in vielen Sprachen, Spanisch, Dänisch, auch Deutsch, ein zerfledderter *Steppenwolf* begrüßte mich wie ein alter Freund. Mutiger nun, schlenderte ich weiter, lächelte über Tolkien, Lindgren, Hans Christian Andersen, zog eine uralte Ausgabe der *Brüder Löwenherz* heraus und blätterte in den Seiten. Dann ging ich zu seiner

Musik, legte den Kopf schief und glitt mit dem Finger an den CD-Hüllen entlang. Große Meister, berühmte Häuser, oft mehrere Versionen des gleichen Werks, auch Jazz und Blues, aber fast alles düstere Werke. Ich beugte mich vor zu der Musikanlage, suchte, drückte einen Knopf, ließ mir die zuletzt gespielte CD auswerfen, doch der Name sagte mir nichts. Seltsam zufrieden schlenderte ich hinüber zum Sofa, strich mit der Hand über die Polster und lächelte wieder, als ich an die Stunden von damals dachte. So klein und verwundet. Und doch so geborgen in seiner Obhut. »Sie liegen hier inmitten von Büchern. Wissen Sie, was das bedeutet?« Vielleicht war es ja damals gewesen, als ich zum ersten Mal den Menschen hinter der Fratze zu sehen meinte.

Schließlich wandte ich mich ab und wollte schon zurück auf die Dachterrasse. Als ich es sah.

Es lag etwas abseits, in einem der untersten Fächer, und quer auf den anderen Büchern. Weil es zu groß war, um aufrecht zu stehen. Ich hielt den Atem an. Mein Blick glitt über die Regale, suchte nach einem vergleichbaren Format, ähnlich gewaltig, doch ich fand keins. Mein Herz stolperte: Das musste er sein! Der Bildband, in den Bror gestarrt hatte in der Sturmnacht. Als ich ihn überrascht hatte, nur er und dieses Buch und alles Leid der Welt auf seinem Gesicht. Ich überlegte nicht lange. Rasch trat ich vor, ging in die Knie, griff nach dem Einband und zog ihn heraus.

Zuerst sah ich Landschaft. Wasser, ein paar Schwäne, austauschbar. Dann ein Ufer, uralte Baumriesen und deren Spiegelbild in einem glatten See. Bei der Sandsteinbrücke stockte ich. Aber das war doch … Eine Atlaszeder tauchte auf, ein steinerner Torbogen, unter dem ich selbst so oft hindurchgegangen war. Das Buch bekam Übergewicht und rutschte mir entgegen, hastig fing ich es auf und zog es in meinen Schoß. Mein Herz schlug hell und laut, als ich auf die gotische Giebellandschaft starrte: Beaulieu House.

Ich lachte ungläubig. Behutsam strich ich über den Einband, glitt mit den Fingern die Kanten entlang. Das Buch musste einmal prächtig gewesen sein, doch Alter und häufige Benutzung hatten es stumpf und fleckig werden lassen. Der Umschlag war an mehreren Stellen eingerissen und sorgfältig geklebt.

Der Schatz von Max Bror – ein Buch über Beaulieu House?

Ich schlug die ersten Seiten auf, betrachtete die Fotos, las den Text, blätterte weiter und lachte wieder, als ich Daphne Heligan erkannte. Deutlich jünger zwar, flachsblond und mit glatter Stirn, aber schon damals ein üppiger Dragoner. Der gebeugte Herr an ihrer Seite musste der alte Head Gardener sein, ich erinnerte mich noch gut an die Geschichten in der Gemeinschaftsküche. Die beiden kleinen Mädchen kannte ich nicht. Vielleicht zwei ihrer zahlreichen Töchter, zumindest die eine war der Mutter wie aus dem Gesicht geschnitten. Die beiden hatten rote Bäckchen und leuchtende Augen hinter ihren Kinderschubkarren. Zwei kleine Gärtnerinnen. Ich sah mich selbst in lila Gummistiefeln und schaute wehmütig.

Und stutzte. Die Seite musste außergewöhnlich oft aufgeschlagen worden sein. Der Rücken war gebrochen an dieser Stelle, zahlreiche Flecken verunzierten das Papier, im Falz lag jede Menge Zigarettenasche. Rasch blätterte ich mich durch die restlichen Seiten, die meisterhaften Fotos und Luftaufnahmen. Doch nirgendwo sonst war das Buch so abgegriffen wie hier. Ich runzelte die Stirn.

War es dieses Bild gewesen, das Bror angestarrt hatte in jener Nacht? Und wenn ja – warum? Und wen genau von all diesen Menschen? Daphne Heligan, Helens alte Freundin aus Kindertagen? Den weißhaarigen Mann? Die beiden Mädchen mit ihren leuchtenden Augen? Ich griff das Buch fester und starrte in die fremden Gesichter, als könnten sie mir Antwort geben auf meine Fragen.

Daher war ich nicht schnell genug, als im Entree eine Tür ging. Und sich harte Schritte näherten.

Er trug T-Shirt und Trainingshose und hatte Schweißränder bis hinunter zur Gürtellinie. Bror wischte sich mit einem Handtuch übers Gesicht und sah ausgesprochen zerknittert aus. Mit gequälter Miene schleppte er sich Richtung Schlafzimmer. So brauchte er einen Moment, bis er mich sah. Er stoppte mitten im Schritt.

Dann sah er das Buch in meinem Schoß.

Und das Foto.

Mein Herz setzte aus.

Bror wurde flammend rot, so heftig, als hätte man ihn geschlagen. Ich sah ihn nach Luft schnappen und blinzeln, auf das Bild starren, hoch zu mir und wieder zurück zum Buch. Kurz wankte er und suchte Halt am Sofa. Dann ließ er mich stehen und verschwand. Ich hörte harte Schritte und hektisches Räuspern, schließlich das Rauschen der Dusche.

Toni! Raus hier! Menschenskinder, mach, dass du hier wegkommst! Lauf hoch zum Westkamm, vernagle die Tür, kriech unters Bett, versteck dich! Vielleicht hast du ja Glück, und er lässt dich davonkommen.

Doch dann senkte ich den Blick. Auf das Foto in meinem Schoß. Daphne Heligan hatte die Lippen gespitzt und sah mich an.

Nein. Toni. Bleib. Was auch immer es ist: Du bist verdammt nah dran.

Ich legte meine Hand auf das Buch. Es war kühl und glatt. Und schwer wie Blei. Wie ein Schild. Ein Schutzschild, hinter dem man in Deckung gehen kann. Ich zog den Bildband an mich und zögerte. Dann stemmte ich mich hoch, umschlang das Buch mit beiden Armen und wartete.

Es dauerte, bis er wieder auftauchte. Bror hatte sich leidlich geordnet. Seine Haare waren noch feucht, und rasiert war er auch nicht, aber sein Hemd hatte Bügelfalten wie Rasierklingen. Er hielt inne, als er die kleine Kriegerin sah, die ihm den Weg versperrte. Weiße Nase, wilde Locken.

»Ha.« Seine Kiefer spannten. »Na schön.« Er schob sich die Hände in die Taschen. »Also gut. Hören Sie, ich … bin müde. Ich hatte eine unerfreuliche Stunde auf dem Laufband und einen bitteren Blick in die Aktienkurse. Ich bin erschöpft und ausgelaugt und habe diese Welt da draußen unendlich satt. Mein Verlangen nach Streit ist also begrenzt.« Er ging zum Tisch und griff nach dem Aschenbecher. »Ich nehme jetzt meine Zigaretten und meinen Laptop und setze mich auf die Dachterrasse. Ich werde einen Kaffee trinken, diese gottverdammte Insel von oben betrachten und mich zum hundertsten Mal fragen, wie lange ich mir das alles noch leisten will. Und wenn ich dann zurückkehre und mich nichts, aber auch gar nichts mehr an Ihre Anwesenheit erinnert. Dann bin ich bereit, die letzte halbe Stunde meines Lebens zu vergessen.«

Ich packte das Buch fester. »Ich will mit Ihnen reden.«

Bror blieb erschreckend ruhig. »Wie bitte?«

»Ich will mit Ihnen reden. Sie können nicht einfach so abtauchen.«

»Miss Andersen …«

»Machen Sie so was oft?«

»Miss Andersen, ich warne Sie.«

»Machen Sie so was oft, ja? Ab auf die Knie und runter in den Staub? Und wenn man denkt, es ist vorbei – von wegen, dann kommt erst das Finale?« Ich schnaubte. »Oh ja, ich weiß schon, das ist genau Ihr Ding. Diese ganzen Spielchen mit den kleinen Menschen, nur weil Ihnen langweilig ist. Macht es Ihnen Spaß, sie vor sich herzutreiben bis zum Klippenrand? Und wenn sie gesprungen sind und da unten liegen in tausend Stücken: Fühlen Sie sich dann besser? Schlafen Sie dann nachts ruhiger?« Ich umklammerte das Buch so fest, dass es mir ins Fleisch schnitt. »Hilft es gegen diese Schatten, ja?«

Bror schluckte so hart, dass sein Adamsapfel hüpfte. Seine Lippen waren weiß und seine Augen schwarz und geweitet.

Dann rutschte sein Blick tiefer. Auf den Bildband in meinen

Armen, die ihn umschlungen hielten und an sich drückten. Die Linien um seinen Mund wurden härter.

»Geben Sie mir das Buch.«

Ich fasste nach und hielt es fester.

»Hören Sie.« Sein Räuspern klang gepresst. »Dieses Buch bedeutet mir viel. Ich möchte nicht, dass es Schaden nimmt.«

»Es nimmt keinen Schaden. Ich weiß um den Zauber von Beaulieu House.«

Er verzog das Gesicht, als hätte er Schmerzen. Auf einmal wirkte er nur noch grau.

»Bitte.« Er streckte die Hand aus. »Ich bitte Sie. Geben Sie mir das Buch.«

Ich zögerte. Brors Augen hatten sich gefüllt und schwammen verdächtig, ich erschrak fast, als ich es sah. Ich schluckte heftig.

Dann reichte ich es ihm.

Und spürte im gleichen Moment den Stich in meinem Nacken: Fehler! Denn jetzt, Toni – jetzt bist du schutzlos und nackt.

Behutsam nahm mir Bror das Buch aus den Händen und strich über den Einband. Dann ging er in die Knie und legte es zurück ins Regal. Als er sich wieder aufrichtete, schob er sich die Hände in die Taschen und zögerte. Schließlich drehte er sich um.

Sein Gesicht war wie aus Stein.

»Ja, es hat mir Spaß gemacht.« Bror hielt das Kinn gesenkt und betrachtete mich. »Dieser Mann war mir zutiefst zuwider. Menschen wie er suchen nur den Lohn, niemals den Schweiß. Sie halten sich selbst für überlegen und schlau und die mit den rauen Händen für primitiv. Ich verachte solche Menschen, tut mir leid. Und: nein.« Er ging hinüber zum Sofa. »Nein, ich mache so etwas nicht oft. Nicht, weil ich nicht will, sondern weil ich nicht kann. Ich habe einen Ruf da draußen, die Menschen sind vorsichtig geworden. Kaum einer hält mir seine Kehle so bereitwillig entgegen wie Ihr kleiner Freund. Sie haben Angst. Zu Recht, würde ich sagen.«

Toni, sein Panzer! Er steht offen, einen winzigen Spalt.

»Haben Sie es gern, wenn die Leute Angst vor Ihnen haben?«

Bror schwieg einen Moment. »Ja.«

»Warum?«

»Warum nicht?«

»Angst macht einsam.«

»Ach Gott, es lebe die Phrase …« Er hockte sich auf die Armlehne. »Nein, Miss Andersen, Angst macht nicht einsam. Angst schafft Distanz. Und Distanz ist gut, denn aus Distanz wächst Respekt, und aus Respekt entsteht Erfolg. Und wer erfolgreich ist, ist niemals einsam.«

»Pfff! Das stimmt nicht. Erfolg macht erst recht einsam, das weiß doch jeder.«

»Mit Binsenweisheiten kommen Sie nicht durchs Leben, machen Sie Ihre Augen auf. Wer erfolgreich ist, kann sich nicht retten. Vor Gunst und Ehre, vor Hofschranzen und Speichelleckern. Und genauso wenig vor Freunden und solchen, die es werden wollen.«

»Und wo sind die dann alle, hm? Hier jedenfalls nicht.«

»Was wollen Sie, dass ich Ihnen Heerscharen auf die Insel schleppe? Wilde Partys, rauschende Feste? Tut mir leid, nicht mit mir. Ich bin allein, und ich bin es gern. Alleinsein ist die kleine Schwester von Frieden. Und ich sollte mich verdammt täuschen, wenn Sie das nicht ähnlich sehen.«

Ich schwieg einen Moment und betrachtete ihn. Bror hatte die Hände in den Schoß gelegt und sah mich an, ganz offen und ernst.

»Hatten Sie denn kein Mitleid?«

»Wann?«

»Als er da am Boden lag.«

»Ach Gott. Nein.«

»Aber er war doch schon am Ende.«

»Na und?«

»Er war am Ende, und Sie wussten es.«

»Willkommen im Leben.«

»Kennen Sie kein Mitgefühl?«

»Nein.«

»Warum nicht?«

»Habe ich mir abgewöhnt, als ich fünfzehn war.«

Der Vater, das Landgut, Madrid. Vorsicht, Toni! Ganz dünnes Eis.

Vor meinen Augen erschien ein Bild. Eine Sturmnacht und ein behagliches Zimmer. Eine elegante Dame hoch oben auf einer Leiter, und zu ihren Füßen ein Mann, krank vor Sorge um die zerbrechliche Frau.

»Das stimmt nicht …« Ich spürte meine Wangen brennen. »Das ist nicht wahr. Ich habe Sie doch gesehen, Sie beide, damals in der Sturmnacht! Als Helen ihre Bücher zurücklassen musste und Sie sie im Arm hielten. Sie quellen über vor Mitgefühl, wenn Sie es nur zulassen.«

Bror reckte sein Kinn ein wenig. Treffer.

»Sie haben ihr diesen Job hier gegeben, stimmt's? Als sie ihren Mann verloren hatte und nicht wusste, wohin. Helen soll wieder gesund werden auf Monte Spina, deshalb spielt sie hier die Hausdame.«

Er schluckte hart. Treffer Nummer zwei.

»Haben Sie die Insel nur für sie gekauft? Ich wette, so könnte es gewesen sein. Helen wohnt ganz tief in Ihrem Herzen, Sie würden alles für sie tun. Warum nicht auch ein Paradies im Atlantik kaufen?«

Es traf ihn unvorbereitet, ich sah Bror Luft holen und erröten. Und dennoch – dennoch war daran irgendetwas falsch …

»Sie sehen viel, Miss Andersen.«

Das stimmt nicht, etwas ist anders …

»Respekt, junge Frau. Wehe dem, der Sie unterschätzt.«

Nein, so ist es nicht, lenk nicht ab …

»Möglicherweise haben Sie recht. Mag sein. Helen Carter liegt mir am Herzen wie kaum ein zweiter Mensch auf der Welt. Vielleicht weil sie alles in sich vereint, was ich bewundere. Eleganz. Haltung. Mut, der sich auf Tapferkeit gründet. Vielleicht gehört Monte Spina ja in Wahrheit ihr.«

Nein, das stimmt nicht, das ist nicht der Punkt …

»Wie ich schon sagte.« Bror richtete sich auf. »Respekt vor Ihrem Scharfblick.«

Sein Panzer war wieder verschlossen. Arretiert und gesichert. Schade.

Ich betrachtete Bror, wie er da vor mir stand: breitbeinig, das Kinn gereckt, beide Hände in den Taschen. Rückzug, Toni. Das war's, ab jetzt kommt nichts mehr.

»Die Hausdame sagte, es geht Ihnen nicht gut.« Mein Hals war trocken, ich musste mich räuspern. »Und dass Sie nicht in den Garten und ins Wasser können in den nächsten Tagen. Das … tut mir leid. Es wird mir was fehlen, wenn Ihr Handtuch morgens nicht im Sand liegt. Aber ich werde die Bucht trotzdem aufräumen jeden Tag. Damit es so ist, wie Sie es haben wollen, wenn Sie wieder gesund sind.«

Seine Brust hob und senkte sich. Dann nickte er.

»Also dann …« Unschlüssig wandte ich mich zum Gehen.

»Warten Sie.«

Ich hielt inne und sah zurück.

»Kommen Sie mal her.«

Bror hatte seine Hand nach mir ausgestreckt und lächelte. »Bitte.« Er winkte mich zu sich, ein wenig verlegen. Meine Knie wurden weich. Mit klopfendem Herzen trat ich näher.

Bror nahm meine Hand und legte sie zwischen die seinen. Seine Haut war warm und weich und duftete nach Ingwer. Einen Moment lang betrachtete er meine Finger und drehte sie ein wenig. Dann schaute er hoch. Mein Blut gefror.

Seine Augen waren wie Eis.

»Sie wagen das noch ein einziges Mal.«

Meine Nackenhaare sträubten sich.

»Sie schleichen sich hier oben herein und schnüffeln in meinen Sachen. Sie fingern durch meine Musik und meine Bücher und fassen sie an mit Ihren kleinen Händen. Dann werde ich Sie begreifen lassen, warum die Menschen Angst vor mir haben. Möchten Sie das?«

Ich zuckte zurück, doch er hielt mich fest.

»Möchten Sie das, Miss Andersen?«

Ich wand mich und versuchte mich loszureißen, vergeblich.

»Möchten Sie das? Ich brauche eine Antwort.«

»Nein! Au! Lassen Sie mich los!«

»Dann bin ich erleichtert.« Bror gab mich frei, ich stolperte rückwärts und rieb mir die Hand. »Jetzt seien Sie so lieb und gehen Sie in Ihren Garten. Und vergessen Sie Ihre Antwort nicht.«

Ich warf mich herum und floh.

»Miss Andersen?«

Doch ich lief weiter.

»Ich schätze Ihre Arbeit, und ich schätze Ihre Entwicklung hier auf der Insel. Sehr sogar. Es würde mir keine Freude bereiten, Ihnen Angst machen zu müssen. Tun Sie mir das also nicht an.«

Ich war schon auf der Poolterrasse und lief die Freitreppe hinunter in den Palmenhain. Als ich begriff.

Ich war ihm schon wieder auf den Leim gegangen.

Das ganze Geplänkel von vorne bis hinten. Brors anfängliche Offenheit, seine rüde Drohung zum Schluss hatten nur einen einzigen Zweck gehabt: Ablenkung. Um mich eines vollkommen vergessen zu lassen: das Foto von Beaulieu House.

10

Hot Volcano

Ich sprach mit niemandem darüber. Nicht mit Lou, nicht mit Sophia und auch nicht mit der Hausdame. Düster pflückte ich mich durch meine Stauden und schämte mich. Diese Neugier … Diese kindische Schwäche, die ich nicht loswurde trotz aller Vorsätze. Aus wie vielen Situationen hatte ich mich nicht schon herausreden müssen, und jetzt auch noch das! Peinlich hineingestolpert ins offene Messer. Als dann am nächsten Morgen Brors Handtuch wieder im Sand lag, freute ich mich fast ein bisschen. Vielleicht würde sich ja schon bald eine Gelegenheit ergeben, meinen Auftritt von gestern wiedergutzumachen.

Aber wie üblich hatte das Leben andere Pläne, und so ging die Sache nahtlos weiter. Eine ganze Weile hatte ich oben im Hang gehockt und den Schwimmer beobachtet, der sich sichtlich zufrieden aus der Brandung kämpfte. Verstohlen hatte ich seine Figur gemustert, die eleganten Schultern, die schmalen Hüften, die Geste, mit der er sich die Haare aus dem Gesicht wischte – als ich Schritte auf dem Weg unterhalb von mir hörte. Ich reckte den Hals: Helen ging zum Strand hinunter.

Geh weiter, raunte es von rechts. Komm schon, das geht dich nichts an. Lauf und such dir Arbeit.

Aber jetzt wird's gerade spannend, wisperte es von links. Du wirst doch wohl nicht gehen wollen! Was ist das nur zwischen den beiden, willst du das denn nicht wissen?

Überflüssig zu sagen, auf welche der beiden Stimmen ich hörte. Und so schob ich mich näher an den Klippenrand und spähte in die Bucht hinunter. Ich sah Helen in den Sandstrand hinaustreten, das Handtuch aufheben und es ihm entgegenhalten. Bror lachte verlegen, als sie ihn hineinschlüpfen ließ wie einen kleinen Jungen. Dann verschwand sein Gesicht in dem Frotteetuch, als sie es ihm über den Kopf zog. Bror protestierte und sträubte sich, doch Helen packte ihn fester und rubbelte ihm über Nase, Mund und Haare, bis er sich befreien konnte und sie in seine Arme zog. Eine ganze Weile standen die beiden an der Wasserlinie, der große Mann und die zierliche Dame, eng umschlungen und leise tuschelnd. Schließlich bückte sich Bror, fasste Helen unter den Knien und trug sie auf seinen Händen ins Wasser. Helen quietschte und strampelte, während er sie tiefer und tiefer in die Brandung trug. Als ihre Füße in die Wellen tauchten, hielt Bror an und tat so, als wollte er sie fallen lassen. Helen quietschte wieder und klammerte sich an seinen Hals. Lachend kehrte Bror mit ihr zurück zum Strand und setzte sie ab, ganz behutsam und vorsichtig. Er erntete einen Nasenstüber und empörte Worte, dann glättete Helen Rock und Bluse und ließ ihn stehen. Ich konnte die beiden sehen, die Hausdame leichtfüßig vorneweg und Bror in ihrem Rücken, wie er ihr nachsah. Beide leuchteten. Beide glühten so sehr vor Wärme und Zuneigung, dass ich das Silberband zwischen den beiden fast greifen konnte.

Ach, Toni … Ich senkte den Kopf und sah der Hausdame nach.

Wann hast du zuletzt so geleuchtet?

Wie lange ist es her, dass dir jemand so nachgeschaut hat?

Und was ist das für ein Gefühl gewesen, zu wissen, dass dort draußen jemand ist, der dich auf Händen trägt?

Ich beugte mich vor, konnte mich nicht sattsehen an Helens Gesicht, bog einen Zweig beiseite, kleine Steine rieselten. Der Kies kam ins Rutschen, ich verlor fast den Halt und musste mich festklammern – und erschrak.

Er hatte mich gesehen! Bror hatte mich bemerkt, hoch oben in meinem Ausguck. Er starrte zu mir hoch und runzelte die Stirn, verdammt, er war doch nicht dumm! Jetzt würde er wissen, dass ich ihn beobachtet hatte!

Hastig zog ich mich zurück und nahm mit großen Schritten

die Treppe hinauf zum Palmenhain. Auf halber Höhe hielt ich kurz inne und spähte in die Bucht zurück.

Bror hatte sein Handtuch genommen und trocknete sich ab, hellwach und gedankenvoll. Und den Blick noch immer auf die Stelle gerichtet, an der ich gekauert hatte.

Toni! Menschenskind, sei vorsichtig. Weißt du denn nicht, mit wem du da spielst?!

Ich tat das Naheliegendste und ging in Deckung. Weit abseits, an den karstig heißen Hängen hinter dem Gästehaus, schien mir für den Rest des Tages der beste Platz. Und so kroch ich durch den Schotter, verlängerte die Bewässerungsschläuche, pflanzte Tabaiba und Opuntien und Aloe vera und schwitzte. Als schließlich die Sonne hinter dem Kraterrand unterging, beschloss ich, genug Buße getan zu haben, und schleppte mich nach Hause. Noch in der Tür ließ ich alle Hüllen fallen. Minutenlang hing ich unter der Dusche, dann drehte ich den Hahn ab und schlich hinüber in die Küche. Mit großen Zügen leerte ich ein Glas Wasser, ein zweites, kehrte zurück und föhnte mir die Haare. Sauber und zufrieden huschte ich ins Schlafzimmer, schwankte zwischen Nachthemd und Kleidchen, entschied mich für Letzteres, ging zum Kühlschrank, füllte mein Weinglas, griff nach meinem Buch, trat mit einem Stoßseufzer auf die Veranda hinaus – und erstarrte, als ich die Zigarette roch. »Was machen Sie denn hier?!«

Bror rutschte tiefer in den Stuhl.

»Sie können hier doch nicht einfach so reinkommen!«

Er hob die Augenbrauen.

Ich wankte und suchte Halt am Türrahmen. »Wie lange sitzen Sie schon hier?«

»Lange genug.«

»Was?«

»Wie kann man für so wenig Körper nur so viel Zeit brauchen.«

»Was?!«

Bror grinste und nahm einen Zug.

»Sie haben gespannt!«

»Nein. Ich habe hier gesessen und den Sonnenuntergang betrachtet. Hübsches Plätzchen. Viel zu schade für ein Gärtnerhaus.« Er griff nach seinem Glas.

»Sie waren an meinem Wein!«

»Notgedrungen, in der Tat. Wo sind die Flaschen, die ich Ihnen geschenkt hatte?«

»Das … ist Monate her.«

»Herrgott, Miss Andersen. Die waren teuer. Nicht so ein billiger Supermarktfusel wie dieser hier. Sie hätten den Wein mit Bedacht trinken sollen, stattdessen kippen Sie ihn weg wie Limonade.«

»Pfff …«

Er betrachtete das Buch in seinem Schoß. »Warum lesen Sie nichts Englisches? Deutsch ist immer so anstrengend.«

»Sie waren an meinen Büchern!«

»Na ja, was sollte ich machen, Ihre Musik gefällt mir nicht. Kleinmädchenpop und Mozart.«

Ich klappte den Mund auf. Dann kniff ich die Augen zusammen. »Was soll das. Warum schleichen Sie sich hier herein?«

Bror nahm einen tiefen Zug. »Was sollte das heute Morgen?«

Meine Wangen wurden warm. »Heute Morgen?«

»Ihr kleiner Slapstick oben im Hang. Beobachten Sie mich?«

Ich musste schlucken.

»Und was sollte das gestern in meiner Wohnung? Dieses Herumschnüffeln in meinen Sachen, hm? Steigen Sie mir nach?«

Scharlach traf meine Gesichtsfarbe vermutlich am ehesten.

»Sie sind hier viel allein, nicht wahr?« Bror schnippte seine Asche auf den Boden. »Sind Sie hungrig, Miss Andersen? Reichen Ihnen Ihre Blümchen nicht mehr? Bringt Ihnen das was, dieses Linsen durchs Schlüsselloch?«

Ich starrte ihn an. Dann schob ich das Kinn vor. Wortlos ging ich in die Küche, kehrte zurück zu ihm und schubste ihm eine Untertasse hin. »Hören Sie auf, meine Veranda vollzuaschen.« Ich lehnte mich gegen das Geländer und verschränkte die Arme. »Ich bin nicht hungrig, und ich bin hier nicht allein. Ich interessiere mich eben für die Menschen um mich herum.«

Bror lachte auf. »*Das* erscheint mir eine geradezu obszöne Untertreibung.«

»Na und? Was bleibt mir denn anderes übrig? Von Ihnen erfährt man ja nichts.«

»Wie bitte?«

Ich betrachtete ihn einen Moment. »Sie haben keine Ahnung von dem, was ich hier mache, stimmt's?«

»Na ja, ich weiß, was Sie mich kosten. Ich finde, das ist eine Menge.«

»Ich versuche hier einen Garten hochzubringen, Mr. Bror! Auf einem heißen, staubigen Lavaklumpen inmitten von Salzwasser. Und zwar nicht irgendeinen, sondern einen für Sie! Der zu Ihnen passt, der Ihre Sprache spricht und in Farben blüht, die Sie mögen. Aber genau da beginnt mein Problem.« Ich rutschte tiefer und kreuzte die Beine. »Ich kenne Sie ja gar nicht. Ich weiß nichts über Sie, gar nichts. Ich weiß nicht, was Ihnen gefällt oder wie Sie es gern vorfinden möchten, wenn Sie hierherkommen. Sie sagen ja nichts. Wenn überhaupt, dann maulen Sie. Sie maulen und beschweren sich, aber wie es stattdessen sein soll, das verraten Sie nicht.«

Bror schaute belustigt. »Wollen Sie mir etwa sagen, Sie schnüffeln sich durch meine Sachen im Interesse Ihres Jobs?«

»Was haben Sie denn gedacht?«

»Also, das ist doch …« Er grunzte und schlug die Beine übereinander. »Na schön. Denken wir mal weiter, nur so zum Spaß: Welche Erkenntnisse wollen Sie denn da oben gewonnen haben? Für Ihren Garten, hm?«

Ich reckte die Nase hoch. »Jede Menge.«

»Tatsächlich?«

»Na klar.«

»Ich bin ganz Ohr.«

Ich schluckte.

»Also?«

Mach schon, Toni, denk nach.

»Was ist zum Beispiel … mit Ihren Büchern. Der Bibliothek. Die platzt aus allen Nähten. Und überall liegt was herum, auf dem Boden, auf dem Sofa, sogar auf den Boxen stapelt es sich.«

»Na und?«

»Sie lesen viel, also brauchen wir … stille Plätze. Versteckte Rasenflächen mit lichtem Schatten und einer Aussicht.«

Bror runzelte die Stirn.

»Was ist mit Ihrer Musik? Düstere Chöre. Schwere Kost mit aller Tragik der Welt zwischen den Noten. Bitte sehr, von mir aus. Ein bisschen Heiterkeit wird Ihnen guttun. Bringen wir die Beete zum Brennen, pflanzen wir … Gelb und Pink, und Türkis neben Lila, damit es leuchtet.«

Bror verschränkte die Arme.

»Was ist mit Ihren Möbeln, hm? Ihre Wohnung beweist Geschmack, alles ist handverlesen und teuer. Gut, Mr. Bror! Jemand wie Sie wird dann wohl auch einen guten Garten zu schätzen wissen. Geben wir also die Hoffnung nicht auf und machen wir weiter, auch wenn uns hier jeder einen Vogel zeigt.«

Bror schüttelte den Kopf und lachte. »Tut mir leid, kaufe ich Ihnen nicht ab. Und warum? Unglaubwürdig. Der ganze Aufstand für sechs bis acht Wochen im Jahr? Wegducken und abwarten wäre einfacher.«

»Und wenn Sie mich wegschicken?« Ich spürte meinen Puls. »Was, wenn ich Monte Spina verlassen muss? Wenn Sie sich jemand anderen suchen, weil ich es nicht gut genug mache?«

»Es gibt Hunderte große Gärten da draußen. Irgendwer hätte schon Verwendung für Sie.«

Mein Herz schlug wie ein Presslufthammer. »Sie wissen es gar nicht, stimmt's?«

»Was weiß ich nicht?«

Vorsicht, Toni …

»Diese Insel hier, Monte Spina, das ist … ein Ort zum Gesundwerden. Nicht weil sie so schön ist. Sondern weil sie so hart ist. Merken Sie das denn nicht?«

Toni, er spielt … Gib nicht zu viel von dir preis.

»Es gibt Tage, da verbrenne ich da draußen. Wenn die Mittagssonne auf dem Südhang steht und die Erde in der Hitze flimmert. Oder der Sturm bläst so stark, dass er mir die Haare ins Gesicht schlägt, als wollte er Blut sehen. Dann will ich am liebsten aufgeben und alles stehen und liegen lassen. Aber dann denke ich an diesen Moment: wenn abends da draußen die Sonne untergeht. An dieses Bild, das mir die Insel schenkt, wenn ich die Zähne zusammenbeiße. Wenn ich strample und kämpfe und beiße, auch wenn es außer mir keiner merkt. Also mache ich weiter. Ich habe nicht ein einziges Mal aufgegeben, seit ich hier bin, Mr. Bror. Und es ist diese Insel, die mir das beibringt.«

Bror schwieg einen Moment. »Monte Spina als Heilsbringer?«

Nur bei dir – bei dir will es nicht wirken.

»Ein glückseliger Ort fernab aller Hässlichkeit?«

Du steigst wieder genauso auf die *Jayden,* wie du angekommen bist.

»Sie haben tatsächlich keine Ahnung, Gärtnerin.«

Weil du immer da oben hockst. Und in Gesichter starrst, die dir nicht antworten können.

»Ich weiß, Mr. Bror, für Sie bedeutet die Insel etwas anderes. Eine Last, eine Enttäuschung. Eben darum geht es mir ja bei dem Ganzen. Ich will Ihnen hier einen Garten schaffen, bei dem Sie gar nicht anders können, als hierzubleiben. Aber dafür muss ich mehr über Sie wissen. Und wenn Sie von selbst nichts erzählen, dann muss ich eben andere Wege gehen.«

Eine Weile rauchte Bror. Dann nickte er anerkennend. »Nicht schlecht, das gebe ich zu.« Er zerdrückte seine Kippe auf der Untertasse. »Dafür, dass Sie bis zur Unterlippe im Fettnapf standen, haben Sie sich bemerkenswert gut geschlagen.« Er schob seinen Stuhl zurück und verschwand in der Küche. Ich machte einen langen Hals, als er mit der Flasche in der Hand zurückkehrte und sein Glas füllte.

»Wie wäre es denn, wenn Sie mich mal begleiten?«

Er ließ sich wieder in den Stuhl fallen.

»Hm? Ich verstehe ja, worauf Sie hinauswollen. Wenn Sie nicht wissen, für wen Sie arbeiten, können Sie kein gutes Ergebnis abliefern. Und was wäre ich für ein Geschäftsmann, wenn ich nicht das Beste aus meinen Leuten herausholen wollte.« Er angelte nach seinen Zigaretten. »Vor ein paar Wochen fand drüben auf Lanzarote eine Eröffnung statt, von einem – na ja: einer Art Restaurant, am Rand von Los Mármoles. Ich habe da jede Menge Geld hineingesteckt, ich hätte mich schon längst mal dort blicken lassen sollen.« Sein Feuerzeug schnippte. »Vielleicht hätten Sie ja Lust, mich zu begleiten.«

Ich traute meinen Ohren nicht.

»Wie wär's, hm?« Er nahm einen Zug und setzte sich bequemer. »Ich könnte Ihnen ein bisschen zeigen, was ich so mache und womit ich mein Geld verdiene. Jede Menge Erkenntnisse für Ihren Garten.«

Ich machte die Augen schmal.

»So war doch Ihr Ansatz, richtig? Wir lernen uns besser kennen. Ich steigere den Wert meiner Liegenschaft, und Sie behalten Ihren Job. Hört sich gut an.«

Zwei Dutzend Alarmglocken schrillten in meinem Kopf. »Was soll das? Was ist das für ein Laden?«

»Sagte ich doch gerade, eine Art Restaurant. Kennen Sie so was nicht? Die Aussicht ist toll, man hat einen weiten Blick auf Arrecife.« Er fischte nach einem Tabakkrümel. »Wird Ihnen gefallen.«

Ich starrte ihn an. »Ich denke ja gar nicht daran …«

»Wie bitte?«

»Ich denke ja gar nicht daran. Los Mármoles? Der Containerhafen? Ist das ein Puff, oder was?«

»Miss Andersen, bitte.«

»Das ist doch nur wieder eine Ihrer Bosheiten.«

»Wieso? Wir beide bei Kerzenschein, was ist daran boshaft?«

»Ich glaube Ihnen kein Wort. Sparen Sie sich Ihr Gift und lassen Sie mich in Ruhe.«

»Angst? Aber wovor? Sie sind doch schon groß.«

Ich schaute böse.

»Herrje, was für ein Blick.« Bror räkelte sich. »Schade. Ich hätte Sie für mutiger gehalten, mit Ihrer großen Klappe und der rotzfrechen Art. Aber so ganz allein da draußen, ohne Ihre Blümchen und Bäumchen und die Rückendeckung der Hausdame – da sieht die Welt schon anders aus, nicht wahr? Nun, egal.« Er leerte sein Glas. »Schwamm drüber.«

»Da steckt doch was dahinter …«

»Ich sagte doch: Schwamm drüber.«

»Sie wollen mich nur hineinlocken in irgendwas.«

»Wozu, was hätte ich davon?«

»Schadenfreude?«

»Ach, Miss Andersen.« Bror tat einen Stoßseufzer und stemmte sich hoch. »Und dabei hatten Sie so gut begonnen. Sie waren gewitzt und schlagfertig, fast schon originell. Hat mir gefallen.« Er fegte sich Asche von der Hose. »Aber zu einem guten Spiel, Mädchen, gehört auch Konsequenz. Sie entscheiden sich für eine Strategie und stehen sie durch. Sie wählen einen Weg und verfolgen ihn bis zum Ende. Auch wenn er im Abgrund endet. Wissen Sie, wie man das nennt? Format. So was nennt man Format. Und nichts ist enttäuschender als ein Spieler, der mittendrin aufgibt und kneift.« Er schlenderte Richtung Ausgang. »Wie ich schon sagte: Schwamm drüber.«

Ich schluckte hart. »Aber ich gehe nicht allein.«

»Wie bitte?«

»Ich gehe nicht allein. Es kommt noch irgendjemand mit.«

»Miss Andersen, ganz im Ernst: Glauben Sie etwa, ich gehe zu Fuß? Natürlich kommt Carlos mit, er fährt die *Jayden* und anschließend den Wagen.«

Ich schluckte wieder. »Und die Hausdame wird genau wissen, wohin wir gehen und wann wir zurückkommen.«

»Oh, Helen wird sich freuen, wenn ich Sie mal ausführe. Sie spricht viel von Ihnen in der letzten Zeit, die Andersen hier, die Andersen da. Merkwürdige Allianz auf einmal zwischen Ihnen beiden.«

Ich spürte meine Wangen brennen.

»Also?«

Mein Hals war trocken, ich musste mich räuspern.

»Was ist jetzt, Miss Andersen, ich brauche eine Antwort.«

»Na schön …«

»Wie bitte?«

»Ich sagte: Na schön. Von mir aus.«

»Was ist das, ein Ja?«

»Was wollen Sie, eine Unterschrift?«

Brors Lachen war nicht schön. »Dann sehen wir uns also morgen Abend um acht auf der Poolterrasse.«

Ich hatte das sichere Gefühl, in eine Falle getappt zu sein.

»Ach, eins noch, Miss Andersen.«

Zwei Dutzend Alarmglocken gaben mir recht.

»Ich denke, wir verschärfen die Regeln. Strafe muss sein, schließlich hatten Sie Ihr Blatt schon hingeworfen. Und den Mitspieler wieder einzufangen ist eine lästige Zeitverschwendung.« Bror schob sich die Hände in die Taschen. »Sie kommen eine Stunde früher. Ich sehe Sie mir an und entscheide. Wenn Sie ansatzweise so aussehen, als gehörten Sie zu mir. Wenn sich die Menschen da draußen nicht allzu sehr wundern werden über uns beide. Wenn ich keine peinlichen Fragen beantworten muss nach der kleinen Blattlaus an meiner Seite. Dann nehme ich Sie mit. Ansonsten bleiben Sie hier.«

Ich klappte den Mund auf.

»Sie können das nicht wissen, aber ich habe einen Ruf zu verlieren. Max Bror, das ist der mit der schwärzesten Seele, den dicksten Eiern und dem meisten Geld. Und genauso soll es bleiben.«

Ich holte tief Luft.

»Jetzt sind Sie am Zug, kleine Toni. Ihr Einstieg war amüsant, aber nun wird es ernst. Jetzt können Sie mal zeigen, was hinter Ihrer großen Klappe steckt. Ach – und …«, er versetzte mir einen Nasenstüber, »es geht ins Hot Volcano.«

»Davon hab ich schon gehört.« Lou runzelte die Stirn. »Das ist kein Restaurant.« Sie ging zum Küchentisch und warf ihren Laptop an.

»Das Hot Volcano ist ein Klub. Und was ganz Fettes. Ist vor ein paar Wochen eröffnet worden, in einer der Abwrackhallen unten am Hafen. Bror verarscht dich. Da.«

Ich starrte auf den Bildschirm und senkte das Kinn.

»Es geht um Champagner und Feuer und Sex. Das Ding ist megaheiß. Ich hab was von Darkrooms gehört und Upper Floors, wo du dir deinen Herzbuben gleich vornehmen kannst. Und da steckt Max Bror dahinter? Nicht zu fassen. Ob er mir mal Karten besorgt?«

Ich schluckte. »Da geh ich nicht mit.«

»Spinnst du? Wieso?«

»Was soll ich da denn anziehen?«

»Hast du Pumps?«

»Ich hab schwarze Sandalen …«

»Ach du Scheiße.« Wir schauten betroffen.

»Ich sage, ich bin krank.«

»Mensch, Toni.« Lou knurrte ärgerlich. »Genau deswegen macht er das doch. Der sitzt jetzt da oben und schließt Wetten ab, mit welcher Ausrede du ihm kommst. Und freut sich schon wie ein Schnitzel auf dein Gestammel. Nein, nein.« Sie klappte den Bildschirm zu. »Das machen wir anders.«

»Was heißt das?«

Lou schob den Stuhl zurück. »Bror will Spielchen? Tanktops und Partyluder? Stilettos, Lack und Sex on the Beach? Pah.« Sie ging in ihr Schlafzimmer. »Damit kenn ich mich aus.« Ich hörte eine Schranktür knarren. »Welche Schuhgröße hast du?«

Vierundzwanzig Stunden später stand ich vor dem Spiegel und schaute böse. »So geh ich nicht.«

»Spinnst du? Du siehst Hammer aus, ich bin ein Genie!«

»Die Schuhe sind viel zu hoch! Wie soll ich denn in denen laufen?«

»Die Schuhe bleiben an.«

»Die Hose ist viel zu eng! Ich kann gar nicht atmen.«

»Dann atme nicht.«

»Ich will meinen BH wieder!«

»Du wirst unter dieser Bluse bei diesem Rückenausschnitt keinen Büstenhalter tragen. Ich warne dich!«

»So geh ich nicht. Man sieht ja alles!«

»Gar nichts sieht man. Das muss so sein.«

»Pfff!«

»Toni.« Lou ließ die Schultern hängen. »Mensch, hör auf zu bocken. Du siehst mega aus! Ein bisschen frech, ein bisschen elegant, und wenn du dir nicht ständig ins Gesicht fasst, dann hält auch dein Make-up.« Sie schlug nach meinen Fingern. »Zupf nicht immer an den Haaren. Zapple nicht so rum, zieh ein gelangweiltes Gesicht, und pass mir ja auf die Handtasche auf, das ist eine Jimmy Choo! Wenn du die irgendwo liegen lässt, bring ich dich um.« Lou trat zwei Schritte zurück und schaute kritisch. Dann verschränkte sie die Arme. »Na bitte. Haben wir aus dem lockigen Entlein doch einen kleinen Schwan gemacht. Mit Apfeltittchen. – Brauchst du Gummis?«

»Wie bitte?!«

»Ist ja gut, reg dich ab. Ich frag ja nur. Nicht dass ich mir hinterher was anhören muss …«

Die Insel wirkte düster, als ich im Licht der untergehenden Sonne die Poolterrasse betrat. Sonst sangen um diese Uhrzeit die letzten Vögel, und die Umwälzpumpen gurgelten ihr Abendlied. Aber heute schien die Welt verstummt. Als würde sie die Stirn runzeln und dem kleinen Mädchen nachschauen, das sich sichtbar unbehaglich die Hände an der Hose rieb.

Noch kannst du umkehren. Noch kannst du kneifen und dich unter der Bettdecke verstecken. Und dann? Mehrstimmiger Spott, mehr nicht. Wäre das denn so schlimm?

Doch schließlich gab ich mir einen Ruck und setzte meinen Weg fort – und stellte beinahe erleichtert fest, dass Sessel und Liegen leer waren. Kein Max Bror. Er hat es sich anders überlegt, dachte ich. Oder das Ganze war ein Fake, und gleich läuft er in der Badehose an mir vorbei und lacht sich kaputt.

Doch dann sah ich Sophia, die ein wenig abseits stand und benutztes Geschirr auf ein Tablett räumte.

»Toni.« Die Köchin hörte mich kommen und richtete sich auf. Ihre Augen wanderten an mir hoch, von den High Heels über die hautenge Hose und die tief ausgeschnittene Bluse bis zu dem kunstvoll gesteckten Haar. Sie schaute müde. »Kind. Bist du das?«

Ich zögerte und hob die Schulter.

»Ich soll dich hinunterschicken in die Hafengrotte. Er wartet auf dich auf der *Jayden.*« Und nach einer Weile. »Hübsch siehst du aus.«

Ich schluckte. »Meinst du, ich kann so gehen?«

»Das weiß ich nicht, Kind.«

Ich schluckte wieder. »Sophia?«

»Ja?«

»Ich hab Angst …«

Sophia schwieg einen Moment. »Dann werden auf dem Ostkamm die Lichter so lange brennen, bis er dich wieder zurückgebracht hat. Sag ihm das.«

Ein Kloß in meinem Hals, ich musste mich räuspern.

»Toni?« Auf einmal wirkte Sophia hohlwangig. »Pass auf dich auf, hörst du? Lass dich nicht täuschen von einem schönen Gesicht. Dieser Mensch taugt nichts. Max Bror ist hässlich. Der schwarze Mann, von dem man den Kindern erzählt, damit sie artig sind. Wäre die Insel klug, würde sie ihn abschütteln und warten, bis er untergegangen ist.« Rasch nahm sie ihr Tablett und verschwand in der Dunkelheit.

Er hatte sich in die Polster geworfen und räkelte sich. Bror hatte alle Scheinwerfer in der Hafengrotte eingeschaltet, das Licht war taghell und leuchtete die *Jayden* aus bis in den letzten Winkel. Ich musterte die Rampe zu meinen Füßen, die in engen Bogen bis hinunter zum Anleger führte. Wie ein Laufsteg. Perfekt inszeniert und angesichts meiner hohen Absätze geradezu beängstigend steil. Die Knie wurden mir weich. Ich sah Bror nach seinem Whisky greifen und in weiches Leder rutschen inmitten von Teak. Makellos schimmernd, jeder Kratzer wäre eine Sünde. Ich schob das Kinn vor. Dann stieg ich aus den Pumps. Barfuß und mit den Absätzen in der Hand stolzierte ich die Rampe hinunter, erreichte die Gangway, betrat die *Jayden,* kletterte die Stufen hoch bis zum Oberdeck und baute mich vor ihm auf.

Er ließ sich Zeit. Bror nippte an seinem Glas und musterte mich. Von unten nach oben bis zu den Haaren und wieder zurück. Bei den nackten Füßen hielt er inne. »Die Schuhe anziehen.«

»Bitte?«

»Sie sollen die Schuhe anziehen.«

Schmallippig schlüpfte ich in die Pumps.

»Umdrehen.«

Ich holte tief Luft.

»Umdrehen, hab ich gesagt.«

Ich atmete schwer. Dann gehorchte ich.

Ich hörte, wie sich Bror hochstemmte und mich zu umrunden begann. In meinem Rücken blieb er kurz stehen und nahm einen

Schluck. Dann ging er weiter, kniff die Augen zusammen, taxierte mein Make-up, meine Frisur, blieb an meinen Lippen hängen. »Wer war das?«

»Lou.«

»Wer?«

»Miss Thorn!«

»Ach Gott …« Und dann: »Sie haben sich die Amerikanerin ins Boot geholt?«

»Schummeln ist erlaubt.«

Er nippte wieder. »Wie lange können Sie in den Schuhen laufen?«

»Weiß ich nicht.«

»Werden die Haare so halten?«

»Nein.«

»Was machen wir mit dem Inhalt Ihres Blüschens, wenn es regnet?«

»Mr. Bror.« Ich schloss die Augen. »Es wird nicht regnen.«

»Sicher?«

»Hören Sie auf mit dem Mist!«

Er musste lachen. Ein wenig umständlich griff er in sein Jackett und zog sein Handy hervor.

»Carlos! Was ist jetzt! Geht's denn nun los oder nicht? Ich wollte noch vor Mitternacht da ankommen!«

Er legte auf und schaute versonnen. Dann ging er zur Bar, griff hinter den Tresen und füllte ein Glas.

»Chapeau.«

Er hielt mir den Whisky hin.

Einen süßen Moment lang horchte ich in mich hinein. Auf den Triumph, dieses satte, warme Gefühl, das mir vom Kopf über die Schultern bis in den Bauch hinablief. Ich reckte mich ein wenig und war mir sicher, in den letzten Sekunden gewachsen zu sein.

Bis sich meine Alarmglocken meldeten.

»Mit Ihnen trinke ich keinen Whisky.«

»Wie bitte?«

»Habe ich beschlossen beim Puppenhaus-Aufräumen.«

Bror brauchte einen Moment, bis er begriff. »Ah.« Kurz betrachtete er das volle Glas in seiner Hand. Dann stellte er es weg. »Vielleicht etwas anderes?«

»Nein danke.«

»Aber es steht Ihnen zu. Sie können das nicht ausschlagen, schließlich geht der Punkt an Sie.«

»Besten Dank, ich brauche nichts.«

»Kommen Sie schon.« Bror verschwand hinter der Bar, bückte sich und tauchte wieder auf mit einer Flasche Champagner. »Sie spielen gar nicht schlecht. Vielleicht nicht ganz sauber, aber was soll's. Gefällt mir.« Er köpfte die Flasche und drückte mir ein Glas in die Hand.

»Aber, Miss Andersen, lassen Sie sich eins sagen: So ein Sieg ist flüchtig. Ich bin ein sehr, sehr schlechter Verlierer, dieser Abend wird lang. Und er hat gerade erst begonnen.«

War ich am Anfang ausgesprochen zugeknöpft, so legte sich das. Bror gab sich Mühe. Die Sonne versank als glutroter Ball im Meer, als die *Jayden* in den Abendhimmel auslief. Der verdutzte Carlos war vom Hausherrn um eine Inselrundfahrt gebeten worden, nun lehnten Bror und ich an der Reling und ließen die Ufer an uns vorbeiziehen. Bror hatte sein Jackett ausgezogen und erzählte mir von den Anfängen, als er mit dem Architekten über die Felsen geklettert war und anhand des Sonnenstandes die Lage der Zimmer festgelegt hatte. Der Bootsmann hatte meinen Whisky bekommen und posierte nun am Steuer wie ein kleiner König, wir schauten uns an und schmunzelten. Unter dem Westkamm ließ Bror beidrehen, damit ich ganz in Ruhe mein Gärtnerhaus betrachten konnte. Die Bougainvillea schaukelte im Seewind wie ein bunter Gruß. Ich spürte, wie sich meine Wangen von der Gischt und dem Alkohol zu röten begannen.

Im Geländewagen plauderte er über Lanzarote, das er gut kannte, und über die Feuerberge, in deren grausame Schönheit er sich schon vor Jahren verliebt hatte. Als wir zu der Kurve kamen, an der er Monte Spina zum ersten Mal gesehen hatte, ließ er Carlos anhalten und half mir über die Felsen. Eine ganze Weile betrachteten wir beide unsere kleine Insel im Mondlicht, stumm und Schulter an Schulter. War es der Champagner? War es die laue Sommernacht? War es der Blick, den er mir zuwarf und den ich aus den Augenwinkeln bemerkte? Aber auf einmal schienen mir Brors Züge besonnen, gar nicht mehr hart, und seine Stimme dunkel und männlich. Ich spürte seinen Griff, als ich auf dem Rückweg zum Wagen stolperte, und seine sichere Hand, als er mich an sich zog und lachte. Peter Falkenhayn hat recht gehabt, dachte ich. Max Bror hat viele Seiten.

Und so war da kein bisschen Unbehagen, sondern vielmehr brennende Neugier, als der Wagen die Hauptstraße verließ und in die hell erleuchtete Auffahrt einbog.

»*Das* gehört Ihnen?« Ich betrachtete das kraftwerkgroße Gebäude, über dessen Fassade grelle Blitze und Flammen zuckten.

»Grundgütiger. Nein. Was soll ich damit.« Bror schaute an mir vorbei aus dem Seitenfenster. »Von dem Ding da gehört mir nur das Geld, mit dem es hochgezogen wurde.«

»Was heißt das: Sind Sie Banker oder so was Ähnliches?«

»Nein. Es geht immer nur um mein eigenes Geld, nie um das von anderen.«

»Aber Sie verleihen es?«

»Nur wenn es sich lohnt.«

Ich betrachtete ihn von der Seite. »Warum kommen die Leute denn ausgerechnet zu Ihnen? Warum gehen sie nicht zu einer richtigen Bank?«

»Vielleicht weil ich keine Fragen stelle.«

»Was denn für Fragen?«

»Nach Sicherheiten oder Bilanzen zum Beispiel.«

Ich runzelte die Stirn. »Aber das ist doch bescheuert.«

»Wieso?«

»Und wenn die nicht zurückzahlen?«

»Oh, die zahlen schon.«

»Was heißt das?«

»Was es eben heißt.«

»Und wenn die kein Geld mehr haben?«

»Dann besorgen sie sich neues.«

»Woher?«

»Das ist nicht mein Problem.«

Ich schwieg einen Moment. »Und wenn die sich weigern?«

»Bei mir weigert sich keiner.«

»Was heißt das?«

»Was es eben heißt.«

»Kapier ich nicht.«

»Dann lassen Sie's.«

»Mr. Bror!«

»Miss Andersen.« Bror schlug seinen Laptop zu. »Nehmen Sie es doch einfach so, wie es ist: Die zahlen schon.«

Ich sah den harten Zug um seine Mundwinkel und fand meine Frage hinreichend beantwortet.

»Wo fahren wir hin?« Ich reckte den Hals und sah den langen Schlangen nach, die am Einlass standen und den wenigen Leuten hinterherschauten, die durchgewunken wurden. »Nicht zum Haupteingang?«

»Nein.«

»Warum nicht?«

»Weil über den roten Teppich nur die Masse kommt. Die, die ihr Geld ausgeben sollen, und ein paar bunte Falter, um sie anzulocken. Die wirklich wichtigen Menschen werden Sie da nicht finden.«

»Warum nicht?«

»Weil wir kein Licht mögen.«

Und tatsächlich glich es mehr einem Huschen, als sich die

seitlichen Schranken hinter uns geschlossen hatten. Bullige Männer mit schweren Gürteln und wachsamem Blick nickten uns zu, als wir eher hastig den Wagen verließen. Bror schaute noch kurz in die Runde. Dann fasste er mich am Arm und zog mich durch die Hintertür.

Drinnen wurden wir erkannt und begrüßt. Elegante Herren in schwarzen Anzügen eilten herbei, nahmen Bror in Beschlag und zogen ihn in ihre Mitte. Hände wurden geschüttelt und Schultern geklopft, dann öffnete man sich die Jacketts und ging ins Nebenzimmer. Auf nüchtern dekorierten Tischen standen Häppchen und langstielige Gläser, es wurde geschmeichelt und gelacht, gedankt und angestoßen, und schließlich wurden die Köpfe zusammengesteckt. Auffallend schöne Frauen schoben sich durch die Tür, strichen sich über die Röcke und wurden herbeigewunken. Kleine Grüppchen formten sich, schnell vertieft in wichtige Diskussionen, und alle mit Blickkontakt zu Max Bror.

Ich bekam ein paar höfliche Worte, dann ließ man mich stehen. Eine Zeit lang hielt ich mich abseits und probierte mich durch die Platten, bis die enge Hose mir Einhalt gebot. Ich leerte ein Glas, dann ein zweites, lauschte dem Gelächter um mich herum und schlenderte durch die Menge. Ich sah Bror im Mittelpunkt all der Fremden, lächelnd und eine Spur größer als die anderen, die sich an ihn heranschoben und um seine Aufmerksamkeit buhlten. Ich sah eine Dame, die mit ihrer Handykamera Fotos von ihm schoss, und den Ordner, der ihr über die Schulter griff und die Bilder löschte. Ich zögerte. Dann warf ich noch einen Blick zurück und schlüpfte zur Tür hinaus.

Ich folgte der Musik. Kellner mit hochbeladenen Tabletts drängten sich an mir vorbei, mitten hinein ins Zentrum der wummernden Bässe, die schon jetzt meinen Herzschlag beschleunigten. Schließlich bog ich um die Ecke. Ein wenig erschlagen suchte ich Halt.

Vor mir lag eine Kathedrale des Lärms. Aus meterhohen Boxen hämmerte Geräusch, mehr Rhythmus als Musik, hart, brutal und ohrenbetäubend laut. Scheinwerfer warfen tanzende Flammen auf Decken und Wände, Vulkanlandschaften explodierten im Takt der Musik und ließen den Boden vibrieren. Die Halle war bis zum Bersten gefüllt mit einer pulsierenden Menschenmasse, die in der Gleichförmigkeit ihrer Bewegungen zuckte wie ein einziges großes Tier. Halb nackte Tänzer standen auf Podesten und Sockeln und heizten der Menge ein, überwiegend Frauen mit viel Haut und jungen Gesichtern, während sich die Männer dicht an dicht an den Rändern drängten.

Eine Zeit lang ließ ich mich treiben. Verstohlen musterte ich die makellosen Körper um mich herum, die geschmeidigen Bewegungen, perfekt inszeniert und dennoch lässig. Immer wieder wurde ich hineingesogen in die kochende Menge, fühlte fremde Hände auf meinen Hüften, meinem Bauch. Die Welt um mich herum begann sich zu drehen. Irgendwann glitt mein Blick hinauf zu den großen Galerien unter der Decke. Pärchen erklommen die von Ordnern gesicherten Treppen, schöne Frauen mit deutlich älteren Männern und erwartungsvoll geröteten Gesichtern. Die Upper Floors. Ich schluckte. Was dort oben auch vor sich gehen mochte – ich war mir sicher, es nicht wissen zu wollen.

Ich fand die Waschräume, mittlerweile ganz wirr und verschwitzt. Ein wenig scheu bahnte ich mir den Weg durch schwere Parfumschwaden, an Frauen mit großen Augen und geweiteten Pupillen vorbei, die über Glastischchen hingen und lächelten. Eine Kabinentür stand offen, ich sah zwei Mädchen, die eine auf dem Schoß der anderen, ganz vertieft, ohne Slips und die Röcke hochgezogen bis zum Bauchnabel. Wie im Rausch stolperte ich weiter.

Schließlich entdeckte ich die Durchgänge. Ein wenig abseits und halb verborgen hinter Säulen. Menschen, die meisten zu zweit, manche zu dritt und einige allein, verschwanden in den dahinter liegenden Gewölben. Unsicher kaute ich auf meiner

Unterlippe. Ein Kellner kam vorbei und suchte die Gesichter ab, zuckte schließlich mit den Schultern und drückte mir ein Glas in die Hand. Ich leerte es in einem Zug. Dann holte ich tief Luft und tauchte ab.

Jenseits der Säulen war es schwül. Feuerschalen warfen züngelnde Schatten, und die Luft war geschwängert mit einem starken Duft. Die Musik war hier leiser und ganz anders, fließend und weich, wie warmer Sirup, der von den Wänden tropfte. Fensterfronten offenbarten einen weiten Blick auf Arrecife, das seine Reizlosigkeit verloren hatte und jetzt im Dunkeln einem Lichtermeer glich, vor dessen Kulisse ein Luxusliner zu neuen Ufern fuhr. Eine ganze Weile stand ich einfach nur da und schaute. Dann entdeckte ich die Nischen. Kaum Licht und schwere Polster, in denen es sich wand und ringelte. Junge Männer, eng umschlungen und die Zungen tief im Hals des anderen. Elegante Damen in hohen Pumps, zwischen ihren Knien Köpfe, halb verborgen unter Seidenröcken. Mehrere Mädchen, die nicht viel mehr trugen als ein paar Schnüre, und in ihrer Mitte ein einzelner Herr, gierig und trunken vor Wollust. Mir blieb der Mund offen. Ich spürte die Hitze, die Bässe, den Alkohol, den feinen Schweiß, der mir auf der Stirn stand. Verstohlen zog ich mich zurück in die Dunkelheit, in deren Schutz schon Dutzende andere Gestalten standen und zuschauten – und schrie leise auf, als sich eine Hand auf meine Schulter legte.

»Hier sind Sie also. Ich dachte schon, Sie seien getürmt.«

Ich wollte am liebsten versinken vor Scham. Bror war meinem Blick gefolgt und grinste. »Ich sehe schon. Um Sie muss man sich keine Sorgen machen, Sie unterhalten sich selbst.« Er wies auf eine der Nischen. »Auch mal?«

Ich schnappte nach Luft. »Ich hab die Toilette gesucht!«

»Sicher.«

»Ich hab die Toilette gesucht und mich verlaufen.«

»Schon gut. Kommen Sie, lassen Sie uns hinaufgehen. Ich sterbe vor Durst, das Zeug hier unten ist ungenießbar. Nicht dass es später heißt, ich hätte Sie vergiften wollen.«

Er nahm meine Hand und schleppte mich hinter sich her, hinaus aus den Darkrooms und zurück in die hohe Halle. Als ich begriff, worauf er so zielstrebig zusteuerte, blieb ich wie angewurzelt stehen. »Was ist da oben? Da gehe ich nicht hoch.«

Bror hatte sich zu mir vorgebeugt und runzelte die Stirn. Dann begriff er. »Aber da oben wird es Ihnen gefallen! Rostige Ringe und Ketten, an denen man sich die kleinen Mädchen vornimmt, wenn sie nicht artig waren!« Er fasste nach und zog mich weiter. »Miss Andersen. Die Upper Floors sind VIP-Bereiche mit Essen und besserem Wein. Die Kellner sind hübscher, die Musik ist nicht so laut, und das Beste …« Vorsichtig schaute er nach rechts und links. »… wissen Sie, dort oben. Da darf man rauchen.«

Er sah mein Gesicht und wollte sich ausschütten vor Lachen.

»Dem Himmel sei Dank.« Bror warf sein Jackett über einen Stuhl und ließ sich in die Polster fallen. Eine stolze Kellnerin hatte uns zu dem einzigen freien Tisch geführt, dem besten von allen, mit uneingeschränktem Blick auf das Gewimmel zu unseren Füßen. »Champagner, Mr. Bror?«

»Grundgütiger, was für ein Zirkus.« Bror lockerte seine Krawatte. »Leere Gesichter und dummes Geschwätz. Sie taten gut daran, sich abzuseilen, Respekt vor Ihrer Weitsicht.« Er machte mir Platz auf dem Sofa, das im weiten Rund die Galerie einfasste und dicht besetzt war. Ein wenig atemlos schlüpfte ich an seine Seite, während Bror die Flasche aus dem Kühler nahm und das Etikett studierte. »Aha.« Zufrieden schenkte er ein, dann griff er zur Karte. »Hunger?«

Ich seufzte stumm. »Geht nicht.«

»Wie bitte?«

»Die Hose …«

Er grinste. »Kneift?«

»Mhm …«

»Lohnt sich aber, sieht gut aus. Wo haben Sie nur auf einmal diesen Hintern her, nicht zu fassen. Ich sag das jetzt nicht gern, aber die Amerikanerin beginnt mir zu gefallen.« Er lehnte sich zurück und nahm einen Schluck. »Ich wurde ein paar Mal nach Ihnen gefragt. Ich habe den Leuten gesagt, Sie seien meine Gärtnerin, und wissen Sie was? Nicht einer hat es mir geglaubt.«

»Pfff …«

»Und?« Er angelte nach seinen Zigaretten. »Wie gefällt Ihnen das Hot Volcano?«

Neben mir griff ein senil wirkender Mann seiner blutjungen Begleitung ungeniert unter den Rock.

»Geht so.«

Bror war meinem Blick gefolgt und lachte. »Also, ich finde, ich biete Ihnen eine Menge. Ich war mir ja ehrlich gesagt nicht ganz sicher, ob Sie sich hier wohlfühlen würden. Aber seit ich Sie vorhin mit roten Bäckchen aus den Dunkelkammern gezogen habe, bin ich erleichtert.«

Ich nahm mein Glas und leerte es hastig.

»Was meinen Sie?« Bror betrachtete das ungleiche Paar. »Wie besorgt er es ihr? Vögelt er sie von hinten, oder schafft er das nicht mehr? Muss sie auf die Knie und sich den Lippenstift abarbeiten?«

»Müssen Sie immer so widerlich sein?«

»Sicher.«

»Warum? Geht mir tierisch auf den Keks.«

»Ganz einfach, weil ich damit feststellen kann, woran ich bei den Leuten bin. Nehmen Sie zum Beispiel sich selbst: Am Anfang sind Sie noch mit der Schere auf mich losgegangen, heute rollen Sie nicht mal mehr mit den Augen. Ich werde mir was Neues ausdenken müssen für Sie.«

Ich konnte nicht anders, ich musste lachen.

Eine Weile ließ Bror seinen Blick schweifen. »Was ist mit ihr? Da drüben, Lady Midnight?« Er wies auf eine auffallend attraktive Dame, um die sich zwei deutlich jüngere Männer bemühten.

Ich ließ mich bequemer in die Polster sinken. »Gefällt sie Ihnen?«

»Lassen Sie mal sehen … Die Haare sind schön. Wie flüssige Schokolade, seidig und glatt. Mag ich. Ist mir lieber als Locken, die können sehr anstrengend sein.«

Ich schaute zufrieden.

»Sie ist stark geschminkt. Gefährlich, man weiß nie, was einen darunter erwartet. Und falsche Wimpern auf dem Laken sind kein schöner Anblick.«

Pfui Teufel, ich verzog das Gesicht.

»Aber die Figur: Weltklasse, sehen Sie nur die Brüste. Ob die echt sind? Egal, die Lady hat Geld, also werden sie gut gemacht sein. Und schauen Sie sich die Beine an, sensationell. Aber das weiß sie auch, beachten Sie ihre Pose. Warum nicht? Sie kann sich bewegen, das sieht man.« Bror nahm einen Zug. »Doch. Ja. Gefällt mir.« Er schwieg einen Moment. »Was meinen Sie, wer macht das Rennen? Der blonde Aufreißer oder die Brillenschlange?«

Ich schnaubte verächtlich. »Keiner von beiden.«

»Wie bitte?«

»Fünf Minuten, dann schießt sie sie ab.«

»Warum?«

»Weil sie nun schon zum dritten Mal zu Ihnen hersieht.«

Und tatsächlich. Eine Weile noch nippte die Dame an ihrem Glas, während sich ihre Begleiter sichtbar ins Zeug legten. Schließlich machte sie eine barsche Handbewegung und ließ die beiden aufstehen. Ein Blick zu Max Bror. Dann strich sie sich über den Rock und kam mit weichem Hüftschwung geradewegs auf ihn zu. Ich senkte das Kinn: Alles in allem sah die Frau wirklich verboten gut aus.

»Ich gebe es zu. Ich habe Sie beobachtet.« Sie glitt auf einen freien Stuhl und schaute verlegen. »Aber Sie müssen entschuldigen: Ich habe selten einen Mann so sinnlich rauchen sehen wie Sie. Ich wollte eigentlich damit aufhören, aber jetzt weiß ich gerade nicht weiter.« Sie öffnete ihre Vuitton und entnahm ihr ein Silberetui.

»Ich habe eine geradezu unanständige Lust. Schon den ganzen Abend. Aber meine beiden Männer da drüben meinen, das wäre nicht gut für mich. Jetzt sitze ich hier oben und leide. Und dann sehe ich Sie. Und könnte erst recht schwach werden. Das Leben ist grausam, finden Sie nicht?«

Ihre Stimme war dunkel und weich wie Samt. Ich ärgerte mich maßlos.

Bror dagegen lächelte freundlich. »Jemand wie Sie lässt sich die Lust verbieten? Und dann auch noch von kleinen Jungs? Das sollten Sie dringend ändern.«

»Finden Sie die beiden zu jung für mich?«

»Nein.«

»Nein?«

»Ich finde die beiden zu blass für Sie.«

»Zu – blass?«

Bror zog den Aschenbecher näher. »Ich könnte mir vorstellen, dass Sie ganz andere Vorlieben haben als Kinderkram. Unbeholfene Komplimente und Balzgehabe aus der Vorschule? Das ist nichts für Sie.«

»Wirklich? Und was, denken Sie, stände mir besser?«

Bror rauchte nachdenklich. »Ich würde sagen, die Oberstufe. Die, die schon alles gelernt haben und ihren Spaß daran haben, es anzuwenden. So wie Sie selbst.« Er beugte sich vor und streifte die Asche ab. »Und ich denke, Sie mögen es hart.« Er hob den Kopf und sah ihr direkt ins Gesicht. »Nicht wahr?«

Die Dame blinzelte. »So. Denken Sie das.« Sie schluckte sichtbar. »Und wie kommen Sie darauf?«

»Nun, wie sagt man … Erfahrung?«

Ihre Brust hob und senkte sich schwer. »Oh ja, Mr. Bror. Davon habe ich gehört.«

»Tatsächlich? Das freut mich.«

Die Dame zögerte. »Und … wenn wir nun etwas gemeinsam hätten?«

»Haben wir das denn?«

»Vielleicht. Sagen Sie's mir?«

Bror nahm einen tiefen Zug. »Doch. Ja. Ich denke schon.«

Kurz betrachtete die Dame das Etui in ihrer Hand. Dann schlug sie die Beine übereinander. »Was meinen Sie, Shadowman.« Sie schob sich eine Zigarette zwischen die Lippen. »Haben Sie denn heute Nacht Feuer für mich?«

Bror lächelte. »Einer so schönen Frau etwas ausschlagen? Nicht gerade leicht. Was meinst du – Toni?«

Er erwischte mich kalt, ich blinzelte.

»Hm? Ich bin mir nicht sicher, was meinst du dazu? Soll ich der Dame heute Nacht Feuer geben oder nicht?«

Schwerer Atem, klopfendes Herz. »Nein!« Meine Reaktion kam zu schnell, doch das war mir egal. »Nein, ganz sicher nicht.« Ich beugte mich vor und packte sein Feuerzeug, doch Bror war schneller und legte seine Hand auf meine. »Wirklich?« Behutsam nahm er es mir aus den Fingern. »Nun, wenn das so ist.« Er lehnte sich zurück und sah zu der Dame, die das Ganze gespannt verfolgt hatte. »Dann tut es mir leid.«

Sie brauchte einen Moment. »Wie bitte?«

Bror zuckte mit den Schultern. »Bedaure.« Er steckte das Feuerzeug ein. »Da ist nichts zu machen. Sie hören es ja.«

Eine harte Stirnfalte wuchs der Frau hoch bis zum Haaransatz und ließ sie älter wirken. Doch dann nahm sie es sportlich. »Schade.« Mit einem scharfen Klack schlug sie das Etui zu und ließ es in ihre Handtasche fallen. »Aber der Abend ist ja noch jung, nicht wahr? Kein Grund für Trübsal.« Sie erhob sich und musterte mich von oben bis unten.

»Ich finde ja, wir sollten unser Gespräch mal unter vier Augen fortsetzen. Mir scheint, wir teilen die gleichen Ansichten.« Und dann, schon im Abgang: »Verschluck dich mal nicht, Kleine …«

Geschmeidig wie eine Katze lief sie zur Treppe und verschwand.

Einen Augenblick lang sah ich der Fremden nach. Und wünschte mir auf einmal, sie wäre geblieben. Denn nun war ich allein. Allein mit dem Nachhall meiner Worte, die so unbedacht wie verräterisch gewesen waren. Und mit Max Bror. Der leise zu lachen begonnen hatte an meiner Seite.

»Sieh mal einer an. Ich muss schon sagen, so ein Abend mit Ihnen ist amüsant.« Er schob mir die Hand in den Nacken. »Besitzansprüche?«

»Pfff …« Ich versuchte ihn abzuschütteln.

»Was hatten Sie nur gegen die Frau? Also, ich fand die ganz nett.«

»Na dann. Nichts wie hinterher.«

»Wozu, es gefällt mir hier.«

»Nehmen Sie die Hand weg …«

»Noch was zu trinken?«

»Nein.«

»Etwas zu essen?«

»Nein.«

»Wunschlos glücklich?«

»Ja. Nein. Finger weg.«

Bror rutschte näher. »Kommen Sie schon, helfen Sie mir. Warum musste ich die Dame wegschicken?«

»Mussten Sie ja nicht.«

»Weil sie zu alt für mich war?«

»Ha!«

»Also, an dem Punkt bin ich entspannt. Ich brauche kein junges Gemüse.«

»Aha. Interessiert mich null.«

Bror lachte wieder und packte mich fester. »Hören Sie, Mädchen, ich kann sehr hartnäckig sein. Entweder Sie sagen mal was dazu, oder wir sitzen hier die ganze Nacht.«

Ich entwand mich ihm und schluckte, was soll ich dir denn sagen? Die Wahrheit? Dass sich gerade alles dreht? Dass ich Angst vor dir habe, weil ich genau weiß, dass das wieder eines deiner Spielchen ist? Dass da aber dieser Geruch ist? Von deinen Händen und deinem Aftershave und von diesen Zigaretten, die du in dich reinfrisst und die mich doch eigentlich abstoßen müssten, was sie aber nicht tun, im Gegenteil. Weil sie doch zu dieser Mischung gehören, du mit deinen Lippen und dieser Stimme und mit dieser Hand, die noch immer da in meinem Nacken liegt, was sie doch aber eigentlich gar nicht darf. Weil mir das doch den Atem raubt und den Boden unter den Füßen wegzieht, du und dein Geruch und dieses ganze Wispern und Tuscheln …

»Meine Gärtnerin. So schweigsam auf einmal?«

Ich ächzte leise.

»Was geht da nur vor unter diesen Locken?«

»Sie sollten nicht herummachen mit so einer …«

»Wie bitte?«

»Die ist nichts für Sie.«

»Lady Midnight? Wieso?«

»Die kaut Sie doch durch und spuckt Sie aus.«

»Nanu? Will ich denn etwas anderes?«

Bewegung entstand auf der Couch, neue Gäste trafen ein, man rückte zusammen. Ich sperrte mich noch und machte mich eckig, doch es half nichts, ich bekam einen Schubs und landete an Brors Seite, genau an seiner Brust. »Nur zu, ich beiße nicht.« Er schlang seinen Arm um meine Hüfte und schob mich zurecht. »Was für eine Frau wäre denn Ihrer Meinung nach besser für mich?«

Ich knurrte leise und wand mich, erfolglos.

»Hm? Ich bin ganz Ohr.«

»Nehmen Sie Ihre Hand da weg …«

»Nein. Also.« Er fasste nach. »Ich höre nichts.«

»Jemand … dem Sie wichtig sind.«

»Wichtig?«

»Dem Sie am Herzen liegen. Der sich um Sie sorgt, wenn es Ihnen nicht gut geht.«

»So?«

»Der sich Ihnen in den Weg stellt. Der sich mit Ihnen anlegt und um Sie kämpft, anstatt wegzulaufen, wenn's mal eng wird. So eine wie Helen.«

»So eine wie Sie?«

»Nein!«

Bror lachte. »Sie würden sich nicht um mich sorgen, wenn ich krank wäre?«

»Ich …«

»Sie würden mich einfach liegen lassen, wenn ich Ihre Hilfe bräuchte?«

»Ich …«

»Sie würden mich nicht beschützen und in Ihre Arme ziehen, um mein Leid zu lindern, hm? Kleine Kriegerin?« Er schob seine Hand in mein Haar und zog mich an sich. »Wissen Sie, was ich glaube, Toni? Ich glaube, da draußen auf Monte Spina ist jemand gesund geworden. Irgendwo hinter hohen Felsen sind Wunden verheilt und Schatten verschwunden. Und nun ist da eine schöne junge Frau, die nach einem langen heißen Tag nach Hause kommt und ihr Bett leer vorfindet. Die den Schweiß auf ihrer Haut spürt und Sonne und Salzwasser, aber sonst nichts.« Fremde Lippen an meiner Wange. »Sind Ihre Laken kühl und glatt, Toni? Liegen Sie manchmal nachts wach und wünschen sich, sie wären rauer? Stellen Sie sich dann vor, da wären Hände, die Sie berühren an Stellen, an denen schon so lange keiner mehr war?«

Mein Herz taumelte.

»Stolze Toni. So tapfer und aufrecht. Und immer allein. Einmal nur, nicht wahr? Einmal nur schwach sein dürfen. Sich in Arme flüchten, die stark sind und erfahren und genau wissen, was sie zu tun haben. Die dich halten und beschützen, bis draußen über dem Meer die Sonne aufgeht.«

Es ging nicht anders, ich schloss die Augen.

»Einmal nur schwach sein dürfen.«

Meine Lippen öffneten sich.

»Einmal nur …«

Er drehte mein Gesicht ein wenig.

»Nur ein einziges Mal …«

Sein Kuss war rau und schnörkellos. Und ließ keine Fragen offen. Ich merkte, wie ich den Halt verlor und einen Moment in der Luft hing. Dann stürzte ich ab. Kopfüber hinein, in schwarze Brunnen und Abgründe ohne Licht und Farbe, nur er. Ich schmeckte nichts, ich spürte nichts, nur seine Lippen und seine Hände, die mich führten und an sich zogen. Raum und Zeit verloren sich in den Schatten und verschwammen mit Geräuschen und Stimmen zu einem grauen Brei, weit entfernt und vollkommen gleichgültig.

Irgendwann tauchte ich auf aus seinen Tiefen. Mein Herz schlug wild und laut, und mein Gesicht brannte wie Feuer. Es war ein Spiel gewesen, natürlich. Auch wenn seine Augen seltsam weich geworden waren.

»Toni.« Er strich mir über die Wange. »Du leuchtest ja.«

Ich schmiegte mich in seine Hand, ich wollte es gar nicht.

»Hast du Durst?«

Ich schüttelte den Kopf.

»Hunger?«

Ich stockte.

»Hm?« Die Fältchen um seine Augen wurden tiefer. »Bist du hungrig, kleine Toni?«

Ich sah ihn an. Eine Spur zu lange. Und wusste, dass ich das Spiel verloren hatte.

»Dann komm.« Bror nahm meine Hand und erhob sich. »Komm, Toni. Dann sollten wir fahren.«

Wir sprachen wenig auf dem Weg zum Ausgang. Schweigend bahnten wir uns den Weg durch die Menge, die ich kaum wahrnahm, nur als ein einziges Rauschen. Bei dem jungen Mann an der Hintertür blieb Bror kurz stehen.

»Rufen Sie mir den Wagen.«

Der Mann schaute bestürzt. »Sie … wollen schon aufbrechen?«

»So sieht es aus.«

»Aber Mr. Bror …« Der Mann wurde sichtlich nervös. »Wir hatten ehrlich gesagt gehofft, Sie würden länger bleiben. Wir hatten einen kleinen Stau vor der Tür und mussten Ihren Wagen raus auf den Parkplatz schicken.«

»Wie bitte?« Bror begann, nach seinem Handy zu suchen.

»Aber Mr. Bror.« Der Mann befeuchtete seine Lippen. »Es ist nur ein ganz kurzer Weg, vielleicht fünf Minuten, und sehr schön, direkt am Wasser entlang. Und es ist doch so ein lauer Abend, und der Mond scheint doch so hell, und …« Beinahe flehentlich blickte er zu mir.

Und ich verstand. »Ach bitte.« Ich fasste Bror am Arm. »Wir laufen, ja? Ich würde wirklich gern noch mal ans Wasser.«

Bror schaute verärgert. Dann seufzte er. »Na schön.« Er steckte sein Handy weg. »Sie sind ein Glückspilz, junger Mann, mein Mädchen ist eine Romantikerin.« Grimmig nahm er meine Hand und zog mich zur Tür hinaus.

Warf ich noch einen Blick zurück? Wunderte ich mich, dass mir der junge Mann gar nicht mehr dankbar nachsah? Dass er stattdessen ein Handy genommen hatte und hastig hineinsprach? Selbst wenn. Ich hätte es vergessen in demselben Moment, in dem Bror seinen Arm um mich legte.

Der Mond schien tatsächlich hell, aber der Weg war nicht schön. Das Meer roch brackig, und ein Gestank nach Fisch und Unrat hing in der Luft, als ich an Brors Seite zum Parkplatz ging. Gerade meinte ich schon den Geländewagen zu sehen, mit einem schnarchenden Carlos hinter dem Steuer, als Bror stehen blieb. »Warte mal, Toni.«

Ein lachendes Grüppchen kam uns entgegen, Bror schaute misstrauisch und zog mich zur Seite. »Warte mal. Auf ein Wort.«

Er schob mich gegen einen Verschlag, Müllcontainer hinter einer Bretterwand. Es roch nach Fleischabfällen und ranzigem Fett.

»Hör mal zu, Toni. Ich bin ein Freund deutlicher Worte und muss da etwas klären. Ich ... bin geil. Ehrlich gesagt schon den ganzen Abend. Ich bin geil auf deine Lippen und deine Hände und deine Brüste unter der dünnen Bluse. Ich will mit dir schlafen. Ich weiß noch nicht, wo und wie oft, vielleicht auf der *Jayden* oder unten am Strand, oder Carlos fährt uns irgendwohin und vertritt sich die Beine.«

Mein Magen sackte durch bis aufs Pflaster.

»Aber auf zwei Dinge habe ich heute Abend überhaupt keine Lust. Und das sind Ohrfeigen und verheulte Augen. Und deshalb gibt es jetzt für uns beide genau zwei Möglichkeiten: Entweder wir steigen gleich gemeinsam in dieses Auto, dann wird es für uns beide eine lange Nacht. Oder du fährst allein nach Hause, dann bleibe ich hier, und Carlos holt mich morgen früh. Was ich mir wünsche, hast du gehört.« Er schob sich die Hände in die Taschen. »Entscheide du.«

Bror trat einen Schritt zurück, als wollte er mich nicht beeinflussen in meiner Entscheidung –

Und so begriff ich zuerst gar nicht, als sich eine harte Hand auf meinen Mund legte. »Los, da rein«, hörte ich noch eine Stimme, dann wurde ich herumgerissen und weggezerrt. Die Tür des Verschlags flog auf, Bror wurde gegen eine Mülltonne geschleudert und ging fast zu Boden, hastig rappelte er sich auf. Jemand schleifte mich in eine Ecke, dunkle Gestalten drängten nach, dann knallte die Tür ins Schloss. Einen Moment lang hörte ich nur noch Brors Keuchen.

»Was zum Teufel soll das hier!«

»Guten Abend, Mr. Bror.«

Eine feine Stimme, leise, fast freundlich, von einem schmalen, blonden Mann mit kaukasischem Einschlag.

»Wie schön, dass wir uns endlich kennenlernen. War gar nicht so leicht, Sie zu treffen, hohe Mauern und Stacheldraht. Und auch heute schon wieder so früh auf dem Heimweg. Fast hätten wir uns verpasst.«

Bror wischte sich über die Lippen. »Was wollt ihr? Wollt ihr Geld?«

»Sehen wir etwa aus wie Räuber?« Der Mann schaute gekränkt. »Nein, Mr. Bror, im Gegenteil. Wir bringen Ihnen etwas, wir sind Boten. Sie haben vor Kurzem jemandem ein Geschenk gemacht, ein sehr großes und eindrucksvolles Geschenk. Der Beschenkte hätte sich gerne selbst bedankt, aber – na ja. Er ist verhindert, würde ich sagen. Wohl noch eine ganze Weile.«

Bror war weiß geworden wie Schnee.

»Aber er ist ein sehr höflicher Mensch, und deswegen hat es ihm keine Ruhe gelassen. Er möchte sich revanchieren. Nichts Großes, kein Schnickschnack. Nur das, was er auch von Ihnen bekommen hat.«

»Was zahlt er euch?« Brors Stimme klang heiser. »Was zahlt er euch, hm? Ich biete euch das Doppelte, jedem von euch. Für mich und das Mädchen.«

»Ach, Mr. Bror.« Der Mann seufzte. »Sie schon wieder mit Ihrem Geld. Nein, wissen Sie, wir werden gut bezahlt. Mehr wollen wir gar nicht. Wir möchten Ihnen nur Ihr Geschenk geben und dann so schnell wie möglich wieder nach Hause. Also machen wir es kurz.«

Er zog ein Smartphone aus der Tasche und sah durch den Sucher. Ich hörte das Pling einer Videoaufnahme. Dann trat er einen Schritt zurück und nickte.

Es ging sehr schnell. Die Männer wussten, was sie taten, und machten keine große Show. Einer packte Bror von hinten und hielt ihm den Mund zu, er wehrte sich noch. Doch beim dritten Schlag in den Magen ging er in die Knie. Der Kerl in seinem Rücken zerrte ihn wieder hoch und riss ihn am Haar nach hinten, damit er den Schlagstock sah. Als sie ihm das Bein zerschlugen, schrie ich gegen die Hand vor meinem Mund, und als sie ihm den Arm brachen, krümmte ich mich vor Schmerzen wie er selbst. Ich sah Bror zu Boden sacken. Dann den Stiefel, der Maß nahm, ausholte und ihm mit voller Wucht ins Gesicht trat. Es riss ihm den Kopf nach hinten, ihr bringt ihn ja um!, brüllte ich und würgte, spuckte, trat nach allen Seiten, bis mir die Nase zugehalten wurde und es vor meinen Augen schwarz zu werden begann. Einer der Kerle bückte sich und klopfte Bror auf die Wangen.

»Okay, reicht.«

Dann zogen sich die Männer zurück und warteten.

Der Mann mit dem Smartphone trat vor. Beinahe liebevoll fuhr er über den reglosen Körper, ging in die Hocke, begutachtete das Bein, verweilte bei dem Arm, verharrte einen Moment auf dem Blut, das aus Brors Mundwinkel lief. Schließlich stoppte er die Videoaufnahme und richtete sich auf. Sein Blick fiel auf mich. Mein Herz setzte aus.

»Wenn du still bist, nimmt er die Hand weg.« Er nickte dem Kerl in meinem Rücken zu, ich bekam den Mund frei und schnappte nach Luft.

»Hast du gut zugesehen?« Der Mann strich mir über die Wange, ganz zärtlich und sanft. »Hat dir das gefallen, ja? Tritte und Schläge, Spucke und Blut? Eine quiekende Ratte inmitten von Müll?« Er berührte meine Lippen, ich zuckte zurück und wand mich. »Nicht? Aber das muss dir doch gefallen haben. Du gehörst doch zu ihm.«

Der Mann betrachtete mich einen Moment. Dann fasste er mich am Kinn und drehte mein Gesicht ins Licht.

»Du kennst ihn noch nicht lange, Mädchen. Deine Augen sind zu unverdorben für diesen Mann. Fasst er dich an? Fickt er dich?

Zeigt er dir Dinge, die du noch nie zuvor gesehen hast?« Der Mann lächelte traurig. »Dann habe ich hier noch was für dich. Schau genau hin. Das hier ist nur für dich.« Er winkte und ließ sich den Schlagstock geben.

»Wenn du schreist, nehmen wir dich mit. Und das möchtest du nicht.«

Es war nur ein einziger Schlag. Hart, brutal und genau zwischen Brors Beine. Er war wieder zu sich gekommen und mühte sich, den Kopf zu heben. Als er getroffen wurde, knickte er ein und ächzte.

Dann wurde es still.

Später wusste ich nicht mehr, was ich gemacht hatte. Was mir durch den Kopf gegangen war, als die Männer verschwunden waren und mich zurückgelassen hatten mit dem zerschlagenen Klumpen Mensch. Woher ich die Kraft genommen hatte, zurückzulaufen und Hilfe zu holen, was ich gefühlt hatte, als man Bror auf einer Trage in ein Hinterzimmer brachte. Quälend lange Minuten verbrachte ich auf dem Gang vor der Tür, sah fremde Männer kommen und gehen, die einen besorgt, die anderen zutiefst verärgert. Einmal stolperten zwei Frauen vorbei, das Makeup verwischt und die Blusen aufgeknöpft bis hinunter zum Gürtel. »Was geht denn hier ab?«, kicherte die eine. »Stehst schon Schlange, was?«

Irgendwann wurde es ruhiger, nach und nach verließen die Männer den Raum, und als ich schon dachte, jetzt kann doch keiner mehr drin sein, da öffnete sich die Tür noch mal.

»Sind Sie sein Mädchen?«

Ich schluckte hart.

»Kommen Sie.«

Er lag auf einem Sofa und wirkte ganz klein. Sie hatten seine Hose aufgeschnitten, ich sah den Stoff neben ihm auf dem Boden liegen. Bror war in eine Decke gehüllt, nur der gesunde Arm lag obenauf. Seine Brust hob und senkte sich, und sein Gesicht wirkte selbst in dem gedämpften Licht seltsam schief. Seine Augen waren geöffnet. Groß und dunkel sah er mich an, als ich, starr vor Angst, was mich erwarten würde, im Türrahmen stehen geblieben war.

»Sie … sind ja wach!« Die Welle der Erleichterung riss mich beinahe von den Füßen, ich wankte kurz und musste nach Halt suchen. Dann lief ich zu ihm und ging auf die Knie, nahm seine gesunde Hand und zog sie an mich. »Das ist … nichts, Mr. Bror! Gar nichts! Sie leben und atmen und schauen mich an, und der Rest wird wieder von ganz allein. Wir bringen Sie zurück nach Monte Spina, und dann kümmern wir uns um Sie, Helen und ich und die anderen. Sophia kocht für Sie, und Carlos fährt Sie um die Insel, und abends setzen wir uns alle zusammen auf die Dachterrasse und erzählen Ihnen Geschichten, und Sie ärgern sich schwarz, weil Sie nicht wegkönnen und sich den ganzen Mist anhören müssen. Und irgendwann sind Sie wieder gesund und gehen schwimmen, vor dem Frühstück und danach und wann immer Sie wollen, und Helen steht unten in der Bucht und wartet auf Sie mit dem Handtuch. Nicht wahr? So machen wir das.«

Er sah mich an, reglos und stumm.

»Mr. Bror? So machen wir das, ja?«

Er lag einfach nur da und schaute.

»Warum –« Ich schluckte heftig. »Warum sagen Sie denn nichts?«

»Er kann ja nichts sagen.«

Eine gelangweilte Stimme in meinem Rücken, ich fuhr herum.

»Er kann Ihnen nicht antworten. Sie haben ihm den Kiefer gebrochen.«

Ein kleiner Mann mit spitzem Bauch und goldener Brille stand abseits und zog eine Spritze auf.

Mir wurde kalt. »Was ist mit ihm? Kann er mich hören?«

»Ja. Er kann Sie hören und Sie verstehen. Er weiß sein Geburtsdatum und kann seinen Namen buchstabieren. Vielleicht hat er ein paar Probleme mit der Nachkommastelle. Ich musste ihn sedieren, wegen der Schmerzen.« Der Mann trat an meine Seite und schaute ungerührt.

»Was ist mit ihm? Was haben die mit ihm gemacht?«

»Er hat ein gebrochenes Bein und ein zertrümmertes Handgelenk. Schmerzhaft, aber nicht weiter dramatisch. Nichts, was man nicht mit ein paar Nägeln und einem Gips in den Griff bekäme. Auch der Kiefer macht mir keine Sorgen.«

»Sondern – was?«

»Nun …« Der Mann zögerte und schaute zu Bror. Der schlug die Augen nieder. Dann sah er mich an. Mit einer seltsamen Miene, die ich an ihm nicht kannte. Ich brauchte einen Moment. Dann begriff ich. Bror hatte Angst.

»Er hat starke Schmerzen im Genitalbereich. Die Burschen wussten, was sie taten, ein Mann hat seine Schwachstellen. Die äußeren Verletzungen sind das eine. Aber was mir große Sorgen macht, sind die Organe. Hoden, Blase, Prostata. Und ich bin mir nicht sicher, ob der Schädel gehalten hat, der Fußtritt muss sehr heftig gewesen sein. Deswegen der Hubschrauber.«

»Der Hubschrauber?«

»Wir bringen ihn nach Gran Canaria zum Durchchecken. Wenn er flugtauglich ist, nehme ich ihn mit nach Madrid. Dann sehen wir weiter.«

»Aber –« Ich schnappte nach Luft. »Sie können ihn doch nicht einfach so mitnehmen! Was ist mit der Polizei? Ich habe die alle gesehen, die ganze Bande, und Mr. Bror auch! Ich kann die beschreiben, die erkenne ich garantiert wieder!«

Der Mann schaute überrascht. Dann wurde er misstrauisch. »Sie gehören zu Max Bror?«

Ich reckte das Kinn.

»Nun, dann lassen Sie es mich so sagen: Polizei ist nicht üblich in solchen Fällen.«

»Wie bitte?!«

»Er wird es Ihnen erklären, wenn er wieder sprechen kann.«

»Aber –« Ich stockte. Bror hatte die Hand gehoben und zeigte auf mich. Er schaute fragend.

»Er will wissen, ob Sie in Ordnung sind.«

Ich schluckte. »Mir ist nichts passiert. Die haben mir nichts getan. Ich … musste nur zusehen.«

Einen Moment lang herrschte Stille. Dann wies Bror auf ein Tischchen, auf einen Notizblock und einen Stift. Hastig reckte ich mich und reichte ihm beides.

Er schrieb drei Worte, mit links und kaum lesbar. Helen. Dann ein Pfeil. Madrid. Pilar.

»Helen soll in Madrid eine Pilar anrufen?«

Schweigend lehnte er sich zurück und betrachtete mich.

Unruhe kam auf vor der Tür. Ich hörte Rotorenbrüllen, das rasch näher kam.

»Ich muss Sie nun bitten zu gehen. Wir müssen Mr. Bror vorbereiten für den Transport.«

»Aber –« Mein Herz setzte aus. »Ich will mitkommen!«

»Das fehlte noch.«

»Aber wo soll ich denn hin ohne ihn!«

»Du liebe Güte. Fahren Sie nach Hause, wo auch immer das ist. Der Abend ist zu Ende für Sie.«

»Aber ich kann doch nicht ohne Max Bror nach Hause fahren!«

»Mädchen, das können Sie, und das werden Sie auch.«

In mir verkrampfte sich etwas. Ich sah Bror auf dem Sofa liegen, ganz schmal und gebrochen, mit seinem stummen Gesicht und den müden Augen. Ich biss mir auf die Lippen, doch es half nichts. Die Tränen liefen.

»Herrgott, hören Sie auf zu weinen. Gehen Sie. Sie können ihm nicht mehr helfen, Sie behindern uns nur bei der Arbeit.«

Der Mann schob mich beiseite, ich wischte mir über die Wangen und wollte schon aufgeben.

Da sah ich Bror. Er hatte seinen Arm ausgestreckt. Zuerst dachte ich, er wollte erneut etwas schreiben.

Doch stattdessen nahm er meine Hand und zog sie an seine Brust. Dorthin, wo sein Herz war. Nur ganz kurz und sehr vorsichtig.

Dann gab er mich frei. Die Tür ging auf, und zwei Männer mit Koffern und schweren Stiefeln polterten in das Zimmer, dann noch einer und noch einer, es wurde immer voller. Ich wurde zur Seite geschoben, an die Wand gedrückt, nach hinten durchgereicht und schließlich aus der Tür gespült wie ein Stück Treibholz.

11

Die Tränen des Teufels

Ich hörte nichts mehr von ihm. Tage vergingen, dann Wochen, ohne dass eine Nachricht kam. Krank vor Sorge und Angst war ich nach Monte Spina zurückgekehrt, und nichts hatte mich trösten können. Lou nahm mich in den ersten Nächten mit in ihr Bett, Sophia kochte mir Crema Catalana mit heißen Himbeeren, Carlos schnitzte für mich kleine Figuren aus dem Holz des Jacarandabaums – alles vergebens. Blass und verweint hockte ich in meinen Beeten und quälte mich mit immer den gleichen Fragen.

War es meine Schuld gewesen? Hatte nicht ich um den Spaziergang durch die laue Nacht gebeten? Wollte Bror den Wagen nicht direkt vor den Eingang rufen? Weil er geahnt hatte, was sich da draußen zusammenbraute?

Und wer war dieser Mann? Bei dessen Berührung mir der Atem stockte und das Herz zu taumeln begann. Ein Krimineller, ein Shadowman? Auftraggeber für Schlägerbanden und nun selbst in die Mühlen seiner eigenen Bosheit geraten? Nachts fuhren die Bilder in meinem Kopf Karussell, dunkle Augen, stampfende Bässe. Ein Schwall Blut aus Lippen, die zuvor auf meinen gelegen hatten. Und tagsüber Schweigen. Denn wem sollte ich schon erzählen, was zuvor geschehen war? Den wahren Grund, weshalb Bror an dem Abend so früh hatte aufbrechen wollen? Und welchen Weg wir beide im Begriff gewesen waren, einzuschlagen? Vielleicht hätte ich mich ja der Hausdame anvertraut. Aber Helen war noch in derselben Nacht nach Gran Canaria geflogen, um an Brors Seite zu sein. Später hieß es, sie hätte ihn nach Madrid begleitet. Dann nichts mehr.

Und so ruhte die Insel herrenlos in der hohen See und wartete.

Zuerst Tage.

Dann Wochen.

Kein Anruf im Februar. Wie denn auch, sagte ich mir, er ist ja schwer verletzt.

Auch der März kam und ging. Keine Nachricht ist eine gute Nachricht, beruhigte ich mich. Er kämpft. Bror schafft das schon.

Anfang April rutschte mir das Handy aus der Hose und zerschellte tief unten am Fuß der Klippen in tausend Stücke. Sophia brauchte mehrere Minuten, um mir auszureden, dass das ein Zeichen sei. Es ist so weit, dachte ich und wischte mir die Tränen vom Kinn – ich werde wahnsinnig.

Kurz nach Ostern schließlich kehrte die Hausdame zurück, mager, bleich und auffallend wortkarg.

»Wie geht es ihm?« Nur mühsam beherrscht half ich Helen von Bord.

»Kommt Zeit, kommt Rat.«

»Wird er wieder gesund?«

»Er ist in guten Händen.«

»Liegt er denn noch im Krankenhaus?«

»Nein.«

»Kann ich ihn anrufen?«

»Nein.«

»Warum nicht?«

»Mr. Bror hat andere Sorgen.«

»Aber …« Ich rang um Worte. »Vielleicht kann ich ihm ja irgendwie helfen.«

»Ganz sicher nicht.«

»Und wenn er sich einfach nur freut über meinen Anruf?«

»Miss Andersen.« Die Hausdame wirkte um Jahre gealtert. Scharfe Falten zerschnitten ihr Gesicht, und ihre Haare waren glanzlos und dünn. »Tun Sie mir den Gefallen und gehen Sie in Ihren Garten. Sie machen uns allen die größte Freude, wenn Sie sich auf das konzentrieren, wofür Sie bezahlt werden.«

Mein Herz verkrampfte sich. »Sie geben mir die Schuld, stimmt's?«

»Nein. Wie sollte ich.«

»Sie glauben, ich habe ihn abgelenkt. Sie denken, er war meinetwegen unvorsichtig und hat nicht aufgepasst.«

»Alles, was Max Bror erleiden muss, hat er sich selbst angetan. So war das schon immer.«

»Aber …«

»Hören Sie!«

Ich zuckte so stark zusammen, dass ich einen Stich im Nacken spürte, Helen bemerkte es und räusperte sich. »Hören Sie. Wir alle sind müde und erschöpft. Es ist viel passiert in den letzten Wochen, und es ist noch längst nicht vorbei. Gehen Sie in Ihren Garten. Sie würden Mr. Bror glücklich machen, wenn er seinen Park in guten Händen wüsste.«

Ich spürte die Tränen kommen. »Aber ich will doch nur mal kurz mit ihm reden …«

»Das werden Sie. Seien Sie gewiss, dass er nach Monte Spina zurückkehren wird. Im August, wie üblich. Sicherlich werden Sie sich dann mit ihm aussprechen können.«

Ich schluckte hart und sah der Hausdame nach. August … Noch so lange.

»Wie soll ich denn bis August warten.« Ich starrte in mein Glas. »Ich hab seit Wochen nicht mehr richtig geschlafen. Ich fühl mich schon ganz dünn. Eigentlich bin ich gar nicht mehr da.«

Lou warf mir einen langen Blick zu. »Also, ich bin mir ja nicht sicher, ob das hier alles so richtig ist.« Sie reckte den Arm und nahm mir die Flasche weg. »Du immer so allein in deinen Beeten. Immer nur du und dieser ganze trübe Mist in deinem Kopf.« Das Pink ihrer Haare leuchtete selbst im Schein der Kerzen wie eine Laterne. »Warum fährst du nicht mal irgendwohin, hm? Mal raus hier, zurück ins Leben. Paris, London, Barcelona. Das wär doch mal was.« Sie versuchte, mir ins Gesicht zu spähen. »Oh, keine Bange, das bisschen Garten krieg ich schon hin. Mit Carlos als Schlauchträger, was soll da groß passieren?«

Ich betrachtete das Muster der Tischdecke.

»Ach, Toni.« Lou ließ die Flügel hängen. »Du machst mir Kummer, weißt du das? Wo sind sie denn nur hin, deine roten Bäckchen? Wenn das so weitergeht, siehst du bald wieder aus wie damals im Schattental. Weißt du noch? Und ich hab gedacht, das hätten wir hinter uns.«

Schattental ... Ich sank auf meine Bettkante. Mein kühles dunkles Reich. Müde löschte ich das Licht, dann rollte ich mich in den Laken zusammen und horchte in die Stille um mich herum. Ich hatte vergessen, die Vorhänge zu schließen, doch ich fühlte mich zu schwach, um noch mal aufzustehen. Eine einsame Wolke zog über den Himmel.

Ob er auch gerade aus irgendeinem Fenster schaut?

Ob er auch gerade wach liegt und weiß, dass er auch diese Nacht wieder nicht schlafen kann?

An wen er wohl denkt, wenn die Welt um ihn herum ganz dunkel und still geworden ist?

Mein Blick blieb an etwas hängen, oben auf dem Kleiderschrank. Ich runzelte die Stirn.

Nein. Unsinn, nichts weiter.

Ich schloss die Augen und drehte mich auf die Seite.

Obwohl ... Meine Augen öffneten sich wieder.

Nein. Totaler Mist, absolut dämlich. Ich seufzte und zog mir die Decke bis zum Kinn.

Andererseits ... Meine Augen gingen wieder auf.

Hast du denn nichts gelernt? Hat dir denn Monte Spina nicht irgendetwas beigebracht? Zu kämpfen, sich durchzubeißen. Nicht aufzugeben, nur weil der Wind mal von vorne bläst. Versink doch nicht wieder im Grau. Hör doch nicht wieder auf, zu fühlen und zu denken, fang doch nicht wieder an, einfach nur funktionieren zu wollen. Mach was. Steh auf, riskier was, raff dich auf! Und selbst wenn es lächerlich ist: Es muss ja keiner erfahren. Aber du, du wirst hinterher wissen, dass du zumindest etwas versucht hast.

Und so traf ich mitten in der Nacht eine Entscheidung. Entschlossen knipste ich das Licht wieder an, schwang die Beine aus dem Bett, stellte mich auf die Zehenspitzen und zog die Reisetasche vom Schrank.

Die Hauptstadt Spaniens als groß zu bezeichnen wäre banal. Tatsächlich ist Madrid gewaltig. Schon am Flughafen, im Kampf mit Tausenden Passagieren aus Südamerika oder China beginnt man zu ahnen, worauf man sich eingelassen hat. Eine brüllend laute Metro prügelt sich erbarmungslos durch die Speckgürtel der Vorstadt. Von Station zu Station wird es enger und lauter, heißer und stickiger, und wenn man denkt, aber jetzt sollte doch keiner mehr einsteigen dürfen, dann platzen die Türen auf, und die Menge entströmt in die Freiheit. Verzweifelt klammert man sich an sein Gepäck, weniger aus Angst als aus der puren Sorge, es könnte einem etwas entrissen werden in dem entfesselten Strom. Am Fuß breiter Treppen schließlich hält man kurz inne. Dann tritt man ins Freie. Hinaus in den gleißenden Sonnenschein, in das Getöse der Gran Vía oder die noble Eleganz des Salamanca. Man sieht prachtvolle Fassaden und glitzerndes Kristall, verstopfte Boulevards und das Schlachtgetümmel unzähliger Autos. Langbeinige Damen, teure Smokings, Bettler und Prada, Seide und Dreck und die Huren der Seitenstraßen. Madrid ist atemberaubend schön und abstoßend hässlich, gierig, verlärmt und von unwiderstehlichem Reiz. Diese Stadt macht es einem nicht leicht. Und wer nicht aufpasst, den richtet sie zugrunde.

Natürlich hätte ich jemanden fragen können. Vielleicht nicht unbedingt die Hausdame, Helen war auffallend still geblieben in den letzten Tagen. Aber Lou hatte wieder begonnen, Abrechnungen zu tippen und Listen zu mailen, sicherlich hätte mir die

Freundin gesagt, wohin und an welche Adresse. Doch dann hätte ich mit der Wahrheit herausrücken müssen. Dass ich am Flughafen von Arrecife keineswegs nach Barcelona eingecheckt hatte, sondern eine Stunde später mit bohrend schlechtem Gewissen in eine ganz andere Maschine gestiegen war.

Aber so hatte ich nichts weiter in der Hand als die Adresse meines Arbeitsvertrags, als ich halb taub und ein wenig zerlumpt aus der Metro fiel. Vor einem auffallend unauffälligen Büroturm blieb ich kurz stehen und musterte die nichtssagenden Buchstaben ohne irgendein M oder B. Dann nahm ich die Reisetasche fester in die Hand und betrat die hohe Halle.

»Ich möchte bitte zu Maximilian Bror.«

Der junge Mann hinter der Rezeption lächelte freundlich. »Natürlich, gerne. Miss …?«

Damit hatte ich nicht gerechnet. Ich schaute dumm. »Ist er denn hier?«

»Wer?«

»Na, Mr. Bror.«

»Wieso?«

»Na ja …« Ich wurde unsicher. »Er war doch krank oder nicht?«

Das Lächeln des Mannes wurde trockener. »Wie bitte?«

»Ich meine … es ging ihm doch nicht so gut. Eine Weile. Habe ich gehört.«

Der Mann zögerte. »Sie haben einen Termin?«

»Nein.«

»Oh. Dann tut es mir leid. Ohne Termin darf ich Sie nicht durchlassen.«

»Kann ich nicht einfach so zu ihm?«

»Nein.«

»Na, dann …« Ich überlegte hastig. »Rufen Sie ihn an. Wenn Mr. Bror hört, dass ich da bin, werden Sie mich sicher durchlassen dürfen.«

»Ausgeschlossen. Kein Termin, kein Zutritt. Ganz einfach.«

»Nur ein Anruf!«

»Nein.«

»Aber ich arbeite für ihn.«

»Ach.«

»Ich bin seine Gärtnerin.«

»So.«

»Ist er denn hier?«

»Nein.«

»Aber Sie sagten doch gerade …«

»Ich denke, Sie sollten jetzt gehen.«

Ich riss die Augen auf. »Wie bitte?«

»Ich denke, Sie sollten jetzt gehen.« Der Mann wurde unruhig. »Sofort.«

»Aber ich will doch nur wissen, wo er ist!«

»Raus, hab ich gesagt!«

»Pfff! Ich denke nicht daran. Ich lasse mich doch hier nicht hinauswerfen, ich …« Ich stockte. Der Mann reckte den Hals nach jemandem in meinem Rücken, hastig fuhr ich herum.

»Sie hat keinen Termin!«

Ein Glatzkopf in Uniform schob sich näher.

»Sie hat keinen Termin und fragt, ob er krank war!« Die Stimme des Mannes kippte ein wenig. »Und gehen will sie auch nicht!«

»Miss?«

»Ich will doch nur mal kurz mit ihm sprechen!«

»Sie sollten jetzt gehen.«

»Was?«

»Schön friedlich bleiben.«

»Was?! Na – also … Hören Sie mal!«

Der Schubs zum Schluss wäre nun nicht wirklich nötig gewesen. Aber so stolperte ich ein wenig unbeholfen auf den Gehweg hinaus, Passanten mussten ausweichen und schauten pikiert.

Und jetzt? Kleinlaut sammelte ich meine Würde zusammen und rieb mir den Arm. Mein Blick wanderte die Fassaden hoch, zu den Hunderten von Fenstern, die auf mich herunterstarrten.

Du bist da oben. Irgendwo, ich spüre das doch. Ich habe keine Ahnung, wo und in welchem Zustand. Aber du bist hier, da bin ich mir sicher. Doch was nützt das. Solange du keine Ahnung hast, dass ich hier unten stehe, komme ich nicht vorbei an deinen Kettenhunden …

Ein Windstoß brachte den Duft von frischem Kaffee, auf der gegenüberliegenden Seite wurde eine Markise heruntergelassen. Ich tat einen Stoßseufzer. Dann nahm ich meine Reisetasche, kämpfte mich durch den Verkehr, setzte mich an eines der Tischchen und wartete.

Beim dritten Cortado schließlich war es so weit. Die Drehtür begann zu kreiseln und spuckte den jungen Mann aus, der gelangweilt nach rechts und links schaute und sich eine Zigarette in den Mund schob. Ich pfiff auf Rechnung und Reisetasche und rannte über die Straße. »Warten Sie!«

Der Mann sah mich zu spät und riss beide Hände hoch. »Verschwinden Sie!«

»Bitte hören Sie mir zu, nur die eine Minute!«

Der Mann bekam rote Flecken und schaute panisch.

»Bitte, ich arbeite für ihn! Auf Monte Spina, ich bin seine Gärtnerin. Ich war dabei, als … das passiert ist. Und jetzt weiß ich nicht, wie es ihm geht, weil mir ja keiner etwas sagt, aber ich muss doch wissen, ob er wieder gesund wird und ob er mir vielleicht die Schuld gibt. Aber ich weiß nicht, wo er ist und wie ich ihn erreichen kann, und die Hausdame sagt, er kommt im August, aber so lange kann ich nicht warten, und wenn Sie mir jetzt auch nichts sagen, dann weiß ich nicht mehr weiter und muss wieder zurück und sitze wieder herum und kann nichts machen, und ich geh noch kaputt von dieser ganzen Warterei … Bitte!« Ich holte tief Luft. »Ich will doch nur mal kurz mit ihm sprechen.«

Der Mann starrte mich an. »Meine Güte, reden Sie immer so? Gott steh dem bei, der das jeden Tag ertragen muss.«

Er musterte meine Haare, meine Jeans. Blieb an meinen derben Schuhen hängen. »Also gut. Von mir aus.« Er rümpfte die Nase. »Ich habe jetzt eine halbe Stunde Pause. Danach kann ich was versuchen. Aber nur ein einziges Mal, klar? Wenn das nichts bringt, vergessen Sie's. Ich mache mich hier nicht zum Affen.« Er sah zu dem Café, in dem ich gesessen hatte. »Warten Sie da. Ich komme raus, sobald ich was weiß. Aber mehr kann ich dann beim besten Willen nicht für Sie tun.«

Eine Minute sind sechzig Sekunden.

Dreißig Minuten sind eine halbe Stunde und eine kleine Flasche Wasser.

Zweimal dreißig Minuten sind ein Bocadillo mit Tomaten und Schinken, eine belegte Zunge von den Abgasen und mehrere säuerliche Blicke der Kellnerin.

Dann endlich begann die Drehtür zu kreiseln.

»Na los. Machen Sie schon.«

»Sie nehmen diesen Ausweis hier. Klemmen Sie ihn sich irgendwo hin, an die Hose oder an die Bluse. Wehe, Sie verlieren den. Wenn ich den in einer Stunde nicht wiederhabe, kommt die Kavallerie. Die Tasche lassen Sie hier.« Der Mann lief zum Fahrstuhl und steckte einen Schlüssel ins Schloss.

»Sie fahren hoch bis in die Achtzehn. Sie halten nirgendwo an und steigen nirgendwo aus. Sie sprechen mit niemandem und fassen um Himmels willen nichts an. Am Empfang oben melden Sie sich bei dem blonden Gift.« Er drückte einen Knopf. »Nur damit das klar ist: Ich habe mir Ihretwegen einen Haufen Unverschämtheiten anhören müssen. Also machen Sie auch was draus.« Der Mann gab mir den Weg frei. Dann verzog er das Gesicht, als hätte er auf etwas Saures gebissen. »Na dann. Viel Spaß da oben.«

Die Achtzehn war kühl und weiß wie eine Isolierstation. Die einzigen Farbkleckse waren magentafarbene Orchideen auf der

Glastheke und der gleichfarbige Lippenstift einer Blondine, die mir auffallend blasiert entgegensah. »Ja bitte?«

»Ich möchte bitte zu Mr. Bror.«

Die Blonde hob die Augenbrauen.

»Der Empfang hat mich hochgeschickt, ich soll mich hier melden.«

Die Frau musterte mich von oben bis unten. »Zu Mr. Bror.«

»Genau.«

»Und in welcher Angelegenheit?«

»Das sage ich ihm dann selbst.«

Die Frau belächelte meine Bluse. »Das werden Sie nicht können.«

»Wieso?«

»Weil ich Sie nicht durchlasse.«

»Aber man hat mich angekündigt!«

»Nicht bei mir.«

»Mr. Bror hat gesagt, ich soll hochkommen.«

Die Frau schaute mitleidig. »Wohl kaum.«

»Hören Sie.« Ich holte tief Luft. »Ich bin seit dem Morgengrauen unterwegs. Ich bin Hunderte von Kilometern geflogen, ich bin müde und schmutzig und war seit Stunden nicht auf der Toilette! Ich werfe mich hier der Länge nach in den Flur und schreie das ganze Haus zusammen, bis Sie mich durchlassen!«

»Herrgott, Miss Andersen! Hören Sie auf, mir den Laden aufzumischen.«

Um die Ecke bog Max Bror.

Vielleicht eine Spur hagerer als sonst und ganz in Grau. Aber elegant, aufrecht und unverkennbar gesund. Der Mund ging mir auf.

Mit einer geschmeidigen Bewegung glitt er zu der Blondine hinter die Theke und betrachtete ihren Bildschirm. Er tippte auf eine Stelle. »Vorlesen.«

Die junge Frau errötete. Hastig angelte sie nach einer Brille und schob sie sich auf die Nase. Sie las. Und wurde blutrot. »Entschuldigung …«

»Vorlesen, habe ich gesagt.«

»Der Empfang schickt ein Mädchen mit Locken und billigen Jeans. Durchlassen.«

»Dann bin ich erleichtert.« Bror schaute freundlich. »Ich hatte schon befürchtet, man hätte mir hier eine Analphabetin hingesetzt. Ich verstehe ja, dass Sie die Brille nicht gerne tragen, nur wenige Gesichter würde dieses Modell nicht entstellen, und das Ihre gehört definitiv nicht dazu. Aber wenn das noch mal passiert, sitzen Sie innerhalb von vierundzwanzig Stunden wieder dort, wo Sie hergekommen sind. – Na los.« Er packte mich am Arm. »Abmarsch.«

Er trieb mich vor sich her, durch eine Glastür und einen breiten Korridor entlang, von dem rechts und links sonnendurchflutete Büros abgingen. Köpfe hoben sich, und Gespräche verstummten, als wir an den Glaswänden vorbeiliefen. Am Ende des Ganges stand eine Flügeltür offen, zwei junge Damen an Flatscreens schraken hoch, während eine ältliche Person am Aktenschrank die Mundwinkel fallen ließ. Schweigend durchquerte Bror eine weitere Tür und ließ mich eintreten. Dann donnerten die Türflügel ins Schloss.

»Miss Andersen. Was zum Teufel machen Sie hier?«

Miss Andersen war ganz ohne Zweifel noch nicht da. Schwer atmend stand ich mitten im Raum und starrte in die vor mir liegende Weite. Strahlender Sonnenschein, ein übervoller Schreibtisch. Deckenhohe Fenster, darunter das Gewimmel der Großstadt.

»Hallo? Ich höre nichts.«

Ein Konferenztisch, benutzte Tassen, geplünderte Teller mit Gebäck. An einem Wasserglas klebte Lippenstift.

»Sagen Sie mal, sind Sie taub oder was?«

Langsam drehte ich mich um und musterte ihn. Sein Gesicht, das Handgelenk. Sein Bein herunter und wieder hoch.

»Also, das dauert mir zu lange.« Bror umrundete den Schreibtisch und ließ sich in den Sessel fallen. »Sie melden sich, wenn es weitergeht, ja?«

Ich merkte, wie sich mein Herzschlag beruhigte. »Wieso können Sie denn schon wieder arbeiten …«

»Wie bitte?«

»Ich habe gedacht, Sie liegen irgendwo. Ich dachte, Sie hängen an irgendwelchen Geräten oder sitzen im Rollstuhl.«

»Ich verstehe Ihre Enttäuschung.«

»Stattdessen sind Sie schon wieder in Höchstform. Giften hier rum und geben den Fersenbeißer!«

»Ich höre wohl nicht recht!«

»Mann, ich hab mir Sorgen gemacht! Sie hätten ja auch mal anrufen können.«

»Warum?«

»Aber …« Um mich drehte sich alles. »Helen hat doch gesagt, es geht Ihnen schlecht!«

»Wie bitte? Warum sollte sie?«

»Aber Helen ist doch am Samstag von der *Jayden* geklettert, so bleich wie der Tod! Sie isst nichts und arbeitet nicht und spricht keine drei Worte am Tag. Alle sind schon ganz durcheinander, keiner traut sich zu fragen.«

Bror runzelte die Stirn.

»Jeder denkt, bald ist alles vorbei! Und dass Monte Spina verkauft wird und wir uns alle was Neues suchen müssen!«

Er machte die Augen schmal.

»Carlos hat geweint gestern Abend!«

»Wann.«

»Bitte?«

»*Wann* ist Helen zurückgekommen.«

Ich brauchte einen Moment. »Na, am Samstag. Vor drei Tagen.«

»Das ist unmöglich. Sie reden Unsinn, denken Sie nach.«

»Pfff! Ich bin glasklar. Helen ist zurückgekommen, als die Sprenger auf der oberen Liegewiese ausgefallen sind. Am Samstag.«

»Helen ist kurz nach Karneval hier aufgebrochen. Kurz nach Karneval – also vor gut vier Wochen.«

Ich stockte. »Das … kann nicht sein.«

Bror hatte seinen Kalender geöffnet und blätterte durch die Seiten. »Helen hat bei mir im Salamanca gewohnt, bis ich aus dem Krankenhaus kam. Wir verbrachten noch eine Woche zusammen, dann wollte sie wieder zurück. Ich selbst habe sie zum Flughafen gefahren. Sie war erleichtert und glücklich und freute sich auf zu Hause.«

Meine Augen waren groß geworden. »Samstag. Und bleich wie der Tod.«

Einen Moment lang sahen wir uns an und schwiegen.

»Nun, wie auch immer.« Bror fing sich als Erster. »Wofür Helen ihre Zeit auch immer genutzt haben mag, sie wird ihre Gründe dafür gehabt haben. Ein Anruf, und die Dinge werden sich klären lassen.« Er schlug den Kalender zu. »Vollkommen unklar ist allerdings, warum mir hier eine patzige Gärtnerin das Haus in Aufruhr versetzt. Es gibt Menschen, mit denen möchte ich nicht diskutieren, und dieser schwanzwedelnde Speichellecker da unten gehört definitiv dazu.«

»Mensch, ich hab mir Sorgen gemacht! Sie hätten ja auch mal anrufen können. Oder simsen oder eine Mail schreiben. Das geht zur Not ja wohl auch mit links.«

Bror hob die Augenbrauen. Dann ließ er sich tiefer in den Stuhl sinken und schlug die Beine übereinander. »Sie müssen entschuldigen, mein Gedächtnis scheint gelitten zu haben in der letzten Zeit.« Er faltete die Hände. »Aber ich kann mich beim besten Willen nicht daran erinnern, dass wir beide uns in einem Verhältnis befänden, das derartige Vertraulichkeiten rechtfertigen würde.«

Ich brauchte einen Moment. »Aha.« Ich schluckte hart. »Schon klar.« Verhältnis … »Hab schon kapiert.«

»Tatsächlich?«

»Ich bin ja nicht blöd.«

»Das freut mich.«

Nie zuvor hatte ich mich erbärmlicher gefühlt.

»Nun denn.« Bror griff nach seiner Tastatur. »Wenn wir das also geklärt hätten: Das Leben geht weiter, nicht wahr?«

Mein Hals war trocken, ich musste mich räuspern.

»Das Vorzimmer wird Ihnen einen günstigen Rückflug buchen.«

»Nein, das wird das Vorzimmer nicht.« Es war so weit, ich platzte. »Wissen Sie, ich hab nämlich Urlaub. Ich hab mir extra ein paar Tage freigenommen, um nach Madrid zu fliegen und Sie zu suchen. Weil ich mir nämlich Sorgen gemacht hab! Dass Sie hier irgendwo liegen und Schmerzen haben und gepflegt werden müssen. Ich hab gedacht, vielleicht kann ich Ihnen helfen! Ich hab Helen angelogen und Lou und Sophia, weil ich nicht wollte, dass die wissen, wo ich hinfahre, weil ich kein Getuschel auf der Insel wollte. Ich hab hier noch nicht mal ein Zimmer. Weil ich nicht wusste, ob Sie nicht vielleicht in einer Privatklinik liegen oder in einer Rehaeinrichtung oder in einer ganz anderen Stadt oder sonst wo.«

Bror schaute belustigt.

»Aber Sie haben natürlich recht. Wir befinden uns in keinem Verhältnis. Na klar, wie konnte ich nur so was glauben. Ganz schön bescheuert, was?«

Bror schmunzelte. »Sie wollten mir helfen? Und an was genau hatten Sie da gedacht, hm? An Katheter wechseln und Stützstrümpfe anziehen?«

Meine Brust hob und senkte sich heftig. »Genau. An so was Ähnliches hab ich tatsächlich gedacht. Absolut dämlich, ich weiß. Passiert mir auch nie wieder, versprochen.«

Bror lachte und schüttelte den Kopf. »Also, ich hatte Sie ja schon immer für ein bisschen versponnen gehalten. Aber ausgesprochen wunderlich trifft es wohl eher.«

»Wissen Sie was?« Ich erstach mit meinem Finger die Luft zwischen uns beiden. »*Ihnen* ist doch echt nicht zu helfen!« Ich machte auf dem Absatz kehrt und stürmte zur Tür.

»Miss Andersen?« Bror lachte noch immer und griff zum Hörer. »Schönen Urlaub noch.«

Die beiden Damen an den Flatscreens tauschten vielsagende Blicke, als ich die Tür hinter mir ins Schloss knallte. Von der verschrumpelten Rosine am Aktenschrank dagegen kam nur ein ungehaltenes »Na!«. Auch der Aufzug zeigte sich nicht sonderlich beeindruckt, als ich auf die Knöpfe schlug. »Die Treppe ist da hinten.« Die Blondine betrachtete ihre Fingernägel und lächelte.

Achtzehn mal einundzwanzig Stufen später war ich zwar außer Atem, aber immer noch heiß. Mit großen Schritten stapfte ich auf den jungen Mann zu, der wie ein Ausrufezeichen mitten in der Halle stand.

»Da sind Sie ja. Ich bräuchte dann noch den Ausweis bitte.«

Ich knallte ihm das Plastikkärtchen in die Hand. »Meine Tasche!«

»Die ist schon unten.«

»Wie bitte?!«

»Kommen Sie.« Der Mann ging zum Lift und schaute beflissen. »Sie müssen eine Etage tiefer.«

»Warum? Wohin?«

»Na, in die Tiefgarage.«

»In die Tiefgarage?«

»Da wartet doch der Wagen.«

»Welcher Wagen?«

»Der Sie nach Hause bringen soll.«

»Nach – Hause?«

Der Mann hielt mir die Tür auf und drückte einen Knopf.

»Aber das Vorzimmer hat doch gerade angerufen. Sein Fahrer wartet auf Sie in der Tiefgarage. Um Sie nach Hause zu bringen. Ins Salamanca. Zu Mr. Bror.«

Außergewöhnlich herzlich war ich nicht empfangen worden. Aber vielleicht ist das auch nicht üblich in einem so vornehmen Stadtviertel, dachte ich, als die Haustür hinter mir ins Schloss gefallen war. Die Fahrt in der Limousine hatte nicht lange gedauert, und dennoch hätte der Gegensatz zur lärmigen Innenstadt kaum größer sein können. Kamerabewachte Mauern schirmten das Grundstück von der stillen Seitenstraße ab, nur Vogelgezwitscher ließ erahnen, dass sich dahinter etwas verbarg, das nicht gezeigt werden wollte. Nach den Ängsten der vergangenen Wochen war mir, als würde ich in eine andere Welt eintauchen, als ich durch den kleinen Stadtpalast geführt wurde. Hohe Decken, Stuck und ein harziger Geruch nach Weihrauch und Büchern. Die fremde Hausdame lief voran, durch die Eingangshalle, eine holzgetäfelte Treppe hinauf bis ins Dachgeschoss, und wies mir ein Zimmerchen mit Blick in den Garten zu. Mit einem Stoßseufzer ließ ich mich auf das Bett fallen. Die Laken rochen frisch gestärkt, eine Akazie rauschte vor dem Fenster, und hoch oben auf der Gaube saß ein Vogel und sang. Für einen Moment schloss ich die Augen. Und schlief auf der Stelle ein.

Als ich aufwachte, war das Licht in dem Zimmer schon weich und golden geworden. Neugierig rappelte ich mich hoch, fand das Bad und wusch mich. Dann begann ich, durch das Haus zu streifen. Das Dachgeschoss war sauber und schlicht, mit niedrigen Decken und Kammern, die wohl einst dem Personal vorbehalten gewesen waren und nun leer standen. Die beiden ersten Stockwerke dagegen waren prächtig. Kostbare Fenster wurden gerahmt von Seidenvorhängen, dunkle Hölzer glänzten in der Sonne und spiegelten den Stuck, der in üppigen Schnörkeln Decken und Wände zierte. Im Gegensatz dazu war die Einrichtung spärlich. Nur vereinzelt stand hier und da ein Möbelstück, behutsam inszeniert und stets im Dialog mit Kunst, fremd und nicht immer schön. Grobe Plastiken, wilde Farben, aber auch zarte Gebilde, die von den Decken hingen und sich in Bewegung setzten, als ich an ihnen vorbeiging. Kurz betrachtete ich die Türen rechts und links des Flurs, verschlossen und daher nahezu unerträglich reizvoll. Doch dann hörte ich Geräusche aus dem Erdgeschoss und senkte den Kopf. Nein, Toni. Nicht noch mal. Hör auf mit dem Schnüffeln.

Ich folgte dem Klappern und fand die Küche. Eine dunkelhäutige Köchin hantierte mit Töpfen und schenkte mir ein schneeweißes Lächeln, als ich mich durch die Tür schob. Ich bekam Orangenwasser, Schinken mit Rosmarin und frisch gebackenes Brot, dann tauchte die Hausdame auf, verbannte die Leckereien zurück in die Speiseschränke und bestellte mich für acht Uhr abends zum Essen in den Salon. Derart resolut vertrieben, floh ich in den Garten, ein kleines Geviert zwischen den Wänden der Nachbarbebauung, ein verwunschener Ort mit einem plätschernden Wasserspiel. Ein wenig unschlüssig begann ich in den Beeten zu zupfen, bis die Hausdame wieder erschien und mich zurück ins Haus scheuchte. »Wir haben hier bereits einen Gärtner. Gehen Sie vor die Tür. Vertreten Sie sich die Beine und machen Sie uns nicht noch mehr Arbeit, als wir ohnehin schon haben.«

Eine Zeit lang bummelte ich durch die Straßen, bewunderte die Fassaden, spähte durch die Hecken und stellte mir das Leben hinter den Fenstern vor, in denen nach und nach die Kronleuchter angingen. Schließlich entdeckte ich einen Park, setzte mich zu einer Gruppe Petanquespieler und beobachtete die Männer mit ihrem Rotwein, bis die Sonne hinter den Bäumen untergegangen war. Ich hatte Schwierigkeiten, das eigene Zuhause wiederzufinden, als die fremden Straßen auf einmal so ganz anders aussahen im Licht der Laternen, und trat gerade noch rechtzeitig ins Esszimmer, als die Standuhr acht Schläge tat.

Dann sah ich das einzelne Gedeck und machte ein langes Gesicht.

»Er … kommt nicht?«

»Mr. Bror hat angerufen, er isst heute Abend auswärts. Wir erwarten ihn erst gegen Mitternacht. Wenn überhaupt.«

Eine Weile kaute ich im Takt der Standuhr, belud mir schließlich meinen Teller und schleppte ihn hoch ins Dachgeschoss. Ich krümelte auf die Bettdecke, dann löschte ich das Licht und horchte auf die fremden Geräusche um mich herum. Mein Schlaf kam rasch und traumlos.

Der Duft von Kaffee und frischem Gebäck empfing mich, als ich am nächsten Morgen in das Erdgeschoss herunterkam. Bror saß im schwarzen Anzug im Wintergarten und las in einer von gleich mehreren Tageszeitungen, die auf einem Stapel für ihn bereitlagen. Ein wenig schmallippig trat ich in den Türrahmen. »Morgen …«

»Miss Andersen.« Bror griff nach seiner Tasse. »Reichlich spät, würde ich sagen.«

»Ich habe Urlaub.«

»Das ist kein Freibrief für Herumgammelei.« Er wies auf ein zweites Gedeck und wartete, bis ich Platz genommen hatte. »Sagen Sie mal –« Er versenkte sich wieder in seine Zeitung. »Wie viele Blusen haben Sie dabei?«

Ich schaute misstrauisch. »Na, die von gestern und noch eine zum Wechseln.«

»Dann gehen Sie hoch und ziehen Sie sich die zum Wechseln an.«

»Das hier ist die zum Wechseln.«

»Oh.« Bror ließ die Zeitung sinken. »Hören Sie, Mädchen, mal ganz unter uns: Das geht so nicht. Ihre Arbeit ist das eine. Aber Sie können nicht auch in Ihrer Freizeit herumlaufen wie ein Bauarbeiter.«

»Mir gefällt's.«

»Aber mir nicht.«

»Das ist ja wohl egal.«

»Nein. Sie sind mein Gast. Das gibt Ihnen Rechte, aber auch Pflichten. Und eine davon ist, meine Augen nicht zu beleidigen.«

Ich schaute säuerlich.

»Sie werden viel Zeit haben in den nächsten Tagen. Also laufen Sie los und kaufen Sie sich was zum Anziehen. Aber etwas Vernünftiges, ja? Nicht wieder solche Lumpen wie diese da.«

Ich schluckte. »Und … wo?«

»Miss Andersen, das hier ist Madrid. Nehmen Sie die Metro und folgen Sie dem Sonnenstand.«

»Und … was?«

»Sie sind ja wohl das Mädchen oder nicht?«

Ich murmelte etwas.

»Wie bitte?«

»… ich bin nicht gut in so was.«

»Das sieht man.«

»Es ist mir eben nicht so wichtig.«

»Das sollte es aber. Noch sind Sie jung. Also sehen Sie zu, dass Sie wieder auf den Markt kommen.«

»Pfff …«

»Ich trage Verantwortung für Sie, schließlich zahle ich Ihr Gehalt. Wer weiß, wie lange ich Ihnen Monte Spina noch bieten werde, Sie haben ja selbst gesehen, wie schnell so was gehen kann.« Dann sah er mein Gesicht. »Jetzt gucken Sie nicht so.«

Er nahm meine Tasse und schenkte mir ein. »Ich weiß sehr wohl, was sich unter der Gärtnerkluft verbirgt, an schöne Beine und appetitliche Hintern erinnere ich mich immer. Also lassen Sie sich nicht so hängen und machen Sie was aus sich.«

Ich schaute düster. Eine ganze Weile rührte ich in meinem Kaffee und musterte ihn von der Seite. »Wie geht's Ihnen eigentlich …«

»Bis gestern Mittag noch ausgezeichnet. Dann kam ein Anruf, und jetzt sitze ich hier mit einem langen Gesicht schon zum Frühstück.«

Ich mochte nicht lachen und tat es auch nicht. Bror bemerkte es und zögerte. Dann legte er die Zeitung weg.

»Gut. Es geht mir gut.«

»Was macht das Bein?«

»Ach, das war ... harmlos. Ein paar Wochen Krücken und Gips.« Er rieb sich das Handgelenk. »Das hier ist lästiger. Will noch nicht wieder so richtig. Aber immerhin, zur Unterschrift reicht's.«

»Und der Kopf?«

»Man sagte mir, ich hätte Glück gehabt. Ich wurde verblockt, hatte jede Menge Drähte im Mund. Ich musste mit einem Strohhalm essen, das Wort Püree will ich in diesem Haus nie wieder hören.«

Ich senkte den Kopf. »Und ... sonst?«

Bror hob die Augenbrauen.

Ich rutschte unbehaglich auf meinem Stuhl herum.

Er neigte den Kopf ein wenig. »Und was genau meinen Sie mit *und sonst?*«

»Mr. Bror!«

»Miss Andersen. Ihre Sorge rührt mich. Ich werde mich daran erinnern, wenn ich mich das nächste Mal über Sie ärgere.« Er schlug die Beine übereinander. »Also bitte, damit mit dem Thema endlich mal Schluss ist: Ja, ich kann mich wieder ohne fremde Hilfe fortbewegen. Ja, ich kann wieder eigenständige Anweisungen geben und meine Verträge selbst unterschreiben. Und: Ja, ich kriege wieder einen hoch. Das war es doch, was Sie interessierte, nicht wahr? Ich gebe zu, insbesondere Letzteres bedurfte intensiver Pflege und einer geduldigen Hand. Aber seien Sie gewiss, dass auch dieser Bereich meines Körpers wiederhergestellt ist.«

Ich stellte fest, dass ich nicht rot wurde, und schaute zufrieden. »Aha.« Dann setzte ich mich aufrechter und angelte nach den Croissants. »Ist ja ganz schön groß hier.«

»Wie bitte?«

»Na, das Haus. Ganz schön groß für eine Person.«

Bror griff nach seiner Zeitung. »So.«

»Wohnen Sie hier ganz allein?«

»Nein.«

Ich stutzte.

»Im Keller sind jede Menge Leichen.«

Ich sah seinen Blick und glaubte ihm. »Sie waren nicht da gestern Abend.«

»Tatsächlich?«

»Was haben Sie gemacht?«

»Das geht Sie nichts an.«

»Doch! Ich bin Ihr Gast. Das gibt mir Pflichten, aber auch Rechte. Also los, unterhalten Sie mich.«

Seine Brust hob und senkte sich.

»Ich bin ganz Ohr.«

Er schüttelte den Kopf.

»Hallo? Ich höre nichts.«

Er musste lachen. »Ich war essen.«

»Aha. Und wo?«

»Das kennen Sie nicht.«

»Warum?«

»Weil es teuer war.«

»Pfff. Und mit wem?«

»Miss Andersen …«

»Ist sie hübsch?«

»Bitte?«

»Ob sie hübsch ist.«

Bror holte tief Luft. »Jetzt passen Sie mal auf, Mädchen: *Hübsch* schafft es bei mir noch nicht mal auf den Schreibtisch.«

Ich ließ die Schultern fallen und stöhnte, Bror grinste, und ich tat es ihm gleich. Einen Moment lang sahen wir uns an und schmunzelten.

»Haben Sie sich wirklich Sorgen um mich gemacht?«

Ich schaute verlegen.

»Im Ernst?«

»Mhm …«

»Ach, Toni. Das ist nicht gut.«

»Warum?«

»Weil ich das kenne. So was endet immer in Tränen.«

Eine ganze Weile saßen wir da und betrachteten einander.

Schließlich räusperte sich Bror. »Es wird Sie vermutlich interessieren, dass ich mit Monte Spina telefoniert habe. Helen war bei ihrem Bruder in London. Sie hat sich schon länger krank gefühlt und wollte niemanden beunruhigen. Die Falkenhayns haben sie gründlich durchchecken lassen, das hat länger gedauert als gedacht.«

»Und? Ist was bei herausgekommen?«

»Der Magen. Nicht weiter schlimm. Sie bekommt Medikamente, die sie nicht verträgt, das ist alles.« Bror nahm seine Tasse und schenkte sich nach. »Die Hausdame hat mir außerdem erzählt, dass Toni Andersen Urlaub hat. Barcelona. Ein bisschen Rummel und Strand. Genau das Richtige, um mal den Kopf freizubekommen.« Ein wenig umständlich stellte er die Kanne ab. »Die Kleine muss wohl schwerer an dem Vorfall getragen haben, als ich vermutet hatte, ganz still und durchsichtig sei sie geworden. Ich habe der Hausdame versprechen müssen, mich mal nach ihrem Urlaub bei ihr zu melden.«

Ich schaute traurig. »Können wir denn nichts für Helen tun?«

»Ich muss für ein paar Tage nach England, das kann ich nicht aufschieben. Aber sobald ich dort fertig bin, komme ich nach Monte Spina und lasse mir was einfallen.«

Ich horchte auf. »Sie müssen schon wieder weg?«

»So ist es.«

»Und wann?«

»Übermorgen.«

Meine Enttäuschung war zu groß, um sie verbergen zu können, Bror bemerkte es und runzelte die Stirn.

Er griff in den Obstkorb. »Was haben Sie vor in den nächsten Tagen?«

Ich hob die Schultern.

»Schon mal in Madrid gewesen?«

Ich schüttelte den Kopf.

»Hm ...« Eine Weile kaute er und betrachtete mich. »Also brauchen Sie einen Guide, nicht wahr?«

Misstrauisch verfolgte ich, wie er sein Handy hervorzog und eine Nummer eintippte.

»Ich bin's. Gut geschlafen?«

Eine Frauenstimme, Bror senkte den Blick und schmunzelte. »Na, das hör ich doch gern ... Sag mal, ich habe dir doch gestern von dem Läuschen erzählt, das mir ins Haus gekrabbelt ist. Sie sitzt mir gegenüber und kleckert mit der Marmelade.«

Ich senkte das Kinn und lauschte.

»Ihre, nun ja – *Garderobe.* Will nicht recht zu meinen Teppichen passen. Ich wollte sie zum Einkaufen losschicken, aber sie sagt, sie wäre nicht so gut darin. Und ich fürchte, die Kleine hat recht. Jetzt bräuchte ich mal wieder die Hilfe einer klugen schönen Frau.«

Die Stimme schwieg. Dann antwortete sie.

»Sehr gut. Aber beeile dich. Ich warte.«

Bror legte auf und schaute zu mir, die ihn mit runden Augen ansah. »Sie wollten doch, dass ich Sie unterhalte. Bitte sehr, dann werde ich mir mal alle Mühe geben: Ich werde Ihnen gleich jemanden vorstellen. Jemanden, den ich schon sehr, sehr lange kenne und von dem Sie eine Menge lernen können. Also spitzen Sie Ihre Ohren. Schauen Sie genau hin und achten Sie vor allem auf die Zwischentöne. Damit sich Ihr kleiner Ausflug in die Hauptstadt auch lohnt.«

Es war gar nicht mal so sehr ihr Aussehen. Natürlich war die Frau außergewöhnlich schön. Aber etwas anderes hatte ich auch nicht erwartet. Sie war nicht mehr ganz jung, es kräuselte sich in ihren Augenwinkeln, als sie an Brors Seite den Wintergarten betrat. Sie war nicht groß, aber sehr schlank, und hohe Absätze ließen ihre Beine in den Himmel wachsen. Ihr dunkles Haar war seidig und glatt und fiel ihr in das sorgfältig geschminkte Gesicht mit einer Haut wie Honigmilch.

Es war vielmehr ihre Haltung. Wie sie mitten im Raum stehen blieb, in ihren fließenden Stoffen, hauteng und dennoch lässig. Wie sie die Hände in die Taschen schob und mit einer klugen Gelassenheit den ganzen Raum zu erfassen schien. Ich schluckte. Diese Frau war wie ein Duft. Betörend und auf eine flüchtige Art einfach unwiderstehlich.

Bror war hinter sie getreten und umschlang ihre Hüften, eine Hand auf dem Bauch, mit zweifelsfreiem Besitzanspruch. »Da sitzt es, mein Läuschen. Meinst du, da lässt sich was machen?«

Die Frau löste sich aus seinem Griff. »Nenn sie nicht so. Sie ist kein Läuschen, also lass es.« Sie kam mir entgegen und reichte mir die Hand. »Ich bin Pilar. Du hast wunderschöne Augen und eine gute Figur. Ein bisschen Farbe und andere Schnitte werden schon reichen. Vielleicht machen wir was mit deinen Haaren …« Sie strich mir eine Locke aus dem Gesicht. »Aber vielleicht auch nicht.« Sie lächelte.

»Denk dran, die Kleine gehört in den Garten, nicht auf den Laufsteg. Wenn mir demnächst die Jungs im Hafen herumlümmeln, bekommen wir beide Ärger.«

Pilar neigte den Kopf ein wenig. »Wer zahlt?«

»Wie bitte? Jeder für sich selbst, würde ich sagen.«

»Das Mädchen hat sich eine Wiedergutmachung ja wohl mehr als verdient. Bei allem, was sie durchmachen musste an deiner Seite.«

»Ich bezahle ihr genug. Sie bekommt ein Vermögen für ein sorgenfreies Leben im Sonnenschein.«

»Sorgenfrei? Wohl kaum. Du bist ihr Boss.«

Bror hob die Augenbrauen.

»Komm schon. Lass mich nicht bitten, ich mag das nicht.«

Er schürzte die Lippen.

»Du weißt doch, Max: Ohne Limit bin ich am besten …«

Bror schmunzelte. »Leg's aus, in Ordnung? Aber mach mich nicht arm.«

»Könnte ich das? Interessant. Das wusste ich nicht.«

Er lachte und nahm sein Jackett. »Wir sehen uns heute Abend.« Behutsam strich er ihr den Rücken hinab. »Danach bist du ruhiger.«

Hatte ich allen Ernstes geglaubt, ein Mann wie Max Bror wäre allein? Mit einer Mischung aus Unbeholfenheit, Skepsis und einer guten Portion Eifersucht war ich mit der schönen Pilar in ein Taxi gestiegen. Doch schon bald taute ich auf. In den meisten Geschäften wurde sie erkannt, mit Handschlag begrüßt und mit mir zusammen in Nebenzimmer geführt, wo Sekt und Tafelwasser bereitstanden und uns Kleider zur Anprobe gebracht wurden. Pilar war freundlich, aber streng, und ließ die Verkäuferinnen laufen. Sie erklärte mir viel über H-Figuren und X-Typen, über die Gefahr von Rüschen und Blümchenmustern und die Macht einer gut sitzenden Unterwäsche. Ich bekam Zeit und konnte probieren nach Herzenslust, und wenn ich unsicher war, dann lachten wir beide und zogen weiter. Bei den Schuhen verloren wir uns kurz aus den Augen, als Pilar selbst Witterung aufgenommen hatte und ein Paar Kitten Heels auf die Rechnung schmuggelte. Beim Make-up trieben wir die Damen in der Parfümerie in den Wahnsinn, bis wir kichernd und die Taschen voller Pröbchen das Weite suchten. Und als wir schließlich ein Kaffeehaus ansteuerten, die Tütenberge zu Boden warfen und uns auf die Stühle fallen ließen, da fühlte ich mich tatsächlich anders. Nicht fremd, ganz und gar nicht. Aber größer. Und irgendwie schön.

»Das war ganz toll.« Ich schaute verlegen.

»Fand ich auch.« Pilar nahm meine Hand und drückte sie. »Weißt du, es gibt Menschen, die kennt man seit hundert Jahren und fühlt nichts. Und anderen schaut man ins Gesicht, und schon passiert etwas.«

Der Kuchen kam, ich seufzte glücklich. »Sag mal, musst du denn nicht arbeiten? Wir sind doch schon so lange unterwegs.«

»Oh, ich bin keinem Rechenschaft schuldig. Ich bin mein eigener Chef.«

»Was machst du so? Etwas mit Mode?«

»Nein, das ist nur meine Leidenschaft. Mein kleines Laster.« Pilar inspizierte ihre Ensaïmada und schaute kritisch. »Mir gehört eine Kaffeehauskette. Die größte Spaniens. Die Leute lieben mein Gebäck.« Sie brach mir ein Stück ab. »Hier – probier mal.«

»Das Café hier gehört dir?«

»Das und noch einige mehr. Mein Großvater hat die Bäckerei gegründet, aber ich war es, die sie so richtig hochgebracht hat. Mit gutem Kaffee, frischen Möbeln und hübschen Jungs hinter der Theke. Mittlerweile haben wir Filialen in allen großen Städten. Wir sind Marktführer, schon seit über einem Jahr. Und Max Bror ist nicht ganz unschuldig daran.«

Ich rutschte tiefer in die Polster. »Wie lange kennt ihr euch schon?«

»Ach herrje, schon eine Ewigkeit. Max war der erste Mann, den ich kennenlernte, als ich nach Madrid kam.«

»Und wie lief das so?«

Pilar biss in ihre Schnecke und wischte sich Puderzucker vom Kinn. »Meine Eltern hatten mich zum Studium in die Hauptstadt geschickt. Ich wohnte bei meinen Großeltern, und nach den Vorlesungen stand ich hinter der Theke und habe verkauft. Eines Tages fuhr ein großer dunkler Wagen vor, Max Bror hatte die Auslagen gesehen und Appetit bekommen. Er sah mich an und ich ihn. Wir haben noch in derselben Nacht miteinander geschlafen. Er war sehr gut, also blieben wir dabei.«

Ich machte große Augen. Pilar bemerkte es und lachte.

»Oh, wir sind kein Paar. Hat er dir das nicht erzählt? Wir sind so etwas wie … Geschäftspartner. Er besorgt mir die Kredite und stellt mich den richtigen Leuten vor. Dafür kann er mich anrufen, wann immer er will. Er ruft mich an, und wir treffen uns.«

»Ihr seid nicht zusammen?«

»Nein.«

»Aber warum denn nicht?«

»Du kennst ihn doch. Für Max Bror ist das Leben ein Warenhaus. Er nimmt sich, was er braucht, und den Rest lässt er liegen. Und wenn ihm etwas kaputtgeht, lässt er andere die Scherben zusammenkehren. Glaub mir, Männer wie er taugen nicht für den Alltag.« Pilar schlug die Beine übereinander. »Aber er ist sehr gut. Im Bett. Er ist erfahren und selbstsicher. Und sehr diskret. Er weiß, was er will, und nimmt es sich. Ich mag das.«

Ich brauchte einen Moment. »Dann hast du … noch andere?«

»Hin und wieder, ja. Manchmal. Obwohl … eigentlich nicht.« Pilar schaute verlegen. »Ehrlich gesagt gab es für mich immer nur ihn.«

»Und er?«

Pilar nippte an ihrem Kaffee und lächelte.

Ich starrte sie an. »Das kapiere ich nicht. Warum bist du denn dann noch bei ihm? Macht dir das denn nichts aus?«

Pilar lehnte sich zurück und betrachtete mich einen Moment. »Darf ich dich mal was fragen?«

»Klar.«

»Was hältst du von ihm?«

»Von Bror?« Ich zückte die Gabel und erstach eine Kirsche. »Nicht böse sein: Ich halte diesen Typ für ein richtiges Arschloch.«

»Und dennoch fliegst du Hunderte von Meilen, um nach ihm zu suchen?« Pilar lächelte. »Ach, Liebchen. Du klebst doch auch schon an ihm dran.«

Ich schaute betroffen.

»Soll ich dir mal die Wahrheit sagen?« Pilar setzte sich bequemer. »Max Bror ist verdorben. Böse. Unverschämt, maßlos. Er ist selbstverliebt, zynisch, und er lügt.« Sie schaute versonnen. »Er ist schön. Max Bror ist der schönste Mann, den ich kenne. Er ist belesen und klug, einfühlsam, zärtlich. Max Bror ist charmant, selbstsicher, spendabel und reich. Dieser Mann ist eine Droge. Und wehe dem, der in seinen Bann gerät.«

Ich schwieg einen Moment. »Hast du denn nie versucht, jemand anderen kennenzulernen?«

»Doch, sicher. Er selbst hat mich immer mal wieder anderen Männern vorgestellt. Bror weiß um seine Wirkung und was er damit anrichtet.«

»Und?«

»Ich halte nichts von Trostpreisen.«

Ich schwieg wieder und dachte nach. »Also, ich weiß nicht, ob ich das könnte. Jeder möchte doch den, den er lieb hat, ganz für sich allein haben. Bist du denn nicht traurig manchmal?«

»Traurig ...« Pilars Handy klingelte, sie runzelte die Stirn. »Weißt du, ich habe immer eine Menge von ihm bekommen. Max Bror lehrt einen viel. Wir Frauen warten doch immer noch darauf, dass man uns die Dinge anbietet, nicht wahr? Vollkommen falsch. Du willst etwas haben, also nimm es dir. Du willst Geld, also fordere es ein. Du willst Macht, also kämpfe darum. Von Männern wie Bror können wir viel lernen.«

Ich schaute triumphierend. »Aber in seiner dunkelsten Stunde, da wollte er zu dir! Als sie ihn zu Brei geschlagen hatten und er gestorben ist vor Angst. Es war dein Name, den er aufgeschrieben hat.«

»Natürlich.« Pilar sah einem Kellner nach. »Bror hat mich diese Situation in den letzten Jahren unzählige Male durchspielen lassen, etwas in der Art ist nicht zum ersten Mal passiert. Und ich bekam die Pflege für ein ganz bestimmtes Körperteil übertragen. Für alles andere hatte er Helen.«

»Du kennst sie?«

»Na sicher.« Die Linien um Pilars Mund wurden härter. »Max Bror ohne Helen ist ein Satz, der nicht aufgeht.«

»Du magst sie nicht.«

Das Handy rappelte wieder, Pilar schaute ärgerlich. »Helen Carter hat nie einen Hehl daraus gemacht, dass sie sich eine andere Frau an Brors Seite gewünscht hätte. Eine, die ihn verändert. Die sich ihm in den Weg stellt und ihn abbringt von seinen widerlichen kleinen Bosheiten.«

»Aber das tust du doch. Wer hat ihm denn die ganzen Tüten hier abgeluchst, hm?«

»Ach, Toni … Um solche Peanuts geht's doch gar nicht. In Brors Abgründen schwelen Wunden, von denen du keine Ahnung hast. Niemand auf der Welt wird diesen Mann noch heilen können, weder ich noch Helen, noch sonst jemand. Also werde ich ganz bestimmt keine Zeit damit verschwenden, es zu versuchen. Es geht mir gut, so wie es ist. Soll sich Helen jemand anderen suchen.« Wieder ging das Handy, und Pilar seufzte auf. »Ich glaube, ich muss los. Sonst geht in Spanien der Kuchen aus.« Sie leerte ihre Tasse und schob den Stuhl zurück. »Es hat keinen Sinn, dich zu warnen, ich weiß. Mir haben in all den Jahren so viele Menschen versucht den Kopf zu waschen, ich kann sie schon gar nicht mehr zählen. Und geholfen hat es nichts.« Sie strich mir über die Wange und schaute traurig.

»Er wird dir den Garten geben, so wie er mir die Bäckerei gegeben hat. Du wirst denken, es ist deins, dein Herzblut, dein Baby. Aber in Wahrheit wird alles ihm gehören. Du wirst immer Geld haben, ein warmes Zuhause, einen vollen Kühlschrank. Er wird dir wunderbare Stunden schenken und dir die Sinne vernebeln. Wenn ihm danach ist. Aber mehr wirst du von ihm nicht bekommen. Stattdessen wirst du alt werden an seiner Seite. Und warten. Wochen, Monate. Jahre. Das stumme Telefon wird dein bester Freund werden, kleine Schwester. Überlege dir gut, ob du das willst.«

Es war Durst, der mich wach werden ließ. Zuerst versuchte ich noch dagegen anzukämpfen. Aber irgendwann merkte ich, dass es nicht gehen würde, mein Hals war trocken, und die Zunge klebte mir am Gaumen. Ich seufzte und spähte nach der Uhr. Halb eins. Noch nicht so spät, ich war im Anschluss an ein einsames Abendessen früh zu Bett gegangen. Ich knipste das Licht an, dann schlich ich die Treppe hinunter in die Halle und durch das nächtliche Erdgeschoss in die Küche. Ich fand eine Flasche Wasser und leerte sie, warf einen Blick in den Kühlschrank, naschte von der Eiscreme, klaute mir ein paar Weintrauben. Schließlich löschte ich das Licht und erklomm nun satt und zufrieden die Stufen zurück ins Dachgeschoss.

Doch auf dem Absatz zum ersten Stock hielt ich inne. Warmes Licht fiel in den Korridor, eine der Türen stand offen und malte ein goldenes Dreieck in die Dunkelheit. Unschlüssig blieb ich stehen. Zwei Stimmen murmelten von Weitem, die eine hell, die andere seltsam vertraut. Ich zögerte. Außer Bror und mir schlief nachts niemand in dem Haus, Köchin, Hausdame und Zimmermädchen waren am späten Abend ihrer Wege gezogen. Ich senkte den Kopf. Kurz lauschte ich dem Locken, dem Wispern, dem »Mach schon, es ist dunkel, keiner wird dich sehen«. Und gab schließlich auf. Mit klopfendem Herzen pirschte ich mich näher und schob mich an den Türrahmen heran.

Bror stand am Kamin und schaute in die Flammen. In einem Sessel mit dem Rücken zur Tür saß Pilar, ich konnte ihr langes Haar über die Lehne fallen sehen. Auf einer Tafel brannten Kerzen, eine Flasche Rotwein und ein Dekanter fingen das Licht und spiegelten sich in den Kronleuchtern. Eine Weile herrschte Stille in dem goldenen Raum.

Irgendwann rührte sich Pilar. »Helen wird es ihnen sagen müssen.«

Bror drehte sein Glas ein wenig.

»Oder du musst es für sie tun. Die Insel hat ein Recht darauf.«

»Das kann ich nicht. Du hast sie doch gehört. Sie möchte es nicht.«

»Aber das ist doch nicht richtig so.«

»Ich weiß …«

Pilar schwieg einen Moment. »Du wirst das nicht durchstehen.«

Bror trank einen Schluck.

»Du wirst das nicht durchstehen, Max. Was Helen verlangt, ist zu viel.«

»Sie wünscht es sich so, also werde ich es tun. Und außerdem – ich bin ja nicht allein, nicht wahr? Zusammen mit Peter wird es schon gehen.«

»Und wenn er nicht da sein wird? Wir alle kennen doch Peter. Was, wenn du es allein tun musst?«

»Wenig genug für einen Menschen.«

Pilar betrachtete Bror, wie er in die Flammen starrte. »Ach, Max.« Sie schmiegte sich in die Polster. »Wirst du irgendwann einmal so aussehen, wenn du von mir sprichst …«

Bror schaute hoch. Kurz schien es, als würde er etwas bemerken an der gegenüberliegenden Wand, er zögerte. Dann streckte er die Hand nach ihr aus. »Komm mal her zu mir.«

Pilar glitt in seine Arme, Bror fasste nach und zog sie an sich. »Was ist das nur, warum riechst du nur immer so gut …« Er suchte ihre Lippen. Dann küsste er sie, so zärtlich und sanft, dass ich im Dunkeln eine Gänsehaut bekam. Lautlos schob ich mich näher.

Brors Mund war weitergewandert, über ihre Wange, den Hals hinunter bis zu den Schultern. »Und warum schmeckst du nur immer so gut …« Seine Hände glitten tiefer, knöpften ihre Bluse auf und strichen ihr die Seide herunter. »Wie schön du bist …« Behutsam zog er an den Bändchen ihrer Hose, sodass der zarte Stoff zu Boden sank. »Kein anderes Mädchen ist so schön wie meine Pilar.« Er schob sie ein wenig fort von sich und zeichnete mit dem Finger die hauchdünne Spitze nach, ließ sich Zeit und genoss sichtlich, was er fühlte und sah. Schließlich öffnete er die Häkchen in ihrem Rücken, eines nach dem anderen, nahm die beiden Träger und streifte sie ihr ab. Er lächelte, als Pilar seine Hände nahm und tiefer führte. »Meine Pilar …« Mit einer raschen Bewegung zog er ihr den Slip herunter. Pilar rieb sich an ihm, und Bror packte sie, dass sie scharf Luft holte und den Rücken durchdrückte. Er lachte leise. Dann nahm er sein Glas und ließ sich in den Sessel gleiten. »Ich glaube, es ist an der Zeit, dass ich dich mal was frage.« Er trank einen Schluck und betrachtete die schöne Frau vor sich am Kamin, warm und gerötet im Licht der Flammen.

»Hättest du eigentlich gern ein Kind gehabt?«

Pilar brauchte einen Moment. »Wie bitte?«

»Ich habe mich das oft gefragt in der letzten Zeit. Ob du wohl gern ein Kind von mir gehabt hättest.«

Pilar schluckte sichtbar. »Was soll das jetzt?«

»Eine einfache Frage, denke ich.«

»Wir … hatten das doch längst geklärt. Deine Antwort war nein.«

»Und du hast es gebilligt …«

»Was soll das? Willst du reden? Dann ziehe ich mich an.«

Bror lächelte. »Wie alt bist du, Pilar?«

»Hör auf. Trink deinen Rotwein und komm.«

»Zu alt, um noch darüber nachzudenken, richtig?«

»Hör auf, sage ich!«

»Zu alt, als dass sich der Gedanke noch lohnen würde. Ob du wohl eine gute Mutter gewesen wärst.«

Pilar atmete schneller.

»Manchmal frage ich mich, wie das wohl gewesen wäre.« Bror nippte an seinem Glas. »Du und hochschwanger, mit üppigen Brüsten und glänzendem Haar. Die Wangen gerötet und die Augen voll Wärme und Vorfreude. Vielleicht wären die anderen Frauen dann nicht nötig gewesen.«

Pilar bückte sich. »Deine Bosheiten perlen an mir ab wie Öl.« Sie fischte nach ihrer Wäsche.

»Ob sie wohl deine Augen gehabt hätte? Wonach deine Tochter wohl gerochen hätte, wenn du sie aus der Wiege gehoben hättest? Und was wäre das für ein Gefühl gewesen, die kleinen Lippen an deiner Brust …«

Eine harte Stirnfalte durchschnitt Pilars Gesicht wie glühender Stahl. »Du jämmerlich hässlicher Mensch. Erstick doch an deinem Gift und lass mich hier raus.«

»Oh nein, das werde ich nicht. Wir haben eine Abmachung, nicht wahr?«

»Wie bitte?«

»Komm schon, Pilar, du kannst jetzt nicht gehen. Wir beide sind noch nicht fertig miteinander.«

»Du glaubst doch wohl nicht im Ernst, dass ich jetzt noch mit dir schlafe!?«

»Aber natürlich wirst du das.«

»Geh mir aus dem Weg, Max …«

»Nein, Mädchen, so läuft das nicht, und das weißt du auch. Du willst dir doch jetzt nicht alles kaputtmachen.«

»Wie bitte?«

»Ach, Pilar.« Bror seufzte. »Deine Quartalszahlen sind wie immer hundsmiserabel, und England läuft auch nicht. Wenn ich nicht bald wieder kräftig Geld nachschieße, geht deine ganze schöne Zuckerbäckerei den Bach hinunter.«

Pilars Kiefer spannten. »Das ist der Grund, ja? Willst du mich abstrafen? Ich habe dir doch schon gesagt, es tut mir leid.«

»Die ganze Mühe, die harte Arbeit. Das Penthouse, die teuren Klamotten, all die Freunde. Zu Staub zerfallen wegen einer einzigen Nacht.«

Pilar stand mitten im Raum, barfuß, nackt und die Augen blitzend vor Hass. »Was willst du?«

»Meine Pilar. Einst so schön und klug. Und schon bald einsam und arm.«

»Was du willst, habe ich gefragt!«

»Schlaf mit mir.«

»Was?!«

»Schlaf mit mir. Hier und jetzt.«

»Du … bist doch nicht gesund!«

»Von mir aus. Ganz wie du willst.« Bror stand auf und schob sich die Hände in die Taschen. »Ich habe dir stets die Wahl gelassen, nicht wahr? Meine Tür stand immer offen, in beide Richtungen. Geh. Verlass dieses Zimmer und dieses Haus, und du bist mich los. Lauf, such dir etwas Neues, fang noch mal von vorne an. Ist gar nicht so schwer, du wirst schon sehen.«

Pilar wich einen Schritt zurück.

»Oder bleib. Behalte alles, was du hast, dein Geld, deine Träume, deinen Platz in der Welt. Das, was dir morgens ein Lächeln ins Gesicht zaubert und deine Ängste vertreibt.«

Pilar reckte das Kinn.

»Aber das hat seinen Preis.«

Pilars Brust hob und senkte sich schwer. Sie schluckte und musterte Bror voller Abscheu und Ekel. Schließlich ging sie zum Sofa, nahm ein Kissen und warf es auf den Boden. Ein lodernder Blick. Dann ging sie vor Bror auf die Knie.

»Meine Pilar …« Bror lachte leise, während sie ihm den Gürtel öffnete. »Manchmal ist das Leben sehr einfach, nicht wahr?« Er nahm ihren Kopf und schmiegte ihn in seinen Schoß. »Wir haben die Wahl und entscheiden uns. Wir gehen einen Weg und führen ihn zu Ende. Auch wenn er im Abgrund endet.«

Er streifte sich das Hemd ab, während Pilar ihr Werk begann, ich sah seine Muskeln sich spannen und die Hand, mit der er ihr ins Haar griff und ihr seinen Rhythmus aufzwang. Kurz schaute er hoch, zu der gegenüberliegenden Wand, als wollte er sich vergewissern, dass noch dort war, was auch immer es war.

Und diesmal stand ich besser.

Und sah, was er meinte.

Es war ein Spiegel. Und in dem Spiegel sah ich mich selbst, klein und weiß in einer nachtschwarzen Scheibe. Und vor meinen Augen lief ein Film rückwärts, eine verlockende Tür, ein dunkler Korridor. »Achten Sie auf die Zwischentöne, damit sich Ihr kleiner Ausflug in die Hauptstadt auch lohnt«, er hatte alles nur für mich inszeniert, das Vorspiel, die Szene, der Schmerz der alternden Frau vor ihm auf den Knien. Und ein Windstoß fuhr in den Kamin, und die Flammen loderten hoch, und in dem flackernden Licht meinte ich ihn genau zu sehen, seinen funkelnden Blick und den Pferdefuß, und ich schreckte zurück von der Tür wie von glühendem Stahl und rannte, als hätte ich den Teufel gesehen.

Veilchenduft und Vogelgezwitscher erfüllten den Wintergarten, als ich am nächsten Morgen in den Türrahmen trat.

»Miss Andersen.« Bror schaute auf. »So früh schon auf heute Morgen? Sie werden doch wohl nicht geschlafwandelt sein.«

Dann sah er die Reisetasche in meinen Händen. »Was wird das?«

»Taxi kommt in fünf Minuten.«

»Nanu? Urlaub schon vorbei?«

»Mir reicht es, ich bin weg.«

Er schürzte die Lippen. »Schon genug gesehen von der großen weiten Welt? Das ging aber schnell.«

Ich atmete schneller.

»Schade.« Bror beugte sich vor und inspizierte den Obstkorb. »Ich hatte mir ehrlich gesagt schon etwas ausgedacht zu Ihrer Unterhaltung. Na, ein andermal vielleicht, nicht wahr?« Andächtig drapierte er eine Banane auf seinem Teller. »Also dann. Bis August, würde ich sagen.«

»Nein.«

»Wie bitte?«

»Mein Flieger geht um zehn. Um drei bin ich auf der Insel, um vier haben Sie meine Kündigung. Im August bin ich schon weg.«

Bror brauchte einen Moment. »Aha.« Langsam lehnte er sich zurück. »So.« Er schlug die Beine übereinander. »Und warum?«

»Jemand wie Sie braucht keinen Garten.«

»Ach nein? Und warum nicht?«

»Das verstehen Sie nicht.«

»Oh bitte, versuchen Sie es.«

»Fragen Sie Pilar, die wird es Ihnen schon erklären.«

Er zögerte und nahm einen Schluck Kaffee. »Sie beide scheinen sich gestern gut verstanden zu haben. Ich habe die Rechnungen gesehen.«

»Die Tüten stehen alle oben auf meinem Bett. Bringen Sie sie zurück, oder heben Sie sie auf für die Nächste.«

Bror runzelte die Stirn. »Ich ... bin mir nicht sicher, ob ich verstehe, was das hier gerade soll.« Er griff nach seiner Zeitung. »Ich bin mir aber vollkommen sicher, dass ich mir Ihre Frechheiten nicht länger anhören möchte. Wenn das dann alles wäre: Miss Andersen, es zieht. Ich bin ein alter Mann und muss auf mich achten. Schließen Sie die Tür, wenn Sie gehen.«

Mein Herz schlug wie ein Presslufthammer. Ich reckte das Kinn. Dann griff ich nach der Reisetasche und wandte mich zum Gehen.

»Und jetzt?«

Ich hielt inne.

»Was jetzt, hm?« Bror zupfte sich eine Weintraube ab. »Ein schweigsamer Rückflug? Abschied von Monte Spina, tränenreich und gramgebeugt? Und dann?« Er spuckte sich einen Kern in die Hand. »Wohin soll die Reise denn gehen? Zurück nach Hause? In die Kälte, in die Einsamkeit? Bereit für das Schattental, kleine Toni?«

»Wissen Sie was?« Ich knallte die Tür ins Schloss, dass die Scheiben klirrten. »Jetzt sage ich Ihnen mal was: Jede Dreckpfütze, jedes finstere Loch da draußen ist dreimal besser als Sie! Wer glauben Sie eigentlich zu sein? Der Allmächtige, der Sohn der Finsternis? Der schwarze Mann, der einem die Ängste um den Hals wickelt, bis einem die Luft wegbleibt? Wer gibt Ihnen eigentlich das Recht, so mit Menschen umzugehen?«

Er neigte den Kopf ein wenig. »Tut mir leid, ich begreife nicht.«

»Und ob Sie das tun! Oh ja, jetzt sitzen Sie hier und kommen sich toll vor mit Ihren ganzen miesen Tricks und Winkelzügen. Hat doch super geklappt gestern, Chapeau, Mr. Bror! Immer die gute alte Taktik, zuerst locker machen, dann draufschlagen und erst aufhören, wenn sich der andere nicht mehr rührt. Hat richtig Spaß gemacht gestern Abend, stimmt's?«

»Ich … wüsste nicht, dass wir beide uns gestern Abend gesehen hätten …«

»Hören Sie doch auf! Sie mit Ihren gedrechselten Sätzen und den teuren Anzügen und dem ganzen Pomp. Aber ganz tief drin, da sitzt einer, der schickt Schläger und quält Menschen und verletzt genau die, die ihn lieb haben. Pfui Teufel, Mr. Bror.«

Seine Heiterkeit war dahin. »Vorsicht, junge Frau. Auch ich habe eine Schmerzgrenze.«

»Wirklich? Ha! Ob Pilar wohl gestern Abend auch eine hatte?«

»Wie bitte?«

»Sie verstehen sehr gut!«

»Nein, das tue ich nicht.« Bror schob seinen Stuhl zurück. »Aber wenn hier in diesem Haus einer schreit, dann ist das nur einer, und zwar ich!« Er warf seine Zeitung neben den Teller, ich wich zurück und stolperte fast. »Mal angenommen, es würde Sie tatsächlich irgendetwas angehen, was ich hier in meinen eigenen vier Wänden veranstalte. Nur mal angenommen, Sie hätten auch nur die blasseste Ahnung, wovon und für wen Sie da sprechen, wenn Sie sich hier in die Brust werfen und Partei ergreifen für Menschen, die Sie nicht im Geringsten kennen. Glauben Sie etwa, Sie hätten hier irgendeine Befugnis zu richten? Sie schleichen durch ein nächtliches Haus, Sie ergaunern sich Einblicke in das Leben wildfremder Menschen und meinen, es stände Ihnen zu, sich zu entrüsten? Ich warne Sie, Fräulein! Das Eis unter Ihren Füßen ist verdammt dünn!«

»Sie haben ihr wehgetan!«

»Wie bitte?«

»Sie haben ihr wehgetan! Sie ist so schön und so klug, und Sie tun ihr so was an! Ich würde ausspucken vor Ihnen, wenn ich könnte!«

»Hüten Sie Ihre Zunge!«

»Sonst? Sonst schicken Sie mir auch ein paar Typen, die mir

die Knochen brechen? Nur nicht selber die Hände schmutzig machen, oh nein, das regeln Sie anders! Hauptsache, Sie können wieder im Dunkeln sitzen und vor sich hin grübeln, über Ihre Eltern und Ihren Vater und für wen oder was Sie Monte Spina auch immer gekauft haben! Wie lange wird es wohl noch halten, Ihr Buch über Beaulieu House? Und was wird wohl werden, wenn dieses Foto so vergammelt ist, dass es Ihnen nicht mehr antworten kann, was auch immer Sie es nächtelang fragen?«

Bror schnappte nach Luft.

»Soll ich Ihnen sagen, was dann ist? Dann sind Sie nämlich allein! Weil niemand mehr da ist, der sich um Sie sorgt und um Sie weint und nicht schlafen kann, weil er nicht weiß, ob es Ihnen gerade gut geht. Weil Sie sie nämlich alle weggebissen haben mit Ihrem Gift und Ihrer Bosheit und diesen ekelhaften Scheußlichkeiten, hinter denen Sie sich verschanzen, damit ja keiner sieht, wie Sie vor sich hin bluten ganz tief in sich drin. Und dann? Wie viele leere Zimmer soll's denn noch geben in Ihrem Leben, hm?!«

»Also, das ist doch –«

Die Tür ging auf.

Das Zimmermädchen betrat den Wintergarten, in den Händen einen Lappen und ein Tablett.

»Raus!«

Die junge Frau ließ um ein Haar ihre Sachen fallen, hastig drehte sie sich um und verschwand.

Bror atmete schwer und schluckte so hart, dass sein Adamsapfel hüpfte. Er spannte die Muskeln und holte tief Luft –

Die Tür ging wieder auf.

Das Tablett erschien erneut im Rahmen, diesmal im Arm der Hausdame. Steif wie ein Rohrstock durchquerte die hagere Frau den Raum und knallte es auf die Tischplatte.

»Draußen steht ein Taxi und Ihr Wagen. Der Fahrer sagt, wenn Sie nicht in fünf Minuten losfahren, verpassen Sie die Sitzung.«

Bror brauchte einen Moment, um sich zu sammeln. »Sagen Sie dem Fahrer, ich komme. Und wenn ich die Sitzung verpasse, ist das seine Schuld, nicht meine.«

Die Hausdame reckte das Kinn und stolzierte davon.

Einen Augenblick lang sah Bror ihr nach. Seine Kiefermuskeln arbeiteten. Schließlich ging er zum Esstisch und leerte seine Tasse. Seine Hand zitterte ein wenig, als er sie abstellte.

Er griff sich in die Tasche. Mühsam beherrscht zog er ein Päckchen hervor, zählte, zögerte. Dann legte er das ganze Bündel auf den Tisch.

»Das hier ist Geld.«

Seine Stimme war heiser, er musste sich räuspern.

»Genug für einen geordneten Rückzug und die erste Zeit danach. Sie können Monte Spina sofort verlassen. Wenn Ihnen das Arbeiten für mich so schwerfällt, will ich Sie nicht länger aufhalten. Sie bekommen Ihr Gehalt bis zum Ende Ihrer Vertragslaufzeit und dann noch einmal dieselbe Summe als Abfindung. Als Gegenleistung erwarte ich, dass ich Ihren Namen nie wieder höre.«

Ich hatte mich nicht bewegt. Doch während ich gegen meine Wut ankämpfte, lösten sich zwei Tränen und liefen mir über die Wangen.

Bror zögerte wieder. Dann griff er in die andere Tasche und holte etwas heraus. Ein, zwei Sekunden wog er es in der Hand.

»Das hier sind die Schlüssel zu diesem Haus.«

Es klimperte leise, als er den Bund auf den Tisch legte.

»Grundstück, Haustür. Tiefgarage. Ein paar gehören zu Zimmern, die abgeschlossen sind, schauen Sie sich um. Wenn Sie schon meinen, sich ein Urteil erlauben zu dürfen, dann tun Sie es gründlich. Machen Sie das, worin Sie so gut sind, fingern Sie sich durch die Regale, spähen Sie in alle Winkel und Schubladen, ziehen Sie Ihre Schlüsse. Vielleicht hilft es Ihnen ja zu verstehen, über wen oder was Sie hier richten.«

Er nahm seine Zeitung und sein Jackett. »Sollten Sie die

Schlüssel wählen, erwarte ich Sie heute Abend um Punkt acht Uhr wieder in diesem Zimmer.«

Ein wenig steif durchquerte er den Wintergarten.

»Sollten Sie sich für das Geld entscheiden, wünsche ich Ihnen eine gute Reise.«

Mit leisem Donner fiel die Tür ins Schloss.

Eine ganze Weile stand ich noch mitten im Raum. Einmal spähte jemand durch die Tür und entfernte sich wieder, doch ich bemerkte es kaum.

Schließlich straffte ich die Schultern. Entschlossen verließ ich den Wintergarten, trat in den Flur hinaus und nahm meine Jacke von der Garderobe. Als ich die Haustür hinter mir zuzog, hatte ich ein seltsames Gefühl. So als ob ich an diesem Morgen etwas bekommen hätte. Auch wenn es gar nicht danach aussah.

Kein Geld. Keine Schlüssel. Und auch keine Reisetasche.

Ziellos wanderte ich durch die Hauptstadt, den Blick nach innen gerichtet und vollkommen blind für das Gewimmel um mich herum. Ich fand ein paar Münzen in meiner Tasche und löste ein Ticket, stieg in den Bus und ließ mich ohne Ziel und Plan durch die Vorstadt tragen. Menschen stiegen ein und aus, manche lachend, die meisten stumm wie ich selbst und beschäftigt mit dem Gedankenkarussell in ihrem Kopf. An der Endstation stieg ich aus und verharrte eine Weile im Niemandsland. Dann nahm ich dieselbe Linie wieder zurück, ein paar Stunden älter und merkwürdig sicher, eine andere Sicht der Dinge gewonnen zu haben. Ich kam an Geschäften vorbei, in denen ich gestern so unbeschwert gewesen war, und dachte über den Unterschied nach, den vierundzwanzig Stunden und ein Ausflug durch ein nächtliches Haus machen können. Schließlich landete ich wieder in dem Park und hockte mich zu den Männern mit ihren silbernen Kugeln. Einer der Alten bemerkte mich und richtete sich auf. Er schaute neugierig herüber. Dann füllte er zwei Becher und setzte sich zu mir.

»Sie waren vorgestern schon mal da. Ich habe abends zu meiner Frau gesagt, da war so ein lockiges Ding. Sie saß einfach nur da, und ich habe gewonnen, den ganzen Nachmittag lang. Sie sind eine Glücksfee.«

Ich betrachtete meine Hände.

Der Mann reichte mir den Rotwein. »Traurig?«

Ich hob die Schultern.

»Eine traurige kleine Glücksfee. Das ist kein guter Tag.«

Ich musste lächeln. Ich sah die Finger des Alten, ein wenig zittrig und krumm. »Ich … stelle mir schon den ganzen Tag eine Frage. Aber ich finde die Antwort nicht.«

»Das hier ist mein zehnter Becher. Ich weiß alle Antworten. Vielleicht passen sie nicht zu Ihrer Frage. Aber bitte, versuchen Sie's.«

Ich zögerte. »Glauben Sie, dass es den Teufel gibt?«

Der Alte lachte. »Natürlich. Die Zeitungen sind voll von ihm jeden Tag.«

»Nein, ich meine … wenn er nun mitten unter uns wäre. Wenn er sich eingeschlichen hätte in unserer Nähe, wenn er nebenan wohnen würde und uns Arbeit gäbe. Könnte er irgendein Fremder sein, der gerade vorbeigeht? Vielleicht sogar hier, in diesem Park?«

Der Alte schaute nachdenklich. »Na ja, warum nicht? Der Teufel hat überall dort leichtes Spiel, wo die Liebe fehlt. Die Menschen machen es ihm einfach in diesen Tagen.«

»Aber wie kann ich ihn denn erkennen? Wenn er so ganz anders aussieht als in den Märchen. Wenn er Smoking trägt und Jogginghose, wenn er gut riecht und Sport macht und kluge Bücher liest. Woher weiß ich denn, dass er es ist?«

»Oh, den Teufel zu erkennen ist leicht.«

»Wirklich?«

»Aber ja. Wussten Sie das nicht?«

»Nein.«

»Der Teufel kann nicht weinen. Dazu ist sein Herz zu kalt. Er kann so tun, als würde er sich freuen, als wäre er traurig oder würde mitfühlen am Leid der anderen. Aber Tränen fließen lassen, das kann er nicht.«

Ich runzelte die Stirn. »Ich soll ihn zum Weinen bringen?«

»Zumindest werden Sie dann wissen, dass Sie sich geirrt haben.« Der Alte drückte meine Hand und lächelte. »Und jetzt trinken Sie Ihren Wein. Bleiben Sie noch ein bisschen hier sitzen und schauen Sie uns zu. Damit ich meiner Frau heute Abend wieder von Ihnen erzählen kann.«

Ich stand erst auf, als auch die Männer ihre Köfferchen packten und die leeren Flaschen einsammelten. Dann ging ich durch die dunklen Straßen, langsam, den Kopf gesenkt und bei Gott nicht sicher, ob ich wohl gerade das Richtige tat.

Und so war es deutlich später als acht Uhr, als ich tief Luft holte und mich gegen die Klingel lehnte.

»Meine Güte, wo bleiben Sie denn?« Die Hausdame zog mich in die Halle. »Er sitzt seit Stunden im Wintergarten. Er isst nicht und trinkt nicht, und Licht machen dürfen wir auch nicht.« Sie ließ mich stehen und nahm ihren Mantel vom Haken.

»Die anderen sind schon weg. Sein Essen steht in der Küche. Tun Sie, was immer Sie wollen, geben Sie ihm Wein, tätscheln Sie seine Wange, reden Sie. Aber bringen Sie das wieder in Ordnung. Am besten, Sie schaffen ihn fort von hier, je weiter weg, desto besser. Damit dieses Haus wieder zur Ruhe kommt.«

Er saß in der Dunkelheit und bewegte sich nicht. Der Garten war zu einem konturenlosen Schwarz geworden, das stumm durch die Scheiben starrte, als ich in die Tür trat. Ich brauchte eine Weile, bis sich meine Augen an das fehlende Licht gewöhnt hatten. Schließlich erkannte ich ein Päckchen Zigaretten und ein Feuerzeug vor Bror auf dem Tischtuch. Ich zögerte. Dann schob ich die Hände in die Taschen und wartete.

Irgendwann bewegte er sich doch. »Hatte ich Ihnen eigentlich erzählt, dass sie meine Schatten gefunden haben? Damals, im Krankenhaus?«

Ich runzelte die Stirn.

»Wollen Sie wissen, wo sie waren? Sie waren in meiner Lunge. Die Ärzte sagten, wenn sich die ganzen teuren Operationen noch lohnen sollen, müsse ich das Rauchen aufgeben. Aber an Tagen wie diesen bin ich mir nicht sicher, ob sich das Opfer noch lohnt. Was meinen Sie?«

Ich trat vor und nahm ihm die Packung weg.

Bror schwieg eine Weile. »Ich hätte ein Vermögen auf die Schlüssel gewettet.«

»Dann haben Sie Glück gehabt.«

»Warum haben Sie sie liegen lassen?«

»Ich lasse mich nicht kaufen.«

Bror schwieg wieder. »Aber davongelaufen sind Sie auch nicht.«

»Ich bin ganz schlecht im Herausreißen. War ich schon immer. Ich denke mir, vielleicht kommt ja noch was.«

»Ist das so.« Er lehnte sich zurück und betrachtete mich. »Nun, dann habe ich hier noch was für Sie.«

Ein bedrucktes Blatt Papier, ich fand eine Lampe und machte mir Licht. »Eine Pressemeldung?« Ich zog die Stirn kraus und las. Dann begriff ich. »Sie … stößt ihre Kaffeehäuser ab?«

»Geht seit heute Morgen herum. Pilar hat beschlossen, etwas Neues aufzuziehen, irgendwo anders. Ich habe sie zwei Dutzend Mal angerufen. Aber sie geht nicht mehr ans Telefon.« Bror betrachtete seine Hände. »Die Hausdame. Was hat sie gesagt?«

Ich verdaute noch und begriff nicht gleich.

»Vorhin in der Halle. Ich habe Sie beide sprechen hören. Was hat sie zu Ihnen gesagt?«

»Na, ich … soll mit Ihnen reden. Sie würden nichts essen und trinken und hier im Dunkeln sitzen.«

»Und zum Schluss?«

Ich brauchte einen Moment. Dann verstand ich. Und senkte den Kopf.

»Ich habe es ohnehin gehört, also: heraus damit.«

»Ich soll Sie wegschaffen von hier. Damit dieses Haus wieder zur Ruhe kommt.«

Bror lächelte. »Und? Teilen Sie diese Ansicht? Dass das Beste an Max Bror seine Abwesenheit ist?«

»Zumindest tun Sie nicht so wahnsinnig viel dafür, dass man was anderes denken könnte.«

»Nein. Da haben Sie recht.« Bror lächelte wieder. »Und so bekommt letztlich jeder, was er verdient, nicht wahr?« Ein wenig schwerfällig schob er den Stuhl zurück. »Ein langer Tag. Schon etwas gegessen heute?«

Ich schaute düster.

»Na, kommen Sie. Unter meinem Dach geht niemand hungrig ins Bett.«

Er ließ mir den Vortritt und folgte mir nach, als ich mit finsterer Miene in die Küche ging. »Lassen Sie mal sehen: Ich mag Kaninchen. Und der Radicchio ist mit Nüssen, die schwarze Frau weiß, was sie tut.« Bror durchsuchte die Küchenschränke, stellte Teller und Gläser auf den Tisch. »Rot oder Weiß?«

Ich schob mir die Hände in die Taschen. »Ich esse nicht hier.«

»Wie bitte?«

»Ich habe bisher immer oben gegessen. Allein. Und das mache ich auch heute.«

Bror zögerte, ich sah, wie er schluckte. »Ihr gutes Recht, würde ich sagen …«

Schweigend drehte er den Ofen höher und legte sich ein einzelnes Gedeck auf.

»Wissen Sie, ich habe früher oft hier gegessen. Das Haus gehörte meiner Mutter, sie zog mit mir nach Madrid, als sie meinen Vater satthatte. Wenn ich etwas angestellt hatte, musste ich immer hier unten essen, alleine, ohne sie. Ich war zornig und jung. Wenn man sich jeden Monat einen neuen Männernamen am Frühstückstisch merken muss, entwickelt man eine Vielzahl primitiver Neigungen. Also saß ich zum Schluss fast immer hier. Meine Mutter verstand das als Strafe. Aber tatsächlich war es eine Erlösung.« Er holte eine Flasche Rosé aus dem Kühlschrank und griff nach dem Korkenzieher.

»Wir hatten damals eine Köchin, sie hieß Zerlina. Sie konnte kochen wie eine Göttin, war aber fett wie ein Ochsenfrosch. Meine Mutter verbot ihr den Zutritt zum Esszimmer, sonst verginge ihr der Appetit, sagte sie immer, auch gerne vor Gästen und vor Zerlina selbst. Der entzückende Schmetterling konnte ein kaltherziges Luder sein.« Er reichte mir ein Glas und setzte sich.

»Zerlina und ich kamen gut miteinander aus. Sie stand am Herd, und ich hockte hier und sah zu, wie sie durch die Küche walkte. Wir haben wenig gesprochen, vielleicht fragte sie mal nach der Schule oder ich nach etwas, das mir besonders gut schmeckte. Aber ich hatte immer den Eindruck, dass sie mich mochte. Wir teilten uns das Abseits und mochten uns. Die eine zu fett, der andere zu böse. Eine Gemeinschaft von Aussätzigen in einer Welt voller Seide und Samt.«

Ich betrachtete Bror, wie er da vor mir saß, ein wenig zu groß für den wackligen Tisch. »Wo ist sie heute? Diese Köchin. Wissen Sie, was aus ihr wurde?«

»Sie liegt auf dem Friedhof, sie wurde nicht alt.«

»Vermissen Sie sie manchmal?«

Bror drehte sein Glas ein wenig. »Wenn ich Ihnen nun sagen würde, dass ich jedes Mal, wenn ich nach Madrid komme, ihr Grab besuche. Würden Sie mir das glauben?«

Mein Herz schlug hart und laut. »Haben Sie geweint?«

»Wie bitte?«

»Als sie starb. Haben Sie da geweint?«

Bror schaute ratlos. »Nein.«

»Warum nicht?«

»Keine Ahnung. Weil ich ein Mann bin?«

Dann sah er mein Gesicht und lächelte. »Ich muss um Pilar nicht weinen, Miss Andersen. Weil sie wiederkommen wird. Ich kenne diese Frau mein halbes Leben lang. Die Pilar, mit der Sie unterwegs waren, ist nur ein winziger Bruchteil des Menschen, der sie tatsächlich ist. Ich kenne sie ganz. Ihr Mitleid für diese Frau wäre geringer, würden Sie sie besser kennen. Pilar wird zurückkommen. Spätestens dann, wenn das Geld alle ist.«

Der Ofen piepste, Bror stand auf und nahm ein Tablett aus dem Schrank. »Ich fülle mir was auf den Teller, nehmen Sie sich den Rest mit hinauf. Können Sie das tragen? Ich nehme an, Sie werden nicht wollen, dass ich es Ihnen aufs Zimmer bringe, nicht wahr?«

Er schob Teller, Glas, Besteck zusammen, stellte eine Flasche Rosé dazwischen. Dann ging er zur Tür und hielt sie mir auf. »Also dann. Gute Nacht, Miss Andersen.«

Mein Puls ging schneller.

»Doch zu schwer für kleine Mädchen?«

Ich zögerte und nahm Anlauf. Dann holte ich tief Luft.

»Ich finde es schön, dass es mal jemanden gab, den Sie vermissen. Ich glaube Ihnen das mit dem Friedhof. Und ich glaube auch, dass aus Ihnen ein Mensch hätte werden können, den man lieb haben kann. Wenn Sie nur mal jemanden gefunden hätten, der Ihnen dabei hilft, diesen ganzen Mist von früher zu verdauen.«

Bror schluckte so hart, dass es im Raum zu hören war. »Ich will nicht, dass Sie Monte Spina verlassen, Toni. Ich will, dass Sie auf der Insel bleiben. Weil Sie jemand sind, den man weder kaufen noch in die Flucht schlagen kann. Und von denen gibt es nicht viele.«

Einen kurzen Moment lang horchte ich in mich hinein. Auf dieses seltsame Gefühl, das ich noch gut kannte und das kein Stolz war oder Triumph, sondern etwas ganz anderes. Hastig wandte ich mich ab. Dann nahm ich das Tablett mit beiden Händen und ging.

12

Auf Augenhöhe

Bei meiner Rückkehr nach Monte Spina hing dieser trockene Nebel über den Inseln, den sie Bruma seca nennen und der einem die Sicht nach vorn nimmt. Heiße Winde aus der Sahelzone wehen den Sand über das Meer und hüllen die Welt in einen staubigen Dunst. Und ähnlich unscharf waren auch meine Vorstellungen, wie die Geschichte nun weitergehen sollte.

Ein einsamer Mann in der Küchentür war das Letzte gewesen, was ich von Max Bror gesehen hatte. Am nächsten Morgen hatte ich einen Zettel neben meinem Teller vorgefunden, mit dem Titel eines Buches aus seiner Bibliothek, das ich mir ausborgte, und einer Empfehlung aus seinem Weinkeller, die ich ausschlug. Er selbst hätte schon am frühen Morgen zum Flughafen aufbrechen müssen, erklärte die Hausdame. Und so streifte ich die restlichen Tage meines Urlaubs durch die Hauptstadt, bewunderte die Parks, verirrte mich im Prado, verbrachte lange Stunden im Garten neben dem Wasserspiel und las. Zu den Männern mit ihren silbernen Kugeln ging ich nicht mehr.

Auf Monte Spina wurde ich von Lou und Sophia begrüßt, die mir begeistert entgegenwinkten. Die eine nahm mir noch auf dem Anleger die edlen Tüten ab, die andere strich mir die Locken aus dem Gesicht. »So dunkle Augen?« Sophia schaute besorgt. »Ist alles in Ordnung mit dir?«

Auch Lou war seltsam ernst geworden und betrachtete die teuren Stücke in ihrer Hand. »Madrid?« Sie hielt mir ein Etikett hin. »Toni! Wo bist du gewesen?«

Ich dachte kurz nach, doch ich wusste es auch nicht.

Und so kehrte ich an meine Arbeit zurück und schwieg. Gedankenverloren fegte ich den Staub von den Wegen, wischte die Gartenmöbel sauber, schüttelte den Sand aus den Stauden und musste am nächsten Morgen feststellen, dass ich keinen Schritt vorangekommen war. Stattdessen wurden die Nebel dichter und dichter und tauchten den Park in ein fahles Gelb. Immer häufiger musste ich Pausen einlegen oder zurück ins Gärtnerhaus, um meine Wasserflasche zu füllen und das verschwitzte T-Shirt zu wechseln. Hin und wieder wanderte mein Blick hinüber zum Ostkamm, zu den Fenstern hoch oben am Klippenrand. Aber von allen litt Helen am meisten unter dem heißen Dunst, und so hatte ich die erschöpft hustende Hausdame bislang nur einmal kurz besucht.

Die einzige Erleichterung fand ich am Wasser. Ganz unten, wo die Insel das Meer in feinste Gischt zerschlug, war es kühl und feucht und eine Wohltat für meine trockenen Augen. Wann immer ich konnte, hockte ich auf einem Felsen in der Brandung und starrte ins Nichts, während sich auf meinem Gesicht eine sandig salzige Kruste bildete. Einmal tauchte Lou im Nebel auf, Kopf und Mund in ein quietschbuntes Tuch gewickelt. »Sag mal, hast du sie noch alle!«, schrie sie gegen die Wellen an. »Mensch, komm weg von da unten!«

Doch ich winkte nur abwesend und blieb.

War es eine gute Idee gewesen, nach Madrid zu fahren? Sicher, die meisten meiner Fragen waren nun beantwortet. Der Hausherr erfreute sich bester Gesundheit, jede Sorge um ihn war herzlich unbegründet gewesen. Und an wen Max Bror in seinen langen Nächten auch immer denken mochte: ganz sicher nicht an seine Gärtnerin. Aber nachdem ich erfahren hatte, welchen Preis man zahlte für ein Leben an seiner Seite, kamen mir solche Gedanken idiotischer vor denn je.

Doch statt nun leichten Herzens auf meinem Weg voranzugehen, spürte ich neue Fragen in mir heranreifen, dunklere und weitaus schwerwiegendere. Konnte es Hoffnung geben für einen Mann, der sich die Menschen in seiner Nähe mit so viel

Niedertracht in Abhängigkeit hielt? Lohnte es sich, Kraft und Zeit an jemanden zu verschwenden, der offensichtlich schon so lange am Abgrund der Menschlichkeit segelte? Und wenn nicht: War es dann überhaupt möglich, aus der Arbeit für diesen Mann die nötige Freude zu gewinnen, um stolz und glücklich zu sein? Und so wuchs in mir weit draußen in der tosenden Gischt eine erste Ahnung, dass meine Tage auf Monte Spina gezählt sein könnten.

Vorerst aber brachten die heißen Winde jedes Leben zum Stillstand. Die Sicht wurde immer schlechter, das Atmen fiel immer schwerer, und selbst die Möwen kauerten in Nischen und Spalten und flogen nicht mehr. Nur die *Jayden* glitt hin und wieder durch den Dunst, wie gerade eben vor wenigen Minuten, als ich schweigend in die Brandung starrte. Ich hatte gemeint, eine Gestalt auf dem Oberdeck auszumachen, doch niemand hatte gewunken, und so tat ich es auch nicht. Zeit und Raum zerbrachen in den Wellen zu harten, stumpfen Scherben – und deshalb reagierte ich auch kaum, als mich wie aus dem Nichts eine Hand am Oberarm packte.

Brors teurer Anzug war staubbedeckt. Stumm und mit gesenktem Kopf gegen Sturm und Gischt zerrte er mich von dem Felsen die Klippen hoch auf den Rücken der Insel und über den windumtosten Trampelpfad zurück zum Grundstück. Einmal rutschte er aus in seinen handgenähten Schuhen und musste Halt suchen an mir, fast riss er mich zu Boden. Wortlos schleppte er mich weiter, durch das gemauerte Tor in den Gärtnerhof und an den Remisen vorbei bis zum Wohnhaus. »Sagen Sie mal!« Er schubste mich durch die Tür. »Sind Sie von allen guten Geistern verlassen?!«

Hastig stolperte ich gegen die Wand.

»Was soll das, hm? Was hocken Sie da unten in dem Getöse? Wollen Sie sich umbringen, oder was?«

Ich rieb mir den Arm und starrte ihn an.

»Da stehe ich auf der *Jayden* und traue meinen Augen nicht! Sitzt auf den Klippen wie ein dummes Kind! Haben Sie eine Ahnung, wie gefährlich das ist?«

Ich schauderte. Aus meinen Locken rieselte Sand.

»Und wie sehen Sie wieder aus! Nass bis auf die Knochen. Die Haare verklebt und paniert wie ein Fischstäbchen.«

Ich fröstelte und verschränkte die Arme.

»Hallo!? Höre ich jetzt mal was!«

Ich zog mir die Bluse enger um den Körper und schwieg.

Bror atmete schwer und musterte mich. Die Haare, die nassen Kleider, herunter bis zu den Schuhen und wieder hoch. »Seht her, da steht es: ein dummes kleines Mädchen. Will sich die Welt zurechtgärtnern wie ein Blumenbeet, und wenn ihm das misslingt, rollt es die Blätter ein und schmollt.« Er tat einen tiefen Seufzer. »Und ich habe der Amerikanerin nicht glauben wollen …«

Kopfschüttelnd verschwand er in meinem Bad, ich hörte Rumoren, dann Wasserrauschen. »Wollen Sie's hören? Angerufen hat sie mich, Ihre Louise, mitten in der Sitzung. Die Hausdame liege seit Tagen krank im Bett und stehe gar nicht mehr auf, und die Gärtnerin sitze auf den Klippen wie die kleine Meerjungfrau, sodass man Angst haben müsse, die nächsten Welle reiße sie fort. Ich solle meinen Hintern herbewegen und meinen Scheiß hier regeln, so ähnlich waren ihre Worte. Und ich fürchte, die Frau hat recht.« Er warf etwas ins Wasser, es gab einen Platsch. »Na los.« Sichtlich genervt erschien Bror im Türrahmen. »Kleine Kinder und junge Hunde gehören in die Wanne, nicht wahr? Also, raus aus den Klamotten. Ist die Kruste erst mal abgespült, werden Sie schon reden.«

Ich starrte an Bror vorbei. Er hatte eine Flasche Duschgel ins einlaufende Wasser geworfen. Der Schaum war explodiert bis zum Wannenrand.

»Machen Sie schon, bewegen Sie sich. Ihr Zustand ist eine Beleidigung für jedes Auge.«

Ich kam nicht nach, das ging mir zu schnell. Wie in Zeitlupe senkte ich den Kopf.

Was Bror missverstand. »Gott im Himmel …« Er schüttelte den Kopf. »Miss Andersen, ich zähle bis zehn. Dann sitzen Sie in der Wanne, oder ich übernehme das selbst.« Grimmig drehte er sich mit dem Gesicht zur Wand und verschränkte die Arme. Als sich nichts tat in seinem Rücken, runzelte er die Stirn und blickte über die Schulter.

Da endlich wachte ich auf.

Langsam öffnete ich die Bluse, Knopf für Knopf, wortlos, ein wenig scheu. Dann die Shorts, die großen Augen auf ihn gerichtet. Als ich mir den BH abstreifte, senkte er den Blick zu Boden. Aber als ich mein Höschen fallen ließ, schaute er doch. Einen Moment lang blieb ich so stehen und ließ es ihn betrachten, das kleine Mädchen, das keines mehr war.

Dann schlüpfte ich in die Wanne.

Das heiße Wasser empfing mich wie ein tröstlicher Mantel, ich schnappte nach Luft und tauchte ganz unter, bis der Schaum über mir zusammenschlug. Eine Weile lauschte ich in das Rauschen hinein, nur ich und das Wasser und ganz entfernt das Donnern der Brandung tief unter mir. Als mir die Luft ausging, kehrte ich zurück an die Oberfläche und wischte mir durchs Gesicht.

Bror hatte sich nicht bewegt. Schweigend stand er da, die Hände in den Taschen, und sah mich an.

Ich drehte den Hahn ab, rieb mir den Sand von der Haut und ließ mich einen Moment quellen in der duftigen Wärme.

Bror blieb an Ort und Stelle und rührte sich nicht.

Schließlich griff ich nach dem Shampoo, doch meine Finger waren zu steif und zerrten vergeblich an dem Verschluss.

»Geben Sie mal her.« Wortlos nahm mir Bror die Flasche ab. »Ich glaube, Ihnen gehört mal gründlich der Kopf gewaschen …« Er hängte sein Jackett über einen Stuhl, dann hockte er sich zu mir auf den Wannenrand. Ich erstarrte, als er sich Shampoo in die Hand drückte und mir ins Haar zu reiben begann. »Das behalten Sie jetzt für sich, verstanden? Aber ehrlich gesagt, mache ich das gern.« Er setzte sich bequemer. »Es war so ein … Ding zwischen meiner Mutter und mir. Sie schloss sich in ihr Bad ein, einmal in der Woche am Sonntagnachmittag. Den Schmutz der Woche abwaschen nannte sie das. Niemand durfte sie stören, nicht die Köchin und nicht die Hausdame, und mein Vater schon gar nicht. Aber ich war immer dabei und durfte mit den Flakons und Seifen spielen. Und ganz zum Schluss wusch ich ihr die Haare. Sie waren seidig und lang, meine Mutter machte immer ein ungeheures Gewese darum. Niemand durfte Hand anlegen, aber *ich* durfte sie ihr waschen, einmal in der Woche am Sonntagnachmittag. Und das bewirkte etwas bei mir, ich fühlte mich … erwachsen und stolz und als etwas ganz Besonderes. Und jetzt passen Sie auf, Toni: Ich liebte meine Mutter dafür! Gut, was? Die Therapeuten haben mir später ein Vermögen abgenommen für diesen Satz.«

Ich schluckte wegen der großen Hand in meinem Nacken. »Therapeuten?«

»Sie spricht ja wieder.«

»Was denn für Therapeuten …«

»Eine Bedingung meiner Ex-Frau für den Fortbestand unserer Ehe. War aber ein Schuss nach hinten.«

»Warum?«

»Weil eine der Damen Beine bis zum Himmel hatte. Sie erklärte mich für gesund und schlief mit mir. Meine Frau erklärte mich für krank und verließ mich. Ich fand das irrsinnig komisch damals.«

Ich schwieg eine Weile und schloss die Augen, seine Hände waren zu gut in dem, was sie taten. »Sehen Sie sie noch manchmal?«

»Wen – Eve? Nein. Meine Ex-Frau beraubte mich der Hälfte meines Vermögens und zog zurück in die Schweiz. Sie sanierte mit meinem Geld das Anwesen ihrer Eltern und vögelt dort heute den Stallmeister. Mir reichen die drei Telefonate im Jahr: zu ihrem Geburtstag, zu meinem Geburtstag, und wenn unsere Tochter mal wieder Geld braucht.«

Mir rutschte der Arm ins Wasser, es platschte laut. »Ihre – Tochter?«

»Ach Gott, jetzt hab ich wieder was gesagt … Kopf in den Nacken.« Bror griff nach der Brause und spülte mir Wasser über Gesicht und Haare, ich japste und prustete laut.

Endlich stellte er den Hahn ab.

»Sie haben eine Tochter?«

»Warum denn nicht? Trauen Sie mir Fortpflanzung nicht zu?«

Ich brauchte einen Moment. »Wie alt ist sie denn?«

»Nicht so sehr viel jünger als Sie.«

»Und wo ist sie jetzt?«

»In New York.«

»Und was macht sie da?«

»Sie studiert. Kunst oder Literatur. Oder war es Philosophie? Ich fürchte, ich habe den Faden verloren.«

»Und wie heißt sie?«

Bror räusperte sich und stemmte sich hoch.

»Mr. Bror?« Ich wandte den Kopf. »Wie heißt sie denn?«

Er wühlte in meinem Schrank.

»Hallo? Mr. Bror! Wie heißt Ihre Tochter?«

»Sie heißt Jayden. – Kopf in den Nacken.«

Er schlang mir ein Handtuch um die Haare und wischte mir über das Gesicht, ich knurrte und entwand mich ihm. »Ihre Tochter heißt Jayden?« Ich schob mir den Turban zurecht. »Wie unsere *Jayden?*«

»Furchtbar, ich weiß. Ein Vater, der sein Schiff nach seiner einzigen Tochter benennt.«

»Was?« Ich lachte überrascht. »Nein, überhaupt nicht, das ist … wunderschön. Was hat sie dazu gesagt?«

Er wandte sich ab.

»Mr. Bror! Was hat Ihre Tochter denn dazu gesagt?«

»Nichts.«

»Nichts?« Ich zog die Stirn kraus. »Wieso nicht?«

»Weil sie nichts davon weiß.«

»Sie weiß nichts davon?«

»Nein.«

»Aber warum denn nicht?«

»Weil sie nie hier war.«

Ein kurzer Satz. Fünf Worte, knapp, banal.

Und doch so voller Bitterkeit, dass mir das Herz wehtat. Ich sah die scharfen Falten in Brors Mundwinkel und den Blick, den er auf den Boden richtete, als gäbe es dort etwas zu finden, was auch immer es war.

Und auf einmal fügte sich für mich ein Bild zusammen. Wie ein Puzzle, Stück für Stück, Teilchen für Teilchen. Eine Sturmnacht. Ein harter Mann. Vier Menschen in einem Garten, und die Einsamkeit der ganzen Welt in seinem Gesicht.

»Das kleine Mädchen. Das kleine Mädchen auf dem Foto ist Ihre Tochter.«

Bror flammte auf wie auf Knopfdruck.

»In dem Buch über Beaulieu House. Wo der Einband gebrochen ist und Zigarettenasche aus dem Falz rieselt. Das Mädchen auf dem Foto ist Ihre Jayden.«

Einen Moment lang stand er einfach nur da.

»Sie … geriet durch Zufall auf dieses Bild.« Bror suchte nach Halt und sank auf den Wannenrand. »Es war im Jahr unserer Scheidung. Eve und ich wollten ihr die Schlammschlacht ersparen, also schickten wir sie den Sommer über nach Beaulieu House. Helen kannte die Familie seit ihrer Kindheit, es war ihre Idee. Alles Gute in meinem Leben kam stets von einem der Falkenhayns.« Er legte die Hände in den Schoß und betrachtete sie. »Für Jayden muss die Zeit dort unglaublich schön gewesen sein. Haben Sie gesehen, wie sie auf dem Bild strahlt? Ich besitze kein einziges Foto, auf dem sie auch nur annähernd so aussieht wie auf diesem. Später schrieb sie mir mal –« Seine Stimme klang rau, er musste sich räuspern. »Später schrieb sie mir mal, die Wochen bei Daphne Heligan seien das Beste gewesen, das sie je von ihrem Vater bekommen hätte. Als er sie weggab. Als sie ihn für eine Weile vergessen durfte. Noch heute verbringt Jayden jeden Sommer ein paar Tage auf Beaulieu House. Jeden Sommer in all den Jahren, egal ob sie krank war oder verliebt oder an irgendetwas arbeitete. Jeden Sommer.« Er schwieg einen Moment. »Nach Monte Spina ist sie nie gekommen.«

»Sie haben die Insel für Ihre Tochter gekauft ...«

»Wir hatten damals ein Anwesen drüben auf Lanzarote. In der Nähe von Yaiza, es ging verloren durch die Scheidung. Jayden war vier oder fünf und meine Frau so schön wie der junge Morgen. Ich meinte dort glückliche Stunden verbracht zu haben. Vielleicht wollte ich meiner Tochter und mir ja ein Umfeld schaffen, um anzuknüpfen an was-auch-immer.« Die Linien um seinen Mund wurden noch schärfer. »Ich habe da dieses Bild. Irgendwo tief in mir. Und wenn es Nacht wird und die Welt da draußen untergegangen ist, dann kriecht es aus mir heraus, sodass ich es ansehen muss, ob ich nun will oder nicht: Ich sitze mit einem Buch auf dem Rasen. Die Abendsonne steht auf den Feuerbergen, und mit dem Rücken zu mir steht Eve an ihrer Staffelei. Sie trägt dieses Kleid aus so einem dünnen Stoff, der alles verhüllt und doch alles zeigt. Ihre Haare wehen im Wind, und zu ihren Füßen sitzt Jayden. Die gleichen Haare, das gleiche Kleid, und in ihrem Schoß ein riesiger Malblock. Mein großes und mein kleines Mädchen.« Er schluckte so hart, dass es mir wehtat. »Glück kann manchmal sehr einfach sein.«

Eine ganze Weile schwiegen wir beide. Bror hockte ein wenig eingefallen auf dem Wannenrand, während ich mit meinem Handtuchturban im Wasser saß und ihn betrachtete.

Schließlich war er es, der die Stimmung brach. »Ach herrje …« Er lächelte. »Wen haben wir denn da? Ich sehe Schaumkrönchen und Silberschuppen.« Ein wenig schwerfällig stemmte er sich hoch. »Raus aus dem Wasser, kleine Meerjungfrau.«

Ich erhob mich unsicher. Der Schaum lief mir in Strömen von Rücken und Bauch, doch Bror schaute gar nicht hin und wickelte mich sorgfältig in ein Badelaken. »Vorsicht, glatt.« Stirnrunzelnd reichte er mir die Hand und half mir aus dem Wasser, dann nahm er ein zweites Handtuch und schlang es mir um die Schultern. »Na bitte.« Er schaute zufrieden. »Sicher, sauber und warm. Jetzt noch ein Schlafanzug und eine heiße Tasse Tee, und dann will ich was hören, klar?«

»Ich hab dich sehr lieb, weißt du das?«

Endlich, es war heraus. Welche Erlösung.

»Ich weiß gar nicht, warum. Du machst alles falsch. Du machst mir Angst, und du tust mir weh. Du beißt mich weg, wenn ich dich brauche. Und kannst mich so wütend machen, dass ich am liebsten davonlaufen würde, sofort und für immer.«

Bror starrte mich an wie versteinert.

»Aber dann sind da diese Momente, in denen dein Herz durchschimmert. Wenn du von Helen erzählst und deine Augen ganz weich werden. Wenn du dir Sorgen machst, das aber nicht zeigen willst, und sich dir die Haare im Nacken sträuben wie gerade eben. Dann seh ich den Max Bror zwischen seinen Büchern. Und seiner Musik und diesen Mobiles, die so zart sind, dass man fürchten muss, sie könnten kaputtgehen, nur weil man sie zu lange anschaut. Und dann wird mir ganz warm. Weil ich dann denke, es besteht vielleicht Hoffnung. Dass man dich in sein Herz schließen und lieb haben könnte, so wie Helen das tut. Oder Peter Falkenhayn. Aber ich bin mir nicht sicher, ob ich es schaffe.«

Bror schluckte heftig. »Und ich meinte, mir solche Mühe gegeben zu haben, damit genau das nicht passiert.«

»Warum? Magst du mich nicht?« Ich holte tief Luft. »Ich muss das jetzt wissen, Max Bror. Weil ich nämlich irgendwie festhänge. Ich strample und kämpfe, aber ich komme nicht weiter, solange ich deine Antwort nicht kenne.«

»Ach, Toni …« Ein wenig hilflos hob Bror die Hände. »Ich mochte doch schon dieses Schattenkind. Mit der Wunde auf dem Rücken, aber zu stolz und zu bockig, um sich helfen zu lassen. Ich mochte den Zitronenfalter, der mir vorauseilte durch den Sturm und einforderte, was meine gottverdammte Pflicht war. Und die kleine Kratzbürste, die meinen Peter in die Flucht schlug mit ihrem Keuschheitsgürtel, die mochte ich erst recht.« Seine Wangen hatten sich gerötet, er suchte nach Worten. »Es … hat wehgetan damals. Oben auf der Dachterrasse. Als dieser Mann deine Gefühle in den Dreck gezogen hat und du dich nicht wehren konntest. Und es hat wehgetan, als du weintest. In diesem Hinterzimmer im Hot Volcano. Als ich daliegen und dir dabei zusehen musste. Vielleicht ist das bei dem Ganzen das Schlimmste gewesen.«

Mein Herz schlug schneller. »Damals, im Hot Volcano …«

»Ach, Mädchen. Wir hätten die *Jayden* um die Insel fahren lassen sollen, immer und immer wieder. Was wäre uns allen erspart geblieben in dieser Nacht.«

»Du … wolltest mich damals.«

Bror schluckte. »Ja.«

»Warum? Weil ich so ganz anders aussah als sonst?«

»Nein, Toni. Weil du bezaubernd warst. Weil du jung warst und wunderschön und gesprüht hast vor Hunger nach dem Leben. Genau wie jetzt auch.«

»Du findest mich schön?«

»Ja, Toni. Sehr sogar.«

»Schläfst du mit mir?«

Es traf ihn unvorbereitet, ich sah, wie er blinzelte. »Toni … Das ist nicht gut.«

»Warum?«

»Ich weiß doch, was du suchst.«

»Was suche ich denn?«

»Wärme, Liebe. Geborgenheit. Und dafür bin ich völlig falsch.«

»Das weißt du nicht.«

»Doch, Toni. Ganz sicher sogar.«

»Glaube ich dir nicht.«

»Das solltest du aber.«

»Schläfst du mit mir?«

Bror atmete schwer. »Ich ... soll dich festhalten?« Er nahm mich bei den Schultern und zog mich an sich. »Ich soll dich beschützen?« Vorsichtig schlang er beide Arme um mich, und als mein Handtuchkokon ins Rutschen kam, da kümmerte es mich nicht. »Ich soll mit dir mitkommen nach nebenan?«

»Ja.«

»Warum?«

»Weil ich wissen will, wer du bist.«

»Du weißt doch schon so viel.«

»Aber nicht das wirklich Wichtige.«

»Und wenn dir die Antwort nicht gefällt?«

»Das ist mir egal.«

»Ach, Toni ...«

»Max?« Ich schloss die Augen und spürte seinen Händen nach, die leuchtende Spuren auf mir zu hinterlassen begannen. »Wirst du mir wehtun?«

Bror zögerte. Dann streifte er mir den Turban ab und befreite meine Locken. »Natürlich werde ich das ...« Er beugte sich vor und suchte meinen Mund. »Aber ganz sicher nicht heute.«

Als wir einschliefen, war weit draußen über dem Meer die Sonne schon untergegangen. Die Fenster standen offen, und nun wehte der Wind durchs Zimmer und raschelte in den Vorhängen. Eine Weile schlummerte ich weg, einfach so, wie er mich verlassen hatte.

Irgendwann rührte ich mich. Bror lag mit dem Kopf an meiner Schulter, eine Hand auf meinem Bauch. Eine Haarsträhne klebte ihm auf der Stirn, vorsichtig strich ich sie zur Seite. Dann bedeckte ich seine Hüften mit dem Laken und glitt aus dem Bett.

Ich ging ins Bad und föhnte mir die Haare, schnupperte mich durch meine Cremes und Seifen und wunderte mich, wie anders und gut sie auf einmal rochen. Ein wenig neugierig betrachtete ich mein Gesicht im Spiegel, die heißen Wangen, die wilden Locken, fühlte seine Lippen auf den meinen und lächelte. Seltsam zufrieden schlenderte ich hinüber ins Wohnzimmer, öffnete die Tür zur Veranda und genoss eine Weile den Wind, der sich gedreht hatte und Gutes verhieß. Schließlich nahm ich eine Flasche Wein und zwei Gläser und kehrte zurück zu ihm.

Bror schaute schläfrig, als ich mich an seine Seite schob. »Wen haben wir denn da …« Er gähnte und umschlang meine Hüften. »Eine kleine nackte Meerjungfrau. Wo treibst du dich herum, hm? Komm her zu mir.« Dann sah er die Flasche Wein und stützte sich auf den Ellbogen. »Nicht zu fassen. Das Paradies liegt auf dem Westkamm, und ich hab's gefunden.«

»Er wird dir nicht schmecken.«

Bror nahm ein Glas und probierte.

»Und?«

»Gar nicht mal schlecht.« Er räusperte sich. »Ein bisschen lockig vielleicht.« Ich quietschte auf, als er mich in Po und Seiten kniff, doch Bror war stärker und zog mich in seine Arme. Dann angelte er nach der Decke und stopfte sie ringsherum fest, bis ich wie ein handlich verschnürtes Paket in seinem Schoß lag. Ich rutschte mich zurecht und seufzte glücklich. Eine ganze Weile lagen wir mit geschlossenen Augen da und lächelten.

Schließlich regte ich mich ein wenig. »Max?«

»Toni.«

»Wann hast du eigentlich das letzte Mal … du weißt schon.«

»Und schon geht es wieder los.« Bror stöhnte. »Zuerst beginnt das Verhör ganz harmlos, und zum Schluss endet es in völliger

Entblößung. – Ich bin kein Mönch, Toni. Ich bin frei und ungebunden und nutze das auch aus.«

»Also wann.«

»Nicht gestern und nicht heute.«

Ich schluckte heimlich. »Und mit wem?«

»Ihr kennt euch nicht.«

»Wer ist sie? Hast du sie sehr lieb?«

»Ach, Toni ...« Bror seufzte. »Ich fürchte, das letzte Mal, als ich jemanden sehr lieb hatte, ist schon ein Weilchen her.«

Ich schob meine Füße zwischen seine. »Hat dir mal eine das Herz gebrochen?«

»Sicher.«

»Wirklich? Erzählst du mir von ihr?«

»Das fehlte noch ...«

»Ich krieg's ja doch raus.«

Bror musste lachen. »Na los, prüfe mich.« Er glitt tiefer und zog mich mit sich. »Mal sehen, wie weit du kommst.«

Ich stützte mein Kinn auf seine Brust und dachte nach. Wie hätte sie wohl sein müssen, die eine für Max Bror ... »War sie älter als du?«

Bror stockte. »Wie bitte?« Treffer.

»Und sie war ... sehr viel mehr als nur schön. Du hast zu ihr aufgeschaut für irgendwas. Etwas, das nur sie hatte und keine andere.«

Seine Wangen wurden rosa. Gefiel mir dieses Mal, sein Spiel.

»Hat sie dich beschützt? Bei ihr konntest du anstellen, was immer du wolltest, sie hat dich trotzdem geliebt. Sie nahm dich in den Arm, wenn du dich einsam fühltest, und als du einmal geweint hattest –«

»Hör auf, du machst mir Angst.« Bror legte mir die Hand auf den Mund. »Schon gut, du hast gewonnen. Wenn du das mit deinen Blumen auch so machst, wundert es mich nicht, dass der Garten so aussieht.« Verärgert griff er nach seinem Glas. »Ich war eben noch sehr jung damals. Vielleicht ... sieben oder acht, und wenn die Welt aus Marvel-Comics und Mark Twain besteht, dann kann einem schon mal was danebengehen.« Er lehnte sich zurück und trank einen Schluck.

»Sie dagegen war … schon eine schöne junge Frau. Sie wohnte mit ihrer Familie auf dem Nachbargrundstück, und wenn im Winter die Bäume kein Laub trugen, konnte ich in ihr Fenster sehen. Ich bin unzählige Male ohne Hausaufgaben in die Schule gefahren, weil ich die ganze Zeit zu ihr hinübergestarrt habe. Für mich war klar: Wenn ich groß war, würde ich sie heiraten, die oder keine.«

»Warum?« Ich schaute gespannt. »Weil sie so schön war?«

»Ha, sie war weit mehr als das. Sie war … sperrig, unbequem. Tapfer wie ein Husar. Sie pfiff auf die Meinung der anderen, ihr Stolz war berüchtigt. Wenn sie dich mochte, konnte sie für dich kämpfen wie eine Löwin, aber wenn nicht? Oha. Dann gab es nur einen dieser Blicke, und du wurdest zum Wurm. Und sie war herrlich uneitel. Sie hatte wunderschöne Haare, aber einmal bekam sie dafür ein Kompliment von jemandem, den sie verabscheute, und da schnitt sie sie ab. Einfach so, mit einer Nagelschere. Ich habe nie wieder ein Mädchen von solchem Format getroffen wie sie. Nicht ein einziges, so sehr ich auch suchte.«

Bror liebte sperrige Frauen? Ich staunte. Pilar fiel mir ein und ihre stromlinienförmige Geschmeidigkeit. Warum nur wählte sich Bror so jemanden wie sie an seine Seite? Wenn ihm doch in Wahrheit der Sinn nach etwas ganz anderem stand?

»Dann kam dieser Geburtstag … Ich stand in Flammen, ich war verliebt, da war meine Becky Thatcher aus Fleisch und Blut, ich wollte sie haben, sie gehörte zu mir. Ich plünderte das Tulpenbeet meiner Mutter, keine gute Idee übrigens. Madame konnte sehr ungehalten werden, wenn sie nicht im Mittelpunkt stand. Aber das war mir egal, schließlich ging es um Höheres. Kein Einsatz zu hoch, wenn es ums Ganze geht, nicht wahr?«

»Und? Was hat sie gesagt?«

»Gesagt?« Bror schloss die Augen. »Nichts hat sie gesagt. Sie hat mich geküsst. Einfach so, noch in der Tür. Mitten auf den Mund, ganz süß und weich. Ich schwöre, meine Welt stand still, und es regnete Goldstaub.«

Ich sah sein Lächeln und freute mich.

»Dann nahm sie meine Hand und zog mich ins Haus. Heute sei ihr Glückstag, sagte sie, und sie müsse mir unbedingt etwas zeigen, so einen schönen Geburtstag hätte sie noch nie gehabt. Sie führte mich zu ihren Eltern in den Salon. Aber – da stand noch ein Strauß. So ein großer, prächtiger aus Rosen und mit einer handgemalten Karte. Gott, was sahen meine geklauten Tulpen dagegen mickrig aus. Den hätte sie heute geschenkt bekommen, erzählte sie mir, von dem klügsten und schönsten und mutigsten Mann auf der Welt. Und sie sei der glücklichste Mensch auf Erden, denn dieser Mann habe sie heute um ihre Hand gebeten. Mir brach es das Herz. So nah am Ziel, und dann alles zerronnen in Sekunden. Ich weinte die ganze Nacht. Die beiden haben noch im selben Jahr geheiratet, sie wurden sehr glücklich miteinander.«

Ich seufzte mitleidig. »Was ist aus ihr geworden? Weißt du, was sie heute macht?«

»Natürlich. Ich habe sie nie aus den Augen verloren, in all den Jahren nicht. Wenn sie lachte, stand ich im Hintergrund und freute mich, wenn sie traurig war, saß ich im Dunkeln und litt. Und als ihr Leben in Schieflage geriet, gab ich ihr alles, was ich besaß.« Bror schmunzelte. »Sie wohnt auf dem Ostkamm.«

Meine Augen wurden groß. »Helen Carter?«

»Die schöne Schwester von Peter Falkenhayn.«

»Du warst verliebt in Helen?«

»Wieso *war?*«

Ich brauchte einen Moment. »Weiß sie davon?«

»Doch, ja. Ich denke schon. Ich habe später noch oft unter ihrem Fenster den Mond angeheult, wenn ich betrunken war. Einmal hätte ihr Mann mich fast verprügelt, wir mochten uns nicht sonderlich. Ich hätte diesem Glückspilz zu gern mal das Gesicht verbeult, aber ich habe mich nie getraut.«

Die vielen Bilderrahmen auf der Kommode … »Er ist tot, nicht wahr?«

»Herzinfarkt. Ist schon ein paar Jahre her. Für ihn ging es schnell, für sie brach die Welt in Scherben. Ich fürchte, für immer.«

»Du hast ihr Monte Spina gegeben.«

»Wir drohten sie zu verlieren.« Bror räusperte sich. »Ich begann mich ohnehin zu fragen, was ich mit der Insel sollte. Es schien mir eine gute Möglichkeit.«

»Das war ganz groß von dir …«

»Wenig genug für einen Menschen.«

Hatte ich diesen Satz nicht schon mal gehört? Ich runzelte die Stirn, doch ich kam nicht drauf. »Helen geht's nicht gut. Sie sah schrecklich aus, als ich sie das letzte Mal gesehen habe.«

»Das wird wohl so sein. Man kann der Amerikanerin einiges vorwerfen, aber nicht, dass sie mich zu oft und grundlos anruft.«

»Bist du schon oben gewesen bei ihr?«

»Nein.« Bror schlang beide Arme um mich. »Weißt du, ich traf auf dem Weg dahin eine kleine nackte Meerjungfrau, die gerettet werden wollte.«

»Wirst du noch zu ihr gehen?«

»Du meinst heute Abend?« Er rutschte tiefer und zog mir das Laken herunter. »Nein. Nein, ich denke nicht.«

Noch in der Nacht begann es zu regnen, ein feiner, weicher Sprühregen, der den Sand von den Blättern spülte und den Staub aus der Luft zu waschen begann. Irgendwann hatte ich Bror zur Tür begleitet und ihm nachgesehen, wie er gähnend und mit dem Hemd über der Hose Richtung Haupthaus trabte. Kurz hatte ich mich gefragt, ob es sich überhaupt noch lohnte, ins Bett zu gehen. Aber als dann weit draußen über dem Meer ein neuer Morgen begann, da fühlte ich mich so frisch und klar wie schon lange nicht mehr. Lächelnd stieg ich unter die Dusche, versonnen trank ich meinen Kaffee, und leise singend lief ich wenig später hinüber zum Anzuchthaus, vor dessen Tür schon der Kater wartete und an mir vorbei ins Trockene schlüpfte. Den ganzen Vormittag arbeitete ich mich durch die Gänge und ärgerte mich im Stillen, in den letzten Wochen so viel Zeit mit sinnloser Grübelei vertan zu haben. Immer wieder blieb ich stehen, um mir eine Idee zu notieren oder eine Skizze zu machen, oder um den Kater zu ärgern, der auf dem Pflanztisch ein Nickerchen hielt. Als gegen Mittag der Regen nachließ und schließlich ganz aufhörte, steckte ich den Kopf aus der Tür und sah zum Himmel. Ich schaute zufrieden. Dann lud ich mir die Karre voll mit Setzlingen und fuhr hinunter zum Strand.

Als hätte sich die Welt all ihrer Sorgen entledigt, sangen schon jetzt wieder die Vögel so laut, dass es von den Felsen hallte. Die Sonne war durch die Wolken gebrochen und malte weit draußen auf die See einen Lichterfächer, ich blieb kurz stehen und lachte glücklich. Die Luft war erfüllt von einem Gurgeln und Plätschern, und große Tropfen glitzerten auf den Blättern wie Tau.

Am Fuß der Klippen schleppte ich meine Pflanzkisten in den Sand, dann schlug ich mich ins seitliche Gebüsch und begann die verkahlten Stellen vorzubereiten. Ich hatte gerade die ersten Jungpflanzen in der Hand, als ein Schatten im Grün die Vögel aufscheuchte: Max Bror kam zum Strand herunter. Die Stirn in Falten, trat er in die Sonne hinaus und legte die Hände auf das Geländer. Sein Blick ging prüfend über die Bucht: Er suchte mich.

Ich lachte leise und ging in Deckung. Ein Zweig hing mir im Blick, vorsichtig bog ich ihn zur Seite und beobachtete gespannt, wie Bror sichtlich enttäuscht zum Wasser hinunterging. Mit langem Gesicht schob er sich die Hände in die Taschen und sah zum Horizont.

Lautlos huschte ich die Böschung hinauf und den Pfad entlang, der hinunter zur Holzstiege führte. Ein Blick zu Max Bror, der mir nach wie vor den Rücken zukehrte. Dann hockte ich mich auf die oberste Stufe und wartete.

Es dauerte, bis er sich rührte. Mit gesenktem Kopf ging er ein paar Schritte, betrachtete seine Füße, malte Muster in den Sand und wandte sich schließlich um zum Gehen. Er schaute hoch. Und versuchte es noch zu verhindern, indem er sich wegdrehte – aber ich hatte sie längst gesehen, die kleinen Falten in seinen Augenwinkeln, die sich zu kräuseln begannen. Und so blieb ich sitzen an Ort und Stelle, als er auf mich zugeschlendert kam. »Warum zum Teufel wird hier nicht gearbeitet. Ich laufe seit Stunden durch den Park, und was finde ich? Nichts.«

»Du guckst eben nicht richtig hin. Ich bin doch hier.«

Ein wenig umständlich ließ er sich neben mir nieder. Sein Blick streifte meine verbrannten Arme, die staubigen Knie. »Immer dieses Kriechen durchs Unterholz.« Er klaubte mir ein Blatt aus dem Haar. »Was ist nur so toll daran?«

»Probier's doch aus.«

»Oh nein. Du machst aus mir keinen Gärtner, Toni, versuch es erst gar nicht.«

»Schade.« Ich stemmte mich hoch. »Dann musst du warten.«

»Wo willst du hin?« Bror machte ein langes Gesicht. »Ich dachte, wir machen was zusammen.«

»Geht nicht. Weißt du, mein Chef schleicht hier rum und kontrolliert, ob ich auch arbeite.«

»Ach der … den kenn ich. Nimm den nicht so ernst.« Ich bemerkte es zu spät, aber Bror hatte zu mir aufgeschlossen und packte mich von hinten. Ich schrie auf und strampelte, als er mich hochhob, doch Bror war unerbittlich und schleppte mich auf Händen ins Wasser. Als ihm die Wellen bis zu den Hüften gingen, fasste er mich fester. Dann warf er mich in voller Länge in die Brandung.

Das Wasser schlug über mir zusammen, ich ging unter und

tauchte wieder auf, patschnass und prustend. »Mann!« Ich wischte mir die Haare aus dem Gesicht. »Meine Schuhe!«

»Die ziehen wir aus.« Bror lachte noch immer und bückte sich. »Und der Rest muss auch runter. Du bist ja ganz nass.«

Ich sträubte mich noch und versuchte ihn abzuschütteln, doch Bror blieb beharrlich, und so gab ich irgendwann auf. Rasch knöpften wir uns gegenseitig Hemd und Bluse auf, öffneten unsere Gürtel und halfen uns aus der nassen Kleidung. Bror nahm die beiden Bündel und watete zu einem Felsen. Dann schwammen wir in die Bucht hinaus.

Wir umrundeten den Westkamm und fanden eine Klippe, die in der Sonne lag und sich erklimmen ließ. Eine ganze Weile hockten wir in der glitzernden Wärme und sahen zu, wie der Himmel über uns immer mehr aufklarte. Irgendwann schwammen wir zurück und balgten uns eine Weile im seichten Wasser, während uns ein Rudel trippelnder Strandläufer pikierte Blicke zuwarf. Meine Lippen waren schon blau und bibberten leise, als Bror mich in seine Arme zog. »Dir ist kalt. Wir sollten dich aufwärmen.«

Wir beluden uns mit Polstern und Handtüchern und schleppten sie zu dem Strandbett, das uns erwartungsvoll entgegensah. Eingemummelt bis zur Nasenspitze sah ich zu, wie Bror Laken spannte und Kissen verteilte, dann schlüpfte ich an seine Seite. Bror reckte sich und schloss die Vorhänge. »Toni Andersen …« Er ließ sich zurücksinken und zog mich mit sich. »Das ist sehr schön mit dir.«

Ich vergrub die Nase an seiner Brust.

»Hat die Heligan doch tatsächlich recht gehabt, als sie mir schrieb, die Kleine sei richtig. Irgendwie geht eine merkwürdige Wirkung aus von Beaulieu House.«

Ich roch das modrige Laub herbstlicher Eichen und schloss die Augen.

»Was hat dieser Garten nur, ich begreife es nicht. Ich war ein paar Mal dort. Aber mehr als hübsche Blümchen und Bäumchen konnte ich nicht finden.«

Schattental … So still und kühl. Und doch so tröstlich in dunkler Zeit.

»Einmal habe ich gewagt, Jayden danach zu fragen, und weißt du, was sie geantwortet hat? Davon verstünde ich nichts, dafür brauche es Demut. Ausgerechnet. Predigt mir Demut, aber mein Geld nimmt sie gern.«

Wir bleiben zusammen, Leon … Für immer und ewig.

»Hey.« Bror stutzte. »Was ist das?« Er versuchte, mir ins Gesicht zu spähen. »Ich sehe dunkle Augen mit Wolken darin.«

Ich wich ihm aus und sah zur Seite.

Eine Weile blieb Bror stumm und betrachtete mich. Dann ließ er sich tiefer rutschen, bis er mit mir auf Augenhöhe lag. »Komm. Erzähl mir von ihm.«

Es traf mich unvorbereitet, ich blinzelte.

»Ich seh's dir doch an. Er ist hier, nicht wahr? Er sitzt hier irgendwo und beobachtet uns.«

Ich erschrak fast, weil er so recht hatte.

»Na komm. Schließ die Augen.« Behutsam nahm Bror meine Hand. »Du weißt von mir so viel, und ich von dir fast nichts. Das geht so nicht, das müssen wir ändern.«

Ich soll dir vertrauen? Jetzt schon? Ich zögerte.

Doch dann schloss ich die Augen.

»Gut so. Und jetzt denk seinen Namen.«

Leon …

»Und jetzt sag mir, was du siehst.«

»Den alten Birnbaum …« *Toni? Bist du im Garten, Toni?*

»Was war mit diesem Baum?«

»Er stand in unserem Garten. Wir trafen uns dort jeden Abend auf der Rundbank, so ein wackliges Ding …« Ich bin hier, Leon, wo sonst? Oje, du hast dich geärgert. Komm erst mal runter. Hier, nimm dein Glas.

Ist das wieder dieser Wein?

Der so gut riecht, nach frisch gemähtem Gras und Ananas.

Schön, die ganzen Windlichter …

Hab ich für dich angemacht.

Erzähl mal, wie war dein Tag?

Und ich fange an, ich fange immer an, damit du erst mal durchatmen kannst. Ich erzähle dir von dem Aufsitzmäher, der mal wieder seinen Geist aufgegeben hat, und von meinem Chef, der heimlich von Urlaub in Kanada träumt und es doch nur wieder an die Mosel geschafft hat. Und du erzählst mir von dieser Kollegin, die tatsächlich in Kanada war, zum Heli-Skiing, was für ein Mist, nur um groß anzugeben und bunte Bilder zu posten. Und dann lachen wir beide und bauen Luftschlösser, Brasilien vielleicht oder Alaska oder mal zum Zelten in die Camargue. Und irgendwann geht die Sonne unter, und wenn die Farben verblassen und Rot nicht mehr von Grün zu unterscheiden ist, dann sagst du: jetzt. Und da ist die Erste. Und noch eine und noch eine, manchmal ist der ganze Garten voll davon. Abendsegler, auch Seidenöhrchen, hin und wieder mal eine Bartfledermaus. Und wenn uns dann kalt wird und wir hineingehen, dann sind auf einmal alle Probleme weg. Einfach so. Natürlich ist es der Wein, oder weil wir darüber geredet haben und alles außer uns beiden vollkommen unwichtig geworden ist. Aber du legst deinen Arm um mich und lachst, die Fledermäuse hätten sie uns vom Kopf gepflückt. Du bist immer so klug gewesen, Leon, mit deinen Gesetzestexten und Paragrafen, ohne dich hätte ich die Welt da draußen nie verstanden. Warum hast du mir nicht gesagt, dass die Fledermäuse eines Tages davonfliegen werden? Und nicht mehr zurückkommen?

»Dein Leon war ein glücklicher Mann …« Bror war seltsam ernst geworden. Gedankenverloren spielte er mit einer Locke, während ich ein wenig steif gefroren in seinen Armen lag.

Schließlich setzte ich mich auf. »Die Sonne verschwindet.« Ich wischte mir über die Wangen. »Ich geh mal hoch und zieh mir was an. Die Setzlinge müssen in den Boden, sonst war die ganze Mühe umsonst.«

Auch Bror schien wenig Hoffnung zu haben, die Stimmung noch retten zu können. Ernüchtert zog er die Vorhänge auf. »Was sage ich den Frauen, wenn sie mich gleich so sehen?«

»Na, die Wahrheit. Dass du unterwegs eine Meerjungfrau getroffen hast, die dir die Kleidung geklaut hat.«

Er suchte zwischen den Laken. »Kennst du das Märchen eigentlich?«

»Die kleine Meerjungfrau? Na klar: Sie verliebt sich in einen Menschenprinzen. Sie will ihn für sich gewinnen, also schwimmt sie zur Hexe und kauft sich Beine. Sie muss höllische Schmerzen ertragen, aber die Kleine ist tapfer und hält das aus. Und zum Schluss wird sie dafür belohnt mit ewigem Leben.«

»Nein.« Bror schlang sich ein Handtuch um die Hüften. »Nein, Toni. Falsch, ganz falsch. Tatsächlich wirft sie sich weg. Sie gibt ihr Glück auf für einen Mann, der nicht für sie vorgesehen ist. Weil sie dem Herzen den Vorzug vor der Vernunft gibt. Und alles, was sie dafür bekommt, ist Verklärung. Dieses Märchen ist kein Märchen, es ist eine Warnung.« Dann sah er meine Miene. »Ach, Mädchen …« Seufzend fuhr er mir durch die Locken. »Wir treffen uns auf dem Westkamm, ja? Ich dusche und ziehe mich um, und dann setzen wir uns irgendwohin und reden, in Ordnung?«

»Du weißt doch genau, warum sie das tat.« Ich entwand mich ihm. »Die Kleine *musste* es versuchen. Weil sich sonst der Rest ihres Lebens angefühlt hätte wie zweite Wahl.«

»Ich weiß.« Bror nahm die Treppe hoch zum Haupthaus. »Und genau deswegen trifft das Mädchen ja auch keinerlei Schuld.«

Die Sonne verschwand hinter dem Kraterrand, als Bror sichtlich aufgeräumt im Anzuchthaus erschien. Weißes T-Shirt, enge Jeans, die Nase gerötet vom Sonnenbrand. Ich versenkte mich in meine Pflanztöpfe und beschloss, mich zu ärgern.

Eine ganze Weile schlenderte er durch die Gänge. Hin und wieder blieb er stehen, las ein Etikett, roch an einer Blüte, strich mit der Hand über das frische Grün. Schließlich schob er sich in meinen Rücken und sah mir über die Schulter. »Was machst du da?«

Ich runzelte die Stirn.

»Komm schon, jetzt sei nicht beleidigt.« Bror stemmte sich auf den Pflanztisch. »Lass uns was machen.«

»Ich kann noch nicht. Siehst du doch.«

»Ich könnte dir behilflich sein.« Er nahm ein Schippchen und stocherte in der Anzuchterde. »Wie wär's, hm? Ich gehe dir hier zur Hand. Du bist eher fertig, und wir können früher nach nebenan. Hört sich doch gut an.«

Ich warf ihm einen Blick zu. »Was kannst du denn?«

»Eine Menge.«

»Die Volunteers beginnen mit Ausfegen.«

»Nicht so was. Komm schon, prüfe mich. Du wirst staunen, welche verborgenen Talente ich habe.«

Ich schaute skeptisch. Doch dann ging ich zum Wasserhahn und nahm die Brause aus der Halterung. »Du kannst hier drin durchwässern, wenn du willst.«

»Oha, eine Herausforderung. Hast du nichts Anspruchsvolleres für mich?« Bror nahm mir das Gerät aus der Hand und fuchtelte damit herum. »Also gut, von mir aus. Kann losgehen, Wasser marsch.«

Ich knipste ihm den Schlauch ans Ventil und verkniff mir ein Kopfschütteln. »Mach das vernünftig, klar? Wenn du einfach nur draufhältst, ohne nachzudenken, schwimmen dir die Jungpflanzen zur Tür hinaus. Und vergiss keine, verstanden? Wenn ich hier morgen früh kleine Leichen finde, kannst du dich gleich dazulegen.«

»Jawohl, Mrs. Heligan.«

»Am besten, du beginnst an der Tür und arbeitest dich vor bis ans andere Ende. Dann wechselst du rüber und machst weiter nach rechts.«

Bror bekam ein langes Gesicht. »Was denn. Da hinten auch?«

»Was hast du denn gedacht?« Ich drehte den Wasserhahn auf, der Schlauch rülpste und ringelte sich, Bror war zu ungeschickt und bekam den ersten Schwall auf die Hose. »Toni!«

»Schon falsch. Du sollst die Pflanzen gießen, nicht den Schritt.«

Er fasste nach und schaute hektisch. »Dreh noch mal zu!«

»Warum?«

»Der Strahl ist viel zu hart!«

»Du kannst ihn regulieren.«

»Was?«

»Vorn an der Spitze.«

»Wo?«

»Ich lass dich mal allein.« Ich gab ihm einen Klaps. »Soll doch eine Herausforderung sein oder etwa nicht?«

»Toni!«

Doch ich war schon aus der Tür gesprungen.

Als ich nach einer Weile zurückkehrte, spähte ich um die Ecke und schaute gespannt. Dann lehnte ich mich in den Türrahmen und verschränkte die Arme.

Bror hatte sich sein T-Shirt um die Hüften geknotet. Mit nackter Brust und gerunzelter Stirn ging er von Tisch zu Tisch, blickte wieder zurück, befühlte die Erde, fegte Tropfen von den Blättern, wo sie ihm zu schwer erschienen. Er bemerkte mich erst, als er den Schlauch nachzog. »Das ist fürchterlich heiß hier!«

»Steht dir gut, das rote Gesicht …«

Ein wenig fahrig sah Bror sich um. »Der Tisch da vorne, ich weiß nicht, ob ich das richtig gemacht habe. Und diese komischen Kakteen, bekommen die auch was? Und mir ist ein Pflanzkübel umgekippt, der liegt jetzt da hinten, unverschämt, wie schnell die kaputtgehen.«

»Lass gut sein, Max. Komm mal mit raus.«

Er schluckte. »Aber … ich bin doch noch gar nicht fertig.«

»Na los. Raus mit dir.«

Betreten stellte Bror das Wasser ab, dann hängte er die Brause zurück in die Halterung – und lachte erleichtert auf, als er in den Hof hinaustrat. »Und ich dachte schon, ich hätte es verpatzt.« Gerührt ließ er den Blick schweifen. Ich hatte Windlichter in den Feigenbaum gehängt, ein Dutzend Kerzen schaukelten im Abendwind und spiegelten sich in den Gläsern, die ich auf das Sitzmäuerchen gestellt hatte. Wie auf Kommando legten die Zikaden los und schmetterten ihren Nachtgesang so laut, dass er von den Wänden hallte. »Toni …« Bror zog mich in seine Arme. »Das ist sehr schön hier, Toni.«

»Dein Tag ist noch nicht zu Ende.« Ich fischte ein zerknautschtes Büchlein aus der Tasche. »Da.«

»Was ist das?«

»Darin schreiben wir für uns auf, was wir wann im Garten gemacht haben und warum. Wir machen uns Notizen über den Tag oder fertigen eine Skizze, wenn wir zu irgendetwas eine Idee haben.«

Bror setzte sich zu mir auf die Mauer und blätterte durch die Seiten. »Du zeichnest gut.«

»Na ja …«

»Komm schon, gibt's zu. Die Blüte hier kenne ich, habe ich schon mal gesehen. – Und jetzt soll ich da was reinschreiben?«

»Es ist eine Ehre: dein erster Eintrag. Bei der Heligan wurde so was richtig zelebriert, mit Chips und Piccolo.«

Bror trank einen Schluck und dachte nach. Als er zu schreiben begann, drehte er sich so, dass ich nichts sehen konnte.

Schließlich schlug er das Buch zu. »Fertig. Ich habe Hunger.«

»Zeig mal.« Ich reckte den Arm, doch er wand sich. »Gib schon her. Ich lese es ja doch.«

Bror schaute zu, wie ich die Seiten durchsuchte. Meine Augen wurden groß. »Das ist ja richtig viel …«

»Lies vor.«

Ich hatte die Zeilen überflogen und spürte meine Wangen warm werden.

»Lies es vor, Toni.« Bror legte den Arm um mich. »Bitte. Ich will es mit deiner Stimme hören.«

»Zwölfter Mai.« Ich schluckte. »Der Garten hat einen neuen Helfer. Er kann nicht viel und hat wohl auch kein Talent. Er bemühte sich sehr, aber wahrscheinlich wird es nicht reichen. Er wird eine Menge kaputtmachen, und alle werden sich freuen, wenn er wieder weg ist, denn so ist das immer. Aber eins ist ganz sicher: Seinen ersten Tag wird er niemals vergessen.«

13

Helen

Später würde ich einmal sagen, es hätte sich angekündigt, das Ende von Toni und Bror.

Ich hatte unruhig geschlafen in der Nacht. Jemand hatte an meinem Bett gestanden und mit dem Finger auf mich gezeigt. Du hast was übersehen, Toni. Du warst abgelenkt und hast nicht aufgepasst. Wie konnte dir das passieren.

Als schließlich der Morgen anbrach, der erste der letzten Morgen auf Monte Spina, trat ich barfuß und im Hemdchen auf die Veranda hinaus. Und erschrak. Auf der Brüstung, nicht weit von mir, hockte ein riesiger Vogel. Ein Herrscher der Lüfte, ein Fischadler, ich erkannte ihn an seiner weißen Brust und den nackten Fängen, die er um das Holz geschlagen hatte. Einen Moment lang stand ich einfach nur da und sah ihn an. Dann trat ich näher, seltsam angezogen von dem prächtigen Tier. Als ich meine Hand nach ihm ausstreckte, rührte er sich nicht von der Stelle, und als meine Fingerspitzen sein Gefieder streiften, behielt er mich scharf im Auge und starrte mich an. Schließlich öffnete er seine Schwingen und ließ sich in den Abgrund fallen. Ich sah ihn in einem weiten Bogen durch die Bucht segeln und noch einmal zurückkehren zu mir, als wollte er mir einen letzten Blick zuwerfen. Dann verschwand er hinter den Felsen.

Ich kniete im Wandelgang zwischen den Stauden, als ich sie kommen hörte. Sophia hastete durch den Garten, immer wieder verdeckt von Palmen und Strauchwerk, doch unverkennbar erregt. Kurz richtete ich mich auf und zögerte. Doch dann versenkte ich mich wieder in meine Arbeit, aber hellwach und mit geweiteten Augen. Und so bemerkte ich die beiden sofort, als

Bror mit der keuchenden Köchin im Schlepptau über die Terrassen hoch zum Ostkamm lief. Ich überlegte nicht lange. Etwas musste passiert sein, etwas sehr Schwerwiegendes, also sprang ich auf und rannte den beiden nach, über die Liegewiesen, durch den Palmenhain und die schmale Treppe hinauf zu den Angestelltenhäusern. Ich musste nicht lange suchen. Eine der Türen stand sperrangelweit offen wie ein düsterer Schlund.

Ich roch es, noch bevor sich meine Augen an den dunklen Flur gewöhnt hatten: den scharfen Gestank von Erbrochenem, vermischt mit der abgestandenen Luft einer langen, einsamen Nacht. Dann folgte ich den Geräuschen, einem Würgen und Spucken, das aus dem Schlafzimmer kam. Bror hockte auf Helens Bettkante und bemerkte mich nicht. Mit beiden Händen hielt er die Hausdame an den Schultern, die sich wieder und wieder in eine Plastikschüssel auf ihrem Schoß erbrach. Nachthemd und Laken waren verklebt und besudelt, und auf dem Boden stand eine bereits benutzte Schüssel, achtlos zur Seite geschoben. Mir wurde kalt. Meine Augen glitten zum Nachttisch, zu den aufgerissenen Tablettenverpackungen und Blisterstreifen, die sich dort stapelten. Zu Max Bror, dessen Gesicht eine wächserne Blässe entstellte. Zu Sophia, die ein wenig abseits stand und mir winkte. »Kind, rasch. Lauf hinüber in meine Küche und hol frische Handtücher. Und bring eine neue Schüssel mit.«

Hastig wühlte ich mich durch die fremde Wohnung, dann lief ich zurück und stieß fast mit Lou zusammen, die mit gesträubtem Haar durch die Haustür stolperte.

»Er ist Segeln vor Bali.« Sie schnappte nach Luft. »Sie versuchen es weiter und buchen den nächsten Flieger. Aber er wird mindestens achtzehn Stunden brauchen.«

»Achtzehn Stunden.« Bror ruckte hoch und blinzelte. »Achtzehn Stunden. So lange.«

»Das ist zu lang.« Sophia trat vor und nahm ihm die benutzte Schüssel ab. »Das ist unmöglich. Sie behält die Tabletten nicht mehr bei sich, und ohne die Tabletten werden die Schmerzen zu groß.«

Bror sah zum Nachttisch, zu Sophia, zu der Hausdame in seinen Armen und wieder zurück. »Achtzehn Stunden. Oh, Gott, Peter …«

Sophia schob ihn zur Seite und ergriff Helens Hand. »Denken Sie nach, Mr. Bror. Denken Sie nach, aber denken Sie rasch. Sie wissen seit Tagen, wie es um sie steht. Aber es gibt ja so viel Amüsanteres im Leben als eine sterbende Frau, nicht wahr?«

»Max?«

»Ja, Helen, ich bin hier.« Hastig beugte Bror sich zu ihr.

»Ihr habt es mir versprochen …«

»Peter ist noch nicht hier. Aber er sitzt schon im Flieger.«

»Wie lange noch?«

»Nicht mehr lange.«

»Max. Es tut so weh …«

Der nächste Brechreiz kam, Helen war nicht schnell genug und verfehlte die Schüssel, sodass der säuerliche Schleim auf das Laken schoss. Sie schluchzte auf, dann presste sie sich beide Hände auf den Magen und krümmte sich gegen den Schmerz.

Auf Brors Stirn glänzte der Schweiß. Fahrig wischte er sich über die Lippen und sah zu Sophia. »Haben wir denn nichts anderes da?«

»Das hilft schon lange nicht mehr.«

»Und wenn wir doch noch einen Arzt holen?«

»Aber dann würde er sie mitnehmen.«

»Zumindest hätte sie dann keine Schmerzen mehr.«

»Und das hatten Sie drei so vereinbart, ja?«

Bror atmete schwer und sah auf das kleine Wesen in seinem Schoß, das zur Seite gerutscht war und leise zu weinen begonnen hatte. Dann stand er auf.

»Waschen Sie sie. Ziehen Sie ihr frische Kleidung an, lüften Sie das Zimmer. Und versuchen Sie es noch einmal mit den Tabletten. Ich brauche eine Viertelstunde.«

Er drehte sich um und wandte sich zum Gehen. Doch Sophia packte ihn am Arm.

»Beeilen Sie sich, Mr. Bror. Tun Sie ein einziges Mal so, als würde Ihnen das Leid eines Menschen irgendetwas bedeuten. Und gnade Ihnen Gott, sollte Ihnen wieder etwas dazwischenkommen.«

Ich holte ihn am Ende des Oleanderwegs ein. Dort, wo in der Sturmnacht eine Palme ins Meer gestürzt war und nun eine Wunde klaffte. »Max …«

Doch Bror ging schneller und hörte mich nicht.

»Max, warte.« Ich erwischte ihn am Ärmel, aber er riss sich los und lief weiter.

»Jetzt warte doch mal!«

Stumm nahm er die Kurve an der Abbruchkante und eilte Richtung Haupthaus.

»Mensch, jetzt warte doch mal! Nimm mich doch mit!« Ich sprang ihm nach und packte ihn, doch Bror entwand sich und kämpfte, spannte die Muskeln, nahm zu viel Schwung, verschätzte sich und zog mir aus Versehen die Hand durchs Gesicht. Ich schrie auf und stolperte, taumelte zur Seite, dem Meer entgegen, sah schon die Kante kommen und erwischte einen Ast, rutschte aus und schlug hart auf die Knie. Schwer atmend starrte ich in den Abgrund zu meinen Füßen, auf die messerscharfen Felsen und Klippen tief unter mir.

Schließlich stemmte ich mich hoch. Seltsam benommen wandte ich mich um. Und spürte, wie etwas erstarb in mir.

Er hatte sich noch nicht einmal umgedreht. Das Kinn gesenkt und die Hände tief in den Taschen vergraben, nahm Bror die letzten Stufen in den Park hinunter und verschwand in den Schatten des Laubengangs.

Als ich auf den Ostkamm zurückkehrte, fühlte ich mich wie taub. Schweigend schob ich mich ins Zimmer und betrachtete die drei Frauen vor mir. Sophia hatte sich zu Helen auf das Bett gesetzt und bürstete ihr die Haare, während die Hausdame sichtlich erfrischt in ihren Armen lehnte. Lou sprang durch den Raum und sammelte schmutzige Lappen und Kleidungsstücke ein. Kurz schaute sie hoch. »Wie siehst du denn aus?«

Ich sah an mir hinunter. An meinem Shirt hingen trockene Zweige und Tamariskennadeln, das linke Knie war aufgeschlagen und blutete. »Ich bin ... hingefallen. Ich war zu schnell und bin ausgerutscht.«

»Aufs Gesicht, ja?« Lou tippte sich an die Lippe, ich tat es ihr gleich und zuckte, als ich den Riss spürte.

»Na komm.« Die Freundin zog mich mit sich. »Du kannst mir helfen, ich will den Boden feucht wischen. Es klebt da so scheußlich vor dem Bett.«

»Lou?«

»Was ist?«

»Was passiert hier ...«

»Das siehst du doch. Helen stirbt. – Komm, halt mal den Eimer.« Lou schob mich durch die Küchentür. »Helen ist schon krank auf die Insel gekommen. Bror hat ihr das Haus hier angeboten, als er davon erfuhr, er hat wohl gedacht, das Ganze ginge schneller. Dass sie noch so lange durchhalten würde, hat sie wohl selbst nicht geglaubt. Aber jetzt ist es so weit.«

»Was ... heißt das?«

»Die Schmerzmittel helfen nicht mehr. Und für etwas noch Stärkeres müsste sie ins Krankenhaus, aber das will sie nicht. Also haben die drei etwas vereinbart. Es liegt eine Spritze im Medizinschrank oben im Haupthaus, und wenn Helen sagt, dass es nicht mehr geht, dann sollen die beiden sie ihr geben.«

»Die beiden?«

»Na, Peter und Bror. Aber Bror hat's vermasselt. Er war, na ja ... beschäftigt und hat nichts unternommen, obwohl wir hier schon seit Tagen Alarm schlagen. Er ist nicht ein einziges Mal bei ihr auf dem Ostkamm gewesen, seit er wieder auf der Insel ist.

Jetzt wird Peter nicht mehr rechtzeitig hier sein können, und Bror muss es alleine tun.«

Mein Herz zog sich zusammen. »Woher weißt du das alles?«

»Von Peter natürlich.« Lou bückte sich. »Ich hab ihn damals gefragt, was seine Schwester gegen mich hat. Weißt du, was es war? Meine Narben. Weil ich mein Leben wegschmeißen wollte und Helen das ihre so gern behalten würde.« Sie warf einen Lappen ins Wasser, es platschte laut. »Aber ich hab schon lange gewusst, dass da was nicht stimmt. Hast du dich nie gefragt, was ich eigentlich hier die ganze Zeit mache? *Ich* hab den Laden auf Monte Spina geschmissen, nicht Helen. Die hat doch wegen der Tabletten gar nicht mehr geradeaus denken können zum Schluss.«

»Und Sophia? Wusste sie davon?«

»Toni: Sophia ist ein Kindermädchen. Was hast du denn gedacht, was sie hier den ganzen Tag macht, ein leeres Haus bekochen? Bror hat sie eingestellt, damit sie sich um Helen kümmert. Damit er kein schlechtes Gewissen haben muss, wenn er unten am Strand seine Mädchen bumst.«

Das Blut schoss mir in die Wangen. Lou bemerkte es und sah mich mitleidig an. »Ach, Toni …«

Sophia bog um die Ecke, in den Händen schmutzige Tücher und eine benutzte Schale. »Wir haben Glück, sie wird ruhiger. Gott verleihe diesem Mann Flügel, damit er zurückkommt, ehe sie die Tabletten wieder ausspuckt.« Dann sah sie zu mir und runzelte die Stirn. »War er das?« Sie nahm mich beim Kinn, doch ich entwand mich ihr. »Was passiert hier …? Ich verstehe das alles nicht.«

»Ach, Kind.« Sophia seufzte und warf die Tücher in den Müll. »Wenn sie es doch nun mal so möchte. Weißt du, Helen war schon immer eine sehr stolze Frau. Krankheit und Schwäche gab es für sie immer nur bei den anderen. Und so hält sie es auch zum Schluss. Nichts ist für sie unerträglicher als die Vorstellung, dass fremde Menschen sie leiden sehen. Jeder sollte sich seinen eigenen Weg wählen dürfen, findest du nicht?«

Ein Schatten fiel durch die Tür, Sophia verstummte. Hastig

packte sie Lappen und Eimer und verschwand mit Lou Richtung Schlafzimmer.

Bror war aufgetaucht. Er musste gerannt sein, seine Wangen waren fleckig, und sein Atem ging rasselnd. Einen Moment lang sah er den beiden Frauen nach. Dann schaute er mich an. Sein Blick wanderte über mich, über meine Lippe, das schmutzige Shirt. Zum linken Knie, das heftig zu brennen begonnen hatte. Seine Brust hob und senkte sich heftig. Dann griff er fester um die kleine Schachtel in seiner Hand und ging weiter.

Helen lächelte, als sie ihn kommen hörte. »Max … du hast mich nicht vergessen.«

»Ach Helen, was denkst du nur.« Bror wollte sich setzen, doch Sophia ging dazwischen.

»Wir sind hier noch nicht fertig. Das Bett muss neu bezogen werden, helfen Sie uns.«

Hastig fasste Bror die Hausdame unter den Knien, dann hob er sie aus den Laken und trug sie zu einem Stuhl. Dort ließ er sich mit ihr nieder, während Sophia das Bett abzuziehen begann. Schweigend umschlang er Helen mit beiden Armen und begann sie zu wiegen wie ein kleines Kind. »Weißt du noch? Wir beide? In Greenwich Park?«

Helen schloss die Augen.

»Bei uns daheim wurde mal wieder gestritten. Draußen schien die Sonne, aber zwischen meinen Eltern flogen die Fetzen, schon den ganzen Vormittag lang. Ich nahm mein Fahrrad und wollte nur weg.«

»Ich hab dich gesehen und bin dir nach …«

»Ich war so wütend. Ich hätte die ganze Welt zerschlagen können.«

»Ich hab dich gefunden. Unten im Tal. Weiß wie die Wand und die Hände ganz blutig.«

»Diese verdammte Kurve.« Bror knurrte. »Ich hab mich später noch zweimal da unten langgelegt.«

»Du warst so klein … Ein zorniger kleiner Knirps mit verheultem Gesicht.«

»Ich hab nicht geheult.«

»Doch, das hast du. Du warst sieben und hast geheult.«

Bror lächelte und schmiegte sie an sich. »Du bist von deinem Rad abgestiegen und hast mich in deine Arme gezogen. Ich weiß noch genau, wie du gerochen hast, nach Sonne und Seife und Erdbeereis. Und dann hast du mich auf deinem Gepäckträger nach Hause gefahren. Der magere Max und die schöne Helen. Himmel, war ich verknallt in dich damals.«

»Ich nahm dich mit zu uns …«

»Du hast mir die Wunden ausgewaschen und die Hände verbunden.«

»Ich kochte uns Porridge …«

»Peter war stocksauer, weil ich die ganzen Erdbeeren bekam.«

»Da hatten deine Eltern schon bemerkt, dass du verschwunden warst. Man fand dein Fahrrad unten im Tal. Deine Mutter schrie das ganze Viertel zusammen.«

»Und ich hockte stillvergnügt mit Peter in deinem Bett. Du hattest uns ein Zelt bauen lassen aus einem Laken, ich glaube, wir spielten … Wolfsblut und Kara Ben Nemsi und grillten Fische über dem Lagerfeuer. Und als es Nacht wurde, durften wir bei dir schlafen. Draußen verhängte meine Mutter den Ausnahmezustand, und ich lag drinnen zwischen Peter und dir, und du hast uns vorgelesen beim Schein der Taschenlampe.«

Helen seufzte. »Natürlich flog ich auf. Ich durfte wochenlang das Haus nicht verlassen. Und deine Mutter sprach nie wieder ein Wort mit mir.«

»Aber die beiden haben sich kein einziges Mal mehr vor mir gestritten. Meine Eltern taten sich weh und verletzten sich, wo und wann immer sie konnten. Aber nie wieder in meiner Gegenwart. Und das taten sie wegen dir.«

Helen lächelte. Dann schloss sie die Augen. »In dem Jahr traf ich David …«

»Dieser Mistkerl. Wie kann ein einzelner Mensch nur so viel Glück haben. Ich hätte ihn umbringen können.«

»Er wusste das.«

»Wie bitte?«

»David hat immer gesagt, er fürchte nichts, weder Krankheit noch Armut oder Tod. Aber dieser dunkle Knirps mit dem unguten Schweigen, der mache ihm Angst.«

»Dave hatte Angst vor mir? Nicht zu fassen. Vielleicht mochte ich ihn ja doch ein bisschen.«

Die beiden lächelten und schmiegten sich aneinander.

»Was meinst du, Max: Wird er dort auf mich warten?«

»Na, das will ich doch hoffen. Wenn nicht, merk's dir und erzähl mir davon, wenn ich nachkomme. Dann verbeule ich ihm doch noch sein hübsches Gesicht.«

»Max?«

»Ja?«

»Ich hab Angst ...«

Bror runzelte die Stirn. »Wovor, vor da oben? Ich bitte dich. So wie ich Dave kenne, wird er lässig am Tor lehnen und sagen: Wo zum Henker bist du so lange gewesen, Mädchen? Hier war es todlangweilig ohne dich. Max hat gesagt, ich soll die Finger von den Frauen hier oben lassen, also – was sollte ich machen? Der Typ war schon immer berüchtigt für seinen brutalen linken Haken.«

Helen lachte leise. Dann schauderte sie. »Wann kommt Peter?«

»Gleich. Er ist schon auf der *Jayden.*«

»Ob er mir noch etwas vorliest?«

»Solange du willst.«

»Wirklich?«

»Ganz bestimmt sogar.«

Helen schauderte wieder und verzog das Gesicht, Bror hielt sie fester. »Ist dir kalt?«

Sie nickte.

»Dann komm. Komm, kleine Helen. Zeit, ins Bett zu gehen.«

Sophia war hinüber ins Wohnzimmer gegangen, nun kehrte sie zurück mit einem der Bilder, das auf der Kommode gestanden hatte. Dem letzten in der Reihe, dem mit der Iris. Helen lehnte sich in die Kissen zurück und betrachtete es einen Moment. Schließlich löste sie den Rahmen, zog das Foto heraus und legte es auf ihre Brust. Dann schloss sie die Augen.

Bror hatte den Inhalt der kleinen Schachtel vor sich auf den Nachttisch gelegt. »Ich wäre dann jetzt gern allein mit ihr.«

Sophia zögerte. »Was ist mit Carlos?«

»Er ist auf der *Jayden*. Lassen wir ihn. Er würde es nicht verstehen.«

Und so fassten Lou, Sophia und ich uns an den Händen und verließen das Haus. Schweigend überquerten wir den Hof und setzten uns auf eine Bank in der Mitte des Platzes. Dort harrten wir aus, während der Schatten der Vormittagssonne über das Pflaster zu wandern begann.

Keine von uns hätte sagen können, wie viel Zeit vergangen war. Schließlich öffnete sich die Tür wieder, und Max Bror trat in die Sonne hinaus. Er hatte sich die Haare gekämmt und das Gesicht gekühlt, ich sah Spuren von Nässe auf seinem Hemd. Seine Augen und die fleckigen Wangen verrieten, dass er heftig geweint hatte. Kurz blieb er stehen und sah zu uns herüber.

»Sophia.« Seine Stimme klang fremd, er musste sich räuspern. »Rufen Sie in Arrecife an. Sagen Sie, dass die Hausdame von Monte Spina heute verstorben ist.«

14

Das Ende

Die folgenden Stunden glitten an mir vorbei wie im Nebel. Später würde ich nicht sagen können, womit sich meine Hände beschäftigt hatten, während es dunkel wurde auf Monte Spina. Ich erlebte die Ankunft des Arztes, der von Sophia empfangen und über den Ostkamm geführt wurde. Er brauchte keine fünf Minuten. Dann verließ er das kleine Zimmer wieder und drückte uns Frauen stumm die Hand. Ich war dabei, als Peter die Insel erreichte, grau und gebeugt von Schmerz und hastiger Reise. Lange Stunden verbrachte er in dem stillen Haus hoch über dem Meer. Später konnte ich ihn hören, wie er unter dem Jacarandabaum saß und weinte. Ich sah Männer mit gesetzten Mienen über den Oleanderweg schreiten, sah sie mit dem Sarg in die Hafengrotte einbiegen und dort von Lou ausgedruckte Papiere unterschreiben. Ich sah den Bootsmann, tränenüberströmt und mit zitternden Lippen, wie er mehrere Minuten brauchte, um die *Jayden* aus dem Felsentor zu steuern.

Nur Max Bror sah ich nicht.

Immer wieder hielt ich inne und schaute hoch zum Laubengang, hoffte auf eine Bewegung im Halbdunkel, Schritte auf den Außentreppen. Ich suchte mir in den Morgenstunden Arbeit am Pool oder unten am Strand, wartete auf eine Hand am Geländer, auf ein Handtuch, das in den Sand geworfen wurde. Doch vergeblich. Einmal hielt ich es nicht mehr aus und lief hoch ins Obergeschoss. Ich hörte Musik hinter den Mauern, gewaltige Chöre, wild klagend und schrecklich. Ein wenig scheu klopfte ich an die Tür, zuerst zaghaft, dann fester und fester. Schließlich drückte ich die Klinke herunter. Aber die Tür war abgeschlossen. Verzweifelt starrte ich auf das Holz. Dann drehte ich mich um und ging.

Es war am dritten Morgen nach Helens Tod, als ich verwelkte Blüten aus der Bougainvillea am Wandelgang schnitt und Lou aus dem Haupthaus kommen sah. Die Freundin zögerte. Dann schob sie sich die Hände in die Taschen und kam herüber zu mir. »Komm, Toni. Setzen wir uns einen Moment.«

Eine ganze Weile hockten wir nebeneinander und betrachteten unsere Hände.

Irgendwann rührte sich Lou. Das Pink ihrer Haare war einem Lackschwarz gewichen, und die spitze Nase wirkte in dem schmalen Gesicht seltsam blass. »Er hat mir gerade gekündigt.«

Ein eisiger Riss quer durch mein Herz. »*Was?*«

»Bror sagt, er braucht mich nun nicht mehr. Er wird das Anwesen auflösen und Monte Spina verkaufen. Ich hab gedacht, du solltest das wissen.«

Ich musste mich am Geländer abstützen, so hastig hatte ich die Treppe genommen. Ohne nachzudenken warf ich mich auf die Klinke. Und diesmal gab die Tür nach und ließ mich ein wenig unbeholfen in das Entree stolpern. Das Mobile über meinem Kopf geriet ins Trudeln und drehte sich mir nach, als ich um die Ecke in die Bibliothek bog – und wie angewurzelt stehen blieb.

Er hatte begonnen, die Regale zu räumen. Die meisten Fächer waren schon leer, andere hatten ihren Inhalt zu wilden Haufen auf den Boden gespuckt. Große Holzkisten standen an den Wänden, die Musikanlage war in ihre Bestandteile zerlegt und wartete mit eingerollten Kabeln auf ihren Abtransport. Verpackungsmaterial, Klebebänder, Plastikfolien lagen herum, lose Blätter hatten sich in den Ecken gesammelt wie Falllaub im Herbst.

Bror saß auf dem Boden mit dem Rücken zur Wand und rauchte. Übervolle Aschenbecher konnten ihren Inhalt kaum halten, leere Flaschen und Gläser hatten Ringe hinterlassen, eines war zerbrochen und lag in Scherben. Er selbst wirkte so ungepflegt, dass ich fast meinte, ihn riechen zu können. Seine Haare hingen strähnig und ungewaschen herunter, er war nicht rasiert, und sein Hemd hatte Flecken und einen gelblichen Rand am Kragen.

Er sah von seinem Buch auf, als ich im Türrahmen auftauchte. »Toni.« Er nahm einen Zug. »Klopft man nicht an, da, wo du herkommst?«

Mein Herz schlug hart und laut. »Warum packst du?«

Er blies seinen Qualm in die Luft.

»Und warum rauchst du wieder? Was soll das alles?« Ich fuhr mir durch die Locken, dass sie abstanden nach allen Seiten. »Ich weiß, das alles ist schlimm für dich. Was du für Helen getan hast, war … monströs und unvorstellbar. Aber wir alle hier quälen uns doch und machen uns Vorwürfe! Sophia schläft nicht mehr, weil sie denkt, sie hätte dich viel früher auf die Insel holen müssen. Lou stopft sich mit Schokolade voll, Peter ist um Jahre gealtert, und Carlos fragt die ganze Zeit, wann Helen denn wieder zurückkommt zu ihm. Und ich …« Ich stockte.

Bror hatte sich vorgebeugt und zerdrückte seine Kippe im Ascher.

Ich atmete schwer. »Du gibst mir die Schuld, stimmt's? Weil du mit mir im Bett warst. Weil du zu mir gekommen bist, statt dich um Helen zu kümmern.« Verzweifelt rang ich die Hände. »Es zerreißt mich ja selbst. Ich bin … wütend auf mich, weil ich nichts gemerkt hab oder nichts merken wollte. Ich hab den Kopf voll mit Dingen, die ich Helen noch hätte sagen wollen, dass ich sie bewundert hab, weil sie so klar war und stolz und aufrecht. Ich bin verunsichert und traurig und schäme mich. Aber mach doch jetzt bitte nicht alles kaputt!«

Bror klopfte sich die Taschen ab.

»Mach doch jetzt nicht alles kaputt. Verkauf doch nicht die Insel. Schmeiß uns doch nicht raus!«

Er stutzte. »Aber ich schmeiß euch doch gar nicht raus.« Ein wenig schwerfällig stemmte er sich hoch und angelte nach einer neuen Packung. »Ich habe nicht vor, Carlos, Sophia und dir zu kündigen. Es wird für den Verkauf der Insel von Vorteil sein, ein eingespieltes Personal bieten zu können. Nur die Amerikanerin wird hier nicht mehr gebraucht, soll sie sich einen neuen Platz in der Welt suchen.«

Ich brauchte einen Moment. »Du gibst Monte Spina auf? Warum? Hätte Helen das denn gewollt?«

»Ach Gott. Helen ist tot, schon vergessen? Die Insel hat mich genug gekostet, jetzt kann sie mal jemand anderem das Geld aus der Tasche ziehen.«

Ich schluckte hart. »Und ich?«

Bror schob sich eine Zigarette in den Mund.

»Was ist mit mir?«

»Was soll mit dir sein.«

»Du lässt mich hier zurück? Allein?«

»Ach, die Insel wird schon einen neuen Besitzer finden. Ich kann ja nach jemandem suchen lassen, der eine Vorliebe hat für Locken und kurze Fingernägel. Wenn dir das wichtig ist.« Bror grunzte. »Oha, das war nicht nett. Bitte entschuldige.« Sein Feuerzeug schnippte. »Dann … komm halt mit.« Er nahm einen tiefen Zug. »Bitte sehr, von mir aus. Ich besitze ein Dutzend Häuser mit großen Gärten, irgendwas wird schon dabei sein für dich. Hier –« Er reichte mir ein Foto. Fremdländische Bäume, ein großes Portal. Zwei Menschen mit weißen Haaren, und in ihrer Mitte ein Teenager, das schöne Gesicht entstellt von hässlichem Zorn.

»Bist du das?«

»Das ist Tres Lagos, das Landgut meiner Großeltern in Asturien. Der Gärtner dort oben ist uralt und schnippelt alles kurz und klein. Er könnte eine tüchtige Hilfe gut vertragen.«

Ich starrte in die fremden Gesichter.

»Oder Kopenhagen oder London, was weiß ich. Irgendwas werden wir schon finden für dich, nicht wahr?«

Ein eisiger Luftzug von irgendwoher. »Das wünschst du dir

also?« Ich fröstelte und schlang beide Arme um mich. »Ich soll mit dir mitkommen, ja? Ich soll bei dir bleiben, für immer?«

Bror seufzte. »Ach, Toni. Ehrlich gesagt ist es mir vollkommen gleich, was du machst. Willst du auf Monte Spina bleiben? Bitte sehr. Ich kann eine Klausel in die Kaufverträge aufnehmen lassen, dass sie dir nicht kündigen können. Willst du mit mir kommen? Auch gut, warum nicht. Wir beide, hin und wieder auf dem Pflanztisch? Könnte ganz nett werden.«

Etwas in seiner Stimme ließ mich stutzen.

»Du musst dich nicht sofort entscheiden, schreib mir einfach eine Mail. Ich sage dem Vorzimmer Bescheid, dass sie sich darum kümmern, wenn ich nicht da bin.«

Ich runzelte die Stirn und überlegte.

»Obwohl – darf ich ehrlich sein? Am liebsten wäre mir ja, du würdest noch ein bisschen auf der Insel bleiben. Fleißige Hände und ein appetitlicher Hintern würden sich gut machen bei den Käufern, denke ich. Ein schwitzendes Mädchen auf den Knien im Dreck? Letztlich stehen wir Männer doch alle darauf.«

Und endlich kam ich drauf.

»Was ist?«

Meine Augen wurden groß.

»Was soll das? Hör auf, mich so anzustarren.«

Ich schob mir die Hände in die Taschen.

»Toni! Herrgott, starr mich nicht so an! Sag, was es ist, und dann geh endlich!«

»Du hast ja Angst.«

Bror erstarrte.

»Wovor denn? Dass ich sehen könnte, was gerade los ist bei dir? Das weiß ich doch längst. Du hast jemanden betrogen, der dir wichtig war. Du hast Helen da oben liegen lassen, während du deinen Spaß hattest, und hast ihr zum Schluss auch noch den Abschied vom Bruder genommen. Und jetzt hast du Angst, dass dich das auffrisst. Weil doch schon so vieles in dir ist, was dich auffrisst. Dass du es nicht mehr zu deinem Vater geschafft hast. Dass du deine Familie kaputtgemacht hast, weil du ein Lügner und Betrüger warst. Dass du niemals wissen wirst, was es für ein Gefühl ist, wenn Jayden unten am Strand auf dich wartet.«

Bror schürzte die Lippen.

»Na klar, du lachst. Läuft doch alles nach Plan. Gleich schlägst du zu und drückst mich in den Staub, und dann spucke ich vor dir aus und laufe davon, und du kannst wieder zurück zu deinem Buch und zu diesem Foto, das du dann wieder nächtelang anstarren wirst.« Ich verschränkte die Arme. »Aber diesmal liegst du falsch, Max Bror. Ich laufe nicht davon. Ich werde hierbleiben, hier auf deiner Insel, und auf dich warten. Jeden Abend wenn die Sonne untergeht, werde ich da unten am Strand auf den Stufen sitzen. Und wenn du dein Licht löschst, in London oder Madrid oder Gott weiß wo, dann wird da ein weiteres Bild sein, das aus dir herauskriecht: von mir auf diesen Stufen im Sand. Das wirst du dir anschauen müssen, immer und immer wieder, bis draußen vor deinen Fenstern die Sonne aufgeht.«

Brors Lächeln war schmaler geworden.

»Glaubst du mir nicht? Dass ich hier auf dich warten werde? Dass ich auf dieser Insel bleiben werde, Tag für Tag und Jahr für Jahr, bis ich zu alt geworden bin, um von hier weggebracht zu werden? Kein Problem! Fangen wir gleich damit an!« Ich warf mich herum und stürmte zur Tür.

»Warte!«

Bror war mir gefolgt und griff nach meiner Hand. »Warte. Komm wieder zurück.« Er zog mich in seine Arme, ich spürte seine Wärme und die Welle der Erleichterung, die mir durch Kopf und Magen schoss: Gott sei Dank. Er hat das alles nicht ernst gemeint. Ich wankte ein wenig und lehnte mich an ihn, hörte nicht das Rasseln und seinen kranken Atem, als er mir die Hand in den Nacken schob. Erschöpft schloss ich die Augen.

»Du irrst dich, Toni.« Behutsam drückte Bror mich fester. »Hier geht es nicht um mich. Dass mich in meinem Leben noch irgendetwas auffressen könnte, lässt mich vollkommen kalt. Ich habe auch keine Angst mehr davor, jemanden zu verlieren oder zu enttäuschen oder jemandem wehzutun, der mir mal wichtig war. Weil Schmerz immer nur dort entsteht, wo die Haut weich ist. Und ich bin völlig vernarbt.« Er unterdrückte ein Husten und zog mich noch enger an sich.

«Aber da ist die Angst um diese junge Frau. Die so klein und traurig auf meine Insel gekommen ist, mit diesen großen Augen und dem düsteren Gesicht. Und die hier so schön geworden ist. So aufrecht und stolz, durch dieses Licht und diese Wärme, und vor allem durch diesen Garten, in dessen Mitte sie zu etwas ganz Besonderem herangewachsen ist. Und die ich kaputtmachen werde. Weil ich immer alles kaputtmache, was mir wichtig ist. Ich zerstöre und zertrete und zerschlage, das ist mein größtes Talent. Vielleicht mein einziges. Und deshalb wirst du jetzt gehen.« Er drückte mein Gesicht an seine Brust, mir blieb die Luft weg.

»Verstehst du mich? Du wirst dich jetzt umdrehen und nie mehr zurückkehren. Du wirst dieses Haus verlassen und diese Insel und keinen einzigen Gedanken mehr daran verschwenden, was vielleicht daraus hätte werden können. Stattdessen wirst du zurückkehren in deine Welt. Denn dort ist dein Platz. Nicht hier, nicht auf dem Westkamm, und erst recht nicht hinter irgendwelchen Mauern, wo du deine Zeit verwartest auf einen Mann, der dich immer und immer wieder enttäuschen wird.«

Wieder dieser Husten, ich begann mich zu winden, vergebens.

»Ich weiß, was du jetzt denkst. Du denkst, was für ein Unsinn. Max Bror ist verwirrt und trauert, verständlich, nicht wahr? Ein paar Tage, vielleicht ein paar Wochen oder ein Jahr, und alles wird wieder gut. Falsch, Toni. Ganz falsch. Bleibe bei mir und prüfe mich. Dann wirst du sehen, wozu ich alles imstande bin.

Denn eines verspreche ich dir: Ich werde dich so schlecht behandeln, dass du von selbst gehen wirst. – Hörst du mir noch zu?«

Es wurde schwarz vor meinen Augen, ich krallte mich in sein Hemd und spürte die Panik aufsteigen.

»Das ist jetzt wichtig, du musst dir das merken: Ich werde dich so schlecht behandeln, dass du von selbst gehen wirst. Und das wird ekelhaft werden. Quälend langsam und gemein. Ich werde dir deinen Stolz nehmen und deine Selbstachtung und alles, was du auf dieser Insel gelernt hast. Und ich flehe dich an, von Herzen: Tu mir das nicht an.«

Ich bekam einen Arm frei und riss mich los, stolperte rückwärts und wischte mir mit der Hand über den Mund. In meiner Nase hing ein seltsamer Gestank, den ich nicht kannte, und auf meiner Haut lag ein klebriger Film, der mir fremd war. Ich brauchte einen Moment. Dann begriff ich. Es war der Beginn von Zerfall, vermischt mit den dumpfen Schwaden von Selbsthass und Einsamkeit.

Mit einem Mal fühlte ich nur noch Mitleid.

»Du gibst also auf.«

»Ja.«

»Warum?«

»Weil das hier das Ende ist.«

»Weil *du* am Ende bist?«

Er schluckte so hart, dass es mir wehtat. »Ja.«

»Aber Helen wird doch immer bei dir bleiben.«

»Nein, Toni.«

»Helen wird bei dir bleiben, solange du willst. Sie wird erst gehen, wenn du entscheidest, dass es Zeit dafür ist.«

»Nein, Toni, das ist Unsinn, und das weißt du auch. Da draußen ist niemand.«

Dann hat er nichts verstanden. Nicht weinen, Toni.

»Geh jetzt. Und mach die Tür hinter dir zu.«

Ich kämpfte gegen die Tränen und wartete.

Schießlich drehte ich mich um. In der Tür blieb ich noch einmal kurz stehen. Die Vormittagssonne hatte die Bibliothek erreicht und flutete durch die Scheiben, Bror wandte sich ab und blinzelte. Auf seiner rechten Wange glitzerte etwas. Eine dünne Spur, die ihm bis zum Kinn hinunterlief und die er hätte verbergen können, wenn er gewollt hätte.

Ich saß noch lange unter dem Jacarandabaum. Erst als alle Tränen geweint waren und niemand gekommen war, um mich zu trösten, stand ich auf und erklomm die Stufen zum Gärtnerhof. Als ich den großen Mann sah, der unter dem Feigenbaum saß und auf mich wartete, zögerte ich. Dann setzte ich mich zu ihm auf die kleine Mauer und legte die Hände in den Schoß. »Er schickt mich weg.«

Peter lächelte traurig. »Ich weiß.«

»Warum? Weil er glaubt, dass er schwer krank ist?«

»Nein, Toni. Weil er dich lieb hat.«

»Ist das wieder so ein Spiel zwischen euch?«

Peter schluckte hörbar.

»Aber … vielleicht überlegt er es sich ja noch mal, oder? Vielleicht duscht er gerade und zieht sich um und ist schon auf dem Weg hierher.«

»Toni, er kommt nicht noch mal. Der Flieger holt ihn morgen Abend, dann übernachtet er in Madrid und fliegt gleich weiter nach Kopenhagen. Er wird noch nicht mal bei Helens Beerdigung dabei sein.«

Ich brauchte einen Moment, bis ich das verarbeitet hatte. »Aber ich dachte, Helen wäre ihm so wichtig gewesen.«

»Das war sie auch. Es ist seine Art, das zu zeigen.«

Ich schluckte. »Weil das Beste an Max Bror seine Abwesenheit ist?«

»Er hat dir wirklich viel von sich erzählt …«

Eine ganze Weile saßen wir nebeneinander und schwiegen.

Irgendwann bewegte sich Peter. »Was hast du jetzt vor?«

Ich hob die Schultern.

Peter zögerte. »Komm doch mit uns.«

Er legte seine Hand auf meine, ich zuckte zurück, doch er hielt mich fester. »Toni, ich fliege morgen früh mit meiner Schwester nach Hause. Und ich nehme Louise mit. Willst du uns nicht begleiten? Ich finde, das ist eine gute Idee. Louise würde der Abschied viel leichter fallen an deiner Seite, und Helen hätte es sich auch so gewünscht. Meine Schwester und du, ihr wart euch sehr ähnlich. Sie hat dich sehr, sehr gern gehabt, wusstest du das?«

Ich verstand kein Wort und starrte ihn an. »Morgen schon? Ausgeschlossen. Das geht mir zu schnell.«

»Manchmal ist schnell aber das Beste …«

»Aber … was wird denn aus meinen Sachen?«

»Pack zwei Koffer und überlass Max den Rest. Er wird es gut machen, und er wird es gern machen. Er ist dir weit mehr schuldig als das.«

»Aber –« Der Boden unter mir gab nach. »Ich kann den Garten doch nicht einfach so zurücklassen!«

»Es ist sein Garten, Toni, nicht deiner.«

»Was soll das alles!« Ich entwand ihm meine Hand und sprang auf. »Was spielt ihr da wieder. Was ist das wieder für ein Mist!«

»Toni, bitte!« Peter erwischte mich am Arm und hielt mich zurück. »Bitte komm mit uns nach London. Ich kann dir keine Stelle als Gärtnerin bieten, ich werde mir schon etwas ganz Wildes für unsere Louise einfallen lassen müssen. Aber du wärst nicht allein am Anfang. Es wäre jemand für dich da, wenn du Hilfe brauchst oder dich einsam fühlst.« Er zog mich zurück auf die Mauer.

»Toni, ich will, dass du hier mit Größe rausgehst. Sei du nicht diejenige, die zurückbleibt und ihm nachschaut, wenn er abfährt.«

Wir standen am Heck, als die *Jayden* in die Morgensonne auslief. Lou und ich hielten uns im Arm, während sich Peter in den Hintergrund zurückgezogen hatte und uns Abschied nehmen ließ.

»Warum bist du nicht geblieben?« Lou schaute beleidigt. »Also, mich hätten sie hier nicht wegbekommen, da kannst du dich drauf verlassen.«

»Hier verändert sich doch gerade alles.« Ich strich mir die Haare aus dem Gesicht. »Helen ist fort, du gehst, und wer weiß, was nach Max Bror kommt. Ich würde doch nur jeden Tag darauf warten, dass alles wieder so wird wie früher. Und außerdem –« Ich hatte den großen Vogel gesehen, der sich über dem Klippenrand in die Luft erhoben hatte. »Ich glaube, Monte Spina hat schon selbst entschieden. Die Insel hat sich bereits verabschiedet von mir.«

Lou packte mich fester und seufzte. »Was meinst du – werden wir jemals hierher zurückkommen?«

»Glaub ich nicht. Will ich auch gar nicht. Ich will die hässlichen Dinge vergessen und nur die schönen behalten. Die zauberhaften, die wie im Märchen waren. Rasenmähen im Sonnenaufgang.«

»Champagner trinken auf der Veranda.«

»Der Duft des Gießwassers im Anzuchthaus.«

»Sophias Himbeereis mit Cognac und Schlagsahne.«

»Die Küken der Sturmtaucher im Februar.«

»Und – Max Bror?« Lou warf mir einen Blick zu.

»Er wird immer seinen Platz in mir haben. Und es wird immer wehtun, wenn ich seinen Namen höre. Aber …« Ich fröstelte und zog mir die Jacke enger. »Wer sagt denn, dass die Geschichte schon zu Ende ist? Vielleicht lässt er die *Jayden* ja noch umkehren oder den Geländewagen, oder er ruft am Terminal an und storniert meinen Flug. Oder er steht abends vor meiner Tür mit Pizza und Rotwein, oder er sitzt mittags auf einer Bank im Park und schaut mir entgegen.« Ich schwieg einen Moment. »Max Bror wird immer wissen, wo er mich finden kann.«

Wir hatten die offene See erreicht. Carlos beschleunigte trotz des Wellengangs, Lou und ich mussten Halt an der Reling suchen und klammerten uns fest. Rasch entfernten wir uns von der kleinen Insel, die uns schweigend den Rücken zuwandte. Das Fensterband hoch oben im Felsen fing das Sonnenlicht ein, ich kniff die Augen zusammen und blinzelte. Für einen kurzen Moment schien es fast, als würde ich eine Bewegung dahinter sehen. Wie von einer schwarzen Gestalt, die an die Scheibe tritt und ihre Hand auf das Glas legt. Doch als ich mein Gesicht gegen die Sonne beschirmte, war es nur der große Vogel, der seine Kreise am Klippenrand zog und einen Schatten warf.

EPILOG

Heute ist ein Paket gekommen. Ein Querformat, schwer und gewaltig. Wie ein Schild. Ein Schutzschild, hinter dem man in Deckung gehen kann. Irgendwie habe ich sofort gewusst, was drin war. Noch bevor ich Jonathans Gesicht gesehen habe, als er es mir in den Garten herausbrachte.

Ich habe meinem Mann damals alles erzählt. Die ganze Geschichte, von Anfang an. Von Monte Spina, von Lou, vom Hot Volcano und dem Jacarandabaum. Und von Max Bror. Ich glaube, am Anfang war er ein bisschen eifersüchtig, auf jeden Fall hat er immer so komisch geguckt, wenn ich ihm etwas über Madrid vorgelesen habe oder Erdbeermarmelade aus Dänemark kaufte. Was natürlich Quatsch war. Jonathan und ich, das war was ganz Großes, von Anfang an. Seit er auf dieser Bank im Palmenhaus gesessen hat. Unter einer Kanarischen Dattelpalme. Ausgerechnet.

Jonathan wirkte damals so still und verloren, wie ich mich in Wahrheit gefühlt habe. Ich wollte das aber nicht zeigen, ich hatte diese Anstellung im Botanischen Garten noch nicht lange, die Falkenhayns müssen sich ordentlich ins Zeug gelegt haben für mich. Und ein trauriges Gesicht macht sich nicht gut, wenn man irgendwo neu ist. Außerdem hatte ich festgestellt, dass es einem besser geht, wenn man lächelt, auch wenn einem gar nicht danach ist. Es klemmt einem im Hirn irgendwelche Nerven ab, habe ich mal gelesen. Funktioniert wirklich.

Jonathan begriff zuerst gar nicht, als ich ihm von meinem Tee anbot. Aber ich hatte an diese Männer mit ihren silbernen Kugeln denken müssen und an den Alten mit seinem Rotwein.

Nach einer Weile begann Jonathan zu erzählen, und am nächsten Tag kam er wieder und am darauffolgenden auch, und als er mir schließlich ein wenig verlegen diese Karte für die Soiree gab, bin ich hingegangen, einfach so. Jonathan spielt Cello. Ziemlich gut übrigens, obwohl ich bis heute weit mehr von Schneestolz und Winterlingen verstehe als von Notenschlüsseln. Er war damals zu den Philharmonikern berufen worden, und das machte ihm Angst. Er käme sich irgendwie falsch vor zwischen den ganzen grauen Eminenzen, hat er mir unter dieser Palme erzählt, so als würde er immer einen Wimpernschlag hinterher spielen. Ich habe ihm dann am nächsten Tag gesagt, dass ich das überhaupt nicht fand, im Gegenteil: dass ich geradezu aus dieser Halle geschwebt bin, irgendwohin, wo einen nur wirkliche Musik hinträgt. Was auch gestimmt hat. An diesem Abend in der Albert Hall hab ich Monte Spina zum ersten Mal vergessen.

Ich habe Max Bror nie wiedergesehen. In der ersten Zeit bin ich noch jeden Morgen aufgewacht und habe gedacht: Aber heute ruft er an. Oder er schickt mir eine Mail, dass er mich vermisst oder an mich gedacht hat, weil irgendwo ein Birnbaum vor seinem Fenster raschelte. Bis dieser Fremde dort saß. Unter dieser Palme, die mir ohne Monte Spina gar nichts bedeutet hätte, und mit diesem Gesicht, an dem ich wahrscheinlich vorbeigelaufen wäre, wenn es mich nicht irgendwie an diese Fotos auf Helens Kommode erinnert hätte. Hin und wieder habe ich ihn mal gegoogelt, meinen Shadowman. Deshalb weiß ich auch, dass er Monte Spina tatsächlich verkauft hat. Aber nicht an eine dieser Hotelketten, die ihm bestimmt richtig viel Geld geboten haben, sondern an einen reichen Spanier mit einer großen Familie und zahlreichen Enkeln. Gott, was habe ich mich gefreut für Sophia.

Lou dagegen sehe ich jetzt öfter. Eine Weile hatten wir uns aus den Augen verloren, sie ist mit einem Typen nach Amsterdam gegangen, aber irgendwann ist sie in Berlin gelandet. Ich hatte gerade begonnen, meine Heimat zu vermissen, und als Jonathan das Angebot erhielt, die Philharmonie zu wechseln, sind wir beide zurück nach Deutschland. Wir wohnen jetzt in einem Haus am See. Wirklich. Na ja, vielleicht ist alles ein bisschen gammelig, Jonathan ist kein Handwerker, er sitzt lieber auf der Veranda und komponiert Variationen, die ihn zu einem neuen Goldberg machen werden. Aber es gibt einen großen Garten mit einem Bootssteg und uralten Bäumen, in denen die Fledermäuse wohnen und nachts die Käuzchen rufen. Einmal hat uns Lou eingeladen, sie arbeitet auf der anderen Seite der Stadt für einen Anwalt, in einer dieser Jugendstilvillen im Grunewald. Jonathan hat später gesagt, er fand den Mann nett, aber ich bin mir da nicht so sicher. Ich war zwischendurch mal auf der Toilette. Ich weiß, man macht so was nicht. Aber in dem Schrank unten links stand so ein Kästchen mit komischem Inhalt, und als ich zurückwollte in den Salon, bin ich einem Mädchen begegnet, mit Haaren wie ein Kobold und Augen, die mir wesentlich älter erschienen als ihr Rest. Wer ist das?, habe ich Lou später gefragt. Das ist Amélie, hat sie geantwortet und versonnen gelächelt. Ich bin mir nicht sicher, was in diesem Haus vor sich geht. Ich bin mir aber ziemlich sicher, es nicht wissen zu wollen.

Und nun sitze ich auf dieser Bank am Ende des Bootsstegs und weiß, dass er tot ist. Ich habe Peters Handschrift gleich erkannt, als mir sein Brief aus dem Paket entgegenfiel. Er hat zum Schluss wohl nicht wirklich gekämpft, das passt zu Max Bror. Nach außen hin der Hartgesottene. Aber in den entscheidenden Momenten hat er immer gepatzt. Und viel zu früh aufgegeben. Er ist allein gestorben, schreibt Peter, obwohl er extra in sein Stadthaus nach London gezogen ist, um in seiner Nähe zu sein. Aber als es so weit war, ist er nicht da gewesen, und auch sonst ist wohl nie einer gekommen. Auch nicht aus New York.

Ich weiß, dass ich gleich fürchterlich weinen werde. Aber im Moment ist mein Kopf so dröhnend voll, dass es sich anfühlt, als wäre er ganz taub. Stattdessen liegt dieser Bildband in meinem

Schoß, der noch stumpfer und fleckiger geworden ist, und die Seite mit dem Foto ist so zerschlissen, dass sie lose zwischen den anderen liegt. Ich wäre gar nicht auf die Idee gekommen, weiterzublättern, aus Angst, das Buch könnte in meinen Händen zu Staub zerfallen. Aber weiter hinten steckte etwas zwischen den Seiten, in dem Kapitel über das Schattental. Dieser Zeitungsartikel von damals über den neuen Cellisten, so kraftvoll und so talentiert. Das Foto dazu hatte er ausgeschnitten, es ist deutlich abgegriffener als der Rest. Toni Andersen ein wenig verlegen an Jonathans Seite. Max Bror hat immer gewusst, wo er mich finden kann.

Aus dem Haus riecht es nach Kaffee. Gleich wird Jonathan kommen, mit einem Tablett und dem Kuchen, den er vorhin gebacken hat. Er war eigentlich für morgen bestimmt, seine beiden Kinder besuchen uns übers Wochenende, er ist dann immer ein bisschen aufgeregt. Die Große ist zwölf und zu ihrem Vater genauso patzig wie zu mir. Der kleine Leander dagegen ist zauberhaft. Beim letzten Mal kletterte er in Gummistiefeln aus dem Auto und erklärte mit ernster Miene, er wolle jetzt auch Gärtner werden. Er ist mir dann den ganzen Tag draußen zur Hand gegangen und abends auf meinem Schoß eingeschlafen. Ich glaube, ich hätte auch gern so einen kleinen Leander. Vielleicht ist es ja noch nicht zu spät. Ich werde mit Jonathan darüber sprechen, wenn wir heute Abend im Garten sitzen und auf die Fledermäuse warten.

DANKSAGUNG

Eine gute Geschichte schreibt sich nicht allein. HD Greife zum Beispiel beschrieb mir die Auswirkungen von Schienbeinbrüchen und Hodenquetschungen derart anschaulich, als läge Bror gerade vor ihm auf dem Untersuchungstisch. Ulla Schümann, Andrea Kulik, Gudula Greife und Martina Kaiser schenkten mir ihre Lesezeit und ihre schonungslose Kritik an botanischen Abhandlungen sukkulenter Subspezies, die außer mir selbst überraschenderweise niemanden interessierten. Christine Steffen-Reimann und Silvia Kuttny-Walser nahmen mich mit Wärme und Herzlichkeit in ihre DroemerKnaur-Familie auf und gaben meinen Texten den entscheidenden letzten Schliff.

Mein besonderer Dank gilt jedoch ganz besonderen vier Menschen: Bärbel Siebrecht und ihrer wunderbaren Tochter Karin, die freiwillig und mehrmals meine Geschichte lasen und die Ersten waren, die sagten: Das hat was. Das wird gut.

Vanessa Gutenkunst von der Literaturagentur Copywrite, die mich mit Mut, Instinkt und ihrer unerschütterlichen Liebe zu gut erzählten Geschichten aus ihrem Posteingang zog und meine Toni erst zu der machte, die sie heute ist.

Und meinem Lieblingsmenschen. Du hast mir den Rücken freigehalten und meine Launen ertragen, deine Wochenenden und Urlaube mehr oder weniger klaglos mit Bror und Peter geteilt, und mir das Laptop weggenommen, wenn du das Gefühl hattest, es reicht. Was zum Teufel wäre ich ohne dich?